昨夜西风凋碧树

北宋早期词

顾易生 徐培均 袁震宇 主编

[illegible]培均 修订

黄山书社

图书在版编目(CIP)数据

昨夜西风凋碧树:北宋早期词 / 顾易生, 徐培均,袁震宇主编. —合肥: 黄山书社,2016.12
ISBN 978-7-5461-6000-9

Ⅰ.①昨… Ⅱ.①顾… ②徐… ③袁… Ⅲ.①宋词-选集 Ⅳ.①I222.844

中国版本图书馆 CIP 数据核字(2016)第 304561 号

昨夜西风凋碧树:北宋早期词 顾易生 徐培均 袁震宇主编

责任编辑 欧阳慧娟 胡晓雪
装帧设计 观止堂_未氓
出版发行 黄山书社(http://www.hspress.cn)
地址邮编 安徽省合肥市蜀山区翡翠路 1118 号出版传媒广场 7 层 230071
印　　刷 三河市兴国印务有限公司
版　　次 2016 年 12 月第 1 版
印　　次 2022 年 5 月第 3 次印刷
开　　本 700mm × 1000mm 1/16
字　　数 342 千
印　　张 30.75
书　　号 ISBN 978-7-5461-6000-9/02
定　　价 69.80 元

服务热线 0551-63533706
销售热线 0551-63533761
官方直营书店(https://hsss.tmall.com)

主　　编：顾易生　徐培均　袁震宇

副 主 编：张思齐

撰 稿 人：顾易生　徐培均　袁震宇
张思齐　钱鸿瑛　乐秀拔
范民声　谢浩范　徐　飚
徐　桦　徐粹育　罗立刚

原版前言

顾易生

宋词是中国古代文学皇冠上光辉夺目的巨钻,历来与唐诗并称双绝,都代表一代文学之胜。

唐诗的兴盛和发展,达到了古代诗歌史上的巅峰。词萌芽于隋唐之际,兴于晚唐五代而极盛于宋。从广义上来说,词本属诗之一体,然逐渐与传统诗歌分庭抗礼,宋代无数词人于此倾注深情,寄托豪兴,驰骋才华,精心琢磨,创作出大量晶莹、灿烂、温润、磊落,反映时代精神风貌而具有不同于传统诗歌艺术魅力的瑰宝,遂与唐诗如双峰并峙,各有千秋。

近代学者王国维在《人间词话》中说:"词之为体,要眇宜修,能言诗之所不能言,而不能尽言诗之所能言。诗之境阔,词之言长。"这里比较诗词体制的短长,也是对唐宋之诗与词进行比较,抓住了关键,颇具特识,当然也不可能将两者特征全部概括。下面拟就词体的特殊性与审美价值、宋词的基本风貌作浮光掠影的介绍,附述一些有关词的常识,以供读者参考。

一、曲子词与长短句

词初名曲、曲子、曲子词，简称“词”，又名乐府、近体乐府、乐章、琴趣，还被称作诗余、歌曲、长短句。归纳起来，这许多名称分别说明词与音乐的密切关系及其与传统诗歌不同的形式特征。我国古代诗乐一体，《诗三百》与汉魏六朝乐府诗大都是合于音乐而可歌唱的。“乐府”原为汉时政府音乐机关之名。汉以后的五、七言古体诗和唐以后的近体诗始为徒诗而不可歌。唐人的拟乐府古题与新乐府不再合乐，实为古体诗了。唐代绝句也有可配乐歌唱的，或称“唐人乐府”，有时与词相混，如《阳关曲》《杨柳枝》等，也被作为词调名。

唐宋之词，系配合新兴乐曲而唱的歌词，可说是前代乐府民歌的变种。当时新兴乐曲主要系民间乐曲和边疆少数民族及域外传入的曲调，其音节抑扬顿挫、变化多端，与以“中和”为主的传统音乐大异其趣；歌词的句式也随之长短错落、奇偶相间，比起大体整齐的传统古近体诗歌来大有发展，具有特殊的表现力。曲子词、近体乐府、诗余、长短句之名由此而得。作词一般是按照某种乐调曲拍之谱填制歌词。曲调的名称如《菩萨蛮》《蝶恋花》《念奴娇》等叫作“词调”或“词牌”，按照词调作词称为“倚声”“填词”。宋词唱法虽早已失传，但读当时的倚声或后来依谱所填的词，仍然可以从其字里行间感受到音乐节奏之美，或缠绵宛转，或闲雅幽远，或慷慨激昂，或沉郁顿挫，令人回肠荡气，别有一种感染力量。

前人按各词调的字数多少分别称之为“小令”“中

调”或“长调”。有的以58字以内为小令,59字到90字为中调,91字以上为长调;有的则主张62字以内为小令,以外称“慢词”,都未成定论。词调中除少数小令不分段称为“单调”外,大部分词调分成两段,甚至三段、四段,分别称为“双调”“三叠”“四叠”。段的词学术语为“片”或“阕”。“片”即“遍”,指乐曲奏过一遍。“阕”原是乐终的意思。一首词中的两段分别称上、下片或上、下阕。词虽分片,仍属一首。故上、下片的关系,需有分有合,有断有续,有承有起,句式也有同有异,而于过片(或换头)处尤见作者的匠心和功力。我们看到宋代许多词人于此惨淡经营,创造出离合回旋、若往若还、前后映照的艺术妙境,在一首词中增添了层次、深度和波澜。

大部分词的句式长短不齐,押韵也变化多端。例如为唐宋词人所常用的《菩萨蛮》词调,系唐代时据从东南亚传入的乐曲所制①。北宋魏夫人依此调所填的词云:

> 溪山掩映斜阳里,楼台影动鸳鸯起。隔岸两三家,出墙红杏花。　　绿杨堤下路,早晚溪边去。三见柳绵飞,离人犹未归。

本词调全首八句,句句押韵。上片前两句七言押仄韵,本词用仄声中上声“纸”韵;后两句五言押平韵,本词押平声中“麻”韵。下片四句均是五言,前两句押仄韵,本词用仄声中的去声“遇”和“御”韵;后两句押平韵,本词

①唐苏鹗《杜阳杂编》谓“女蛮国”,据今学者杨宪益、任二北考证,《菩萨蛮》为“骠苴蛮”或“符招蛮”之异译,乃古缅甸乐。

押平声中“微”韵。通常近体诗八句的，全篇都是七言句，或都是五言句，隔句押同一个韵，首句也有押韵的。两者比较，词调显然别呈错综参差之美。本词上片写景色，下片写女主人公的行动与心理活动，环境与人物、人物的动作与内心，通过五、七言长短参差的句式、“麻”“微”平韵和“上”“去”仄韵的交替更迭，臻于多角度、多层次地情景交融的美妙境界。

平仄诸韵分别具有声情之美。一般来说，平声声调长，不升不降，宜于曼声吟唱，表达不尽的情意、盎然的韵味。仄也称“侧”，是不平之意。诗词中仄声包括上、去、入三声，声调都是短的。上声是升调，去声是降调，入声特别短促。以攲侧短促的仄声押韵，易于寄寓奇拗不平的感慨，令人激动不已。不少词调中平仄诸韵递押，也就是长短声调递用、平调与升降调或促调递用，不仅声调抑扬顿挫，激荡而和谐，蕴蓄的感情也显得更加丰富曲折。这是我们诵读宋词时值得注意的。

词调中有一般诗体中罕见的一字、两字句，或八字以至十字以上长句，交错迭出。例如蔡伸《苍梧谣》（即《十六字令》）：

天！休使圆蟾照客眠。人何在？桂影自婵娟。

开头以一字句振起全篇，接以七字、三字、五字句，又有摇曳的余韵。再看辛弃疾的《唐河传》：

春水，千里。孤舟浪起，梦携西子。觉来

村巷夕阳斜。几家?短墙红杏花。　　晚云做造些儿雨,折花去。岸上谁家女?太狂颠!那岸边,柳绵,被风吹上天。

这里二字句、三字句、四字句、五字句、七字句,押平韵的,仄韵中上、去声的,错综递用,宛如大珠小珠落玉盘,描绘出无边春色的生意盎然,青春少女的天真娇憨。全词在写作上对前举魏夫人《菩萨蛮》似有所借鉴,而写来更加清新活泼、跌宕多姿,也与所用词调更加灵活多变有关。相对来说,《菩萨蛮》句式保留了较多五、七言诗体的痕迹。

词中的长句也能使情意更加宛转,气势更见浩瀚:

对潇潇暮雨洒江天,一番洗清秋。渐霜风凄紧,关河冷落,残照当楼。(柳永《八声甘州》)

柳词中"渐"字下领三个四字句,实为十三字句。再如刘克庄《沁园春》的"叹年光过尽,功名未立;书生老去,机会方来",也当为十七字长句。

长短句比诸齐言体提供了选词用语方面远为灵活的条件。李清照《声声慢》运用大量叠字就是著名的例子:

寻寻觅觅,冷冷清清,凄凄惨惨戚戚。……梧桐更兼细雨,到黄昏点点滴滴。

前人对此评价极高："此乃公孙大娘舞剑器手……出奇制胜，真匪夷所思。"王又华《古今词论》略云："晚唐诗人好用叠字语，义山（李商隐）尤甚，殊不见佳。""如《菊诗》：'暗暗淡淡紫，融融冶冶黄。'亦不佳。"李清照《声声慢》"起法似本于此，乃有出蓝之奇。盖此等语，自宜于填词家耳"。晚唐诗人李商隐是造语的高手，李清照却更能"出奇制胜""青出于蓝"，除其绝世才华外，还因为"曲子词""长短句"这个在当时来说属于现代化的有多功能设备的舞台使她得以充分施展其绝技。本词开端一连十四个叠字，一波三折而一气贯穿，诗中无此句法。"到黄昏点点滴滴"，七字句而上三下四，于诗属拗句，而在句法参差的词中则读来十分自然，断续连绵细雨凄清入耳的声情也充分而又有余不尽地传达出来了。

当然，词调中也有全首齐言的，如《生查子》上、下片实为两首五言绝句，《玉楼春》上、下片实为两首七言绝句。词体并不完全丢掉整齐之美。

二、词体的格律与自由

李清照《词论》对词的音律提出很严格的要求："盖诗文分平侧（仄），而歌词分五音，又分五声，又分六律，又分清、浊、轻、重。"有些词调既押平韵，又押仄韵。仄声之中，有要求专押上、去或入声的。各个词调句式的长短与句中词语的平仄也是有规定的。传统诗歌中，以律诗的格律最严，字数、平仄、对偶都按修辞、审美、音韵学原则规定。故元代方回《瀛奎律髓》说："文之精者为诗，诗之精者为律。"倚声填词，每个字都须按照曲拍调谱填写，在审音协律方面有比律诗要求更加严密之处，这使词的语言音调显得特别精美。然而词体之所以为广大作者所乐于运用、成功运用，除精审的格律外，更因其在运用时还有相当大的自由。词律也有比诗律远为解放者。

首先，词有大量不同音律句式的调和体，作者可以在极为广泛的范围内选择符合创作需要的词调。据清康熙时编的《康熙词谱》所载，有826调、2306体，还有好多尚未收入。各种词调的长短、句式、声情变化繁多，适合于表达和描绘各种各样的情感意象，或喜或悲，或刚或柔，或哀乐交进，或刚柔兼济，均有相应的词调可作为宣泄的窗口。再者，词调与体的变化和创造原是没有先例的。懂得音律的作者可以自己创调与变体。康熙《钦定词谱序》云："词寄于调，字之多寡有定数，句之长短有定式，韵之平仄有定声，杪忽无差，始能谐合。"然试看《钦定词谱》所载同一词调诸体的句式、平仄、押韵、字数常颇有出入，可见古人填写时有着相当大的自由。词韵常比诗韵宽，有时平仄以至四声可以通押或者代替，也有押方言音的。如《满江红》词调，一般押仄声中入声韵，以寄寓磊落不平之感，岳飞的《满江红》(怒发冲冠)，抒发激烈的壮怀，读来使人慷慨悲愤，押的便是入声韵。然而姜夔的《满江红》(仙姥来时)，遐想湖上女神，却换押平韵，声情遂变作缓和舒徐，富有潇洒优游的情趣。姜夔《长亭怨慢》自序云："予颇喜自制曲，初率意为长短句，然后协以律，故前后阕多不同。"该词中有句如："阅人多矣，谁得似长亭树？树若有情，不会得青青如此！日暮，望高城不见，只见乱山无数。韦郎去也，怎忘得玉环分付？”写景抒情，卷舒自如，浑如散文。但由于作者深谙音律，故虽随意为长短之句，而自然合乎律度，适应歌者口吻。“从心所欲不逾矩”，这是一种自由与规律高度统一的产物。

词的格律宽严有一个发展过程。唐到北宋前期还比较宽松，而北宋后期至南宋则越来越严密。各时期不同作家对审音协律也有不同要求。如有人认为苏轼的词不协音律，有人则为之辩护。陆游《老学庵笔记》云：“世言东坡不能歌，故所作乐府多不协律。”晁以道谓：“绍圣初，与《跋东坡七夕词后》又云：‘歌之曲终，东坡别于汴上，东坡酒酣自歌《阳关曲》。’则公非不能歌，但豪放，不喜剪裁以就声律耳。”《跋东坡七夕词后》又云：“歌之曲终，觉天风海雨逼人。”从其他记载也可看到苏轼的代表作如《水调歌头》（明月几时有）、《念奴娇》（大江东去）也都被“善讴者”歌唱或赞赏过，说明还是合乐可歌的，只是有些地方突破声律的束缚。大凡过于不守音律也许失却词的韵味，遵律过严也会成为枷锁，重要的是运用音律为情意服务。如《声声慢》调在李清照以前作者多押平韵，而李清照却选押仄韵，又用了许多齿音字、舌音字，创造了情景交融的特殊艺术效果。可见她要求作词的严辨音律，却正是自由地运用之以突破陈规进行创造，而不是作茧自缚。宋代许多绝妙好词，虽然长短错落，自由卷舒，有的类同口语、散文，而吟诵起来韵味盎然，富有节奏感。个中奥妙是很值得我们体味的。有些例子，则未必可取。如张炎《词源》记其父张枢“作《惜花春早起》云：‘琐窗深’。‘深’字音不协，改为‘幽’字；又不协，再改为‘明’字，歌之始协。此三字皆平声，胡为如是？盖五音有唇、齿、喉、舌、鼻，所以有轻清重浊之分，故平声字可为上、入者此也。”按“深”“幽”与“明”情景大不相同，竟如此改来改去，即使改得完全适应歌喉，遵律虽严，却并不是值得效法的文学创作态度。

三、词境的有限与无限

词体也有其局限性。一般说来，词的篇幅不长。《钦定词谱》所载，最短的单调《竹枝》为14字，最长的《莺啼序》为240字，不比诗歌行数可以无限增多。王国维所谓词“不能尽言诗之所能言”，并云：“诗之境阔，词之言长。”言下之意，词的境界比诗要狭窄。词的篇幅短小，是对词境及其表现能力的一种严酷限制。

然而，有限制必有反限制。明王夫之《薑斋诗话》云：“论画者曰：‘咫尺有万里之势。’‘势’字宜若眼。若不能势，则缩万里于咫尺，直是《广舆记》前一天下图耳。五言绝句以此为落想时第一义。”艺术作品欲于有限篇幅内涵蕴阔远意境，关键在于写出所描绘形象的磅礴气势。诗中最短小的是五绝，尤宜注意于此。词的篇幅亦不盈尺，但宋代许多杰出词人挥洒其传神妙笔，成功地在这画框里渲染出浩瀚无际、绵邈不尽的景象和情意，激发读者丰富的联想、杳渺的遐思。这些词的意境，既“长”而“阔”。

孕蓄无限于有限，以有限体现无限。这是宋代词人创造的艺术辩证法。例如秦观《鹊桥仙》的“金风玉露一相逢，便胜却人间无数”及“两情若是久长时，又岂在朝朝暮暮”诸句，概括天上人间的悲喜剧，歌颂地久天长的爱情，由一变到无数，在刹那中见永恒，欢乐中有悲哀，悲哀中有欢乐。苏轼《送参寥师》云：“酸咸杂众好，中有至味永。”王夫之《薑斋诗话》云：“以乐境写哀，以哀景写乐，一倍增其哀乐。”《鹊桥仙》个中滋味，是哀？是乐？难以分辨，读来但觉意味深长，咀嚼不尽，在时间、空间、情意方面都是无限的。

晚清谭献《复堂词话》云：“侧出其言，旁通其情，触类以感，充类以尽，甚且作者之用心未必然，而读者之用心何必不然；言思拟议之穷，而喜怒哀乐之相发，向之未有得于诗者，今遂有得于词。”此论旨趣颇有与近代西方接受美学思想相通之处。宋代许多作者努力加深和扩大词境的创作，为这种理论批评的产生提供了基础。

四、词为“小道”与“别是一家”

诗余之名，一说是由于唐人乐府七言绝句之衍变为长短句；一说是指诗降为词，词是诗之余绪，这里反映对词的轻视。当初民间新曲主要是通过歌女们的曼吟低唱传到文人手中的。这些文人大都生活比较浪漫，在对酒当歌之际，为了佐欢遣兴，消愁解闷，漫笔偶成，付诸歌喉。在这种条件下产生的歌词，自然多属描写男女情爱、留连光景之作，而词也就被视为“小道”“艳科”，不登大雅之堂。作者们对于这具有许多优越性的新兴诗体，既非常喜爱，又当作一种游戏笔墨。正如南宋初年胡寅《酒边词序》所说：“词曲者，古乐府之末造也。……然豪放之士，鲜不寄意于此者，随亦自扫其迹，曰:谑浪游戏而已。”这使当时有些流传之词常常作者难明,更有大量佚失。南宋大诗人陆游也因存在轻视词体观念而抑制自己这方面的创作。其《长短句自序》云:“乃有倚声制辞,起于唐之季世。则其变愈薄,可胜叹哉!予少时汩于世俗,颇有所为,晚而悔之。”并表示“今绝笔已数年”,不再犯此“过失”了。可见这观念给词坛造成多大损失。

词之被轻视虽是其不幸,在另一种意义上却是其大幸。因为作者们于此卸下在作传统诗歌时的庄重礼服,换上轻便装,得以没有顾忌地尽量抒发自己心底蕴蓄的哀感顽艳之情,形式上也解除峨冠博带的束缚,只求赏心悦耳,随意采用新鲜活泼的语言、“里巷”“胡夷”的曲调,使作品具有活跃的生命力。

在中国古代,诗受到特殊重视。《诗·大序》云:“正得失,动天地,感鬼神,莫近乎诗。”诗的社会作用与价值被如此尊崇,诗坛上出现了大量反映现实的不朽之作。到了宋代,在诗中说理、博学的成分越积越重,文学之士不能自已的一往深情、万种闲愁便习惯倾吐于“诗余”“小道”。宋诗自有巨大成就,但或谓整个南北宋可称道的言情之诗,只数陆游《沈园》两首七绝,这也可说是其时诗坛的遗憾了。

北宋欧阳修是一位兼擅古文诗词的大文学家。他论诗主张“触事感物,文之以言,善者美之,恶者刺之”。他在词中则大谈其儿女私情,不讲什么“美刺”。其《玉楼春》云:“人生自是有情痴,此恨不关风与月。”大胆揭示“情”是人自身所固有的,表示了对爱情的热烈、执着追求。这里反映出某种新意识的萌芽,具有反封建礼教性质。宋代词人多倡言“多情”。豪放如苏轼，王保珍《东坡词研究》中列举其“重复使用‘多情’一辞”达十八处之多。“痴亦绝人”“疏于顾忌”的晏几道《点绛唇》公然宣称“天与多情”，谓其有情出于天所赋予，殆为人性之觉醒。此类观念实为明汤显祖“世总为情，情生诗歌”等论点的先导。

正式宣布词的独立地位的是李清照的《词论》。她挂出词“别是一家”的招牌，总结词的特殊创作规律，把那些“学际天人”的大学问家、诗人、文章家视为门外汉，而睥睨一切，大有唯我独尊的气概。李清照倾注其主要精力于词。南宋王灼《碧鸡漫志》说她“作长短句，能曲折尽人意，轻巧尖新，姿态百出，闾巷荒淫之语，肆意落笔，自古搢绅之家能文妇女，未见如此无顾忌也。”从其论的侧面可以看到李清照词的高度艺术成就及其词中的反传统精神。

以清新之笔抒写多情善感是初期歌词的特色，也是当时词人的开辟与新探，对传统诗歌来说是一种解放；但仅以如此写法为词的“本色”，也会成为限制词体发展的框套，故北宋中期苏轼等“以诗为词”，赋予词体以诗歌的多种职能，大幅度地丰富了“小词”的表现能力与范围，实为词之再解放。

五、婉约与豪放——宋词中两种主要艺术风格

明张綖：“少游多婉约，子瞻多豪放，当以婉约为主。”清王士祯加以补充道：“仆谓婉约以易安为宗，豪放惟幼安称首。”（见《花草蒙拾》）这些从宏观角度概括

宋词中两种主要艺术风格，而以秦观、李清照和苏轼、辛弃疾分别为其代表作者。这几乎已成为宋词研究中的通论。前代论词者多崇尚婉约而以豪放为别调，近世论者则有独推豪放为积极而以婉约为低靡。那些硬把宋代词人划分为截然对立的两派并在其间强分优劣的，均不免有其片面性或属机械论，有些学者完全否认两种风格流派的存在，也似矫枉过正。按词中之豪放与婉约乃属艺术风格范畴，犹南宋严羽论诗之“大概”有“优游不迫”与“沉着痛快”，清姚鼐论散文风格之分“阳刚”与“阴柔”，近世王国维论美学之有“宏壮”与“优美”。两种概念本身有着相当的模糊性，两者相互关系也是辩证的，并非壁垒分明。宋代词人之分派乃后人参照其代表作品的主要特色而作大概的归纳，不是说其作品都清一色，不妨碍他们创作或欣赏多种艺术风格，尤其大作家往往是多面手，更不是说婉约、豪放之外，词坛别无其他艺术风格存在。

“婉约”一词，最早见于先秦古籍《国语·吴语》的“故婉约其辞”，晋陆机《文赋》用以论文学修辞：“或清虚以婉约，每除烦而去滥。”按诸诂训，“婉”“约”两字都有“美”“曲”之意。分别言之：“婉”为柔美、婉曲；“约”的本义为缠束，引申为精炼、隐约、微妙。故“婉约”与“烦滥”相对立。南北宋之际《许彦周诗话》载女仙诗：“湖水团团夜如镜，碧树红花相掩映。北斗阑干移晓柄，有似佳期常不定。”并评云：“亦婉约可爱。”此诗情调一如小词。“婉约”之名颇能概括一大类词的特色。从晚唐五代到宋，温庭筠、冯延巳、晏殊、欧阳修、秦观、李清照等一系列词坛名家的词风虽不无差别、各擅胜场，大体上都可归诸婉约范畴。其内容主要写男女情爱，离情别绪，伤春悲秋，光景留连；其形式大都婉丽柔美，含蓄蕴藉，情景交融，声调和谐。因之，形成一种观念，词就应该是这个样子的。北宋中期时人曾说：苏轼的“以诗为词”为“要非本色”（见陈师道《后山诗话》）；秦观“诗似小词”，苏轼“小词似诗”（见《王直方诗话》）。“本色”“小词”之论当属婉约派的主张。李清照“别是一家”说中认为只有晏几道、贺铸、秦观、黄庭坚“始能知之”（《词论》），反映她所崇尚也是婉约一宗，虽然贺铸以至李清照都有并不婉约之作。宋末沈义父《乐府指迷》标举的作词四个标准：“音律欲其协，不协则成长短之诗；下字欲其雅，不雅则近乎缠令之体；用字不可太露，露则直突而无深长之味；发意不可太高，高则狂怪而失柔婉之意。”可说是对婉约艺术手法的一个总结。

宋人也有以婉约手法抒写爱国壮志、时代感慨的，如辛弃疾《摸鱼儿》（更能消几番风雨）及宋末周密、张炎等一些词章。但其表现多用“比兴”象征手段，旨意朦胧，需读者去体味。有些论者对原来也许并无专门寄托的委婉隐约之词，也深求其微言大义，如清代词论家张惠言《词选》评欧阳修《蝶恋花》（庭院深深深几许）、苏轼《卜算子》（缺月挂疏桐），句句为之落实时事，以为讽喻政治，那就不免穿凿附会，反而缩小这些词作的感慨万端而难以名状的典型意义。

婉约词自有其思想艺术价值，已见上文。然而有些词人把它作为凝固程式，不许逾越，以至所作千篇一律，或者过于追求曲折隐微以至令人费解，这就走到创作的穷途了。

“豪放”一词，其义自明。南唐后主李煜“金剑已沉埋，壮气蒿莱”（《浪淘沙》），已见豪气。范仲淹《渔家傲》（塞下秋来风景异）也是“沉雄似张巡五言”。正式高举豪放旗帜的是苏轼，其《答陈季常书》云：

又惠新词，句句警拔，诗人之雄，非小词也。但豪放太过，恐造物者不容人如此快活。

又其《与鲜于子骏书》云：

近却颇作小词，虽无柳七郎（永）风味，亦自是一家。呵呵！数日前猎于郊外，所获颇多，作得一阕，令东州壮士抵掌顿足而歌之，吹笛击鼓以为节，颇壮观也。

这也说明他有意识在当时盛行柔婉之风的词坛别开生面。这里谈到的近作当即其《江城子·密州出猎》（老夫聊发少年狂）。词中抒写自己“亲射虎，看孙郎”的豪情和“会挽雕弓如满月，西北望，射天狼”的壮志，与辛弃疾“马作的卢飞快，弓如霹雳弦惊”（《破阵子》）及“看试手，补天裂”（《贺新郎》）等“壮词”先后映辉。

豪放之作在词坛振起雄风，注入词中强烈的爱国精神，唱出当时时代的最强音。然而可以看到，苏轼的审美观念认为“短长肥瘠各有态”，“淡妆浓抹总相宜”，“端庄杂流丽，刚健含婀娜”。他是崇尚自由而不拘一格的。他提倡豪放是崇尚自由的一种表现，然而也不拘泥于豪放一格。如所作《蝶恋花》(花褪残红青杏小)，即为王士祯《花草蒙拾》称为“恐屯田(柳永)缘情绮靡未必能过。孰谓坡但解作‘大江东去’耶?”有些豪放词的作者气度才力不足而虚张声势，徒事叫嚣，或堆砌过多典故，也流于偏失了。

总之宋词中婉约、豪放两种风格流派的灿烂存在，两者中词人又各有不同的个性特色，加上兼综两格而自成一家如姜夔的“清空骚雅”等等，使词坛呈现双峰竞秀、万木争荣的气象。还应看到，两种风格既有区别的一面，也有互补的一面。上乘词作的风格即有偏胜，往往豪放而含蕴深婉，并非一味叫嚣，力竭声嘶；婉约而清新流畅，隐有豪气潜转，不是半吞半吐，萎弱不振。辛弃疾《沁园春》云：“青山意气峥嵘，似为我归来妩媚生。”董士锡说秦观词“正以平易近人，故用力者终不能到。”(《介存斋论词杂著》引)冯煦《六十一家词选·例言》说：秦观、晏几道“淡语皆有味，浅语皆有致”。刘过词为辛弃疾词“附庸”，“然得其豪放，未得其婉转”。可见峥嵘生妩媚、平易清浅而深致永味，乃辛弃疾、秦观等豪放、婉约词的极诣。

六、列岳峥嵘、百花竞艳的宋代词坛

公元960年赵宋政权建立后，先后兼并了各地割据势力。耐人寻味的是，西蜀、南唐政权虽为北宋所灭，可是后蜀赵崇祚所编《花间集》及南唐中主李璟、后主李煜及大臣冯延巳的词风却深深影响着北宋词坛。特别是李煜入宋以后所作，正如王国维所说：“词至李后主而眼界始大，感慨遂深，遂变伶工之词而为士大夫之词。”王鹏运说李煜是“词中之帝，当之无愧色矣”。所以李煜在政治上是亡国之君，在词坛则无愧为开创一代风气的魁首。

北宋前期重要词家如张先、晏殊、宋祁、欧阳修以至晏几道等，都是承袭南唐、《花间》遗韵的，晏欧之词，甚至有与《花间》《阳春》（冯延巳词集名）“相杂”者。然而试读他们的代表作，其气象高华而感情深沉，也各具个性，“士大夫之词”的格调成熟了。尤其晏殊之子晏几道，贵介公子而沉沦下位，落拓不羁，其词“清壮顿挫”，更胜乃父，故论者以晏氏父子比拟南唐李璟、李煜。柳永则是其时进一步发展词体的重要作者。他长期落魄江湖，因此其词中更能体现一部分城市市民的生活和思想感情，而且能采用民间俗曲和俗语入词，善用铺叙手法，创作大量慢词。柳词具有广泛的社会基础，形成宋词的新潮。

北宋中期苏轼的登场，词坛上耸峙起气象万千的巨岳。他不仅倡导豪放词风，“指出向上一路”（王灼《碧鸡漫志》），且“无意不可入，无事不可言”（刘熙载《艺概》），词的境界更大为拓展。苏门弟子及追随者秦观、黄庭坚、贺铸等都能各自开辟蹊径，卓然成家，在词坛呈现万紫千红的繁荣景象。尤其秦观的词深婉而疏荡，与周邦彦的富艳精工、李清照的清新跌宕如天际三峰，各超婉约词之顶巅。前代论者或谓周邦彦是词艺的“集大成”者。周邦彦与柳永并称“周柳”，主要指他们在词调方面的创造；与秦观并称“周秦”，主要指他们词中的情意缠绵；与南宋姜夔并称“周姜”，则主要指他们对音律的精审，故也有称周姜为格律派的。然而在“淡语有味”“浅语有致”“轻巧尖新”“姿态百出”方面，周邦彦是不及秦观、李清照以及柳永的。故明、清人推秦、李为婉约宗主，是很有见地的。李清照生当南北宋过渡时期，南渡以后词风由明丽而变为凄清，沈谦谓“男中李后主，女中李易安”（见《填词杂说》），以与李煜相提并论，确也当之无愧。

南宋以后，由于民族矛盾的尖锐，从宋金抗争到元蒙灭宋，爱国歌声始终回荡词坛，悲壮慷慨之调，应运发展，把豪放词风提高到一个新层次。张元幹、向子諲、岳飞、张孝祥、陆游、辛弃疾、陈亮、刘过、刘克庄、吴潜、刘辰翁、文天祥等，如连峰叠嶂，峥嵘绵亘。其中以辛弃疾的成就为最高，他一生有词六百多首，其中有抒写抗金和恢复中原的宏愿，壮志被抑的悲愤，对苟安投降派的批判，也有对自然风景、田园风光的赞美，深挚情意的低诉；风格以雄深雅健、激昂慷慨为主，也有潇洒超逸、清丽妩媚的。辛弃疾在宋代词人中创作最为丰富，历来与北宋苏轼并称“苏辛”，也各有特色。前人或在苏、辛之间比较高低，正如唐人之作李（白）、杜（甫）优劣论，是很困难的。陈毅《吾读》曾说：“东坡胸次广，稼轩力万钧。”不加轩轾，允称卓识。南宋时期还有许多杰出词人对婉约词风进一步开拓，宛如丛丛奇葩竞艳争胜，也不可能用婉约一格来概括。姜夔的“清空骚雅”，史达祖的“奇秀清逸”，吴文英的“如七宝楼台”，蒋捷的“洗练缜密”，周密的“有韶倩之色”“绵渺之思”，王沂孙的“运意高远”“吐韵妍和”，张炎的“清远蕴藉”“凄怆缠绵”，等等。他们都是在词的音律与修辞艺术上精益求精，有时也在所作中寓托家国之感。值得注意的还有与南宋大约同时的北方金朝地区之词，大致都是受宋词的影响，而与南方桴鼓相应，故当为当时词坛的组成部分。金末元好问词为北国之冠，足与两宋词家媲美。在艺术上他学习苏（轼）辛（弃疾）而广泛吸取各家之长，兼有豪放、婉约多种风格。元郝经《祭遗山先生文》说他"乐章之雅丽，情致之幽婉，足以追稼轩（辛弃疾）。"张炎《词源》谓其词"深于用事，精于炼句，风流蕴藉处不减周（邦彦）、秦（观）"。故可作为宋、金时代词艺发展的终结者。

宋词佳作，美不胜收。近人唐圭璋辑《全宋词》，约得二万首。孔凡礼《全宋词补辑》又收四百三十余首。本书选两宋词，主要依据《全宋词》，也参考了其他的经过整理注释的重要专集与选集，同时还选了由五代入宋的李煜词为冠首及与南宋时代相当的金词为后殿，共得一千四百余首。庶几比较全面反映一代词坛风貌。我们选录时注意兼顾思想性与艺术性、各种风格流派、大家与小家，并试加简明注释，间附古今有影响的评语，以期为弘扬中华优秀传统文化，吸取其精华为精神文明建设服务。由于我们水平的限制，工作中肯定存在许多不足或谬误之处，诚恳地祈求广大读者与专家们的批评指正。

一九九四年暮春之初于上海复旦大学

经典宋词 修订序

徐培均

这本书原名《宋词精华》，1995 年 6 月由巴蜀书社出版，迄今已 20 周年，所印 9500 册，早已销售一空。在此期间，曾听到一些好评，这里毋须多说；但也有人提过一些批评。对待批评，有三种态度：一是置之不理；二是加以反驳，甚至倒打一耙；三是虚心接受，尽力改正。作为一个负责任的学者，对待批评，应取第三种态度，且应以此为鉴，举一反三，对全书作过细的检视，并参阅有关典籍及今人著作，进行认真的修改和补充。这样庶几不致误导读者，贻笑大方。基于此，本书作了很大修改，由全国百佳出版单位黄山书社付梓，易为丛书《经典宋词》，冀能以焕然一新的面貌现身于当代词坛。下面谨作以下四点说明，以便读者了解“凤凰涅槃”的过程。

一、欢迎批评

原《宋词精华》在巴蜀书社初版后，曾收到韶关学院胡昭著、徐国华两先生一篇论文《白璧无瑕——评

〈宋词精华〉》。论文长达5000余字，2003年11月发表于《文艺理论与批评》。论文中既承谬奖，又赐中肯意见。前者不必引述，兹就后者择要如下：

第一条意见是针对北宋女词人卢氏《凤栖梧·题泥溪驿》的注释。我们原注引《清朝文献通考》，谓“泥溪，在屏山县西三里……”屏山，今属四川省。胡、徐两先生在文中指出：“从词的内容看，女词人是随父离汉州县（今四川广汉市）任所，先到成都入锦江，由锦江入岷江南下，到宜宾入长江再顺长江东下赴京，因而这泥溪必须在岷江两岸或入长江后东下的长江某处的南北两岸。”（着重号乃原文所加，下同）两位先生为此查阅了《中国地图集》，发现“女词人之父返京述职，是不会花两天时间从宜宾市往西去屏山西的‘泥溪’的”。然后两位又查了《中国古典诗词地名词典》《中国古今地名大辞典》《中华人民共和国地名辞典·四川分册》，以及《中国历史地图集》等五种书籍，终于找到：“泥溪河源出四川井研县，西南流至四川乐山市再向东南流入岷江。”并谓“如果这条河入岷江口叫泥溪，就正符合女词人出川路线”。结论是：“位于宜宾市西北45公里处的岷江东岸有一泥溪乡（镇），是唐代泥溪河入岷江口，现泥溪河已改为文星河。……这才是女词人出川必经路线上的泥溪驿。”

第二条意见是针对南宋词人张炎《梅子黄时雨·病后别罗江诸友》一条注释的。我们原注只提供一在四川省彭县与什邡县界，一在广东翁源东，而未知究在何处。胡、徐两先生既查阅了冯沅君《张玉田年谱》、邱鸣皋《张炎评传》，所列罗江，皆在浙江瑞安市，名罗阳。

他们未予采信，最后在《中国古今地名大辞典》上查到“一个名叫罗江的地名，在浙江慈溪县西南15里的后江南岸”，“此地有水有村子，倒正是词中所说‘流水孤村’”，后经电话咨询，此地已划归余姚。在《中华人民共和国地名词典·浙江省·余姚县》中，他们发现：“罗江是五代后梁时一名罗甫的隐者率家人避难于此，勤耕授礼，江名罗江，村以江名，村成块状。这正是一个隐者居住地。”两先生认为“此地离张炎住地绍兴只100公里，有水道可通，张炎是很容易到此访友的”。谨案：张炎尝游浙东，远达舟山，慈溪（今余姚）在舟山与绍兴之间，故两先生之说，甚合情理。

第三条意见是针对南宋词人阎苍舒《水龙吟》一词的注释。我们原注谓“此词出使金朝抵达汴京时作”，并引宋刘昌诗《芦浦笔记》卷十云：“蜀人阎侍郎苍舒使北，过汴京，赋《水龙吟》。”词之换头处云：“谁料此生亲到，十五年、都城如旧。”所据的版本是《全宋词》第三册1724页；而《全宋词》篇末注：“《芦浦笔记》。”《全宋词》乃权威性著作，应该没有问题。然而经胡、徐两先生考证，问题就出在这“十五年”上。他们指出其错有三：①《芦浦笔记》明明说“过汴京”，不是“抵达”，该抵达的地方应是金之都城上京会宁府，即今黑龙江省阿城市南的白城。②原注谓“本篇应作于高宗绍兴十一年（1141）”，也是错误的。阎苍舒乃于是年中进士，刚中进士怎能以侍郎身份出使金国？其间必须经过16年的升迁，才能达到侍郎这一职务。而“按规定，宋金双方贺正旦节的正使必须是尚书级（今正部级）的人才能担任，阎苍舒当时是以‘试（任用之意）吏部尚书’任正使的”,所说甚是。③两先生从以上两点推断,“十五年”是错误的,应是“五十年”。并从《宋史·孝宗纪》查出,阎苍舒是淳熙三年(1176)使金,淳熙四年(1177)返回。这离靖康之难(1126—1127),不正好“五十年”吗?这一推断证明阎苍舒《水龙吟》系作于由金返回过汴京时所作。所论十分正确,不仅对我们有帮助,对纠正《全宋词》偶尔发生的错误也是一个贡献。

第四条意见是针对姜夔《一萼红》“朱户粘鸡”一句的注释。我们原注为:“古代于人日剪纸为鸡,贴于门上以辟邪,见《岁时广记》。”这一注释也符合《荆楚岁时记》所载:“人日贴画鸡于户,悬苇索其上,插符于旁,百鬼畏之。”一般是看不出问题的。然而胡、徐两先生不但查了30种宋词选本,还查了《汉语大词典》,发现在所引《岁时广记·人日·最重人》后释云:“粘鸡:旧时礼俗。正月初一为鸡日,画鸡贴在门上,以示谨始。”鸡司晨,初一为一年之始,故贴鸡以示谨。据此,他们认为,“姜夔写自己人日外游,在长沙看到粘鸡,正与《岁时广记》说法相合。只不过这时的鸡并不是人日贴的,而是初一贴上,到人日仍然可见。”如此分析,细致入微,令人信服。

胡、徐两先生的赐教,对我们是很大的策励,特别是对我个人,作为《宋词精华》的统稿者,昔日在统改全书初稿时,竟没有发现和纠正这些问题,以致在一定程度上影响了第一版的质量。因此我更应对他们致以谢忱。现在此书与巴蜀书社已过合约期多年,将由全国百佳出版单位黄山书社重新出版。2010年9月中旬,侨居美国多年、年届八十六岁高龄的顾易生教授回复旦小住,听说此书将要重印的消息，不胜欣喜，当面嘱咐对本书精加校阅，改正错误，尽量吸收新的研究成果，加以充实与提高。他与其他几位主编也都写了委托书，授权给我处理《宋词精华》出版事宜。因此，我当不负重托，将此书的修订作为一项科研任务来认真完成。

二、关于错字及词人小传

经过将近五年的校阅，我发现原《宋词精华》中的讹错之处比胡、徐两先生所指出的要多出几十倍。从词人的生平、词的选目、词的作年、词中涉及的人名、本事到字句，都存在或多或少的问题。此处特择其要者加以说明。

首先在字句的讹脱方面，就有近千条。例如辛弃疾《贺新郎·别茂嘉十二弟》中"绿树听鹈鴂"句中的"鴂"字，都误作"呔"字。在这首词的正文及注释中，此字共错了五个。他词凡有"鴂"字，几乎一律皆错。其余错字，指不胜屈。

在词人小传方面，原版既有对的，也有错的。对的多，错的也不少。例如北宋词人马瑊，《全宋词》作马成。我们据史容《山谷外集》卷十七《寄忠玉提刑》诗之题下注释，将他改正为马瑊，字忠玉。其实此人与苏轼及其门人多有交往，在秦观《淮海集》卷八中就有《次韵马忠玉喜王定国还自宾州》一诗。经我考证，马瑊，茌平人，（元祐六年）官两浙提刑，其前尝与苏轼以《木兰花令》相唱和。参见《宋诗纪事补遗》卷二十八。此处《宋词精华》原注已改正《全宋词》之误。但原注中错的地方也不少。例如南宋词人李泳，本为扬州人，李正民之子，其兄洪、漳，弟浍、澥，并有文名，有《李氏花萼集》五卷载其一门之作。但原版却误作庐陵（今江西吉安）人。又如王炎，同名者有两人。前者字公明，生于高宗绍兴七年（1137），卒于宁宗嘉定十一年（1218），曾为四川宣抚使，陆游在其麾下任夔州通判。后者字晦叔，生于绍兴八年（1138），卒于宁宗嘉定十一年（1218），张栻帅江陵，檄入幕府。如果对这两人的生卒年月及仕履搞不清，就会给他们的词作带来许多误解，并影响他与大诗人陆游的关系。又如苏庠，原注澶州人或澧州人，澶与澧乃形近而误，故删去前者。

其他改正或补充生卒年月的还有30余人。如林逋生于宋太祖乾德六年（968），原注却提前了一年；夏竦卒于1051年，原注也提前一年；柳永的生卒年应为987？—1055后，而原注却作987—1053，乃过于肯定。杜安世原来只写其生活年代，现补上“生当宋仁宗康定（1041）前后”。孙洙生时原误作1032年，今改作1031年。晏几道，原注“生卒年不详”，今补作约1030—1106年。女词人魏夫人，乃北宋宰相曾布之妻，生平简略；兹据曾燠《江西诗征》补上她的小传。王诜原注生卒年不详，今补上神宗熙宁二年（1069）选尚英宗女蜀国大长公主，则有利于对其生平的了解。孔平仲，与秦观善，守衡阳时，尝和秦之《千秋岁》一词，在词史上很重要，原注不知其生卒年月，兹补为1042—1105。赵令畤出生时原注误为1051年，今改正为1061年。谢逸，原注不知出生时间，今补为1068年。毛滂，原注无卒年，今补为1124年后。谢逸从弟谢薖，补上生卒年为1074—

1116年。陈克,死于高宗绍兴七年(1137)庐州郦琼之变,此次补上卒年。韩驹,补上生卒年(1080—1135)。吕胜己,补上"约1173年前后在世"。汪莘,补上卒年1277年。郑域,补生卒年(1152—1173)。高观国,生卒年原不详,从他的《东风第一枝·访梅溪》及又一首贺陆放翁七十八岁生日的词中,知其宁宗嘉泰二年(1202)尚活跃于词坛。曹豳,补上生卒年(1170—1249)。韩嘐,生卒年原不详,特补上宁宗嘉定(1208—1213)前后在世。吴泳,特补上生卒年(1181—?)。王埜,原不详生卒年,今补上(?—1260)。黄孝迈,里籍不详,兹补为"三山(今福州)人,黄师参(子鲁)之子,生当宋宁宗朝(1196—1223)"。著名词选家黄昇,生平原不详,兹补为"淳祐(1188—1248)间在世"。徐霖,原卒年误为1262,兹改为1261。著名词乐家杨缵,原误作严陵人,今改为"开封人,度宗洪后外甥杨石的养子,原籍开封,先人徙钱塘,见周密《齐东野语》。尝官司农卿,帅浙东,赠少师"。杨缵以善音律著称,然其生卒年原不详,兹补作(1210—1269),对其身世及其倚声业绩,更作了较详细的介绍。杨韶父,补"淳熙元年(1241)进士"。宋末著名词人周密,原卒年误作1308,兹改正为1298。民族英雄文天祥卒年误作1283,兹订正为1282。刘壎,由宋入元,生年被误作1204,兹改作1240。汪元量,生卒年原不详,兹补作(1241—1317?)。王沂孙,生卒年不详,兹定为周密晚辈,张炎平辈。张炎,生卒年原作(1248—1320),卒年尚有疑,故加一"?"号。凡此种种,尚有多人,不遑枚举。

词人小传中的身世与仕履,原版尚较翔实,但也有少数需作补充或订正的。如晏几道，补上“曾任太常寺太祝，熙宁七年(1074)，以郑侠上书反对王安石变法，受株连入狱。元丰五年(1082)，监颍昌府许田镇，‘年未至乞身，退居京师赐第’”(见《碧鸡漫志》卷二)。孔夷，补“孔旼之子，孔子47世孙”。司马槱，补“司马光从孙”。葛立方，补“隆兴二年(1164)，命知宣州”。杨炎正，补“初为宁远主簿，又任吏部阁架。嘉定三年(1210)，改大理司直，七年，知藤州，被论罢”。王澜，补“因功授从事郎”。方岳，补“绍定五年(1232)进士……尝忤史嵩之、贾似道而罢官，为江湖诗派诗人，与刘克庄齐名”。陈允平，号西麓，原生卒年不详，今补为(1205？—1285?)。又补“淳祐三年(1243)为余姚令。咸淳九年(1273)，佐四明郡守刘黻创慈湖书院。元至元十五年(1278)，因事被捕，获释后，隐居万叠楼”。文及翁，补“景定三年(1262)以太学录召试馆职，除秘书省正字”。周密，补“景定二年(1261)，为临安府幕僚，监和剂局。咸淳间，历两浙运司掾……景炎初(1276)，任义乌令。宋亡不仕，迁居杭州，学词于杨缵”。文天祥，补“至元十九年(1282)在大都(今北京)柴市口慷慨就义”。邓剡，补“祥兴元年(1278)六月，从驾至厓山”。汪元量，补“钱塘(今杭州)人，咸淳间入太学，度宗时以善琴奉侍南宋宫廷谢后……至元二十五年(1288)，赐为道士南归”。蔡松年，补“宋宣和末守燕山，战败，随父降金；天会间(1128后)，尝随兀朮攻宋”。为这些词人补上身世与履历，当有助于对其生平与词作的研究。

此书今改为丛书，名曰《经典宋词》，所谓经典者，言其特色之鲜明，艺术质量之精粹，影响之深远，皆经过历代词学家之点赞与评定，披沙见金，著于典籍，成为典范者也。2014年，沪宁两地有关教育单位以“减轻孩子压力”为借口，删除语文教材中多首诗词，最终引起了习近平同志的批评：“我很不赞成把古代经典诗词和散文从课本中去掉，‘去中国化’是很悲哀的。应该把这些经典嵌在学生脑子里，成为中华民族文化的基因。”（引自上海建交委党校教授刘惠恕《新文化运动的功过浅议》，见上海炎黄文化研究会编《炎黄子孙》2015年第2期第10页）故书中所选，以大家、名家为主，对小家、无名氏的词作，凡有杰出成就者，也酌予采撷，以免遗珠之憾。作品本身出色是基本的，历代词学名家的品评鉴定也很重要。因此在选词时，即特别注重这一点；而此次修订，更补足了数百项评语。有的是补在作者小传（介绍）中，藉以证明作者的词学风格及其在词学发展史上地位；多数是补在作品“注释”的第①条中。这些评语，或显现词之本事、创作背景，或点明词之内涵和特色，以及作词之手法与对后世的影响。所引评语大多从前人词话、笔记和正史中择来，其中得惠于唐圭璋先生《词话丛编》最多。词话所未及者，间亦采用今人评语及本人的浅见，以供参考。

原版《宋词精华》在词人小传中间亦引用前人评语，但疏漏者仍有不少，此次也作了大量补辑，约占全部辑评的百分之八十左右。现举一些名家为例。如欧阳修小传中，补上刘熙载《艺概·词概》：“冯延巳词，晏同叔得其俊，欧阳永叔得其深。”以说明南唐词与宋初词的传承关系。黄庭坚小传中，补上陈师道《后山诗话》：“今代词手，惟秦七、黄九尔，唐诸人不逮也。”向子諲小传中补上胡寅《向芗林〈酒边集后序〉》:“观其退江北所作于后,而进江南所作于前……以枯木之心,幻出葩华。”并引其语谓向词“上承苏轼”。吴叔姬小传中,补《花庵词选》云:“叔姬女流中黠慧者,有词五卷名《阳春白雪》,佳处不减易安也。”在康与之小传中,补陈廷焯《云韶集》评:“其人不足取,其词则哀感顽艳,尽有佳者。”在张孝祥小传中,补汤衡《张紫薇雅词序》:“见公平昔为词,未尝著稿,笔酣兴健,顷刻即成,初若不经意,反复究观,未有一字无来处。”在孙惟信小传中,补沈义父《乐府指迷》:“孙花翁有好词,亦善运意,但雅正中忽有一两句市井句,可惜。”在词选名家黄昇小传中,补上冯煦《蒿庵论词》,谓其自作“专尚细腻”。如此等等,以期有助于对词人整体风格及其在词史上地位的研究。

尤须指出的是对作品的品评,如姜夔《齐天乐》咏促织词,清许昂霄《词综偶评》曰:“将蟋蟀与听蟋蟀者层层夹写,如环无端,真化工之笔也。”又如清陈廷焯《词则·大雅集》评王沂孙《水龙吟·落叶》词云:“笔意幽冷,寒芒刺骨,其有慨于厓山乎。”王沂孙咏物词皆有寄托,但大都不明其本意,经陈氏一点拨,则此词与宋帝昺崖山投海有关。近人唐圭璋评词,亦多真知灼见,如其评史达祖《三姝媚》云:“此首忆旧游,辞情俱胜,最得清真之神理。”此则指周邦彦对后世词风之影响,为一般读者所不易窥见。所引评语,类多点睛之笔,若与所评之词结合起来,可以加深对原作之理解,举此数例,以窥一斑。

三、关于词的选目

在中国古典文学的研究中，自《昭明文选》以来，就有一种“选学”。因为列朝列代的作品，浩如烟海；有些作家的“别集”，也动辄数万言。其中精粗杂糅，瑕瑜互见。就读者方面而言，多无暇通读全集，更何况长达五大册的《全宋词》。因此必须加以选编。所选作品，或为其代表作，或为读者所广泛喜爱。由于选者的学术水平、鉴赏能力不一，故其选集，亦有高下之分，优劣之别。

此丛书既名《经典宋词》，因此在选目上必须重在“经典”二字。《宋词精华》第一主编、复旦大学资深教授顾易生先生以高屋建瓴之笔撰写了《前言》，且又自选自注了李煜、苏轼、洪皓与岳飞的词，为全书之选注作出了典范。其余篇目，悉数交由我来选。唐圭璋《全宋词》二万余首，孔凡礼《全宋词补辑》又得四百三十余首，数量极大。加之本书以公元纪年，从宋朝立国的建隆元年(960)起，至宋亡祥兴二年(1279)止；而金朝与南宋时间相当，也在本书应选范围之内，故词之总数超过二万首。在这庞大的原著中，要选一千四百余首，殊非易事。当年我战战兢兢接过这个任务，不敢稍懈，调动了从事词学多年的积累，进行这项工作。就小令而言，是在拙著《唐宋词小令精华》的基础上加以扩展、精择；其中长调则参考了多种唐宋以迄明清的词选。其中特别重要的是业师龙榆生先生的《唐宋名家词选》和太老师朱祖谋先生的《宋词三百首》。至于明陈耀文的《花草粹编》、沈际飞诸家的《草堂诗馀》等等，则是必读和必用的参考书。选好以后，便分发各位先生执笔撰著。现在看来，所选篇目基本可靠。但今天重读，仍发现一些不够“经典”或争议较大的词作，兹列于下：

①欧阳修的《蝶恋花》二首，一首起句为“谁道闲情抛掷久”，一首起句为“几日行云何处去”，皆见于王鹏运四印斋所刻词本《阳春集》，可见为南唐冯延巳作，故删去此二首。

②杜安世的《菩萨蛮》（游丝欲堕还重上）和《凤栖梧》（任在芦花最深处）。案：宋人陈振孙《直斋书录解题》对其人评价不高。《四库全书总目提要》则称其词“往往失之浅俗，字句犹多凑泊”。二词确有此弊，故删之。

③晏几道为北宋大词人，本书原收其词45首，似嫌太多，而《生查子》（关山魂梦长），宋黄昇《唐宋绝妙词选》卷五作王通叟（王观）词，甚是。《归田乐》亦无甚特色，故皆删之。

④汪辅之《行香子》（晚绿寒红），此人仅此一首，而又欠佳，故删。

⑤周邦彦《菩萨蛮·梅雪》，虽较好，却与他作不称，故删。

⑥刘仙抡《霜天晓角·题蛾眉亭》，此首不但将“蛾眉”释为女子之眉，其他注释全错。本篇实乃韩元吉词，前已录。故删刘作。

此次重审选目，觉得该删则删，该补的还应补。李冠为宋初词人，所作不多，原选《六州歌头》（秦亡草昧）一首，而其《蝶恋花·春暮》则备受前人推崇，如陈师道《后山诗话》载：“介甫（王安石）谓张先‘云破月来花弄影’,不如李冠‘朦胧淡月云来去’也。”张先以“张三影”著称,但其中最有名的一句,却不如李冠的这一句。《宋词精华》未收李冠此词,确有“沧海遗珠”之憾,所以本丛书应当补上。

四、关于词的注释

李清照说,词“别是一家”,因为“词之为体,要眇宜修,能言诗之所不能言,而不能尽言诗之所能言”(王国维《人间词话》)。诗言志,既“缘情而发”,亦能反映广阔的社会生活,所以更以叙事见长。而词则着重抒情,故曰:“凡词无非言情。”(清徐釚《词苑丛谈》卷四《品藻》)叙事诗多用典,抒情词用典虽少,却如羚羊挂角,无迹可求。因此前人以为注诗难,注词尤难。尽管难,作为全宋词的选本,必须让人读懂,并能从中得到艺术享受,且对宋词的各种风格及其演变概貌,有一个深刻的了解,所以再怎么难,也得克服。我们克服困难的办法是在注释中力求贯彻以下几点:一、注明创作年代和背景,也就是有关词的本事;二、引证前人评语指出本词的主要特色,或径自行评点;三、解释词语和用典;四、宋词常化用唐诗,凡词中化用唐诗,应尽力指出;五、南宋自稼轩始,词中常化用经、史、子、集语言,也应注明;六、词提倡以俗为雅,常用方言俗语,有的已过时,必须释之。

《宋词精华》原来的注释,就是按照以上六点要求来做的,但因执笔者的情况有异,故整体水平参差不齐,而我在统稿时也有所疏忽。有些问题已经胡昭著、徐国

华两先生指出(见前),还有300多处错误与不足,也应逐一订正和增补。此处难以列举,择其要者,概述如下:

第一,洪皓《江梅引》作年,原未明确指出,兹引洪迈《容斋五笔》卷三《先公诗词》,谓其父壬戌(绍兴十二年)在燕京作此词,“所引用句语,一一有来处。北方不识梅花,士人罕有知梅事者”;“每首有一‘笑’字,北人谓之‘四笑梅花引’,争传写焉”。增补此条,庶几对词之创作背景与影响,也可增加一些理解。

第二,朱熹《念奴娇·用傅安道和朱希真梅词韵》,原注“朱希真,字秋娘,建康府朱将仕女。”此亦有据,《词苑丛谈》卷八《纪事》云:“《名媛集》载朱希真,名秋娘,适徐必用。”然《丛谈》亦有夹注云:“花庵词客云:希真名敦儒,此则别是一人也。”故此朱希真应是词人朱敦儒,其生活年代(1081—1159)早于朱熹(1130—1200),词名甚著。一查他的《樵歌》,果有《念奴娇》七首,第一首起云:“见梅惊笑,问经年何处,收香藏白。”朱熹和词,全用此韵,遂加以订正。

第三,戴复古妻《祝英台近》的本事,原未注。今承湘潭大学刘庆云教授赐教,元陶宗仪《辍耕录》及万历《黄岩县志》载其本事,谓戴复古流寓武宁(今属江西),有一富翁爱其才,以女妻之,留二三年,忽言故乡(台州黄岩)已有妻,欲归。翁大怒,女婉为之说,并赠以路资及此词。夫既别,此女遂投水死。可见这是一个悲剧。了解此一本事,读词时则更加催人泪下,而词的艺术价值也更加突显出来。

第四,林外《洞仙歌》原注引叶绍翁《四朝闻见录》丙集以明其本事,固佳;然周密《齐东野语》卷十三更云:“林外,字岂尘,泉南人。词翰潇爽,诙谲不羁……尝为垂虹亭词,所谓‘飞梁遏水’者,倒题桥下,人传为吕翁作;惟高庙识之曰:‘是必闽人也,不然,何得以锁字协扫字韵。’已而知其果外也。”宋词中,尝有黄庭坚辨闽音之事;今则又增一例,对研究词之音韵,当有裨益。

第五,周密《浩然斋词话》云:“周美成长短句,纯用唐人诗句。”又云:“贺方回尝言,吾笔端驱使李商隐、温庭筠常奔走不暇。”如此,渐成风气。如周邦彦《满庭芳·夏日溧水无想山作》中,就化用了杜甫《陪广文游何将军山林》《绝句漫兴九首》、杜牧《赴京初入汴口晓景即事先寄兵部李郎中》、白居易《琵琶行》中的诗句,原《宋词精华》多不曾注明。化用或引用隋唐诗入词者不自周、贺始,较前的晏几道在《临江仙》一词中用五代翁宏《春残》诗“落花人独立,微雨燕双飞”,恍如己出。秦观《满庭芳》(山抹微云)词中“斜阳外,寒鸦数点,流水绕孤村”,化用隋炀帝诗句,晁补之认为“虽不识字人,亦知为天生好言语”。这里体现了文学上继承与发展以及诗词之间相互影响的关系,是一个重要命题。因此我在修订本书时,特别加以关注。例如陈亮《鹧鸪天·怀王道甫》,乃写其不合时宜的满腹牢骚,起二句“落魄行歌记昔游,头颅如许尚何求”,《宋词精华》原注云:“落魄:穷困失意。”以下则是一些不重要的解释,完全可省去。其实“头颅”一句有典。据北宋赵令畤《侯鲭录》卷六,宋真宗时,隐士杨朴应召赴官,其妻作诗送之曰:“更须落魄贪杯酒,亦莫猖狂爱咏诗。今日捉将官里去,这回断送老头皮。”陈亮乃化用此诗,谓头颅已老，夫复何求！陈亮曾上《中兴五论》，又三次下狱，故而有此牢骚。

有些词化用唐诗，必须狠下功夫才能找出。如崔与之《水调歌头·题剑阁》云："乱山极目无际，直北是长安。"长安在四川剑阁之北，自然是写实；但我凭印象，觉得是化用杜诗，然又不知在何处。由此下决心查《钱注杜诗》，整整花了一天工夫，才发现杜甫在《小寒食舟中坐》诗中写道："云白山青万余里，愁看直北是长安。"可见注释之难。

第六，有些词看似无典，实际有典，需敏锐地加以观察。姜夔自度曲《疏影》云："苔枝缀玉，有翠禽小小，枝上同宿。"翻遍了许多有关选注本，皆未解释"翠禽"为何鸟，又有何典故。实即苏轼《西江月·梅》词所说的"海仙时遣探芳丛，倒挂绿毛幺凤"也。对此，苏轼在《十一月二十六日松风亭下梅花盛开》一诗的《再用前韵》中有自注，云："岭南珍禽有倒挂子，绿毛红喙，如鹦鹉而小，自东海来，非尘埃中物。"庄绰《鸡肋编》卷下也在解释苏轼此词时说："广南有绿羽丹嘴禽，其大如雀，状类鹦鹉，栖集皆倒悬于枝上，土人呼为倒挂子。"

那么，姜夔何以叫它为"翠禽"，亦有来历。洪皓在《江梅引·访寒梅》词"引领罗浮，翠羽幻青衣"句下自注云："赵师雄罗浮见美人在梅花下有翠羽啾嘈相顾，诗云：'学妆欲待问花神。'"又相传隋开皇中，赵师雄"过罗浮山，天寒日暮，见林间有酒肆，旁茅舍。一美人淡妆靓色，素服出迎，相与叩酒家门，共饮。雄不觉醉卧。既觉，乃在大梅树下，有翠羽嘈唧其上，月落参横，惆怅不已"（见《尚友录》，又见《龙城录》）。由此可知，

"翠羽"即苏词中的"倒挂子",姜词中的"翠禽",而姜因平仄所限,改"羽"为"禽"。它们都与梅花有关,惜前人皆未注,而《宋词精华》原注又忽略。

最后还得说明一下,《宋词精华》原注犹有二十多篇出现了错误,甚至常识性的错误,比如:刘仙抡《霜天晓角·题蛾眉亭》,前韩元吉已有此词,是我所误选,而注释者更错,他不知此亭在当涂采石矶上,而说这是女人的蛾眉,因此今天我把它全删了。又如刘壎的《菩萨蛮·和詹天祐》、蒋捷的《一剪梅·宿龙游朱氏楼》、陈以庄的《水龙吟·记钱塘之恨》、李好古的《谒金门》、刘辰翁的《柳梢青》(铁马蒙毡),或因不悉时代背景和词之本意,或望文生义,仅从字面上作与词无关的解释,而这些字面又大多是常用语,不免乱说一通。因此不得不推倒重来,另行注释。这一点,当怪我在初版前统稿因为赶时间造成的疏忽。此次修订,我不惜时间与精力,务期一一改正与补充。但效果如何,尚希有关专家与广大读者不吝赐教。

改革开放以来,在词学研究中,已涌现了许多令人可喜的成就,本书在修订过程中备受沾溉。尤为可喜的是,不少名家别集的笺注相继问世,如前辈学者龙榆生师的《东坡乐府笺》、夏承焘的《姜白石词编年校注》、邓广铭的《稼轩词编年笺注》、杨铁夫的《吴梦窗词笺释》、吴则虞的《清真集校点》《花外集笺注》、钱仲联的《后村词笺注》、罗忼烈的《清真集笺注》。同行专家则有马兴荣、祝振玉的《山谷词校注》、钟振振的《东山词校注》、邓子勉的《樵歌校注》、史克振的《草窗词校注》、曹济平的《芦川词校注》、吴企明的《须溪词校注》等等,各有所长，本书多有借鉴。特别是周笃文、马兴荣两先生主编的《全宋词评注》也于近年问世，实为词坛一大贡献。在我校对小样时蒙笃文先生赠我一套《全宋词评注》，这对解决一些疏漏的问题，起了很大作用。在此，谨致以衷心的感谢。拙著《淮海居士长短句笺注》和《李清照集笺注》，自然是必须利用的了，此处不应多讲。

本人承其他主编委托，历经五载，修订两遍，然年已八十有八，幸不至过于衰耗，虽尽心竭力，而讹脱之处，在所难免。敬请同行专家与广大读者不吝赐教！

现在这本凝聚了多位前辈和当代学人心血的著作即将问世了，不幸的是，我们的第一主编、复旦大学著名教授顾易生教授已于2013年8月18日下午2时57分（北京时间19日凌晨2时57分）在美国华盛顿溘然仙逝，不禁引起我们内心的震撼。伤痛之余，谨赋小词《思佳客》，以示哀悼：

一去西洋竟不归，浦江东望雨凄凄。玖园篱槿沿阶泣，复旦师生掩泪啼。　　思往事，忆同师，西窗剪烛论诗词。新书将印君先逝，忍看寝门映夕霏。

先生已矣，虽万人何赎！呜乎痛哉！

2015年8月于上海社会科学院文学研究所

目　录

李　煜

夏　竦

聂冠卿

范仲淹

杨　适

柳　永

张　先

晏　殊

欧阳修

韩　琦

杜安世

赵　抃

卢　氏

刘　述

李师中

蔡　挺

司马光

刘　敞

韩　缜

王安石

郑　獬

范纯仁

章　楶

徐　积

王安国

孙　洙

韦　骧

晏几道

李之仪

苏　辙

马　瑊

舒氏

舒亶

孔平仲

了元

黄裳

王雱

黄大临

黄庭坚

盼　盼

晁端礼

李元膺

米　芾

李　甲

赵令畤

贺　铸

仲　殊

晁补之

陈师道

张　耒

李煜

李煜(937—978),初名从嘉,字重光,号钟隐,南唐中主李璟第六子,史称李后主。工书善画,洞晓音律。前期与大、小周后感情甚笃,生活奢靡,常形之于吟咏。宋太祖建隆二年(961),煜继父位为南唐国主,奉宋正朔。开宝八年(975),金陵城破,被俘,押赴汴京,封违命侯。宋太宗太平兴国三年(978)七夕,赐牵机药,中毒而死。李煜入宋后,多以小词抒写伤离惜别怀抱,寄寓故国之思、失国之痛,语言明净,音韵流畅,能以对比、白描等手法表现人生感慨。王国维《人间词话》评曰:“词至李后主而眼界始大,感慨遂深,遂变伶工之词而为士大夫之词”;“后主之词,真所谓以血书者也。”近人詹安泰有《李璟李煜词》注释本。

捣练子令[①]

深院静,小庭空,断续寒砧断续风[②]。无奈夜长人不寐,数声和月到帘栊[③]。

【注释】

①此词当作于公元975年入宋以后。调下原注:“出《兰畹曲令》。”此集乃宋代孔方平所辑,见王灼《碧鸡漫志》卷二。

②寒砧:寒夜砧声。砧,即捣衣石。唐沈佺期《古意呈补阙乔知之》诗:“九月寒砧催木叶,十年征戍忆辽阳。”

③帘栊:挂有竹帘的窗棂。

阮郎归[①]

东风吹水日衔山,春来长是闲。落花狼藉酒阑珊[②],笙歌醉梦间。　　珮声悄[③],晚妆残,凭谁整翠鬟[④]。留连光景惜朱颜,黄昏独倚栏。

【注释】

①此词系赠郑王十二弟。据李焘《续资治通鉴长编》载，宋太祖开宝四年(971)十一月癸巳朔，江南国主遣其弟郑王从善来朝贡。词当作于此时。

②阑珊：残尽。

③珮声：古人服饰环珮，行动时有声。

④整翠鬟：指梳头。

清平乐[①]

别来春半，触目柔肠断。砌下落梅如雪乱[②]，拂了一身还满。　雁来音信无凭[③]，路遥归梦难成。离恨恰如春草，更行更远还生[④]。

【注释】

①词为春天怀人而作，疑与《阮郎归》(东风吹水日衔山)作于同时。

②砌下：台阶之下。

③"雁来"句：古代谓雁可传书。相传汉苏武陷于匈奴，牧羊北海。武之属吏常惠夜见汉使，诡言汉武帝在上林苑射得一雁，足有帛书，知武等在某泽中。遂被释归。见《汉书·苏建传》附。

④"离恨"二句：《楚辞·招隐士》："王孙游兮不归，春草生兮萋萋。"俞陛云《唐五代两宋词选释》评云："《六一词》之'行人更在青山外'，东坡诗之'但见乌帽出复没'，皆言极目征人直至天尽处，与此词'春草'句，俱善状离情之深挚者。"

虞美人[①]

风回小院庭芜绿，柳眼春相续[②]。凭栏半日独无言,依旧竹声新月似当年。　　笙歌未散尊前在[3],池面冰初解。烛明香暗画楼深,满鬓清霜残雪思难任[4]。

【注释】

①此首沈际飞《草堂诗余续集》评曰:“此亦在汴京忆旧乎?”当为入宋后作。

②柳眼:柳芽初生如睡眼初开,故称“柳眼”。唐元稹《生春》诗之九:“何处生春早,春生柳眼中。”

③尊前:《词综》《全唐诗》作“尊罍”。此指酒席。

④“满鬓”句:形容鬓发愁白。

乌夜啼

昨夜风兼雨,帘帏飒飒秋声[1]。烛残漏断频欹枕[2],起坐不能平。　　世事漫随流水,算来一梦浮生[3]。醉乡路稳宜频到[4],此外不堪行。

【注释】

①“帘帏”句:帘帏,窗帘。飒飒,象声词。屈原《九歌·山鬼》:“风飒飒兮木萧萧,思公子兮多离忧。”

②“烛残”句:漏,即铜壶滴漏,古代计时器。频欹枕:指倚枕不眠。

③一梦浮生:李白《春夜宴从弟桃花园序》:“浮生若梦,为欢几何!”

④醉乡:醉中境界,杜牧《华清宫三十韵》:“雨露偏金穴,乾坤入醉乡。”

临江仙[1]

樱桃落尽春归去,蝶翻金粉双飞。子规啼月小楼西[2]，画帘珠箔[3]，惆怅卷金泥[4]。　门巷寂寥人去后，望残烟草低迷。炉香闲袅凤凰儿。空持罗带，回首恨依依[5]。

【注释】

①此词作于开宝八年(975)宋兵围困金陵城之际，相传后有苏辙题跋云："凄凉怨慕，真亡国之声。"(见陈鹄《耆旧续闻》卷三)

②子规：杜鹃鸟。相传啼声如"不如归去"，易引起人们羁旅飘零之感。

③珠箔：即珠帘。《西京杂记》："昭阳殿织珠为帘，风至则鸣，如珩佩之声。"

④卷金泥：谓卷动镀金的帘箔。金泥，以金色镀帘。

⑤"炉香"三句：原缺，据《耆旧续闻》补入。凤凰儿，香炉上图案。

破阵子[1]

四十年来家国[2]，三千里地山河[3]。凤阁龙楼连霄汉，玉树琼枝作烟萝[4]。几曾识干戈？　一旦归为臣虏，沈腰潘鬓消磨[5]。最是仓皇辞庙日[6]，教坊犹奏别离歌[7]。垂泪对宫娥。

【注释】

①此词作于宋开宝八年(975)城破被俘之际。

②四十年：南唐自公元937年建国至975年共三十八年，此处举其整数。

③三千里地：马令《南唐书·建国谱》谓南唐"共三十五州之地，号为大国"。

④"玉树"句：形容树木的珍贵与茂密。烟萝，雾气朦胧中

的萝蔓。唐赵嘏《早出洞仙观》诗:“露浓如水洒苍苔,洞口烟萝密不开。”

⑤“沈腰”句:沈腰,即瘦腰,据《南史·沈约传》,沈约与徐勉书曰:“百日数旬,革带常应移孔。”后世因称瘦腰为沈腰。潘鬓,头发斑白。晋潘岳《秋兴赋》序:“余春秋三十有二,始见二毛。”唐元稹《酬翰林白学士代书一百韵》:“潘鬓去年衰。”

⑥辞庙:辞别宗庙。指离开南唐祖业,押赴宋廷。

⑦教坊:管理宫廷音乐的机构。苏轼《东坡志林》评曰:“后主既为樊若水所卖,举国与人,故当恸哭于九庙之外,谢其民而后行。顾乃挥泪宫娥,听教坊离曲哉!”

望江梅[①]

闲梦远,南国正芳春。船上管弦江面渌[②],满城飞絮辊轻尘[③]。忙杀看花人。　　闲梦远,南国正清秋。千里江山寒色远,芦花深处泊孤舟。笛在月明楼[④]。

【注释】

①此为双调《忆江南》,写入宋后对江南故国的眷恋。

②渌:清沏。

③辊(gǔn):像车轮般很快转动。

④“笛在”句:唐赵嘏《长安晚秋》诗:“长笛一声人倚楼。”此用其意。

望江南

多少恨,昨夜梦魂中。还似旧时游上苑[①],车如流水马如龙[②]。花月正春风。　　多少泪,断脸复横颐[③]。心事莫将和泪说,凤笙休向泪时吹[④]。肠断更无疑。

【注释】

①上苑：指在故都金陵(今江苏南京)的御花园。

②“车如”句：《后汉书·马皇后纪》：“前过濯龙门上，见外家问起居者，车如流水，马如游龙。”

③横颐(yí)：谓泪水横流于颊上。颐：腮。

④凤笙：汉应劭《风俗通·声音》：“《世本》：‘随作笙。’长四寸，十二簧，像凤之身，正月之音也。”李白《襄阳歌》：“凤笙龙管行相催。”

乌夜啼[①]

林花谢了春红，太匆匆。无奈朝来寒雨晚来风。
胭脂泪，留人醉。几时重[②]？自是人生长恨水长东[③]。

【注释】

①此词入宋后作，调名一作《相见欢》。

②胭脂泪：美人的眼泪。重：重复，再现。三句谓昔时宫中生活难再得。

③“自是”句：王国维《人间词话》：“词至李后主而眼界始大，感慨遂深……‘自是人生长恨水长东’‘流水落花春去也，天上人间’，《金荃》《浣花》能有此气象耶？”

乌夜啼[①]

无言独上西楼，月如钩。寂寞梧桐深院锁清秋。
剪不断，理还乱，是离愁[②]。别是一般滋味在心头[③]。

【注释】

①本篇作于入宋以后，写幽闭时的愁怀。调名一作《相见欢》。《花庵词选》评云：“此词最凄惋，所谓亡国之音哀以思。”

②“剪不断”三句：以乱丝喻离愁。

③滋味：原指人的味觉，此处谓心头之离愁。这是一种独特的艺术手法，即今人所谓的“通感”。

子夜歌[①]

人生愁恨何能免？销魂独我情何限[②]。故国梦重归，觉来双泪垂。　　高楼谁与上？长记秋晴望。往事已成空，还如一梦中。

【注释】

①此词归宋后作，马令《南唐书·后主书第五》：“后主乐府词云：‘故国梦初归，觉来双泪垂。’又云：‘小楼昨夜又西风，故国不堪翘首月明中。’皆思故国者也。”

②销魂：《文选》梁江淹《别赋》：“黯然销魂者，唯别而已矣。”

浪淘沙[①]

往事只堪哀，对景难排。秋风庭院藓侵阶[②]。一桁珠帘闲不卷[③]，终日谁来。　　金剑已沉埋[④]，壮气蒿莱[⑤]。晚凉天净月华开。想得玉楼瑶殿影，空照秦淮[⑥]。

【注释】

①词为入宋后抒写幽闭时心情。

②藓侵阶：语本唐刘禹锡《陋室铭》：“苔痕上阶绿。”此谓青苔向台阶上蔓延。极言无人行走。

③一桁：一作“一任”。桁，门框上横木。此句谓终日垂帘。

④金剑：《墨子·公孟》云，齐桓公“高冠博带，金剑木盾。以治其国”，此处借以象征帝王的权力与威仪。

⑤蒿莱：野草之属。唐陈子昂《感遇》诗之三十五：“感时思

报国，拔剑起蒿莱。”

⑥秦淮：河名。在南唐故都金陵（今江苏南京）。

虞美人[①]

春花秋月何时了？往事知多少。小楼昨夜又东风，故国不堪回首月明中。　雕栏玉砌应犹在[②]，只是朱颜改[③]。问君能有几多愁？恰似一江春水向东流[④]。

【注释】

①本篇作于宋太宗太平兴国三年（978）。陆游《避暑漫钞》云：“李煜归朝后郁郁不乐，见于词语，在赐第七夕，命故妓作乐，声闻于外，太宗怒。又传‘小楼昨夜又东风’及‘一江春水向东流’之句，并坐之，遂被祸。”

②雕栏玉砌：指南唐华丽的宫殿。砌，台阶。

③朱颜：本指年少时容颜，然王闿运《湘绮楼词选》云：“朱颜本是山河，因归宋不敢言耳。若直说‘山河改’，反又浅也。”

④“问君”二句：《鹤林玉露》卷七：“诗家有以山喻愁者……有以水喻愁者。李颀云：‘请量东海水，看取浅深愁。’李后主云：‘问君能有几多愁？恰似一江春水向东流’……盖以三者比愁之多也，尤为新奇，兼兴中有比，意味更长。”

浪淘沙[①]

帘外雨潺潺[②]，春意阑珊[③]。罗衾不耐五更寒。梦里不知身是客，一晌贪欢[④]。　独自莫凭栏，无限江山。别时容易见时难[⑤]。流水落花春去也，天上人间[⑥]。

【注释】

①此词作于宋太宗太平兴国三年（978）临终前不久。据

《乐府纪闻》云:“后主归宋后与故人书云:‘此中日夕只以眼泪洗面。’每怀故国,词调愈工。其赋《浪淘沙》有云:‘梦里不知身是客,一晌贪欢’……七夕在赐第作乐,太宗闻之怒,更得其词,故有赐牵机药之事。”牵机药,俗称马钱子。李煜服后,头与手抽搐而死。

②潺(chán)潺:形容雨声。

③阑珊:衰残、将尽。

④“梦里”二句:郭麐《南唐二主词汇笺》评云:“绵邈飘忽之音,最为感人深至,李后主之‘梦里不知身是客,一晌贪欢’所以独绝也。”一晌(shǎng):片刻,一会儿。

⑤“别时”句:曹丕《燕歌行》:“别日何易会日难,山川悠远路漫漫。”

⑥天上人间:唐张曙《浣溪沙》:“天上人间何处去,旧欢新梦觉来时。”清陈廷焯《词则·大雅集》评曰:“结得怨惋,尤妙在神不外散,而有流动之致。”

王禹偁

王禹偁(954—1001)，字元之，钜野(今山东巨野)人。家世务农，自幼能诗。太平兴国八年(983)进士。后历任右拾遗、左司谏、知制诰、翰林学士等；直言敢谏，累被贬谪。他是北宋诗文革新运动先驱，诗文多反映现实生活，风格清新，有《小畜集》。词仅存1首，见《唐宋诸贤绝妙词选》，为北宋最早小令之一，宋词诗化，于此已见端倪。

点绛唇

雨恨云愁，江南依旧称佳丽[①]。水村渔市，一缕孤烟细[②]。　　天际征鸿，遥认行如缀[③]。平生事，此时凝睇，谁会凭栏意[④]？

【注释】

①佳丽：南齐诗人谢朓《入朝曲》：“江南佳丽地，金陵帝王州。”

②孤烟细：谓一缕炊烟袅袅上升。唐王维《使至塞上》有“大漠孤烟直”句，意境近似。

③缀：谓天际飞鸿，远看恰似联缀一般。

④凝睇：注视。凭栏：倚栏而望。

寇 准

寇准(961—1023),字平仲,华州下邽(今陕西渭南)人。太平兴国五年(980)进士,知巴东。历任枢密副使、参知政事,拜同中书门下平章事(宰相)。契丹入侵,力排众议,劝真宗亲征,遂订“澶渊之盟”。晚年封莱国公,后为丁谓构陷,贬雷州司户,徙衡州司马。诗学王维,语言晓畅,有韵味。时人范雍裒辑为《寇忠愍公诗集》。词存4首。清陈廷焯云:“莱公一代名臣,而词旨婉丽,仿佛飞卿。”(《云韶集》卷二)

踏莎行

春色将阑[①],莺声渐老,红英落尽青梅小[②]。画堂人静雨濛濛,屏山半掩余香袅[③]。　　密约沉沉[④],离情杳杳。菱花尘满慵将照[⑤]。倚楼无语欲销魂,长空黯淡连芳草[⑥]。

【注释】

①阑:尽。

②红英:红花。三句写暮春景象。

③屏山:指画有山水的屏风。余香:指香炉火灭后,香气不断。

④密约:指情侣间的私相约会。

⑤菱花:菱花镜。慵:懒。

⑥“倚楼”二句:销魂,形容极度悲伤。参见李煜《子夜歌》(人生愁恨何能免)注②。清张德瀛《词徵》评云:“词之诀曰情景交炼……寇平仲‘倚楼无语欲销魂,长空黯淡连芳草’,情系于景也。”

阳关引[①]

塞草烟光阔,渭水波声咽。春朝雨霁轻尘歇[②]。征鞍发。指青青杨柳，又是轻攀折[③]。动黯然，知有后会甚时节。　　更尽一杯酒，歌一阕[④]。叹人生，最难欢聚易离别。且莫辞沉醉，听取《阳关》彻[⑤]。念故人，千里自此共明月[⑥]。

【注释】

①本篇写在长安（今陕西西安）渭水桥边送人远行。唐王维《送元二使安西》，又名《渭城曲》："渭城朝雨浥轻尘，客舍青青柳色新。劝君更尽一杯酒，西出阳关无故人。"词中一些用语本王维此诗。

②雨霁：雨止天晴。

③攀折：古时自长安送人西行，常于渭水桥边折柳相赠。唐雍陶《题情尽桥》诗："从来只有情难尽，何事名为情尽桥？自此改名为折柳，任它离恨一条条。"

④阕（què）：曲终。

⑤《阳关》：即前《渭城曲》。彻，完、毕。

⑥"千里"句：南朝宋谢庄《月赋》："隔千里兮共明月。"

钱惟演

钱惟演(962—1034),字希圣,临安(今浙江杭州)人。五代十国时吴越王钱俶之子,从俶归宋。博学能文辞,尝参与修《册府元龟》。历官知制诰、翰林学士、枢密副使、工部尚书等。诗与杨亿、刘筠齐名,其唱和之作辑为《西昆酬唱集》,影响一时,号西昆体。词存2首。

木兰花①

城上风光莺语乱,城下烟波春拍岸。绿杨芳草几时休,泪眼愁肠先已断。　　情怀渐变成衰晚,鸾镜朱颜惊暗换②。昔年多病厌芳尊,今日芳尊惟恐浅。

【注释】

①调名一作《玉楼春》。宋黄昇《花庵词选》云:“此词暮年作,词极凄婉。”王铚《侍儿小名录》云:“钱思公谪汉东日,撰《玉楼春》词,酒阑歌之,必为泣下。”

②鸾镜:《异苑》:“鸾睹镜中影则悲。”故称镜为鸾镜。

陈尧佐

陈尧佐(963—1044)，字希元，阆中(今属四川)人。端拱元年(988)进士，历官同中书门下平章事(宰相)、集贤殿大学士，以太子太师致仕。庆历四年(1044)卒，赠司空兼侍中，谥文惠，有《陈文惠愚丘集》《潮阳编》，不传。词存1首，见僧文莹《湘山野录》卷中。

踏莎行[①]

二社良辰[②]，千家庭院。翩翩又见新来燕。凤凰巢稳许为邻，潇湘烟暝来何晚[③]。　乱入红楼[④]，低飞绿岸，画梁时拂歌尘散[⑤]。为谁归去为谁来，主人恩重珠帘卷。

【注释】

①《湘山野录》略云：作者因吕夷简荐于仁宗，乃得大拜，因感其荐引之德，乃撰此词，有"主人恩重珠帘卷"句，盖藉燕自寓，以表感激之情。

②二社：指古代春秋两季祭祀土地神之日。《统天万年历》曰：立春后五戊为春社，立秋后五戊为秋社。

③潇湘：潇水和湘水，在今湖南。暝：日暮。

④红楼：泛指华贵楼房，富贵人家妇女所居。

⑤"画梁"句：语本陆机《拟古诗》："一唱万夫叹，再唱梁尘飞。"

潘　阆

潘阆(？—1009),字逍遥,大名(今属河北)人,或云钱塘(今浙江杭州)人。尝居洛阳卖药,性狂妄。他的好友荐之于达官贵人,言其能诗。宋太宗至道元年(995),赐进士及第,授国子四门助教。不久坐事,追还诏书。真宗时释其罪,为滁州参军。《咸淳临安志》云:"崇宁间,武夷黄静仕杭,得其诗馀《酒泉子》十首,为之跋云:'放怀湖山,随意吟咏,词翰飘然,非俗士所可仰。'"

酒泉子①

长忆钱塘,不是人寰是天上②。万家掩映翠微间③,处处水潺潺。　　异花四季当窗放,出入分明在屏障。别来隋柳几经秋④,何日得重游?

【注释】

①原题《忆余杭》,余杭即今杭州。共十首,今选其五,此为第一首。

②人寰:人世间。

③翠微:青翠的山色,亦指青山。

④隋柳:隋炀帝开运河,旁植杨柳,唐白居易有《隋堤柳》诗。此处泛指杨柳。

酒泉子

长忆西湖①,尽日凭栏楼上望。三三两两钓鱼舟。岛屿正清秋。　　笛声依约芦花里②,白鸟成行忽惊起。别来闲整钓鱼竿,思入水云寒③。

【注释】

①西湖：在浙江杭州西侧。

②依约：隐约。

③水云：指雾气。

酒泉子[①]

长忆孤山[②]，山在湖心如黛簇[③]。僧房四面向湖开，轻棹去还来[④]。　　芰荷香喷连云阁，阁上清声檐下铎[⑤]。别来尘土污人衣，空役梦魂飞。

【注释】

①《历代诗话》引陆淞云："潘阆《忆孤山》词，句法清古，语带烟霞，近时罕及。"

②孤山：在浙江杭州西湖里外二湖之间，一山耸立，旁无联附。

③黛簇：黛，青黑色颜料，古代女子用以画眉，故引申为妇女眉毛的代称。此处喻孤山像美女簇聚着的眉毛。

④轻棹：指轻快的小船。

⑤芰荷：菱叶、荷叶。铎：风铃。

酒泉子

长忆吴山[①]，山上森森吴相庙[②]。庙前江水怒为涛，千古恨犹高[③]。　　寒鸦日暮鸣还聚，时有阴云笼殿宇。别来有负谒灵祠，遥奠酒盈卮。

【注释】

①吴山：在浙江杭州西湖东南。

②吴相庙：《名胜志》："吴山春秋时为吴南界，以别于越，故

名吴山。或曰：以祠伍子胥，讹'伍'为'吴'，故郡志亦称胥山。凡城南隅诸山，蔓衍相属，总曰吴山。"

③"庙前"二句：相传吴王夫差不听伍子胥之谏，并杀害伍子胥，遂致亡国。子胥之神，怒而掀钱塘江之潮。唐李德裕《述声诗》："川迎伍子涛。"自注："海涛是伍子胥愤气所作。"

酒泉子

长忆观潮[①]，满郭人争江上望[②]。来疑沧海尽成空，万面鼓声中[③]。　　弄潮儿向涛头立，手把红旗旗不湿[④]。别来几向梦中看，梦觉尚心寒。

【注释】

①周密《武林旧事》卷三："浙江之潮，天下之伟观也。自（八月）既望以至十八日为最盛。"

②"满郭"句：吴自牧《梦粱录》卷四："都人自十一日起，便有观者，至十六、十八日倾城而出。"

③"来疑"二句：《武林旧事》："方其远出海门，仅如银线，既而渐近。则玉城雪岭，际天而来，大声如雷霆，震撼激射，吞天沃日，势极雄豪。"

④"弄潮儿"二句：《武林旧事》："吴儿善泅者数百，皆披发文身，手执十幅大彩旗……出没于鲸波万仞中，腾身百变，而旗尾略不沾湿。"

林逋

林逋(968—1028)，字君复，钱塘(今浙江杭州)人。隐居西湖孤山，二十年不入城市。工行书，喜为诗。不娶妻，以种梅养鹤自娱，因有“梅妻鹤子”之称。转运使陈尧佐以其名奏闻，真宗诏赐粟帛。谥和靖先生。有《林和靖诗》四卷，桑世昌辑其遗事为《西湖纪逸》一卷。词存3首，另一首《山园早梅》诗，或作《瑞鹧鸪》词。

相思令[①]

吴山青[②]，越山青[③]，两岸青山相对迎。争忍有离情[④]！　　君泪盈，妾泪盈，罗带同心结未成[⑤]！江头潮已平[⑥]。

【注释】

①清先著《词洁》称此词“于所咏之意，该括殆尽，高远无痕，得神之作”。

②吴山：在浙江杭州市西湖东南。

③越山：指钱塘江以南的山，这一带旧属越国，故云。

④争忍：怎忍。

⑤同心结：用锦带打成菱形连环回纹样式的结子，用作男女相爱的象征。本句中“结”作动词用。

⑥“江头”句：谓行舟将趁潮平开航，喻离别的时刻已到。

点绛唇[①]

金谷年年[②]，乱生春色谁为主[③]？余花落处，满地和烟雨。　　又是离歌，一阕长亭暮[④]。王孙去，萋萋无数[⑤]，南北东西路。

【注释】

①王国维《人间词话》:"人知和靖《点绛唇》、圣俞《苏幕遮》、永叔《少年游》三阕为咏春草绝调。"

②金谷:古地名,也称金谷涧,在今河南洛阳西北。

③乱生春色:指春天绿草丛生。

④阕:曲终。长亭:古代路旁亭舍,常作饯别之所。《白氏六帖》:"十里一长亭,五里一短亭。"

⑤"王孙"二句:《楚辞》淮南小山《招隐士》:"春草生兮萋萋,王孙游兮不归。"

霜天晓角

冰清霜洁,昨夜梅花发。甚处玉龙三弄[①],声摇动,枝头月。　梦绝,金兽爇[②],晓寒兰烬灭[③]。要卷珠帘清赏,且莫扫,阶前雪。

【注释】

①甚处:何处。玉龙:指笛。笛曲有《梅花三弄》。

②金兽:兽形铜香炉。爇:点燃。

③兰烬:指蜡烛余光,唐李贺《恼公》诗:"蜡泪垂兰烬。"王琦注:"兰烬,谓烛之余烬状似兰心也。"

陈　亚

陈亚，生卒年不详，字亚之，维扬（今江苏扬州）人。宋真宗咸平五年（1002）进士，曾为杭州於潜（今并入浙江临安）令，后守越州、润州、湖州，官至太常少卿。好为药名词。吴处厚《青箱杂记》云："虽一时俳谐之词，然所寄兴，亦有深意。"

生查子　药名闺情[①]

相思意已深[②]，白纸书难足[③]。字字苦参商[④]，故要槟郎读[⑤]。　分明记得约当归[⑥]，远至樱桃熟[⑦]。何事菊花时[⑧]，犹未回乡曲[⑨]。

【注释】

①这首词以药名及其谐音描写女子对恋人的思念。

②相思：即相思子。意已：意苡之谐音。薏苡，植物名，种仁谓薏米，可吃，亦可入药。

③白纸：白芷之谐音。

④苦参商：苦参，草药名。又参商，二星名。参星在西，商星在东，此出彼没，永不相见。比喻双方分离。

⑤槟郎：槟榔之谐音。果椭圆，橙红色，可入药，此处借指男性恋人。

⑥当归：药名。

⑦远至：即远志，药名。樱桃：亦可入药。

⑧菊花：亦可入药。

⑨回乡：茴香的谐音。

夏竦(985—1051),字子乔,江州德安(今属江西)人,因父死补官,宋真宗景德四年(1007),中贤良方正能直言极谏科。仁宗朝,累擢知制诰,授同中书门下平章事,判大名府。召入为相,被谏官所攻,改任枢密使。封英国公,后改封郑。赠太师、中书令,谥文庄。有《夏文庄集》,不传,《四库全书》有辑本。词存2首。

喜迁莺①

霞散绮,月沉钩,帘卷未央楼②。夜凉河汉截天流③,宫阙锁清秋。　　瑶阶曙,金盘露④,凤髓香和烟雾⑤。三千珠翠拥宸游⑥,水殿按《凉州》⑦。

【注释】

①元吴师道《吴礼部词话》评此词曰:"富艳精工,诚为绝唱。"

②未央:西汉宫殿名,在今陕西西安市长安古城内。王昌龄《春宫曲》:"昨夜风开露井桃,未央前殿月轮高。"此处指宋京宫殿。

③河汉:银河。截天流:横渡天空。

④金盘露:金人捧露盘之简称。据《三辅黄图》,汉武帝祭太乙,于通天台建承露盘,仙人掌擎玉杯,以承云表之露。

⑤凤髓:香名。唐李咸用《富贵曲》:"雪暖瑶杯凤髓融。"

⑥三千珠翠:形容妃嫔美女之多,装饰华丽。宸:宸极,即北极星,借指帝王。

⑦凉州:《乐府诗集·近代曲词》有《凉州词》,一作《凉州歌》,原是凉州(今甘肃武威)一带歌曲,唐人多以此调作歌词描写塞上风光和战争情况,以王翰、王之涣所作较为著名。本词当也有讽刺统治者爱赏边地乐曲而忘却边防疆土之意。

鹧鸪天[①]

镇日无心扫黛眉[②]，临行愁见理征衣。尊前只恐伤郎意[③]，阁泪汪汪不敢垂[④]。　　停宝马，捧瑶卮[⑤]，相斟相劝忍分离[⑥]。不如饮待奴先醉，图得不知郎去时。

【注释】

①此词见《词林万选》，刘克庄《后村集》卷175引末二句，作无名氏，《全宋词》亦疑之。

②镇日：犹整日。黛眉：以黛画眉。晋左思《娇女》诗："黛眉类扫迹。"黛：青黑色颜料。扫：犹画。

③尊前：在酒宴之前，指宴饮时。尊，同樽，即酒杯。

④阁：通"搁"，阁泪，犹言含泪。

⑤瑶卮：犹玉杯。

⑥忍：怎忍。

聂冠卿

聂冠卿(988—1042),字长孺,新安(今安徽歙县)人。宋真宗大中祥符五年(1012)进士,充馆阁校勘。仁宗庆历元年(1041),以兵部郎中知制诰拜翰林学士。有《蕲春集》,不传。存词1首。

多丽 李良定公席上赋[①]

想人生,美景良辰堪惜。问其间、赏心乐事,就中难是并得[②]。况东城,凤台沁苑[③],泛晴波,浅照金碧。露洗华桐,烟霏丝柳[④],绿阴摇曳,荡春一色。画堂迥,玉簪琼佩[⑤],高会尽词客。清欢久,重然绛蜡[⑥],别就瑶席。

有翩若轻鸿体态[⑦],暮为行雨标格[⑧]。逞朱唇,缓歌妖丽,似听流莺乱花隔。慢舞萦回,娇鬟低亸[⑨],腰肢纤细困无力。忍分散,彩云归后[⑩],何处更寻觅?休辞醉,明月好花,莫谩轻掷。

【注释】

①李良定公:即李端懿,字元伯。李遵勗子,母为宋太宗女万寿公主。所居府第园池冠京城。端懿喜问学,少侍真宗东宫,官至京东西路安抚使,礼贤下士,士大夫乐与之游。见《宋史·外戚传》。《花庵词选》云:"冠卿之词不多见,如此篇亦可谓才情富丽矣。"

②"想人生"五句:语本南朝谢灵运《拟魏太子邺中集诗序》:"天下良辰美景、赏心乐事,四者难并。"

③凤台:古台名。南朝宋鲍照《升天行》:"凤台无还驾,箫管有遗声。"即秦穆公时为其女弄玉所筑的凤凰台。

④《花庵词选》评曰:"其'露洗华桐'四句,又所谓玉中之拱璧,珠中之夜光,每一观之,抚玩无斁。"

⑤玉簪琼佩:指装饰华贵。

⑥然：通“燃”。绛蜡：红烛。

⑦翩若轻鸿：曹植《洛神赋》：“翩若惊鸿，婉若游龙。”形容美女姿态。

⑧暮为行雨：宋玉《高唐赋》记楚怀王梦见巫山神女对他说：“妾在巫山之阳，高丘之阻，旦为朝云，暮为行雨，朝朝暮暮，阳台之下。”此处形容歌女风度。

⑨鬟：环形的发髻。亸（duǒ）：下垂，古有倭堕髻。

⑩彩云：指歌舞美女。李白《宫中行乐词》：“只愁歌舞散，化作彩云飞。”

范仲淹

范仲淹(989—1052),字希文,祖籍邠州(今陕西彬县),移居吴县(今江苏苏州)。少年贫困,力学不倦,宋真宗大中祥符八年(1015)进士。仁宗康定元年(1040)以龙图阁直学士与夏竦经略陕西,守边数年,西夏不敢犯境。累官枢密副使、参知政事,出为河东、陕西安抚使,改知邠州,徙邓州、荆南、杭州、青州。后赴颍州,病死途中。谥文正,世称范文正公。一生致力政治改革,也是北宋诗文革新运动的先行者,著有《范文正公集》。词存5首,风格慷慨悲凉,感情深挚,不同凡响。

苏幕遮[①]

碧云天,黄叶地[②]。秋色连波,波上寒烟翠。山映斜阳天接水,芳草无情,更在斜阳外。　　黯乡魂[③],追旅思。夜夜除非,好梦留人睡[④]。明月楼高休独倚,酒入愁肠,化作相思泪。

【注释】

①清彭孙遹《金粟词话》评此词云:“前段多入丽语,后段纯写柔情,遂成绝唱。”谭献《复堂词话》赞为“大笔振迅”。

②清陈廷焯《白雨斋词话》卷七评此二句:“淋漓沉着,《西厢·长亭》袭之,骨力远逊,且少味外味,此北宋所以为高。”

③黯乡魂:思念家乡,黯然销魂。化用江淹名句:“黯然销魂者,唯别而已矣。”(《别赋》)

④“夜夜”二句:《草堂诗余正集》引明人沈际飞评云:“人但言睡不得尔,‘除非好梦’,反言愈切。”

渔家傲　秋思[①]

塞下秋来风景异,衡阳雁去无留意[②]。四面边声连角起[3]。千嶂里[4]，长烟落日孤城闭。　　浊酒一杯家万里，燕然未勒归无计[5]。羌管悠悠霜满地[6]。人不寐，将军白发征夫泪。

【注释】

①本篇欧阳修"尝呼为穷塞主之词"（魏泰《东轩笔录》卷十一）。清先著《词洁·辑评》称之为"一幅绝塞图……唐人塞下诗最工最多，不意词中复有此奇景"。谭献《复堂词话》云："沉雄似张巡五言。"

②衡阳雁：湖南衡阳有回雁峰，旧传雁至此峰不过。此指大雁南归，不恋塞下风光。

③角：军中号角。

④嶂：山峰似屏障。

⑤燕然：山名，即杭爱山。后汉永元元年（89），窦宪大破匈奴北单于，于此勒石记功而还，事见《后汉书》窦宪传。

⑥羌管：即羌笛，西部少数民族的管乐器。唐王之涣《凉州曲》："羌笛何须怨杨柳，春风不度玉门关。"

御街行[1]　秋日怀旧

纷纷坠叶飘香砌[2]。夜寂静，寒声碎。真珠帘卷玉楼空，天淡银河垂地。年年今夜，月华如练，长是人千里[3]。　　愁肠已断无由醉。酒未到，先成泪。残灯明灭枕头欹[4]，谙尽孤眠滋味。都来此事[5]，眉间心上，无计相回避[6]。

【注释】

①本篇坦露词人内心深处之柔情。

②香砌：花落阶砌，故称。

③"月华"两句：化用谢庄《月赋》"隔千里兮共明月"句。

练：白色熟绢。

④攲：斜倚、斜靠。

⑤都来：算来。

⑥“眉间”二句：李清照《一剪梅》云：“此情无计可消除，才下眉头，却上心头。”受此词影响，情意相似，愈出愈奇。

杨适

杨适，字安道，生卒年不详，慈溪(今属浙江)人。隐居六隐山，以行义闻名于乡里，人称“大隐先生”。宋仁宗嘉祐六年(1061)，因被人推荐授予将仕郎，试太学助教，不赴。自号慈川逸民。词存1首。

长相思

南山明，北山明，中有长亭号丈亭①，沙边供送迎。
东江清，西江清，海上潮来两岸平，行人分棹行。

【注释】

①长亭：《白氏六帖》：“十里一长亭，五里一短亭。”古代路旁亭舍，常作饯别之所。丈亭：在词人家乡慈溪南。慈溪江在丈亭分为两支，一曰东江，一曰西江。

柳永(987？—1055 后)，字耆卿，原名三变，字景庄，崇安(今属福建)人。宋仁宗景祐元年(1034)进士，官至屯田员外郎，世称柳屯田。仕途坎坷，乃专力于词作。其词多写男女恋情，以慢词为主，尤长于描写文人怀才不遇和羁旅行役之感。擅长白描，工于铺叙，能变旧声为新声。叶梦得谓："教坊乐工每得新腔，必求永为辞，始行于世，于是声传一时……'凡有井水饮处，即能歌柳词'。"(《避暑录话》卷三)李之仪《跋吴思道小词》谓其词"铺叙展衍，备足无余，形容盛明，千载如逢当日"。有《乐章集》。

雪梅香

景萧索，危楼独立面晴空①。动悲秋情绪，当时宋玉应同②。渔市孤灯衾寒碧③，水村残叶舞愁红。楚天阔，浪浸斜阳，千里溶溶④。　临风。想佳丽，别后愁颜，镇敛眉峰⑤。可惜当年，顿乖雨迹云踪⑥。雅态妍姿正欢洽，落花流水忽西东。无憀恨⑦，相思意，尽分付征鸿。

【注释】

①危接：高楼。

②宋玉：战国楚辞赋家。其《九辩》云："悲哉秋之为气也，草木摇落而变衰。"

③"渔市"句：邓廷桢《双砚斋词话》评云："《乐章集》中，冶游之作居其半，率皆轻浮猥媟……惟《雨霖铃》'今宵酒醒何处，杨柳岸晓风残月'，《雪梅香》'渔市孤灯衾寒碧'，差近风雅。"

④溶溶：水盛貌。

⑤镇敛眉峰：常常皱着眉头。

⑥"顿乖"句：谓突然与恋人分离。雨迹云踪，用巫山神女

故事,见前聂冠卿《多丽·李良定公席上赋》注⑧。

⑦无憀:通“无聊”。

甘草子

秋暮。乱洒衰荷,颗颗真珠雨。雨过月华生,冷彻鸳鸯浦[①]。　　池上凭栏愁无侣,奈此个单栖情绪。却傍金笼共鹦鹉,念粉郎言语[②]。

【注释】

①鸳鸯浦:谓有鸳鸯戏水的河流。浦,指江水支流。

②粉郎:对情人的艳称。清彭孙遹《金粟词话》评以上二句云:“《花间》之丽句也。”

曲玉管[①]

陇首云飞[②],江边日晚,烟波满目凭阑久。一望关河萧索,千里清秋,忍凝眸[③]?　　杳杳神京[④],盈盈仙子,别来锦字终难偶[⑤]。断雁无凭,冉冉飞下汀洲,思悠悠。　　暗想当初,有多少、幽欢佳会,岂知聚散难期,翻成雨恨云愁。阻追游。每登山临水,惹起平生心事,一场消黯[⑥],永日无言,却下层楼。

【注释】

①此为柳永创调,全词分三段,前两段起三句句式相同,称双拽头,词之第三段,才是换头。清刘熙载《艺概》称柳永词“细密而妥溜,明白而家常,善于叙事,有过前人”。

②“陇首”句:陇,山名,在今陕西陇县西南,延伸至陕甘边境。南朝梁柳恽《捣衣诗》云:“亭皋木叶下,陇首秋云飞。”

③凝眸：注视。

④神京：指北宋京都汴梁（今河南开封）。

⑤锦字：前秦窦滔被徙流沙，其妻苏蕙织锦为回文旋图诗以寄，词甚凄惋（《晋书·窦滔妻苏氏传》）。后用以指夫妻间的书信。以上两片是三叠词的双拽头，词意、句式大体一致，第三片才是换头。

⑥消黯：黯然销魂。

雨霖铃[1]

寒蝉凄切[2]。对长亭晚，骤雨初歇。都门帐饮无绪[3]，留恋处，兰舟催发[4]。执手相看泪眼，竟无语凝噎[5]。念去去，千里烟波，暮霭沉沉楚天阔[6]。　　多情自古伤离别，更那堪、冷落清秋节！今宵酒醒何处？杨柳岸，晓风残月[7]。此去经年，应是良辰好景虚设。便纵有千种风情，更与何人说？

【注释】

①本篇是柳永的代表作。清人黄苏《蓼园词选》云："《雨霖铃》送别词，清和朗畅，语不求奇，而意致绵密，自尔稳惬。"

②寒蝉：秋蝉。一名寒蜩。

③帐饮：郊外设帐，饮酒饯别。《汉书·疏广传》谓疏广辞归，公卿设祖道于东都门外饯行，后世遂称都门帐饮。

④兰舟：船的美称。任昉《述异记》："（浔阳）七里洲有鲁般刻木兰为舟。舟至今在洲。诗家云木兰舟，出于此。"

⑤凝噎：哽咽，语塞无声。

⑥楚天：指南方的天空。战国时南方地区属楚国。

⑦"今宵"三句：王世贞《艺苑卮言》评云："'今宵酒醒何处？杨柳岸，晓风残月'，与秦少游'酒醉处，残阳乱鸦'同一景事。而柳尤胜。"此三句俞文豹《吹剑三录》称，与苏轼《念奴娇》

“大江东去”相比，苏词只合关西大汉执铁绰板大声歌唱，而柳永词就该由十七八女郎执红牙板来唱“杨柳岸，晓风残月”。

佳人醉

暮景萧萧雨霁[①]，云淡天高风细。正月华如水，金波银汉[②]，潋滟无际[③]。冷浸书帷梦断[④]，却披衣重起，临轩砌[⑤]。　　素光遥指[⑥]，因念翠娥[⑦]，杳隔音尘何处？相望同千里。尽凝睇[⑧]，厌厌无寐[⑨]，渐晓雕栏独倚。

【注释】

①萧萧：象声词，风雨声。霁：停。

②金波：月光。《汉书·礼乐志·郊祀歌》：“月穆穆以金波。”注：“言月光穆穆，若金之流波也。”银汉：银河。

③潋滟：水波荡漾貌。

④梦断：梦醒。

⑤砌：台阶。

⑥素光：指月光。

⑦翠娥：嫦娥，借指美女。

⑧凝睇：注目远望。

⑨厌厌：精神萎靡不振貌。

采莲令

月华收，云淡霜天曙。西征客[①]，此时情苦。翠娥执手，送临歧[②]，轧轧开朱户[③]。千娇面，盈盈伫立，无言有泪，断肠争忍回顾[④]。　　一叶兰舟，便恁急桨凌波去。贪行色，岂知离绪。万般方寸[⑤]，但饮恨，脉脉同谁语？更回首、重城不见，寒江天外，隐隐两三烟树[⑥]。

【注释】

①西征客:柳永曾赴长安(今陕西西安),本句当指此。

②临歧:指送别。歧,道路分岔处。

③轧轧:开门声。

④争忍:怎忍。

⑤方寸:指心绪,心情。

⑥唐圭璋云:"'更回首'三句,以远景作收,笔力千钧。"(《唐宋词简释》)

婆罗门令

昨宵里恁和衣睡[1]。今宵里又恁和衣睡。小饮归来,初更过,醺醺醉。中夜后、何事还惊起?霜天冷,风细细,触疏窗、闪闪灯摇曳。　　空床展转重追想,云雨梦[2]、任攲枕难继[3]。　　寸心万绪[4],咫尺千里。好景良天,彼此,空有相怜意,未有相怜计。

【注释】

①恁:这样。

②云雨:指男女幽会。用宋玉《高唐赋》典,见聂冠卿《多丽·李良定公席上赋》注⑧。

③攲枕:即倚枕。

④寸心:心位于胸中方寸之地,故称。晋陆机《文赋》:"函绵邈于尺素,吐滂沛乎寸心。"

凤栖梧[1]

伫倚危楼风细细[2],望极春愁,黯黯生天际。草色烟光残照里[3],无言谁会凭栏意。　　拟把疏狂图一醉,对酒当歌,强乐还无味。衣带渐宽终不悔,为伊消得

人憔悴[4]。

【注释】

①本词别见欧阳修《欧阳文忠近体乐府》，调名作《蝶恋花》。

②伫：久立。危楼：高楼。

③残照：夕阳光影。

④"衣带"两句：贺裳《皱水轩词筌》："小词以含蓄为佳，亦有作决绝语而妙者，如韦庄'谁家年少足风流，妾拟将身嫁与一生休，纵被无情弃，不能羞'之类是也。……柳耆卿'衣带渐宽终不悔，为伊消得人憔悴'亦即韦意，而气加婉矣。"近人王国维《人间词话》引此两句作为古今成大事业、大学问者的第二境界。

一寸金

井络天开[1]，剑岭云横控西夏[2]。地胜异、锦里风流[3]，蚕市繁华[4]，簇簇歌台舞榭。雅俗多游赏，轻裘俊、靓妆艳冶。当春昼、摸石江边[5]，浣花溪畔景如画[6]。

梦应三刀[7]，桥名万里[8]，中和政多暇。仗汉节、揽辔澄清[9]，高掩武侯勋业[10]，文翁风化[11]。台鼎须贤久[12]，方镇静、又思命驾[13]。空遗爱[14]、两蜀三川，异日成嘉话。

【注释】

①井络：星宿名。《文选》左思《蜀都赋》："远则岷山之精，上为井络。"注："言岷山之地，上为东井维络。"

②剑岭：即大剑山，剑门七十二峰之一，在四川剑阁北部。西夏：党项拓跋氏所建政权，本名大夏，宋人称西夏。在今宁夏、陕西西北部等地。

③锦里：今四川成都。《华阳国志·蜀志》："锦江织锦濯其

中则鲜明，他江则不好，故名曰锦里也。”

④蚕市：宋黄休复《茅亭客话》卷九：“蜀有蚕市，每年正月至三月，州城及属县循环一十五处。耆旧相传，古蚕丛氏为蜀主，民无定居，随蚕丛所在致市居。”

⑤摸石：为成都民俗。据《月令广义》：每年三月，有海云山摸石之游以求子，得石者男，得瓦者女。

⑥浣花溪：一名濯锦江。在四川成都西郊，为锦江支流。

⑦三刀：《晋书·王濬传》：“濬夜梦悬三刀于卧屋梁上，须臾又益一刀。濬惊觉，意甚恶之。主簿李毅再拜贺曰：‘三刀为州字，又益一者，明府临益州乎？……’果迁濬为益州刺史。”益州，今成都一带。据此，本词盖为赠某益州刺史而作。后又被用为官吏升调的典故。

⑧万里：万里桥，在今成都市南。三国时费祎出使东吴，诸葛亮送之，祎曰：“万里之路，始于此桥。”故名。

⑨揽辔澄清：《后汉书·范滂传》：“时冀州饥荒，盗贼群起，乃以滂为清诏使按察之。滂登车揽辔，慨然有澄清天下之志。”后因以指官吏初到任即能澄清政治，稳定乱局。

⑩武侯：即诸葛亮。

⑪文翁：名党，字仲翁。汉景帝末，任蜀郡守，于成都市中起官学，招属县子弟入学。入学者免除徭役，成绩优者以补郡县吏。武帝时，令天下郡国立学校官，自文翁为之始。后用为称颂循吏的典故。

⑫台鼎：旧称三公为台鼎，如星有三台，鼎有三足。

⑬命驾：命令御者驾驶车马，谓将出行。

⑭遗爱：《左传·昭公二十年》：“及子产（郑国执政）卒，仲尼（孔子）闻之，出涕曰：‘古之遗爱也。’”后指官员遗留及于后世之恩泽。

卜算子慢

江枫渐老，汀蕙半凋[1]，满目败红衰翠[2]。楚客登临[3]，正是暮秋天气。引疏砧[4]、断续残阳里。对晚景、伤怀念远，新愁旧恨相继。　　脉脉人千里[5]。念两处风情，万重烟水。雨歇天高，望断翠峰十二[6]。尽无言，谁会凭高意？纵写得、离肠万种，奈归云谁寄[7]？

【注释】

①汀蕙：水边香草。

②败红：指“渐老”的“江枫”；衰翠：指“半凋”的“汀蕙”。

③楚客：作者自谓。

④疏砧：指捣衣声稀疏断续；砧，捣衣石。古代常于暮秋之际准备寒衣以寄远人。行客闻此捣衣声，更增思归的乡愁。

⑤脉脉（mò）：通作“眽眽”，凝视貌。《古诗十九首》：“盈盈一水间，脉脉不得语。”此句后为下片，清周济《宋四家词选》评云：“后阕一起转注，联翩而下，清真（周邦彦）最得此妙。”

⑥望断翠峰十二：借用宋玉《高唐赋》中巫山神女典故，以寓相思之情。唐李端《巫山高》诗：“巫山十二峰，皆在碧虚中。”

⑦归云：犹行云。汉张衡《思玄赋》：“凭归云而遐逝兮，夕余宿乎扶桑。”

破阵乐[1]

露花倒影[2]，烟芜蘸碧，灵沼波暖[3]。金柳摇风树树，系彩舫龙舟遥岸。千步虹桥[4]，参差雁齿[5]，直趋水殿[6]。绕金堤[7]，曼衍鱼龙戏[8]，簇娇春罗绮[9]，喧天丝管。霁色荣光[10]，望中似睹，蓬莱清浅[11]。　　时见，凤辇宸游[12]，鸾觞禊饮[13]，临翠水，开镐宴[14]。两两轻舠飞画楫[15]，竞夺锦标霞烂。罄欢娱，歌《鱼藻》[16]，徘徊宛转。别有盈盈游女，各委明珠，争收翠羽，相将归远[17]。渐觉云海沉沉，洞天日晚。

【注释】

①此词写汴京金明池。孟元老《东京梦华录》卷七："三月一日,州西顺天门外开金明池、琼林苑,每日教习车驾上池仪范。虽禁从士庶许纵赏,御史台有榜不得弹劾。"

②露花:沾有露水的花。此为名句。苏轼曾戏云:"山抹微云秦学士,露花倒影柳屯田。"(《词苑谈丛》)

③灵沼:相传为周文王之池。《诗·大雅·灵台》有"王在灵沼"之句,此指金明池。

④虹桥:指金明池内仙桥。《东京梦华录》云:"(桥)南北约数百步,桥面三虹,朱漆阑楯,下排雁柱,中央隆起,谓之骆驼虹,若飞虹之状。"

⑤雁齿:喻桥柱排列如雁行。

⑥水殿:《梦华录》:"入池门内南岸,西去百余步,有面北临水殿,车驾临幸,观争标锡宴于此。"

⑦金堤:如金坚之堤,见汉张衡《西京赋》。

⑧曼衍:指变化无穷。鱼龙戏:古代百戏节目,大致由人扮演为珍异动物进行表演,见《汉书·西域传赞》。此指金明池水戏。

⑨罗绮:两种丝织品,借指服装华丽的游人。

⑩荣光:彩色云气。古人以为吉祥之兆。

⑪蓬莱:海上仙山。

⑫凤辇:帝王之车。宸游:帝王出游。

⑬鸾觞:帝王的酒杯。禊饮:指上巳日临水洗濯,宴饮行乐。

⑭镐宴:镐为西周国都,有镐池。镐宴,指举行池上大宴。

⑮舠:刀形小船。

⑯《鱼藻》:《诗·小雅》篇名,三章,每章似"鱼在于藻"起句,故名。朱熹《诗集传》认为是天子宴诸侯,诸侯美天子之诗。

⑰"各委"三句:曹植《洛神赋》写众女神漫游时"或采明珠,或拾翠羽"。翠羽:翠鸟之羽。相将:相随。

二郎神

炎光谢[①]。过暮雨、芳尘轻洒[②]。乍露冷风清庭户爽，天如水、玉钩遥挂[③]。应是星娥嗟久阻，叙旧约、飙轮欲驾[④]。极目处、微云暗度，耿耿银河高泻[⑤]。　闲雅。须知此景，古今无价。运巧思穿针楼上女[⑥]，抬粉面、云鬟相亚[⑦]。钿合金钗私语处，算谁在回廊影下[⑧]。愿天上人间，占得欢娱，年年今夜。

【注释】

①炎光：指强烈的阳光。

②“暮雨”句：宋沈作喆《寓简》引无名氏《鹊桥仙》云：“柳家一句最著题，道‘暮雨芳尘轻洒’。”

③玉钩：半月、月牙儿。

④星娥：指织女，与牛郎相隔银河，一年一度七夕鹊桥相会。飙轮：御风以行之车。飙：大风。

⑤“微云”两句：指牛郎织女渡过银河。耿耿：明亮貌。

⑥穿针楼上女：《荆楚岁时记》：“七月七日为牵牛织女聚会之夜，是夕，人家妇女结彩缕，穿七孔针……以乞巧。”

⑦亚：犹压。

⑧“钿合”两句：均化用白居易《长恨歌》中写唐明皇以钿盒金钗赠杨贵妃，又两人于七月七日夜半无人时私语等情事。钿合：首饰盒；金钗：为妇女头上饰品。

醉蓬莱[①]

渐亭皋叶下，陇首云飞，素秋新霁[②]。华阙中天[③]，锁葱葱佳气。嫩菊黄深，拒霜红浅[④]，近宝阶香砌。玉宇无尘，金茎有露[5]，碧天如水。　　正值升平，万幾多暇[6]，夜色澄鲜，漏声迢递[7]。南极星中，有老人呈瑞[8]。此际宸游[9]，凤辇何处，度管弦清脆。太液波翻[10]，披香帘卷[11]，月明风细。

【注释】

①宋王辟之《渑水燕谈录》卷八谓柳永未登第时，以此词进呈，仁宗"见首有'渐'字，色若不悦，读至'宸游凤辇何处'，乃与御制真宗挽词暗合，上惨然。又读至'太液波翻'曰：'何不言波澄？'乃掷之于地，永自此不复进用。"然宋杨湜《古今词话》评价甚高，曰："词曲一传，天下皆称绝。"

②"渐亭皋"三句：语本南朝梁柳恽《捣衣诗》："亭皋木叶下，陇首秋云飞。"亭皋：水边平地。陇：山名。素秋：秋季。

③阙：古代宫殿前两个高大的建筑物。两者之间有空缺，故名。

④拒霜：即木芙蓉，仲秋开花，耐寒不凋，故名。

⑤金茎：即汉武帝时所制长安金人承露盘，见《三辅黄图》。杜甫《秋兴》八首之五："蓬莱宫阙对南山，承露金茎霄汉间。"

⑥万幾：指帝王日常纷繁的政务。也作"万机"。

⑦漏声：玉漏声。漏为古代计时器。迢递：远，这里谓夜长。

⑧老人：指南极星，古人认为是吉祥的征兆。

⑨宸游：帝王出游。

⑩太液：即太液池，在今陕西长安。此喻宋时金明池。

⑪披香：披香殿，汉时后宫殿名，此指宋宫殿。

定风波

自春来，惨绿愁红[1]，芳心是事可可[2]。日上花梢，莺穿柳带，犹压香衾卧。暖酥消[3]，腻云亸[4]。终日厌厌倦梳裹。无那！恨薄情一去，音书无个。　　早知恁么，悔当初、不把雕鞍锁。向鸡窗[5]，只与蛮笺象管[6]，拘束教吟课。镇相随[7]，莫抛躲。针线闲拈伴伊坐[8]。和我，免使年少光阴虚过。

【注释】

①惨绿愁红：红花绿叶都有愁容。此为移情于景之法，即今人所谓"通感"。

②是事：犹事事、凡事。可可：漫不经心。

③暖酥：指温润酥嫩的肌肤。

④腻云：指柔腻浓密的头发，亸：下垂。

⑤鸡窗：据《幽明录》载，晋兖州刺史宋处宗，得一长鸣鸡，笼于窗前，鸡竟能与人语，且颇有识见，处宗因而成为善言者。后人遂以鸡窗指书房。

⑥蛮笺象管：指纸笔。蛮笺，即蜀笺，韩浦《寄弟》诗："十样鸾笺出益州，寄来新自浣花头。"象管，笔。唐罗隐《清溪江令公宅》诗："蛮笺象筦夜深时，曾赋陈宫第一诗。"筦同"管"。

⑦镇：整。此指整日。

⑧"针线"句：张舜民《画墁录》载，柳永拜访晏殊，晏问："贤俊作曲子么？"柳答："只如相公亦作曲子。"晏曰："殊虽作曲子，不曾道'彩(针)线慵(闲)拈伴伊坐'。"柳遂退。(《宋艳》卷五引)

诉衷情近

雨晴气爽，伫立江楼望处。澄明远水生光，重叠暮山耸翠。遥认断桥幽径，隐隐渔村，向晚孤烟起[1]。

残阳里。脉脉朱阑静倚[2]。黯然情绪，未饮先如醉。愁无际！暮云过了，秋光老尽，故人千里。竟日空凝睇[3]！

【注释】

①孤烟：指一缕炊烟。

②脉脉：见前《卜算子慢》注⑤。

③凝睇：凝神远望。

少年游[①]

长安古道马迟迟，高柳乱蝉栖。夕阳岛外，秋风原上，目断四天垂[②]。　　归云一去无踪迹，何处是前期？狎兴生疏[③]，酒徒萧索，不似少年时。

【注释】

①本篇当作于柳永任西京（今河南洛阳）云台令到长安（今陕西西安）时所作。

②岛外：近人以为长安无岛。此或当作“鸟外”，可备一说。原上：当指乐游原。《长安志》：“乐游原居京城之最高，四望宽敞，城内了如指掌。”

③狎兴：冶游的情兴。狎：亲近而态度不庄重。

少年游[①]

参差烟树灞陵桥[②]，风物尽前朝。衰杨古柳，几经攀折，憔悴楚宫腰[③]。　　夕阳闲淡秋光老，离思满蘅皋[④]。一曲《阳关》[⑤]，断肠声尽，独自凭兰桡[⑥]。

【注释】

①本篇与上篇作于同时。清先著《词洁》评云：“屯田此调，居然胜场，不独‘晓风残月’之工也。”

②灞陵桥：又称灞桥，《三辅黄图》载：“灞桥在长安东，跨水作桥。汉人送客至此，折柳相赠。”俗称销魂桥。

③楚宫腰：《韩非子·二柄》：“楚灵王好细腰，而国中多饿人。”此处形容柳条纤细。

④蘅：杜蘅，香草，俗称马蹄香。皋：水边高地。

⑤《阳关》：指《阳关曲》，古人送别时所唱，以唐王维《送元二使安西》诗为歌词，凡三叠。

⑥兰桡：同兰舟。桡，船桨，指代船。

戚氏①

晚秋天，一霎微雨洒庭轩。槛菊萧疏，井梧零乱，惹残烟。凄然，望江关。飞云黯淡夕阳间。当时宋玉悲感，向此临水与登山②。远道迢递，行人凄楚，倦听陇水潺湲③。正蝉吟败叶，蛩响衰草④，相应喧喧。　孤馆，度日如年。风露渐变，悄悄至更阑。长天净，绛河清浅⑤，皓月婵娟⑥。思绵绵，夜永对景那堪，屈指暗想从前。未名未禄，绮陌红楼⑦，往往经岁迁延。　帝里风光好，当年少日，暮宴朝欢。况有狂朋怪侣，遇当歌对酒竞留连。别来迅景如梭⑧，旧游似梦，烟水程何限。念名利，憔悴长萦绊。追往事、空惨愁颜。漏箭移⑨，稍觉轻寒。渐呜咽，画角数声残⑩。对闲窗畔，停灯向晓，抱影无眠。

【注释】

①此为柳永创调，凡三片。宋王灼《碧鸡漫志》卷二："前辈云：'《离骚》寂寞千载后，《戚氏》凄凉一曲终。'……柳何敢知世间有《离骚》，惟贺方回、周美成时时得之。"

②"当时"两句：宋玉《九辩》："悲哉秋之为气也……憭栗兮若在远行，登山临水兮送将归。"

③陇水：陇山之水。《乐府诗集》卷二十一《陇头》解题引《三秦记》："山有清水四注下，所谓陇头水也。"潺：水流声。

④蛩：促织、蟋蟀。

⑤绛河：银河，天河。

⑥婵娟：形态美好。唐孟郊《婵娟篇》："月婵娟，真可怜。"

⑦绮陌：纵横交错的道路。红楼：指华丽的楼房，古代女子所居。

⑧迅景：迅速的光阴。景：通"影"。

⑨漏箭：漏壶的部件，上刻节文，随水浮沉以计时，此指时间推移。

⑩画角：古代军中号角。高适《送浑将军出塞》："城头画角三四声，匣里宝刀昼夜鸣。"

夜半乐[①]

冻云黯淡天气[②]，扁舟一叶，乘兴离江渚[③]。度万壑千岩[④]，越溪深处[⑤]。怒涛渐息，樵风乍起[⑥]，更闻商旅相呼，片帆高举。泛画鹢[⑦]、翩翩过南浦[⑧]。　　望中酒旆闪闪[⑨]，一簇烟村，数行霜树。残日下，渔人鸣榔归去[⑩]。败荷零落，衰杨掩映，岸边两两三三，浣纱游女。避行客，含羞笑相语。　　到此因念，绣阁轻抛，浪萍难驻[⑪]。叹后约、丁宁竟何据[⑫]！惨离怀、空恨岁晚归期阻。凝泪眼、杳杳神京路[⑬]。断鸿声远长天暮。

【注释】

①本篇乃教坊旧曲，柳永衍为新声，分三片："第一片言道途所经，第二片言望中所见，第三片乃言去国离乡之感。"（许昂霄《词综偶评》）

②冻云：下雪前凝聚的阴云。

③渚：《尔雅·释水》："水中可居曰洲，小洲曰渚。"又《国语·越语》韦昭注："水边亦曰渚。"

④万壑千岩：《世说新语·言语》："顾长康从会稽还，人问山川之美。顾曰：'千岩竞秀，万壑争流，草木蒙笼其上，若云兴霞蔚。'"由此可见，此词乃舟经浙江时所作。

⑤越溪：即若耶溪，在今浙江绍兴会稽山下。

⑥樵风：《后汉书·郑弘传》注引南朝《会稽记》，谓郑弘遇仙人，愿旦为南风，暮为北风，助之渡若耶溪采薪。果如所言。后因称顺风为樵风。

⑦鹢（yì）：水鸟。古画鹢首于船头，故称船为鹢舟。

⑧南浦：南面的水边。《楚辞》屈原《九歌·河伯》："子交手兮东行，送美人兮南浦。"后常用以称送别之地。如江淹《别赋》："送君南浦，伤如之何。"

⑨酒旆：酒望子、酒家之市招。

⑩鸣榔：《文选》潘岳《西征赋》："鸣榔厉响。"李善注："以长木叩舷为声……所以惊鱼令入网也。"

⑪浪萍：水面浮萍，喻本人行踪飘荡不定。

⑫丁宁：同"叮咛"，一再嘱咐。

⑬神京路：去汴京（今河南开封）之路，所思慕之人当在京城。

过涧歇近[①]

淮楚[②]。旷望极、千里火云烧空，尽日西郊无雨。厌行旅，数幅轻帆旋落，舣棹蒹葭浦[③]。避畏景[④]，两两舟人夜深语。　此际争可[⑤]，便恁奔名竞利去。九衢尘里[⑥]，衣冠冒炎暑[⑦]。回首江乡，月观风亭[⑧]，水边石上，幸有散发披襟处[⑨]。

【注释】

①此为柳永创调。词咏炎炎夏日的行役之苦。

②淮楚：指淮安、扬州一带。

③舣（yǐ）棹：船停泊岸边。蒹葭：芦苇。

④畏景：夏日可畏，故称。景同"影"。这里指夏天骄阳猛烈。

⑤争可：犹怎可。

⑥九衢：四通八达的道路，此指京都街道。

⑦衣冠：指士大夫的穿戴。时作者已入仕。故云。

⑧月观风亭：在今江苏扬州。《南史·徐湛之传》："广陵旧有高楼……湛之更起风亭、月观、吹台、琴室。"

⑨散发：指解除冠带的束缚，弃官隐居。李白《宣州谢朓楼饯别校书叔云》："人生在世不称意，明朝散发弄扁舟。"披襟：敞开衣襟，喻舒畅胸怀。

望海潮①

东南形胜②，三吴都会，钱塘自古繁华③。烟柳画桥，风帘翠幕，参差十万人家④。云树绕堤沙。怒涛卷霜雪，天堑无涯⑤。市列珠玑，户盈罗绮，竞豪奢。

重湖叠巘清嘉⑥。有三秋桂子，十里荷花。羌管弄晴⑦，菱歌泛夜⑧，嬉嬉钓叟莲娃。千骑拥高牙⑨。乘醉听箫鼓，吟赏烟霞⑩。异日图将好景，归去凤池夸⑪。

【注释】

①此词是柳永年轻时由福建赴汴京（今河南开封）应试，路过钱塘时所作。罗大经《鹤林玉露》云："孙何（案：当是孙沔）帅钱塘，柳耆卿作《望海潮》词赠之，此词流播，金主亮闻歌，欣然有慕于'三秋桂子，十里荷花'，遂起投鞭断江之志。"陈振孙评云："音律谐婉，语意妥贴。承平气象，形容曲尽。"（《直斋书录解题》）

②形胜：《荀子·强国》谓秦国："其四塞险，形势便，山林川谷美，天材之利多，是形胜也。"

③三吴：指吴兴、吴郡、会稽。钱塘：今浙江杭州，旧属吴郡。

④参差：高低、长短不齐。这里指楼阁高低不齐。十万人家：《梦粱录》卷十九谓是元丰前户口数，南渡后已"近百万余家"。

⑤天堑：指钱塘江。陈锐《袌碧斋词话》评："怒涛"以下五

句:“此种长调,不能不有此大开大阖之笔。”

⑥重湖:西湖中白堤将湖分为里湖和外湖,故称。叠巘(yǎn):重叠的山峰,指葛岭、南北高峰等。清嘉:清秀美好。

⑦羌管:笛子。笛子原出羌中,故称。

⑧菱歌:即《采菱歌》。

⑨高牙:高牙大纛,大将的牙旗。此处指孙沔的仪仗。

⑩烟霞:指山水风光。

⑪凤池:凤凰池,中书省(中央最高政务机关)的美称。

玉蝴蝶[①]

望处雨收云断,凭栏悄悄,目送秋光。晚景萧疏,堪动宋玉悲凉[②]。水风轻、蘋花渐老[③];月露冷、梧叶飘黄。遣情伤!故人何在?烟水茫茫。　　难忘,文期酒会,几孤风月[④],屡变星霜[⑤]。海阔山遥,未知何处是潇湘[⑥]。念双燕、难凭远信[⑦];指暮天、空识归航[⑧]。黯相望。断鸿声里,立尽斜阳。

【注释】

①清人许昂霄《词综偶评》谓此篇“与《雪梅香》《八声甘州》数首,蹊径仿佛”。

②宋玉悲凉:战国楚辞赋家宋玉《九辩》:“悲哉秋之为气也,萧瑟兮草木摇落而变衰。”

③蘋:水草名。

④孤:辜负。风月:清风明月,形容美景;常借指男女情爱。

⑤星霜:指岁月。

⑥潇湘:水名,在今湖南。唐柳宗元《得卢衡州书因以诗寄》:“非是白蘋洲畔客,还将远意问潇湘。”此两句化用柳之诗句。

⑦“念双燕”二句:谓双燕无法寄信。燕足寄书事见王仁裕

《开元天宝遗事》:长安女子郭绍兰,适富商任宗。任宗为商贾湘中,数年未归,绍兰附书燕足,任宗果得之,感而泣下。

⑧空识归航:南朝齐谢朓《之宣城郡出新林浦上板桥》:“天际识归舟,云中辨江树。”唐刘采春《啰唝曲》:“朝朝江口望,错认几人船。”此两句意境相似。

满江红[①]

暮雨初收,长川静,征帆夜落。临岛屿、蓼烟疏淡,苇风萧索[②]。几许渔人飞短艇,尽载灯火归村落。遣行客,当此念回程,伤飘泊。　　桐江好[③],烟漠漠。波似染,山如削。绕严陵滩畔[④],鹭飞鱼跃。游宦区区成底事,平生况有云泉约[⑤]。归去来,一曲仲宣吟,从军乐[⑥]。

【注释】

①柳永景祐元年(1034)中进士,授睦州(辖今浙江之桐庐、建德、淳安三县)团练推官。于赴任途中作此词,乃是他的创调。据释文莹《湘山野录》卷中载,范仲淹过严子陵祠,适逢吴俗岁祀,里巫迎神,但歌柳词《满江红》。

②蓼(liǎo)烟:长有水草的水边,雾霭苍茫。蓼,红蓼,俗称游龙。苇风:芦苇生风。

③桐江:钱塘江在建德至桐庐之间一段称桐江,亦称富春江。《花庵词选》称“换头数语最工”。

④严陵滩:东汉严子陵归隐垂钓处,又称严濑。

⑤云泉约:指退隐山水之间的约定。

⑥仲宣:王粲,建安七子之一,曾从曹操征张鲁,有《从军行》五首,其一云:“从军有苦乐。”

八声甘州[①]

对潇潇暮雨洒江天,一番洗清秋。渐霜风凄紧,关河冷落，残照当楼[②]。是处红衰翠减，苒苒物华休[③]。唯有长江水，无语东流。　　不忍登高临远，望故乡渺邈[④]，相思难收。叹年来踪迹，何事苦淹留？想佳人妆楼颙望[⑤]，误几回、天际识归舟[⑥]。争知我、倚栏干处，正恁凝愁！

【注释】

①本篇历来受人推崇，近人王国维《人间词话》云："若屯田之《八声甘州》，东坡之《水调歌头》，则伫兴之作，格高千古，不能以常调论也。"

②"渐霜风"三句：苏东坡评云："此语于诗句不减唐人高处。"（见赵令畤《侯鲭录》）

③红衰翠减：谓花、叶凋零。李商隐《赠荷花》："翠减红衰愁杀人。"苒苒：通"冉冉"，犹渐渐。

④渺邈：杳远、遥远。

⑤颙（yóng）望：仰望、企望。

⑥"误几回"句：参见前《玉蝴蝶》注⑧。

望远行

长空降瑞[①]，寒风翦、淅淅瑶花初下。乱飘僧舍，密洒歌楼，迤逦渐迷鸳瓦。好是渔人，披得一蓑归去，江上晚来堪画[②]。满长安，高却旗亭酒价[③]。　　幽雅。乘兴最宜访戴，泛小棹，越溪潇洒[④]。皓鹤夺鲜，白鹇失素[⑤]，千里广铺寒野。须信幽兰歌断，彤云收尽，别有瑶台琼榭[⑥]。放一轮明月，交光清夜。

【注释】

①降瑞：降下祥瑞，指下雪，俗云：瑞雪兆丰年。

②“乱飘”六句:化用唐郑谷《雪中偶题》诗:“乱飘僧舍茶烟湿,密洒歌楼酒力微。江上晚来堪画处,渔人披得一蓑归。”迤逦:曲折连绵。鸳瓦:鸳鸯瓦,互相成对,故称。

③旗亭:酒楼。

④“乘兴”三句:《世说新语·任诞》:王子猷居山阴,夜雪初霁,月色清明,忽忆戴安道。时戴在剡县,即便夜乘小舟诣之,造门而返,曰:“我本乘兴而行,兴尽而返,何必见戴?”

⑤白鹇:鸟名,又名银雉,似山鸡而色白。素:白色。

⑥瑶台琼榭:美玉砌成的台榭。榭,筑于水边高处之敞屋。

竹马子①

登孤垒荒凉,危亭旷望②,静临烟渚。对雌霓挂雨,雄风拂槛③,微收烦暑。渐觉一叶惊秋④,残蝉噪晚,素商时序⑤。览景想前欢,指神京、非雾非烟深处⑥。

向此成追感,新愁易积,故人难聚。凭高尽日凝伫⑦。赢得消魂无语。极目霁霭霏微⑧,暝鸦零乱,萧索江城暮。南楼画角⑨,又送残阳去。

【注释】

①本词为柳永晚年创调。

②危亭:高亭。

③雌霓:副虹。虹有时双出,色鲜者称雄,淡者称雌,又称雌蜺。雄风:清爽之风。宋玉《风赋》:“清清泠泠,愈病析酲,发明耳目,宁体便人,此所谓大王之雄风也。”

④一叶惊秋:《淮南子·说山训》:“见一叶落而知岁之将暮。”唐庚《文录》引唐人诗:“山僧不解数甲子,一叶落知天下秋。”

⑤素商:秋天。《礼记·月令》:“秋日素商,亦曰高商。”

⑥非烟:指祥瑞的云气。《史记·天官书》:“若烟非烟……

是谓卿云。”

⑦凝伫：有所期望而久立不动。

⑧霁霭：雨后天晴时的云气。霏微：犹朦胧。南朝王僧孺《侍宴》诗之二：“霏微商云散。”

⑨画角：古时军中号角。

迷神引[①]

一叶扁舟轻帆卷，暂泊楚江南岸[②]。孤城暮角，引胡笳怨[③]。水茫茫，平沙雁，旋惊散。烟敛寒林簇，画屏展[④]。天际遥山小，黛眉浅[⑤]。　旧赏轻抛，到此成游宦[⑥]。觉客程劳，年光晚。异乡风物，忍萧索，当愁眼。帝城赊[⑦]，秦楼阻[⑧]，旅魂乱。芳草连空阔，残照满。佳人无消息，断云远。

【注释】

①此词为柳永创调。

②楚江：指旧属战国时楚国境内的长江。

③暮角：日暮时的军中号角声。胡笳：古代北方少数民族的管乐器，其音悲凉。

④画屏展：谓四周山色美景，似展开的画屏。

⑤“天际”二句：谓天边远山如淡淡的黛色画眉。

⑥旧赏：指旧时游赏之乐，也指从游之人。游宦：在外作官，行踪不定。

⑦帝城：京城。赊：远。

⑧秦楼：秦楼楚馆，泛称歌舞玩乐场所，多指妓院。

安公子

远岸收残雨，雨残稍觉江天暮[①]。拾翠汀洲人寂静[2]，立双双鸥鹭。望几点、渔灯隐映蒹葭浦[3]。停画桡、两两舟人语[4]。道去程今夜，遥指前村烟树。

游宦成羁旅，短樯吟倚闲凝伫[5]。万水千山迷远近，想乡关何处？自别后，风亭月榭孤欢聚[6]。刚断肠，惹得离情苦。听杜宇声声[7]，劝人不如归去。

【注释】

①清邓廷桢《双砚斋词话》："'远岸收残雨'一阕，亦通体清旷，涤尽铅华。"

②拾翠：原指拾取翠鸟羽毛以为装饰。曹植《洛神赋》："或采明珠，或拾翠羽。"后用以指春日妇女踏青郊游。杜甫《秋兴》诗："佳人拾翠春相问，仙侣同舟晚更移。"汀洲：水中小洲。

③蒹葭：蒹：荻；葭：芦。浦：水滨。

④画桡：犹画舫。桡：船桨。

⑤樯：帆樯，桅杆。

⑥榭：临水的敞屋。

⑦杜宇：杜鹃鸟，鸣声似"不如归去"。

忆帝京

薄衾小枕凉天气，乍觉别离滋味[1]。展转数寒更[2]，起了还重睡。毕竟不成眠，一夜长如岁。　　也拟待、却回征辔[3]；又争奈、已成行计。万种思量，多方开解，只恁寂寞厌厌地[4]。系我一生心，负你千行泪。

【注释】

①衾：被。乍：忽。

②数：此处作动词解。

③征辔：指征人的坐骑。辔：马缰。

④厌厌：同"恹恹"，精神萎靡不振。

木兰花慢[①]

拆桐花烂漫[②]，乍疏雨，洗清明。正艳杏烧林，缃桃绣野[③]，芳景如屏。倾城，尽寻胜去，骤雕鞍绀幰出郊坰[④]。风暖繁弦脆管，万家竞奏新声。　盈盈，斗草踏青[⑤]。人艳冶，递逢迎。向路傍往往，遗簪堕珥，珠翠纵横[⑥]。欢情。对佳丽地，信金罍罄竭玉山倾[⑦]。拚却明朝永日[⑧]，画堂一枕春酲[⑨]。

【注释】

①杨慎《词品》卷三："柳耆卿清明词，得音调之正。盖'倾城''盈盈''欢情'，于第二字中有韵。近见吴彦高《中秋词》，亦不失此体，余人皆不能。"

②拆桐花：谓桐花正开。沈义父《乐府指迷》："言开了桐花烂漫也。有人不晓此意，乃云此花为拆桐。"

③缃桃：果为浅红色的桃树。

④雕鞍：借指骑马的男士。绀幰（gàn xiǎn）：天青色的车幔，借指乘车的女子。郊坰（jiōng）：郊野。

⑤斗草：古有斗百草之戏，时当五月五日。见《荆楚岁时记》。

⑥"向路傍"三句：《史记·滑稽列传》："前有堕珥，后有遗簪。"周密《武林旧事》卷二谓杭人出游"遗钿堕珥，往往得之，亦东都遗风也。"

⑦金罍：酒器，樽形，用金装饰，刻为云雷纹。《诗经·卷耳》："我姑酌彼金罍。"罄竭：尽竭。玉山倾：谓人醉倒。玉山：喻人品德容仪之美。李白《襄阳歌》："玉山自倒非人推。"

⑧拚（pàn）却：不顾。永日：长日。

⑨酲：醉酒，酒病。

临江仙引[①]

渡口，向晚，乘瘦马，陟平岗[②]。西郊又送秋光。对暮山横翠，衬残叶飘黄。凭高念远，素景楚天[③]，无处不凄凉。　　香闺别来无信息，云愁雨恨难忘[④]。指帝城归路，但烟水茫茫。凝情望断泪眼，尽日独立斜阳。

【注释】

①宋人取唐五代小令，曼衍其声，别成新腔，名之曰引。柳永此词，即在五代《临江仙》小令基础上衍旧声为新腔而成。

②陟平岗：登上平岗。陟：登，升进。

③素景：秋景。古代五行说，谓秋属金，色白，故称。楚天，泛指南方楚地的天空。

④“云愁”句：言旧日恋情难以忘怀。此从巫山云雨一辞化来。

倾杯[①]

鹜落霜州[②]，雁横烟渚，分明画出秋色。暮雨乍歇，小楫夜泊，宿苇村山驿[③]。何人月下临风处，起一声羌笛。离愁万绪，闻岸草、切切蛩吟似织[④]。　　为忆。芳容别后，水遥山远，何计凭鳞翼[⑤]。想绣阁深沉，争知憔悴损、天涯行客。楚峡云归，高阳人散[⑥]，寂寞狂踪迹。望京国。空目断，远峰凝碧。

【注释】

①此词神韵悠扬，委婉曲折。清谭献《复堂词话》：“耆卿正锋以当杜诗。”

②鹜(wù)：鸭，亦称野鹜，即野鸭。

③山驿：山中驿站。

④蛩(qióng)：蟋蟀，一名促织。

⑤鳞翼：指鱼类、鸟类，这里谓鱼雁传递书信。

⑥"楚峡"两句：用宋玉《高唐赋》典，参见聂冠卿《多丽·李良定公席上赋》注⑧。两句喻与恋人分离。

鹤冲天[①]

黄金榜上[②]，偶失龙头望[③]。明代暂遗贤[④]，如何向[⑤]。未遂风云便，争不恣狂荡。何须论得丧[⑥]。才子词人，自是白衣卿相。　　烟花巷陌，依约丹青屏障[⑦]。幸有意中人，堪寻访。且恁偎红依翠，风流事，平生畅。青春都一饷[⑧]。忍把浮名，换了浅斟低唱[⑨]！

【注释】

①此词作于柳永落第后，严有翼《艺苑雌黄》载："柳三变……喜作小词，然薄于操行。当时有荐其才者，上曰：'得非填词柳三变乎？'曰：'然。'上曰：'且去填词。'由是不得志，日与獧子纵游娼馆酒楼间，无复检约，自称云'奉旨填词柳三变'。"(《苕溪渔隐丛话》后集卷三十九)

②黄金榜：宋时殿试后用黄纸张榜，故称。

③龙头：指进士第一名，俗称状元。王禹偁《小畜集·寄状元孙学士何》云："唯爱君家棣华榜，登科记上并龙头。"望：希望、期望。

④明代：圣明朝代。遗贤：被遗弃的贤者。《尚书·大禹谟》："野无遗贤。"

⑤如何向：宋时语词，犹如之何、无可奈何。

⑥得丧：得失。

⑦烟花巷陌：同花街柳巷，指妓女聚居处。丹青屏障：指

画幅。

⑧都一饷：只有一会儿。饷，通“晌”。

⑨“忍把”两句：宋吴曾《能改斋漫录》卷十六：“仁宗……深斥浮艳虚薄之文。初，进士柳三变好为淫冶讴歌之曲，传播四方。尝有《鹤冲天》词……及临轩放榜，特落之，曰：‘且去浅斟低唱，何要浮名！’”

张　先

张先（991？—1078），字子野，乌程（今浙江湖州）人。宋仁宗天圣八年（1030）进士，康定元年（1040），知吴江县。次年调嘉禾通判。晏殊为京兆尹时，辟为通判。官至都官郎中。治平元年（1064）致仕。晚年游憩乡里，曾与欧阳修、苏轼等交往。能诗擅词，喜铺叙，工锤炼。近人夏敬观云："子野词凝重古拙，有唐五代之遗音。慢词亦多用小令作法。在北宋诸家中，可云独树一帜。"（见龙榆生师《唐宋名家词选》引）清陈廷焯称其词为"古今一大转移"（《白雨斋词话》）。有《张子野词》。

醉垂鞭①

双蝶绣罗裙。东池宴，初相见。朱粉不深匀，闲花淡淡春。　　细看诸处好，人人道，柳腰身②。昨日乱山昏，来时衣上云③。

【注释】

①此为张先创调，乃赠妓之作。

②柳腰身：形容女子腰细而婀娜如柳条。

③"来时"句：语本宋玉《高唐赋》"旦为行云"。周济评曰："横绝。"（《宋四家词选》）

南乡子

何处可魂消，京口终朝两信潮①。不管离心千叠恨，滔滔。催促行人动去桡②。　　记得旧江皋③，绿杨轻絮几条条。春水一篙残照阔，遥遥。有个多情立画桥。

【注释】

①京口：今江苏镇江。信潮：潮涨潮落有定时而不失期，故称。

②桡：船桨。指代船。

③江皋：江岸。

菩萨蛮[①]

夜深不至春蟾见[②]，令人更更情飞乱[③]。翠幕动风亭，时疑响屟声[④]。　花香闻水榭，几误飘衣麝[⑤]。不忍下朱扉，绕廊重待伊。

【注释】

①此词咏馆娃宫，故址即今苏州灵岩山寺。

②春蟾：春夜的月亮。相传月中有蟾蜍，故称。

③"夜深"二句：一作"香骈不至春蟾午，令人转更猜飞语。"

④响屟(xiè)：《吴郡志》卷八《古迹》："响屟廊在灵岩山寺。相传吴王令西施步屟(木拖鞋)，廊虚而响，故名。"

⑤"花香"二句：《吴郡志》又云："采香径在香山之旁，小溪也。吴王种香于香山，使美人泛舟于溪以采香。"二句本此。

菩萨蛮

忆郎还上层楼曲[①]，楼前芳草年年绿。绿似去时袍。回头风袖飘。　郎袍应已旧，颜色非长久。惜恐镜中春[②]，不如花草新。

【注释】

①层楼曲：高楼上曲折的走廊。

②春：此指青春容颜。

踏莎行

衾凤犹温[①]，笼鹦尚睡。宿妆稀淡眉成字[②]。映花避月上行廊[③]，珠裙褶褶轻垂地[④]。　　翠幕成波，新荷贴水。纷纷烟柳低还起[⑤]。重墙绕院更重门，春风无路通深意。

【注释】

①衾凤：绣有凤凰的被子。

②宿妆：隔夜的妆容。眉成字：谓双眉攒聚，形容愁苦之状。

③行廊：一作"回廊"。

④褶褶：谓衣裙多褶裥。

⑤烟柳：一作"烟絮"。

谢池春慢　玉仙观道中逢谢媚卿[①]

缭墙重院，时闻有、啼莺到。绣被掩余寒，画幕明新晓[②]。朱槛连空阔，飞絮无多少[③]。径莎平，池水渺。日长风静，花影闲相照。　　尘香拂马，逢谢女，城南道。秀艳过施粉[④]，多媚生轻笑。斗色鲜衣薄[⑤]，碾玉双蝉小[⑥]。欢难偶[⑦]，春过了。琵琶流怨[⑧]，都入相思调。

【注释】

①此为张先创调。《绿窗新话》卷上引《古今词话》："张子野往玉仙观，中路逢谢媚卿，初未相识，但两相闻名。子野才韵既高，谢亦秀媚出世，一见慕悦，目色相授，张领其意，缓辔久之而去，因作《谢池春慢》以叙一时之遇。"夏敬观评云："长调中纯用小令作法，别具一种风味。"（见龙榆生师《唐宋

名家词选》引）

②幕：一作“阁”。

③无：一作“知”。

④艳：一作“丽”。

⑤“斗色”句：谓衣裳鲜艳如争妍斗艳。

⑥碾玉双蝉：指玉制蝉形饰物。

⑦偶：一作“遇”。

⑧怨：一作“韵”。

江南柳[①]

隋堤远[②]，波急路尘轻。今古柳桥多送别，见人分袂亦愁生[③]。何况自关情！　　斜照后，新月上西城[④]。城上楼高重倚望，愿身能似月亭亭[⑤]，千里伴君行。

【注释】

①江南柳：即双调《忆江南》。

②隋堤：隋炀帝开通济渠，旁筑御道，植杨柳，后称隋堤。

③分袂（mèi）：指离别。袂：衣袖。

④新：一作“圭”。

⑤亭亭：孤峻高洁貌。一作“华明”。

一丛花令[①]

伤高怀远几时穷？无物似情浓。离愁正引千丝乱[②]，更东陌、飞絮濛濛[③]。嘶骑渐遥，征尘不断，何处认郎踪。　　双鸳池沼水溶溶，南北小桡通[④]。梯横画阁黄昏后，又还是、斜月帘栊[⑤]。沉恨细思，不如桃杏，犹解嫁东风[⑥]。

【注释】

①宋杨湜《古今词话》："张先，字子野，尝与一尼私约，其老尼性严。每卧于池岛中一小阁上。俟夜深人静，其尼潜下梯，俾子野登阁相遇。临别，子野不胜惓惓，作《一丛花令》词以道其怀。"

②丝：柳丝。

③飞絮：柳絮。

④小桡：小舟。桡，船桨，一作"桥"。

⑤帘栊：指窗帘。栊：窗棂。

⑥"不如桃杏"两句：宋范公偁《过庭录》谓"永叔（欧阳修）尤爱之……倒屣迎之曰'此乃桃杏嫁东风郎中'。"贺裳《皱水轩词筌》称此句："皆无理而妙。"

蝶恋花

移得绿杨栽后院，学舞宫腰[①]，二月青犹短。不比灞陵多送远[②]，残丝乱絮东西岸[③]。　　几叶小眉寒不展[④]，莫唱阳关[⑤]，真个肠先断[⑥]。分付与春休细看[⑦]，条条尽是离人怨。

【注释】

①学舞：一作"渐学"。宫腰，即细腰，楚腰。《韩非子·二柄》："楚灵王好细腰，而国中多饿人。"此喻柳枝。

②灞陵：故址在今陕西西安东，近霸桥，古为送人西行处。

③残丝乱絮：一作"千丝万缕"。

④几叶：一作"几度"。小眉，喻柳叶。李商隐《和人题真娘墓》诗："柳眉空吐效颦叶。"

⑤莫唱：一作"休唱"。阳关，即《阳关三叠》古送别曲，又名《渭城曲》，以唐王维《送元二使安西》诗为曲辞。

⑥肠先断：一作"无肠断。"

⑦休细看：一作"春不管"。

相思令

蘋满溪，柳绕堤。相送行人溪水西。回时陇月低[①]。　　烟霏霏[②]，风凄凄[③]。重倚朱门听马嘶，寒鸥相对飞。

【注释】

①回：一作“归”。

②霏霏：纷飞貌。

③风：一作“雨”。

卜算子慢[①]

溪山别意，烟树去程，日落采苹春晚。欲上征鞍，更掩翠帘相眄[②]。惜弯弯浅黛长长眼[③]。奈画阁欢游，也学狂花乱絮轻散。　　水影横池馆，对静夜无人，月高云远。一饷凝思[④]，两袖泪痕还满[⑤]。恨私书，又逐东风断。纵西北层楼万尺[⑥]，望重城那见[⑦]？

【注释】

①《卜算子》原为小令，张先延长其声，故加慢字。张炎《词源》云：“慢曲不过百余字，中间抑扬高下……累累乎端如贯珠之语，斯为难矣。”

②翠帘：《全宋词》注：“下有‘回面’二字”。相眄（miǎn）：相视。

③浅黛：谓淡淡的黛眉。黛：画眉的青黑色颜料。

④一饷：一会儿。饷，通“晌”。

⑤还满：《全宋词》注：“下有‘难遣’二字。”

⑥西北：《全宋词》注：“一作‘梦泽’……尺，一作‘丈’。”

⑦重:《全宋词》注:“一作‘湖’。”

蝶恋花

绿水波平花烂漫。照影红妆[①],步转垂杨岸。别后深情将为断,相逢添得人留恋。　絮软丝轻无系绊。烟惹风迎,并入春心乱。和泪语娇声又颤,行行尽远犹回面[②]。

【注释】

①红妆:指妇女的盛装,多为红色。故称。

②行行:走着不停。尽:听任。

天仙子　时为嘉禾小倅,以病眠,不赴府会[①]

水调数声持酒听[②],午醉醒来愁未醒。送春春去几时回?临晚镜,伤流景[③],往事后期空记省[④]。　沙上并禽池上暝,云破月来花弄影[⑤]。重重帘幕密遮灯,风不定,人初静,明日落红应满径。

【注释】

①嘉禾:今浙江嘉兴,旧为秀州。倅:地方佐贰副官,即通判。张先于庆历元年(1041)五十二岁时任秀州通判。黄昇《唐宋诸贤绝妙词选》题作《春恨》。

②水调:曲名。《才调集》杜牧《扬州》诗:“谁家唱水调。”自注:“炀帝开汴渠成,自作水调。”

③流景:逝去的时光。景:日光。

④省(xǐng):内省,反省。

⑤“云破”句:宋李颀《古今诗话》:“有客谓子野曰:‘人皆

称公张三中，即心中事、眼中泪、意中人也。’公曰：‘何不目之为张三影？’客不晓。公曰：‘云破月来花弄影’‘娇柔懒起，帘压卷花影’‘柳径无人，坠风絮无影’。此余生平所得意也。”（《苕溪渔隐丛话》前集卷三十七引）另陈师道《后山诗话》，亦有“张三影”之说，唯例句稍异。

菩萨蛮

玉人又是匆匆去[①]，马蹄何处垂杨路。残日倚楼时，断魂郎未知。　　栏干移倚遍，薄倖教人怨[②]。明月却多情，随人处处行[③]。

【注释】

①玉人：喻其人如玉，此指男子。

②薄倖：薄情，负心。旧时女子对情人的昵称，犹云冤家。

③“明月”二句：化用唐人苏味道《正月十五夜》诗：“暗尘随马去，明月逐人来。”

千秋岁

数声鶗鴂[①]，又报芳菲歇。惜春更把残红折。雨轻风色暴，梅子青时节。永丰柳，无人尽日飞花雪[②]。

莫把幺弦拨[③]，怨极弦能说。天不老，情难绝。心似双丝网，中有千千结[④]。夜过也，东窗未白凝残月。

【注释】

①鶗鴂（tí jué）：杜鹃，一说即伯劳鸟。《离骚》：“恐鶗鴂之先鸣兮，使夫百草为之不芳。”

②“永丰”二句：白居易《杨柳枝》：“永丰坊里东南角，尽日

无人属阿谁。”永丰坊，在长安。

③幺弦：细弦，琵琶之第四弦。刘禹锡《澈上人文集》：“幺弦孤韵，瞥入人耳，非大乐之音。”

④千千结：犹情结。

木兰花　和孙公素别安陆[①]

相离徒有相逢梦，门外马蹄尘已动。怨歌留待醉时听，远目不堪空际送。　今宵风月知谁共，声咽琵琶槽上凤[②]。人生无物比多情，江水不深山不重。

【注释】

①孙公素：作者友人，名贲，曾知衢州，尝与苏轼、毛滂往来。安陆，今属湖北，张先嘉祐中知安州。

②槽：琵琶上架弦的格子，雕有凤形，故云槽上凤。

木兰花　乙卯吴兴寒食[①]

龙头舴艋吴儿竞[②]，笋柱秋千游女并[③]。芳洲拾翠暮忘归[④]，秀野踏青来不定[⑤]。　行云去后遥山暝，已放笙歌池院静[⑥]。中庭月色正清明，无数杨花过无影[⑦]。

【注释】

①乙卯：宋神宗熙宁八年（1075）。吴兴：即湖州，今属浙江。寒食：清明前一日或二日。

②舴艋（zé měng）：画有龙头、形似蚱蜢的轻舟。

③笋柱秋千：指门框似的秋千架。笋：同簨，横木。柱：直木。

④拾翠：指妇女游春，拾取翠羽以为饰。唐杜甫《秋兴》之八：“佳人拾翠春相问，仙侣同舟晚更移。”

⑤踏青：清明寒食郊游，苏辙《记岁首乡俗》之一：“江上冰

消岸草青，三三五五踏青行。”

⑥已放笙歌：犹演出结束。放：即放队，宋教坊内行话。池院：演出场所，犹今之乐池。

⑦“中庭”两句：清朱彝尊《静志居诗话》：“张子野吴兴寒食词，‘中庭月色正清明，无数杨花过无影’，余尝叹其工绝，在世所传‘三影’之上。”

画堂春

外潮莲子长参差[①]，霁山青处鸥飞[②]。水天溶漾画桡迟[③]，人影鉴中移[④]。　　桃叶浅声双唱[⑤]，杏红深色轻衣。小荷障面避斜晖，分得翠阴归。

【注释】

①外潮：《历代诗余》作“外湖”，较胜。参差：高低错落。

②霁：雨后新晴。

③画桡：彩绘的小舟。

④鉴：镜。这里喻水面。

⑤桃叶：《古今乐录》：“《桃叶歌》者，晋王子敬之所作也。桃叶，子敬妾名，缘于笃爱，所以歌之。”子敬，王献之字。

浣溪沙

楼倚春江百尺高，烟中还未见归桡。几时期信似江潮[①]？　　花片片飞风弄蝶，柳阴阴下水平桥。日长才过又今宵。

【注释】

①“几时”句：唐李益《江南曲》：“嫁得瞿塘贾，朝朝误妾期。早知潮有信，嫁与弄潮儿。”此用其意。

醉桃源[①]

仙郎何日是来期[②]，无心云胜伊[③]。行云犹解傍山飞，郎行去不归。　　强匀画，又芳菲。春深轻薄衣，桃花无语伴相思[④]。阴阴月上时。

【注释】

①《全宋词》案：此首别又误入欧阳修《近体乐府》卷三。

②仙郎：唐代称尚书省各部郎中、员外郎为仙郎。此处指情人。

③无心云：晋陶渊明《归去来辞》："云无心以出岫。"

④桃花无语：语本《史记·李广传》："桃李不言，下自成蹊。"

行香子

舞雪歌云[①]，闲淡妆匀。蓝溪水，深染轻裙。酒香醺脸，粉色生春。更巧谈话，美情性，好精神。　　江空无畔，凌波何处[②]？月桥边，青柳朱门。断钟残角[③]，又送黄昏。奈心中事，眼中泪，意中人[④]！

【注释】

①舞雪歌云：汉张衡《观舞赋》："裾似飞燕，袖如回雪。"又《列子·汤问》："抚节悲歌，响遏行云！"

②凌波：曹植《洛神赋》："凌波微步，罗袜生尘。"

③断钟残角：谓断续的钟声与将残的号角声。

④"奈心中"三句：此为名句，前人因呼张先为"张三中"。参见前《天仙子》注⑤。

青门引[①]

乍暖还轻冷[②],风雨晚来方定。庭轩寂寞近清明,残花中酒[③],又是去年病。　　楼头画角风吹醒,入夜重门静。那堪更被明月,隔墙送过秋千影[④]。

【注释】

①本篇《花庵词选》题作《春思》,《草堂诗余》题作《怀旧》。

②“乍暖”句:指早春时候。

③中酒:《汉书·樊哙传》:“项羽既飨军士,中酒。”颜师古注:“饮酒之中也,不醉不醒,故谓之中。”又因酒醉而体不爽,也称为“中酒”。

④“那堪”两句:清黄苏《蓼园词选》评云:“末句‘那堪’‘送影’,真是描神之笔,极希微窅渺之致。”

惜琼花[①]

汀蘋白[②],苕水碧[③]。每逢花驻乐,随处欢席。别时携手看春色。萤火而今,飞破秋夕。　　旱河流,如带窄。任身轻似叶[④],何计归得。断云孤鹜青山极[⑤]。楼上徘徊,无尽相忆。

【注释】

①清丁绍仪《听秋声馆词话》云:“味词意,似子野在汴京忆吴兴之作。”

②汀蘋白:南朝梁柳恽《江南曲》:“汀洲采白蘋,日落江南春。”汀,小洲。蘋,水生植物,又名田字草,生浅水中。

③苕水:苕溪源出浙江天目山,经湖州,注入太湖。溪上多苕花(芦苇),故名。

④任身轻似叶：清万树《词律》注引作："任轻舟似叶。"

⑤孤鹜：孤飞的野鸭。唐王勃《滕王阁序》："落霞与孤鹜齐飞。"

虞美人 述古移南都[①]

恩如明月家家到，无处无清照[②]。一帆秋色共云遥，眼力不知人远上江桥。　　愿君书札来双鲤[③]，古汴东流水[④]。宋王台畔楚宫西[⑤]，正是节趣归路近沙堤[⑥]。

【注释】

①述古：陈襄，字述古，神宗熙宁五年（1072）知杭州，七年移知南京（即南都），苏轼作《南乡子》送之。原作南郡，当是南都之误。考述古生平，未曾知南郡，且《宋史·地理志》无南郡行政区。参见《古灵先生行状》及《宋史》本传。

②"恩如明月"两句：称誉述古知杭州之政绩。

③双鲤：古乐府《饮马长城窟行》："客从远方来，遗我双鲤鱼。呼儿烹鲤鱼，中有尺素书。"后以双鲤指书信。

④古汴：指汴水，流经南京（今河南商丘）。

⑤宋王台：即吹台，在今河南开封东南，商丘市北。楚宫：楚丘之宫，春秋时卫文公所建，见《诗经·鄘风·定之方中》序及注。故址在今山东曹县东南，商丘在其西，故云。

⑥节趣：通"节趋"，意为心意之所向。《汉书·冯奉世传》："所从无常，则节趋不立。"颜师古注："趋，读曰趣。趣，谓意所向。"此谓调任南都，乃述古意之所向。

菩萨蛮[①]

牡丹含露真珠颗，美人折向帘前过。含笑问檀郎[②]：花强妾貌强？　　檀郎故相恼，却道花枝好。花若胜如奴,花还解语无[3]?

【注释】

①此首一作无名氏词。

②檀郎:晋潘安小字檀奴,姿仪秀美。后以檀郎为美男子的代称。

③花还解语:《开元天宝遗事》:“明皇秋八月,太液池有千叶白莲数枝盛开,帝与贵戚宴赏焉。左右皆叹羡久之,帝指贵妃示于左右曰:‘争如我解语花?’”谓花能说话,后世因指美人。

晏　殊

晏殊(991—1055)，字同叔，临川(今江西抚州)人。七岁能文，十四岁以神童入试，赐同进士出身。累擢知制诰、翰林学士。宋仁宗庆历中，拜集贤殿大学士、同中书门下平章事(宰相)兼枢密使，出知永兴军，徙河南，以疾归京师，留侍经筵。卒赠司空，兼侍中。谥元献。晏殊平素好贤士，范仲淹、韩琦、欧阳修等名臣皆出其门下。有辑本《晏元献遗文》一卷。另有《珠玉词》。词风近南唐，宋刘攽说他“尤喜冯延巳歌词，其所自作，亦不减延巳”(《贡父诗话》)。清冯煦称其词“和婉而明丽，为北宋倚声家初祖”(《六十一家词选·例言》)。在五代与北宋之间的词坛上起着承上启下的作用。

浣溪沙

一曲新词酒一杯。去年天气旧亭台[①]，夕阳西下几时回？　　无可奈何花落去，似曾相识燕归来[②]。小园香径独徘徊[③]。

【注释】

①旧亭台：旧日的亭台，亭台泛指园中景物。此用唐郑谷《和自己秋日伤怀》诗：“流水歌声共不回，去年天气旧亭台。”

②“无可奈何”二句：据《复斋漫录》，作者途经扬州大明寺，对江都县主簿王琪云“无可奈何花落去”一句，“至今未能对也”。王应声曰：“似曾相识燕归来。”这二句原系作者《示张寺丞王三校勘》七言律诗中语，移入词后，成为一时名句，明沈际飞评云：“‘无可奈何花落去’，律诗俊语也，然自是天成一段词，著诗不得。”(《草堂诗余正集》)清人张宗橚也认为此联“意致缠绵，语调谐婉，的是倚声家语，若作七律，未免软弱矣。”(《词林纪事》)

③香径：散发着花香的小路。

浣溪沙

淡淡梳妆薄薄衣，天仙模样好容仪[①]。旧欢前事入颦眉[②]。　　闲役梦魂孤烛暗[③]，恨无消息画帘垂[④]。且留双泪说相思。

【注释】

①吴梅《词学通论》第七章云："如《浣溪沙》'淡淡梳妆薄薄衣，天仙模样好容仪'……诸语，已开山谷、三变俳谐之体。"

②颦眉：皱着的眉头，多形容女子含愁状态。

③役：驱使。

④"恨无"句：化用刘禹锡《杨柳枝》："曾与美人桥上别，恨无消息到今朝。"

浣溪沙

小阁重帘有燕过，晚花红片落庭莎[①]。曲阑干影入凉波。　　一霎好风生翠幕，几回疏雨滴圆荷[②]。酒醒人散得愁多。

【注释】

①红片：落花。庭莎：庭前的莎草。

②圆荷：指荷叶。

浣溪沙[①]

一向年光有限身[②]，等闲离别易销魂[③]。酒筵歌席莫辞频。　　满目山河空念远，落花风雨更伤春。不如怜取眼前人[④]。

【注释】

①赵尊岳《珠玉词选评》:"此词感慨特深,堂庑更大,忽尔拓之使远,又复收之使近,诚有拗铁为枝之幻。亦惟如此,始益见其沉郁。"吴梅《词学通论》第七章云:"惟'满目山河空念远'二语,较'无可奈何'胜过十倍,而人未之知何也。"

②一向:即一晌,一会儿。有限身:有限的生命。

③等闲:寻常。

④怜取眼前人:唐元稹《会真记》载崔莺莺诗:"还将旧来意,怜取眼前人。"怜取:爱怜。

浣溪沙

玉碗冰寒滴露华[①],粉融香雪透轻纱[②]。晚来妆面胜荷花。　　鬓亸欲迎眉际月[③],酒红初上脸边霞。一场春梦日西斜。

【注释】

①玉碗冰寒:古时富贵人家冬时收藏冰块夏时取置玉碗中,用以降温。露华:冰块蒸发后凝聚在碗边的水珠,犹如露水。

②粉融:指脂粉与汗水融和。香雪:指芬芳洁白的肌体。

③眉际月:古时女子有以黄粉涂额成圆形,似月,因位置在两眉之间,故称眉际月。

鹊踏枝[①]

槛菊愁烟兰泣露[②]。罗幕轻寒[③],燕子双飞去。明月不谙离恨苦,斜光到晓穿朱户。　　昨夜西风凋碧树，独上高楼，望尽天涯路[4]。欲寄彩笺兼尺素[5]，山长水阔知何处。

【注释】

①陈廷焯《词则·大雅集》卷二评此词曰："缠绵悱恻，雅近正中。"正中，即南唐冯延巳。

②"槛菊愁烟"句：园中的菊花为轻烟薄雾所笼罩，似乎在发愁，兰花上沾有露珠，似乎在哭泣。

③罗幕：丝罗织成的帷幕，这里指罗幕内，即室内。

④"昨夜"三句：王国维《人间词话》："古今之成大事业、大学问者，罔不经过三种之境界：'昨夜西风凋碧树，独上高楼，望尽天涯路。'此第一境界也。'衣带渐宽终不悔，为伊消得人憔悴。'（柳永《凤栖梧》）此第二境界也。'众里寻他千百度，蓦然回首，那人却在灯火阑珊处。'（辛弃疾《青玉案》）此第三境界也。"

⑤彩笺兼尺素：彩笺指诗笺，尺素指书信。

清平乐[1]

金风细细[2]，叶叶梧桐坠。绿酒初尝人易醉[3]，一枕小窗浓睡。　紫薇朱槿花残[4]，斜阳却照阑干[5]。双燕欲归时节，银屏昨夜微寒[6]。

【注释】

①俞陛云《唐五代两宋词选释》云：此词"纯写秋来景色，惟结句略含清寂之思，情味于言外求之。宋初之高格也"。

②金风：秋风。古代以阴阳五行来解释季节变化，秋属金，故称秋风为金风。

③绿酒：古时因酒面上浮有绿色泡沫，故以"绿蚁"作为酒的代称，或径称作绿酒。

④紫薇：花木名，落叶小乔木，花供观赏。朱槿：花木名，落叶灌木，可作篱笆，或作观赏用。

⑤却：又。

⑥银屏：屏风的美称。

清平乐[①]

红笺小字，说尽平生意。鸿雁在云鱼在水[②]。惆怅此情难寄。　　斜阳独倚西楼，遥山恰对帘钩。人面不知何处，绿波依旧东流[③]。

【注释】

①陈廷焯《词则·闲情集》评此词云："低回婉曲。"赵尊岳《珠玉词选评》："此词说离情之深，莫与伦比。用笔之妙，更匪夷所思。"

②"鸿雁"句：古代有"雁足传书"（见《汉书·李广苏建传》）和"鱼传尺素"（见古乐府《饮马长城窟行》）的说法，故鸿雁和鱼都被作为书信的传递者，"鸿雁在云鱼在水"是说寄书无人。

③"人面"二句：上句语出唐崔护《题都城南庄》诗"人面不知何处去"，下句写眼前景物。近人俞陛云评云："以景中之情作结，词格甚高。"（《宋词选释》）

木兰花

燕鸿过后莺归去，细算浮生千万绪。长于春梦几多时，散似秋云无觅处[①]。　　闻琴解佩神仙侣[②]，挽断罗衣留不住。劝君莫作独醒人[③]，烂醉花间应有数[④]。

【注释】

①"长于"二句：白居易《花非花》诗："来如春梦不多时，去

似朝云无觅处。”

②闻琴：用西汉卓文君闻琴而奔司马相如典故，见《史记·司马相如列传》。解佩：据刘向《列仙传》：江妃二女出游于江汉之湄，逢郑交甫。交甫见而悦之，请解其佩（身上佩带的饰物）。二女解佩与交甫，交甫悦而受之。趋去数十步，视佩，空怀无佩，顾二女，忽然不见。

③独醒人：《楚辞·渔父》：“屈原曰：‘举世皆浊我独清，众人皆醉我独醒，是以见放。’”

④数：定数，命运。

木兰花[①]

池塘水绿风微暖，记得玉真初见面[②]。重头歌韵响琤琮[③]，入破舞腰红乱旋[④]。　玉钩栏下香阶畔[⑤]，醉后不知斜日晚。当时共我赏花人，点检如今无一半[⑥]。

【注释】

①张宗橚《词林纪事》卷三云：“东坡诗‘尊前点检几人非’，与此词结句同意。往事关心，人生如梦。每读一过，不禁怅然。”

②玉真：仙人，此指玉人，美丽的女子。

③重头：词中前后阕句式音韵完全相同者，名重头。琤琮：琴声。

④入破：唐宋大曲专用语。大曲末段称作“破”，“入破”即“破”段的第一遍。此后节奏由缓转疾，舞蹈也随之加快，故云“红乱旋”。

⑤玉钩：玉制的帘钩。

⑥点检：查点、检验。《旧唐书·武宗纪》：“各差官点检收抽，不得诸色人侵占。”

木兰花

玉楼朱阁横金锁，寒食清明春欲破[①]。窗间斜月两眉愁，帘外落花双泪堕。　　朝云聚散真无那[②]，百岁相看能几个。别来将为不牵情[③]，万转千回思想过。

【注释】

①寒食清明：寒食与清明均节令名，寒食节在清明节前一日或二日。相传源于春秋时晋文公悼念介之推故事。《荆楚岁时记》：“去冬节一百五日，即有疾风甚雨，谓之寒食，禁火三日。”春欲破：春将残。

②朝云：用宋玉《高唐赋》中巫山神女“旦为朝云，暮为行雨”典故，喻所爱之女子。无那：无可奈何。

③将为：即将谓。不牵情：不拘牵于感情。

诉衷情

东风杨柳欲青青，烟淡雨初晴。恼他香阁浓睡，撩乱有啼莺[①]。　　眉叶细，舞腰轻[②]，宿妆成[③]。一春芳意，三月和风，牵系人情。

【注释】

①“撩乱”句：唐金昌绪《春怨》诗：“打起黄莺儿，莫教枝上啼。啼时惊妾梦，不得到辽西。”此句化用其意。

②“眉叶细”二句：此二句写柳。唐李商隐《谑柳》诗：“眉细从他敛，腰轻莫自斜。”

③宿妆：隔夜的残妆。

诉衷情[①]

芙蓉金菊斗馨香[②]，天气欲重阳。远村秋色如画，红树间疏黄[③]。　　流水淡，碧天长，路茫茫。凭高目断，鸿雁来时，无限思量。

【注释】

①因本篇起句为“芙蓉金菊斗馨香”，另一篇起句为“数枝金菊对芙蓉”，故调名一作《金菊对芙蓉》。

②芙蓉：木芙蓉，又名地芙蓉、地莲，八九月间始开花。

③红树：指枫叶，已变红。间：夹杂。疏黄：稀疏的黄色，指金菊与芙蓉。

采桑子

樱桃谢了梨花发，红白相催。燕子归来。几处风帘绣户开[①]。　　人生乐事知多少[②]，且酌金杯。管咽弦哀。慢引萧娘舞袖回[③]。

【注释】

①绣户：装饰华丽的闺房。

②知多少：南唐李煜《虞美人》：“春花秋月何时了，往事知多少。”

③萧娘：《南史·临川靖惠王宏传》载北军歌曰：“不畏萧娘与吕姥，但畏合肥有韦武。”唐杨巨源《崔娘》诗：“风流才子多春思，肠断萧娘一纸书。”此指歌女。回：旋转。

采桑子

时光只解催人老，不信多情[①]。长恨离亭[②]。泪滴春衫酒易醒。　　梧桐昨夜西风急，淡月胧明，好梦频惊。何处高楼雁一声。

【注释】

①“不信多情”句：意谓不相信多情之人会长期离别。

②离亭：古人往往在长亭送别，故称长亭为离亭。唐郑谷《淮上与友人别》诗：“数声风笛离亭晚，君向潇湘我向秦。”

撼庭秋

别来音信千里，怅此情难寄。碧纱秋月[①]，梧桐夜雨，几回无寐！　楼高目断[②]，天遥云黯，只堪憔悴。念兰堂红烛，心长焰短，向人垂泪[③]。

【注释】

①碧纱：碧纱厨，床上的纱帐。《花间集》李珣《酒泉子》：“秋月婵娟，皎洁碧纱窗外，照花穿竹冷沉沉。”

②目断：举目远眺，视野达到极限。

③“念兰堂”三句：化用杜牧《赠别二首》之二：“蜡烛有心还惜别，替人垂泪到天明。”兰堂：厅堂的美称。心长焰短：以蜡烛芯长而火焰短比喻自己虽然情长意深，但希望不大。

殢人娇

二月春风，正是杨花满路[①]。那堪更、别离情绪。罗巾掩泪，任粉痕霑污。争奈向[②]、千留万留不住。

玉酒频倾[③]，宿眉愁聚[④]。空肠断、宝筝弦柱。人间后会，又不知何处。魂梦里、也须时时飞去。

【注释】

①“正是”句：化用北周庾信《春赋》：“二月杨花满路飞。”

②争奈向：《诗词曲语辞汇释》卷三举此例云：“义犹云奈

何也。”

③玉酒：美酒。美酒又称玉液琼浆，故名。《汉武内传》：“王母谓帝曰：‘仙家上药有玉酒、琼瑶酒。’”

④宿眉：隔夜所画之眉，因愁而皱。

踏莎行

细草愁烟，幽花怯露[①]。凭栏总是销魂处[②]。日高深院静无人，时时海燕双飞去。　　带缓罗衣[③]，香残蕙炷[④]。天长不禁迢迢路[⑤]。垂杨只解惹春风，何曾系得行人住。

【注释】

①“细草”二句：晏殊《鹊踏枝》亦云：“槛菊愁烟兰泣露。罗幕轻寒，燕子双飞去。”意境略相似。

②“凭栏”句：谓倚栏远望征人。江淹《别赋》：“黯然销魂者，唯别而已矣。”

③带缓罗衣：《古诗十九首》：“相去日已远，衣带日已缓。”带缓表示身体消瘦。

④蕙炷：一种以蕙草制成的熏香。

⑤不禁：不能阻拦。此谓征人终将远去。

踏莎行[①]

祖席离歌[②]，长亭别宴。香尘已隔犹回面[③]。居人匹马映林嘶，行人去棹依波转[④]。　　画阁魂消[⑤]，高楼目断。斜阳只送平波远[⑥]。无穷无尽是离愁，天涯地角寻思遍。

【注释】

①唐圭璋《唐宋词简释》："此首为送行之作，足抵一篇《别赋》。"

②祖席：饯行的酒席。古人出行时祭祀路神，谓之祖，故称送行为"祖送"或"祖道"，送行宴席为"祖饯"或"祖席"。

③香尘：由于满地落花，尘土带有芬芳气息，所以称作"香尘"。回面：回首反顾。

④棹：划船的桨，这里用作船的代称。

⑤魂消：即销魂。化用江淹《别赋》："黯然销魂者，唯别而已矣。"

⑥"斜阳"句：明王世贞《艺苑卮言》："'斜阳平波远'……淡语之有致者也。"

踏莎行[①]

小径红稀[②]，芳郊绿遍[③]。高台树色阴阴见[④]。春风不解禁杨花，濛濛乱扑行人面[⑤]。　　翠叶藏莺，珠帘隔燕。炉香静逐游丝转[⑥]。一场愁梦酒醒时，斜阳却照深深院[⑦]。

【注释】

①此篇清人多认为有所寄托。近人俞陛云《宋词选释》云："此词或有白氏讽谏之意。杨花乱扑，喻谗人之高张；燕隔莺藏，喻堂帘之远隔，宜结句之日暮兴嗟也。"较多学者认为系一般的写景抒情之作，与政治无涉。

②红稀：花已稀少。红：指花。

③绿遍：长满了绿树青草。

④阴阴见(xiàn)：暗暗地显露出来，隐约可见。

⑤"春风"二句：清李调元《雨村词话》卷二："晏殊《珠玉词》极流丽，而以翻用成语见长。如'垂杨只解惹春风，何曾系

得行人住'；又'春风不解禁杨花，濛濛乱扑行人面'等句是也。反复用之，各尽其致。"

⑥游丝：荡漾于空中的昆虫吐出之丝。

⑦却照：《诗词曲语辞汇释》卷一："却，犹正也。"并以此二句为例证。

踏莎行

碧海无波，瑶台有路[①]。思量便合双飞去[②]。当时轻别意中人，山长水远知何处？　　绮席凝尘[③]，香闺掩雾。红笺小字凭谁附[④]？高楼目尽欲黄昏[⑤]，梧桐叶上萧萧雨。

【注释】

①"碧海"二句：指神话中神仙住所。旧题晋王嘉《拾遗记》卷十："昆仑山者，西方曰须弥山，对七星之下，出碧海之中，上有九层……傍有瑶台十二，各广千步，皆五色玉为台基。"李白《清平调》："若非群玉山头见，会向瑶台月下逢。"此处借指恋人住所。

②合：应当。陈廷焯《词则·闲情集》："起三句妙，是凭空结撰。"

③绮席凝尘：化用江淹《休上人怨别》诗："绮席生浮埃。"

④小字：短柬。附：捎带，寄递。

⑤目尽：极目远眺。

蝶恋花[①]

帘幕风轻双语燕，午醉醒来，柳絮飞撩乱。心事一春犹未见。余花落尽青苔院。　　百尺朱楼闲倚遍[②]。薄雨浓云，抵死遮人面[③]。消息未知归早晚，斜阳只送平波远[4]。

【注释】

①此首别见欧阳修《近体乐府》卷二。汲古阁本《珠玉词》此首注云:"一刻东坡词。"近人俞陛云曰:"此词殆有寄慨,非作月露泛辞。'心事'二句有'怅未立乎修名''老冉冉其将至'之感。下阕'雨云'二句意谓经国远谟,乃横生艰阻。'消息''斜阳'二句谓他日成败,非所逆睹,而在图安旦夕观之,则斜目远波固一派清平气象也。……公之词,其亦有忧盛危明之意乎?"(《宋词选释》)此为寄托之说,可供参考。其实乃抒情写景之作也。

②百尺朱楼:朱楼即红楼,富家女子所居,"百尺"形容其高。

③抵死:《诗词曲语辞汇释》卷一:"犹云分外也;急急或竭力也;亦犹云终究或老是也。"

④明王世贞《弇州山人词评》评以上二句:"淡语之有致者也。"

相思儿令

昨日探春消息[1],湖上绿波平。无奈绕堤芳草,还向旧痕生。　　有酒且醉瑶觥[2],更何妨、檀板新声[3]。谁教杨柳千丝,就中牵系人情[4]。

【注释】

①探春:唐宋时有探春的风俗。周密《武林旧事》卷三:"都城自过收灯,贵游巨室,皆争先出郊,谓之探春。"

②瑶觥(gōng):古代酒杯的美称。

③檀板:檀木制成的绰板,演奏音乐或歌唱时用以打拍子。新声:新制的乐曲。

④就中:从中。

滴滴金

梅花漏泄春消息。柳丝长,草芽碧[①]。不觉星霜鬓边白[②],念时光堪惜。 兰堂把酒留嘉客,对离筵[③],驻行色[④]。千里音尘便疏隔[⑤]。合有人相忆。

【注释】

①"梅花"三句:语本杜甫《腊日》诗:"漏泄春光有柳条。"

②星霜:指年岁,因星辰运转一年一循环,霜则每年秋季始降。

③离筵:送别的酒席。

④驻行色:行色指人们出外旅行前的种种迹象,驻是使其停留的意思。这句是说要让行人匆匆出发前从容停留一会儿。

⑤音尘:信息。

山亭柳 赠歌者

家住西秦[①],赌博艺随身[②]。花柳上[③],斗尖新[④]。偶学念奴声调[⑤],有时高遏行云[⑥]。蜀锦缠头无数[⑦],不负辛勤。 数年来往咸京道[⑧],残杯冷炙漫消魂。衷肠事,托何人。若有知音见采,不辞遍唱阳春[⑨]。一曲当筵落泪,重掩罗巾。

【注释】

①西秦:项羽灭秦后,把秦地一分为三,称"三秦",其中西秦在咸阳以西。曹植《侍太子坐》诗:"歌者出西秦。"

②赌博:这里指比赛歌艺。时作者知永兴军(今西安),词当作于此时。

③花柳上：古时的游乐场所，李白《流夜郎赠辛判官》诗："昔在长安醉花柳，五侯七贵同杯酒。"

④斗尖新：争奇斗胜。尖新，别致新颖。语本《全唐诗》卷八八〇载射覆中子云："近来好裹束，各自竞尖新。"

⑤念奴：唐玄宗时长安歌女。元稹《连昌宫词》"力士传呼觅念奴，念奴潜伴诸郎宿"自注："念奴，天宝中名倡，善歌。"

⑥高遏行云：形容歌声高亢。《列子·汤问》："薛谭学讴于秦青，未穷青之技。自谓尽之，遂辞归。秦青弗止，饯于郊衢。抚节悲歌，声振林木，响遏行云。薛谭乃谢求反，终身不敢言归。"遏：阻止。

⑦蜀锦缠头：以蜀地的名产织锦作为对歌舞者或妓女的赏赐，缠头，原指缠在头上作为妆饰的锦帛，后来常作为赏赐给歌舞者或妓女财物的代名词。

⑧咸京：秦建都咸阳，故称咸京，在今陕西咸阳市。

⑨阳春：即《阳春》《白雪》，后多借指高雅歌曲。

破阵子 春景①

燕子来时新社②，梨花落后清明。池上碧苔三四点，叶底黄鹂一两声。日长飞絮轻。　　巧笑东邻女伴，采桑径里逢迎。疑怪昨宵春梦好，原是今朝斗草赢③。笑从双脸生④。

【注释】

①明卓人月《古今词统》卷十评曰："小倩，《香奁》中笔。"清陈廷焯《词则·闲情集》："风神婉约。"

②新社：即春社，指立春后第五个戊日，是祭祀土地神的节日，相传燕子这时从南方飞来。

③原是：原来是。斗草：古代妇女常采百草进行比赛，作为游戏。梁宗懔《荆楚岁时记》："五月五日，四民并踏百草，又有

斗百草之戏。”宋人多于春间斗草。吴自牧《梦粱录》卷一：“二月朔，谓之中和节……禁中宫女，以百草斗戏。”

④双脸：指双颊。

玉楼春　春恨[1]

绿杨芳草长亭路，年少抛人容易去[2]。楼头残梦五更钟，花底离情三月雨。　　无情不似多情苦，一寸还成千万缕[3]。天涯地角有穷时，只有相思无尽处。

【注释】

①陈廷焯《词则·闲情集》评此词云：“凄艳，低回反复，言有尽而意无穷。”

②年少：犹少年郎，思妇的情人。据赵与时《宾退录》记载，晏几道曾为其父辩解，说这里的“年少”是“青春年少”之意，以证明其父未尝作妇人语。然从全篇来看，晏几道之说当出于讳饰。容易去：轻率地离开。

③一寸：指心。千万缕：形容心情紊乱。语出《花间集》韦庄《应天长》：“别来半岁音书绝，一寸离肠千万结。”又李煜《蝶恋花》：“一片芳心千万绪，人间没个安排处。”

滕宗谅

滕宗谅(991—1047)，字子京，河南(今河南洛阳)人，宋真宗大中祥符八年(1015)进士。累官殿中丞，出知湖州、泾州。宋仁宗庆历中由范仲淹荐，擢天章阁待制。又出知庆州、虢州。坐事谪守岳州，迁知苏州卒。在岳州任内，曾重修岳阳楼，范仲淹为之作《岳阳楼记》。词存1首。

临江仙[①]

湖水连天天连水[②]，秋来分外澄清。君山自是小蓬瀛[③]。气蒸云梦泽，波撼岳阳城[④]。　　帝子有灵能鼓瑟[⑤]，凄然依旧伤情。微闻兰芷动芳馨。曲终人不见，江上数峰青[⑥]。

【注释】

①作者庆历四年(1044)谪守岳阳，此词当作于其时。

②湖水：此指洞庭湖水。

③君山：在洞庭湖中，与岳阳楼遥遥相对。小蓬瀛：即蓬莱和瀛洲，古代传说中的海外仙山。

④“气蒸”二句：用孟浩然《望洞庭湖赠张丞相》诗中成句。云梦泽：古代水泽名，约在今洞庭湖北岸一带地区，今已淤积为陆地。

⑤帝子：屈原《九歌·湘夫人》：“帝子降兮北渚，目眇眇兮愁予。”一般认为湘夫人是帝舜之妻，帝尧之女，故称“帝子”。能鼓瑟：《楚辞·远游》：“使湘灵鼓瑟兮，令海若舞冯夷。”湘灵即湘夫人。

⑥“微闻”三句：唐钱起《省试湘灵鼓瑟》诗：“苍梧来怨慕，白芷动芳馨。……曲终人不见，江上数峰青。”

张　昪

张昪(992—1077),字杲卿,韩城(今属陕西)人。宋真宗大中祥符八年(1015)进士。累官参知政事、枢密使,以彰信军节度使,同中书门下平章事判许州,改镇河阳。以太子太师致仕。卒谥康节。词存2首。

离亭燕[①]

一带江山如画,风物向秋潇洒[②]。水浸碧天何处断[③],霁色冷光相射[④]。蓼岸荻花中[⑤],隐映竹篱茅舍。

天际客帆高挂,烟外酒旗低迓[⑥]。多少六朝兴废事[⑦],尽入渔樵闲话。怅望倚危栏[⑧],红日无言西下。

【注释】

①此词范公偁《过庭录》以为张昪(或作张昇)作,黄昇《唐宋诸贤绝妙词选》和楼钥《攻媿集》则以为孙浩然作,今从范说。词写金陵(今江苏南京)一带景色。

②潇洒:清丽,明爽。杜甫《玉华宫》诗:“秋色正潇洒。”孟浩然《宴鲍二宅》诗:“风物自萧洒。”

③水浸碧天:意即天水相连,水指长江。

④霁色:一作“翠色”,指天空中的晴色。冷光:指水面的反射光。相射:互相映照。

⑤蓼岸:红蓼花丛生的江岸。

⑥酒旗低迓:酒店的旗子低低地飘扬,像在迎接客人。

⑦六朝:相继以建康(金陵)为首都的六个朝代,即吴、东晋、宋、齐、梁、陈。

⑧危栏:高楼的栏杆。

王　益

王益(993—1038)，字舜良，临川(今江西抚州)人，王安石之父。宋真宗大中祥符八年(1015)进士。曾任蜀之新繁令，官至都官员外郎。词存1首。

诉衷情[1]

烧残绛蜡泪成痕[2]，街鼓报黄昏[3]。碧云又阻来信，廊上月侵门。　　愁永夜，拂香裀[4]，待谁温。梦兰憔悴[5]，掷果凄凉[6]，两处销魂。

【注释】

①此词见《能改斋漫录》卷十七。《全宋词》案："此首《唐宋诸贤绝妙词选》卷四作杜安世词，而《寿域词》不载。"

②绛蜡：红烛。

③街鼓：又名冬冬鼓，唐代设置在街道的警夜鼓，宵禁开始和结束时击鼓通报。宋以后改名为更鼓。

④永夜：长夜。香裀：女子用的床垫。

⑤梦兰：相传春秋时郑文公妾燕姞梦见天神赐兰而生穆公，后世因称妇女怀孕为"梦兰"。

⑥掷果：即投果。《晋书·潘岳传》载："岳美姿仪……少时常挟弹出洛阳道。妇人遇之者，皆连手萦绕，投之以果，遂满车而归。"后世遂作美男子的代称。这里借指女子的丈夫。

石延年

石延年(994—1041),字曼卿,一字安仁。先世幽州人。后徙家宋城(今河南商丘)。累举进士不中。真宗时,以为三班奉职,历大理寺丞,迁太子中允,同判登闻鼓院。为文劲健,工诗,亦能词,有《扪虱庵长短句》,今不传。词存2首。

燕归梁 春愁

芳草年年惹恨幽①,想前事悠悠②。伤春伤别几时休!算从古,为风流③。　　春山总把,深匀翠黛,千叠在眉头。不知供得几多愁④。更斜日,凭危楼⑤。

【注释】

①芳草:指春草。《楚辞·招隐士》:"王孙游兮不归,春草生兮萋萋。"后因指离情。

②悠悠:遥远。

③风流:指男女间的风流韵事。

④"春山"四句:化用唐李商隐《代赠二首》其二:"总把春山扫眉黛,不知供得几多愁。"古时女子用螺黛(一种青黑色矿物颜料)画眉,使眉作青黑色,与春天的山色相似,所以这里说是春山把翠黛"千叠在眉头"。

⑤危楼:高楼。

刘　潜

刘潜(生卒年不详),字仲方,曹州定陶(今属山东)人。举进士,为淄州军事推官。尝知蓬莱县。与石延年、李冠等为友。词存2首。

水调歌头[①]

落日塞垣路,风劲戛貂裘[②]。翩翩数骑闲猎,深入黑山头[③]。极目平沙千里,惟见雕弓白羽[④],铁面骇骅骝[⑤]。隐隐望青冢[⑥],特地起闲愁。　　汉天子,方鼎盛,四百州[⑦]。玉颜皓齿,深锁三十六宫秋[⑧]。堂有经纶贤相,边有纵横谋将,不作翠娥羞[⑨]。戎虏和乐也[⑩],圣主永无忧。

【注释】

①《全宋词》案:“此首别又作黄庭坚词,见《山谷琴趣外编》卷一。”

②塞垣:边境地带。戛:敲击。

③黑山头:黑山在今陕西榆林县西南,古代边塞要地。

④白羽:指箭。

⑤铁面:古代作战时用来保护头部的铁制面具。骅骝:古代良马名,相传为周穆王“八骏”之一;此指一般骏马。

⑥青冢:汉王昭君墓,在今内蒙古呼和浩特市南。相传冢上草色常青,故名。

⑦鼎盛:正当兴盛时期。四百州,泛指全国疆土。宋吕本中《紫微诗话》:“李芳洲《赠汝州太守诗》‘安得吾皇四百州’。”据《宋史·地理志》,宋至宣和四年,实为二百五十四州。

⑧三十六宫秋:旧说汉朝有三十六所宫殿。班固《西都赋》:“离宫别馆,三十六所。”由于宫中女子大都过着凄凉寂寞的生活,故云“三十六宫秋”。

⑨翠娥：美女。此句谓不用美女和番，与“青冢”句相应。

⑩戎虏：古时对北方少数民族的蔑称。

李冠

李冠(生卒年不详),字世英,历城(今山东济南)人。与王樵、贾同齐名,又与刘潜同时以文学著称京东。举进士不第,得同三礼出身,调乾宁主簿。词存5首。

六州歌头[①]

秦亡草昧[②],刘项起吞并[③]。鞭寰宇,驱龙虎,扫欃枪[④],斩长鲸[⑤]。血染中原战。视余耳[⑥],皆鹰犬。平祸乱,归炎汉[⑦],势奔倾[⑧]。兵散月明。风急旌旗乱,刁斗三更[⑨]。共虞姬相对,泣听楚歌声。玉帐魂惊[⑩]。
泪盈盈,念花无主。凝愁苦,挥雪刃,掩泉扃[⑪]。时不利,骓不逝[⑫],困阴陵,叱追兵[⑬]。呜喑摧天地[⑭],望归路,忍偷生[⑮]。功盖世,何处见遗灵。江静水寒烟冷,波纹细、古木凋零。遣行人到此,追念益伤情。胜负难凭[⑯]。

【注释】

①陈师道《后山诗话》:“冠,齐人。为《六州歌头》,道刘、项事,慷慨雄伟。刘潜,大侠也,喜诵之。”

②草昧:即蒙昧,尚未开化的原始状态,此指国家初建之时。

③刘项:刘邦和项羽,两人都是推翻秦王朝统治的主要人物。

④欃(chán)枪:彗星的别名,即天欃和天枪。《史记·天官书》:“退而西北,三月生天欃,长四丈,末兑(锐)。退而西南,三月生天枪,长数丈,两头兑(锐)。”古人迷信,以为这两种星的出现是将要发生战乱的先兆。这里“扫欃枪”是荡平战乱的意思。

⑤斩长鲸:古时人们用鲸比喻凶恶的人。李白《临江王节士歌》:“安得倚天剑,跨海斩长鲸。”

⑥余耳:即陈余和张耳,两人原来都是秦末起义军中的将领,后陈余任赵国的大将军,张耳为丞相。秦亡以后的楚汉相争

中，张耳归汉，陈余为韩信所杀。

⑦炎汉：指汉朝。相传汉朝因火德兴，故称。

⑧势奔倾：形势急转直下，这里指项羽在楚汉相争中被战败。

⑨刁斗：古代行军用具，铜质，有柄，可容一斗，白天用以煮饭，夜间击以巡更。

⑩“共虞姬”三句：这几句写项羽被困垓下时的情景。虞姬：项羽宠幸的美人。楚歌：项羽被围时夜闻汉军四面皆楚歌（楚地的歌曲），以为楚地已为汉军所占领，十分惊恐。

⑪“泪盈盈”五句：这几句写虞美人悲伤自刎。当是传说。掩泉扃：意即死亡，泉扃指墓穴而言。

⑫“时不利”二句：出自项羽自作的《垓下歌》：“力拔山兮气盖世，时不利兮骓不逝！骓不逝兮可奈何，虞兮虞兮奈若何！”骓：毛色青白相间的马。《史记·项羽本纪》说项羽有“骏马名骓，常骑之”。

⑬“困阴陵”二句：《史记·项羽本纪》记项羽自垓下突围后，在阴陵（今安徽定远西北）迷道，为汉兵追及。又记汉“赤泉侯为骑将，追项王，项王瞋目而叱之，赤泉侯人马俱惊，辟易数里”。

⑭呜喑：厉声怒喝，或作喑噁。《史记·淮阴侯列传》：“项王喑噁叱咤，千人皆废。”

⑮“望归路”二句：史载项羽兵败后，因无颜再见江东父兄，乃自刎而死。

⑯胜负难凭：谓楚汉相争之事难以凭胜败论定。

蝶恋花 春暮

李冠 

遥夜亭皋闲信步[①]。才过清明，渐觉伤春暮。数点雨声风约住[②]。朦胧淡月云来去[③]。　桃杏依稀香暗渡[④]。谁在秋千，笑里轻轻语。一寸相思千万绪。人间没个安排处⑤。

【注释】

①亭皋:水边高地。司马相如《上林赋》:“亭皋千里,靡不被筑。”

②风约住:风起雨止。约,收也。下句即写雨霁月出。

③“朦胧”句:陈师道《后山诗话》评张先词云:“介甫谓‘云破月来花弄影’,不如李冠‘朦胧淡月云来去’也。”

④暗渡:不知不觉飘来。

⑤“一寸”二句:化用晏殊《玉楼春》(绿杨芳草长亭路)成句。

谢　绛

谢绛(995—1039),字希深,富阳(今属浙江)人。宋真宗大中祥符八年(1015)举进士甲科。授太常侍奉礼郎,知汝阴县,迁光禄寺丞。召试,擢秘阁校理。历官朝散大夫,行尚书兵部员外郎,知制诰,出知邓州。每历州郡,大兴学舍,好施宗族,喜宾客。卒之日,家无余资。词存6首,见《花庵词选》。

夜行船　别情①

昨夜佳期初共,鬓云低、翠翘金凤②。尊前和笑不成歌③,意偷转、眼波微送。　草草不容成楚梦④,渐寒深翠帘霜重。相看送到断肠时,月西斜、画楼钟动。

【注释】

①此首别作张先、欧阳修词。

②翠翘金凤:古代女子的一种形如凤凰的首饰。

③和笑:含笑。

④楚梦:宋玉《高唐赋》说,楚怀王曾在梦中与巫山神女幽会。《神女赋序》说楚襄王又梦与神女相遇。后人因借指男女欢会。

宋　祁

宋祁(998—1061)，字子京，安州安陆(今属湖北)人，徙居开封雍丘(今河南杞县)。宋仁宗天圣二年(1024)与兄庠同举进士，奏名第一。章献太后以为弟不可先兄，乃擢其兄庠为第一，而置弟第十，时号“大小宋”。后累迁知制诰、工部尚书、翰林学士承旨。没后谥景文。曾修《新唐书》列传部分。今存文集系自《永乐大典》辑出。词存6首。赵万里辑有《宋景文公长短句》。

玉楼春

东城渐觉风光好[①]，縠皱波纹迎客棹[②]。绿杨烟外晓寒轻，红杏枝头春意闹[③]。　　浮生长恨欢娱少[④]，肯爱千金轻一笑[⑤]。为君持酒劝斜阳，且向花间留晚照[⑥]。

【注释】

①东城：指汴京城东。孟元老《东京梦华录》卷一：“东城一边，其门有四：东南曰东水门，乃汴河下流水门也。……次则曰新宋门……次曰新曹门……又次曰东北水门，乃五丈河之水门也。”时人探春，则在以上河流泛舟。

②縠(hú)皱波纹：水上的波纹犹似皱纱。縠，有皱纹的纱布。客棹：指游船。

③“红杏枝头”句：这是词中名句，作者因此而获“红杏枝头春意闹尚书”的称号。近人王国维云：“‘红杏枝头春意闹’，着一‘闹’字，而境界全出。”(《人间词话》)闹：喧闹。

④浮生：漂浮不定的人生。《庄子·刻意》：“其生若浮，其死若休。”后世因称人生为浮生。

⑤“肯爱”句：岂肯因爱惜千金而轻视美人的一笑。南朝梁王僧孺在《咏宠姬》诗中有“一笑千金买”之句，此谓应及时行乐。

⑥“且向”句：唐李商隐《写意》诗：“日向花间留返照。”晚照：傍晚的日光，也称夕照。

浪淘沙近[1]

少年不管，流光如箭[2]。因循不觉韶光换[3]。至如今，始惜月满、花满、酒满。　　扁舟欲解垂杨岸，尚同欢宴，日斜歌阕将分散[4]。倚兰桡，望水远、天远、人远。

【注释】

①《浪淘沙近》：近，为近拍的省文。周邦彦《隔浦莲近拍》，此则省略“拍”字。《浪淘沙》原为小令，如李煜词。此在小令基础上，另翻新腔，故增一近字。

②流光：光阴，因其逝去如流水，故称。

③韶光：美好的时光，常指青年时光。

④阕(què)：乐曲终止谓之阕。

贾昌朝

贾昌朝(998—1065)，字子明，获鹿(今属河北)人。真宗天禧元年(1017)召试，赐同进士出身，任晋陵主簿。仁宗庆历年间，拜同中书门下平章事(宰相)，兼侍中，封许国公。英宗即位，加左仆射，进封魏国公。存词见《全宋词》者仅下选1首，录自《唐宋诸贤绝妙词选》。词风雍容宛转、意致绵邈，反映北宋前期词风的某些特征。

木兰花令

都城水绿嬉游处[①]，仙棹往来人笑语[②]。红随远浪泛桃花，雪散平堤飞柳絮。　　东君欲共春归去[③]，一阵狂风和骤雨。碧油红旆锦障泥[④]，斜日画桥芳草路。

【注释】

①都城：指汴京(今河南开封)。

②仙棹：即仙舟，指装饰华丽之游船。棹，船桨。

③东君：司春之神。

④碧油：《南齐书·舆服志》："二宫御车皆绿油幢，其公主则碧油幢。"此指妇女所乘漆成深绿色华彩的车子。旆(pèi)：泛指旗帜。障泥：垂于马腹两侧用以遮挡尘土的织物。

尹　洙

尹洙(1001—1047),字师鲁,河南府(今河南洛阳)人。仁宗天圣二年(1024)进士。曾被陕西主帅辟为判官,历知泾、渭等州,官至起居舍人。博学有识度,与欧阳修等提倡古文。有《河南先生文集》。欧阳修《尹师鲁墓志铭》称赞说:"师鲁为文章,简而有法。"词存1首。

水调歌头　和苏子美[①]

万顷太湖上,朝暮浸寒光。吴王去后[②],台榭千古锁悲凉[③]。谁信蓬山仙子[④],天与经纶才器,等闲厌名缰[⑤]。敛翼下霄汉,雅意在沧浪[⑥]。　晚秋里,烟寂静,雨微凉。危亭好景[⑦],佳树修竹绕回塘[⑧]。不用移舟酌酒[⑨],自有青山绿水,掩映似潇湘。莫问平生意,别有好思量。

【注释】

①此词别作欧阳修词,唐圭璋《全宋词》案:"龚鼎臣《东原录》引'吴王去后'四字句,云是尹师鲁和苏子美《水调歌头》。今从之。"苏子美:苏舜钦,字子美,所作《水调歌头》(潇洒太湖岸)见本书后选。二人皆咏苏州沧浪亭。

②"吴王"句:春秋时吴王夫差,都城在今苏州,后为越所灭。

③台榭:楼台水榭。此泛指游观的场所。

④蓬山:蓬莱山,传说中海中三仙山之一。

⑤名缰:指名利的束缚。汉东方朔《与友人书》:"不可使尘网名缰拘锁,怡然长笑。"

⑥沧浪:青苍色。《楚辞·渔父》:"沧浪之水清兮,可以濯吾缨。沧浪之水浊兮,可以濯吾足。"当为沧浪亭取名来由。

⑦危亭:高耸的亭子。此指沧浪亭,今苏州城内著名花园,原属吴越广陵王钱元璙,后归宋苏舜钦,建亭。南渡后,为韩世

忠所有,俗称韩王园。

⑧回塘:曲折的水塘。

⑨“不用”句:似指原词作者苏舜钦贬监均州酒税事。

梅尧臣(1002—1060),字圣俞,宣州宣城(今属安徽)人,世称宛陵先生。以荫补河南主簿。皇祐二年(1050)召试,赐进士出身,为太常博士。以欧阳修荐,为国子监直讲,累迁尚书都官员外郎(因称梅都官),预修《唐书》。诗与苏舜钦齐名。有《宛陵集》。刘克庄《后村诗话·前集》称梅为宋诗的"开山祖诗"。词存2首。

苏幕遮[①]

露堤平,烟墅杳[②]。乱碧萋萋,雨后江天晓。独有庾郎年最少[③]。窣地春袍[④],嫩色宜相照。　　接长亭,迷远道。堪怨王孙,不记归期早[⑤]。落尽梨花春又了。满地残阳,翠色和烟老[⑥]。

【注释】

①宋吴曾《能改斋漫录》卷十七:"梅圣俞在欧阳公座,有以林逋《草》词'金谷年年,乱生春色谁为主'为美者,圣俞因别为《苏幕遮》一阕,欧公击节赏之。"

②烟墅:雾气笼罩的别馆,多指带有园林的郊外房舍。

③庾郎:即庾信(513—581),字子山,南北朝时著名诗人。此处可能指欧阳修。

④窣(sū)地:拂地。庾信《哀江南赋》:"春袍如草。"

⑤王孙:《楚辞·招隐士》:"王孙游兮不归,春草生兮萋萋。"

⑥"落尽"三句:王国维《人间词话》:"人知和靖《点绛唇》、圣俞《苏幕遮》、永叔《少年游》三阕为咏春草绝调。"又云:"兴化刘氏谓:少游一生似专学此种。"

叶清臣

叶清臣(1000—1049),字道卿,长洲(今江苏苏州)人。天圣二年(1024)进士。六年(1028)召试,授光禄寺丞,充集贤校理,同修起居注,进直史馆。康定元年(1040),权三司使,罢为侍读学士。先后为吕夷简、陈执中所排挤,出知数州。著作今存《述煮茶小品》。词仅2首。

贺圣朝 留别

满斟绿醑留君住[①]。莫匆匆归去。三分春色二分愁,更一分风雨[②]。　　花开花谢,都来几许[③]。且高歌休诉。不知来岁牡丹时,再相逢何处[④]。

【注释】

①绿醑(xǔ):《释文》:“湑,本又作醑。……谓以茅泲之而去其糟也。”此指美酒。

②“三分”二句:《钦定词谱》卷六注:“……或作‘三分春色,二分愁闷,一分风雨。’”

③“花开”二句:《钦定词谱》注:“或作‘花开花谢花无语。’”都来,算来。

④“不知”二句:《钦定词谱》注:“或作‘知他来岁,牡丹时候,相逢何处。’”

欧阳修

欧阳修(1007—1072),字永叔,号醉翁,晚年又号六一居士,吉州庐陵(今江西永丰)人。仁宗天圣八年(1030)进士甲科。历任知制诰、翰林学士、枢密副使、参知政事。神宗朝,迁兵部尚书,以太子少师致仕。卒谥文忠。他是北宋诗文革新运动的倡导者,有《欧阳文忠公全集》。词有《近体乐府》《醉翁琴趣》(或称《六一词》)。以小令见长。冯煦《六十一家词选例言》云:"其词与元献(晏殊)同出南唐,而深致则过之。宋至文忠,文始复古,天下翕然师尊之,风尚为之一变。即以词言,亦疏隽开子瞻,深婉开少游。"刘熙载《艺概》卷四云:"冯延巳词,晏同叔得其俊,欧阳永叔得其深。"

采桑子 (其一)[①]

轻舟短棹西湖好,绿水逶迤[②]。芳草长堤,隐隐笙歌处处随。　　无风水面琉璃滑[③],不觉船移。微动涟漪[④],惊起沙禽掠岸飞。

【注释】

①宋仁宗皇祐元年(1049),欧阳修知颍州(今安徽阜阳)。神宗熙宁四年(1071),以观文殿大学士太子少师致仕,始定居颍州。常游颍州西湖,作《采桑子》十三首。前有《西湖念语》云:"况西湖之胜概,擅东颍之佳名。虽美景良辰,固多于高会……因翻旧阕之辞,写以新声之调。"清许昂霄《词综偶评》称此词:"闲雅处自不可及。"

②逶迤:绵延曲折貌。

③琉璃:一种矿石质的半透明的材料,此形容水面。梁简文帝《西斋行马诗》:"云开玛瑙叶,水净琉璃波。"

④涟漪:水面微波。

采桑子 （其二）

春深雨过西湖好，百卉争妍。蝶乱蜂喧。晴日催花暖欲然[①]。　　兰桡画舸悠悠去[②]，疑是神仙。返照波间。水阔风高飏管弦[③]。

【注释】

①然：同“燃”，形容花红似火。杜甫《绝句》：“江碧鸟逾白，山青花欲然。”

②画舸：绘有彩饰的游船。

③管弦：管乐、弦乐，泛指音乐。

采桑子 （其三）

画船载酒西湖好，急管繁弦。玉盏催传[①]，稳泛平波任醉眠。　　行云却在行舟下[②]，空水澄鲜[③]。俯仰留连。疑是湖中别有天。

【注释】

①盏：指酒杯。

②“行云”句：指云影倒映水中。

③空水澄鲜：南朝宋谢灵运《登江中孤屿》诗：“云日相辉映，空水共澄鲜。”

采桑子 （其四）

群芳过后西湖好[①]，狼籍残红[②]。飞絮濛濛[③]。垂柳阑干尽日风。　　笙歌散尽游人去，始觉春空[④]。垂下帘栊。双燕归来细雨中。

【注释】

①群芳：百花。清谭献《谭评词辨》卷一："'群芳过后'句，扫处即生。"

②狼籍：同"狼藉"，散乱貌。残红：落花。

③飞絮：纷飞的柳絮。

④春空：春意消失。清先著《词洁》评云："'始觉春空'，语拙。宋人每以春字替人与事，用极不妥。"

采桑子 （其五）

何人解赏西湖好[1]？佳景无时[2]。飞盖相追[3]。贪向花间醉玉卮[4]。　　谁知闲凭阑干处？芳草斜晖[5]。水远烟微，一点沧洲白鹭飞[6]。

【注释】

①解赏：懂得欣赏。

②佳景无时：景色无时不佳。

③飞盖：奔驰中的车辆。盖：车篷。

④玉卮：玉制的酒器，此指酒。

⑤斜晖：夕阳。

⑥沧洲：水边之地。

采桑子 （其六）

清明上巳西湖好[1]，满目繁华。争道谁家[2]，绿柳朱轮走钿车[3]。　　游人日暮相将去[4]，醒醉喧哗。路转堤斜，直到城头总是花。

【注释】

①上巳：节日名。古代以三月上旬的巳日为“上巳”，于此日临水祓除不祥，叫做“祓禊”。

②争道：抢道争先，形容车辆拥挤。

③朱轮：红漆的车轮。钿车：用螺钿镶嵌的车子。朱轮、钿车皆指华贵的车辆。

④相将：相随。

采桑子 （其七）

荷花开后西湖好，载酒来时。不用旌旗，前后红幢绿盖随[①]。　　画船撑入花深处，香泛金卮[②]。烟雨微微，一片笙歌醉里归。

【注释】

①红幢绿盖：幢、盖是古代仪仗。《文选》晋潘安仁《马汧督诔序》：“殊以幢盖之制。”注：“幢盖，将军刺史之仪也。”此处借喻荷花和荷叶。

②金卮：金属制成的酒器。

采桑子 （其八）

天容水色西湖好，云物俱鲜。鸥鹭闲眠。应惯寻常听管弦。　　风清月白偏宜夜，一片琼田[①]。谁羡骖鸾[②]。人在舟中便是仙。

【注释】

①琼田：玉田。干宝《搜神记》卷十一：杨伯雍常设义浆给行旅。一日有人饮讫，出怀中石子一升与之，曰种此可生美玉，并得好妇。如言种之，遂生白璧，其处地可一顷，名为玉田。此

处形容水面。

②骖鸾：骖：乘骑。鸾：传说中凤凰之类的鸟。江淹《别赋》："驾鹤上汉，骖鸾腾天。"

采桑子 （其九）

残霞夕照西湖好，花坞蘋汀[①]。十顷波平，野岸无人舟自横[②]。　　西南月上浮云散，轩槛凉生[③]。莲芰香清[④]，水面风来酒面醒。

【注释】

①花坞：四面如屏的花木深处。蘋汀：长满白蘋的汀洲。

②"野岸"句：化用唐韦应物《滁州西涧》诗中"野渡无人舟自横"。

③轩槛：窗前栏杆。

④芰（jì）：菱角。两角者为菱，四角者为芰。

采桑子 （其十）

平生为爱西湖好，来拥朱轮。富贵浮云[①]，俯仰流年二十春[②]。　　归来恰似辽东鹤，城郭人民[③]。触目皆新，谁识当年旧主人！

【注释】

①富贵浮云：《论语·述而》："不义而富且贵，于我如浮云。"

②"俯仰"句：欧阳修皇祐元年始知颍州，有定居之愿。熙宁四年（1071）致仕才遂此愿，历时二十二年。其《思颍诗后序》云："尔来俯仰二十年间……其思颍之念，未尝少忘于心。"

③"归来"二句：《搜神后记》："丁令威，本辽东人，学道于灵

虚山。后化鹤归辽，集城门华表柱。时有少年举弓欲射之，鹤乃飞，徘徊于空中而言曰：'有鸟有鸟丁令威，去家千年今始归。城郭如故人民非，何不学仙冢累累！'遂高上冲天。"

朝中措　送刘仲原甫出守维扬[①]

平山阑槛倚晴空[②]。山色有无中[③]。手种堂前杨垂柳，别来几度春风[④]。　　文章太守，挥毫万字[⑤]，一饮千钟。行乐直须年少，樽前看取衰翁[⑥]。

【注释】

①刘仲原甫：刘敞，字原甫，临江新喻人。据欧阳修《集贤院学士刘公墓志铭》，刘敞于仁宗至和三年(1056)出知扬州。

②平山：平山堂，在扬州西北蜀冈上，欧阳修庆历八年(1048)为郡守时建。叶梦得《避暑录话》："欧阳文忠公在扬州，作平山堂，壮丽为淮南第一。堂据蜀冈，下临江南数百里，真、润、金陵三州隐隐若可见。"

③"山色"句：唐王维《汉江临眺》："江流天地外，山色有无中。"陆游《老学庵笔记》评曰："欧阳公长短句云：'平山阑槛倚晴空，山色有无中。'诗人至是盖三用矣。然公但以此句施于平山堂为宜，初不自谓工也。"潘游龙《古今诗余醉》："只山色一句，此堂已足千古。"

④张邦基《墨庄漫录》："扬州蜀冈上大明寺平山堂前，欧阳文忠手植柳一株，谓之'欧公柳'，公词所谓'手种堂前杨柳，别来几度春风'者。"

⑤挥毫万字：《宋史·刘敞传》："欧阳修每于书有疑，折简来问(刘敞)，对其使挥笔答之，不停手，修服其博。"

⑥衰翁：欧阳修长刘敞十二岁，故自称。

诉衷情 眉意

清晨帘幕卷轻霜。呵手试梅妆[①]。都缘自有离恨，故画作远山长[②]。　　思往事，惜流芳[③]。易成伤。拟歌先敛，欲笑还颦[④]，最断人肠。

【注释】

①梅妆：梅花妆。《太平御览·时序部》引《杂五行书》："宋武帝女寿阳公主人日卧于含章殿檐下，梅花落公主额上，成五出花，拂之不去。皇后留之，看得几时。经三日，洗之乃落。宫女奇其异，竞效之，今梅花妆是也。"

②远山长：谓所画眉毛修长而呈黛色。葛洪《西京杂记》卷二："文君姣好，眉色如望远山。"二句谓只因与所思之人分离遥远，故画眉长如远山以寓恨。

③流芳：流逝的青春年华。

④颦：因愁而皱眉。

踏莎行[①]

候馆梅残[②]，溪桥柳细，草薰风暖摇征辔[③]。离愁渐远渐无穷，迢迢不断如春水[④]。　　寸寸柔肠，盈盈粉泪。楼高莫近危栏倚[⑤]。平芜尽处是春山，行人更在春山外[⑥]。

【注释】

①清徐釚《词苑丛谈》题作《离别》。明李攀龙《草堂诗余隽》评曰："春水写愁，春山骋望，极切极婉。"

②候馆：旅舍。《周礼·地官·遗人》："凡宾客……五十里

有市，市有候馆。”

③草薰：此谓青草发出香气。征：指行路、旅行。辔：缰绳。

④迢迢：遥远貌。

⑤危栏：高楼上的栏杆。李商隐《北楼》诗：“此楼堪北望，轻命倚危栏。”

⑥“平芜”二句：清王士祯《花草蒙拾》：“‘平芜尽处是春山，行人更在春山外。’升庵以拟石曼卿‘水尽天不尽，人在天尽头’，未免河汉。盖意近而工拙悬殊，不啻霄壤。且此等入词为本色，入诗即失古雅，可与知者道耳。”平芜，平坦丰茂的草原。

望江南

江南蝶，斜日一双双。身似何郎全傅粉[①]，心如韩寿爱偷香[②]。天赋与轻狂。　　微雨后，薄翅腻烟光。才伴游蜂来小院，又随飞絮过东墙。长是为花忙。

【注释】

①何郎：何晏，字平叔，三国魏人。《世说新话·容止》：“何平叔，美姿仪，面至白，魏明帝疑其傅粉。正夏月，与热汤饼。既啖，大汗出，以朱衣自拭，色转皎然。”

②韩寿：《晋书·贾充传》谓：韩寿，美姿貌，善容止，贾充辟为司空掾。充女见而悦之……时西域有贡奇香，一著人则经月不歇，帝以赐充。其女密盗以遗寿。充僚属闻其芬馥，告于充。充知女与寿通，使人循墙观察，发现东北角如狐狸行处，实为韩寿逾与女会之迹，遂以妻寿。下阕中“又随飞絮过东墙”句，当亦与此典有关。

生查子[①]

去年元夜时，花市灯如昼[②]。月上柳梢头，人约黄昏后。　　今年元夜时，月与灯依旧。不见去年人，泪满春衫袖。

【注释】

①此词一作朱淑真词。近人况周颐《蕙风词话》云："《生查子》词，今载《庐陵集》第一百三十一卷，宋曾慥《乐府雅词》、明陈耀文《花草粹编》并作永叔。慥录欧词特慎，《雅词》序云：'当时或作艳曲，谬为公词，今悉删除。'此阕适在选中，其为欧词甚明。"卓人月《古今词统》："元曲之称绝者，不过得此法。"

②元夜：正月十五元宵节。元夜观灯，自隋唐以来，已成风俗，宋代则蔚为大观，参见孟元老《东京梦华录·元宵》。

生查子[①]

含羞整翠鬟[②]，得意频相顾。雁柱十三弦[③]，一一春莺语。　　娇云容易飞[④]，梦断知何处。深院锁黄昏，阵阵芭蕉雨。

【注释】

①清黄苏《蓼园词选》："前一阕写得意时情怀，无限旖旎；次一阕写别后情怀，无限凄苦，胥于筝寓之。凡遇合无常，思妇中年，英雄末路，读之皆堪下泪。"

②翠鬟：妇女发式的一种。翠，形容头发为深绿颜色。

③雁柱：形容筝柱斜列如雁行，故名。

④娇云：化用宋玉《高唐赋》载巫山神女自称"旦为行云"语，借指恋人。

蝶恋花[①]

庭院深深深几许？杨柳堆烟，帘幕无重数。玉勒雕鞍游冶处[2]。楼高不见章台路[3]。　　雨横风狂三月暮，门掩黄昏，无计留春住。泪眼问花花不语，乱红飞过秋千去[4]。

【注释】

①本词一作南唐冯延巳作，调名《鹊踏枝》。李清照《临江仙》词序："欧阳修作《蝶恋花》，有'深深深几许'之语，予酷爱之。"可证为欧作。李延机《新刻注释草堂诗余评林》："首句叠用三个深字最新奇，后段形容春暮光景殆尽。"

②玉勒雕鞍：嵌玉的马笼头和雕花的马鞍。借指男子。

③章台路：街名，在汉代长安章台门附近，是歌妓云集的地方。

④"泪眼"二句：清毛先舒《诗辨坻》评曰："人愈伤心，花愈恼人，语愈浅而意愈入，又绝无刻画费力之迹，谓非层深而浑成耶？然作者初非措意，直如化工生物，笋未出而苞节已具，非寸寸为之也。"

蝶恋花[1]

海燕双来归画栋[2]。帘影无风，花影频移动。半醉腾腾春睡重[3]，绿鬟堆枕香云拥[4]。　　翠被双盘金缕凤[5]。忆得前春，有个人人共[6]。花里黄莺时一弄[7]。日斜惊起相思梦。

【注释】

①《全宋词》案：此首《类编草堂诗余》卷二误作俞克成词。潘游龙《古今诗余醉》卷四评曰："前以惊梦起，以伤春转；后以伤春起，惊梦转。大概一机局，而笔性远过之。"

②海燕：古人认为燕子产于南方，渡海而至，故称海燕。唐沈佺期《古意呈补阙乔知之》诗："卢家少妇郁金香，海燕双栖玳

瑁梁。”画栋：用彩画装饰的栋梁。

③腾腾：即懵腾，形容朦胧醉态。唐韩偓《马上见》诗：“去带懵腾醉。”

④香云：形容女子香艳浓密的鬓发。

⑤“翠被”句：谓绿被上绣着一对金线凤凰。

⑥人人：《诗词曲语辞汇释》卷六：“人人，对于所昵者之称，多指彼美而言。”

⑦时一弄：时而一鸣。弄，同“哢”，鸟鸣。晋陶渊明《癸卯岁始春怀古田舍二首》：“鸟哢欢新节。”

蝶恋花[①]

帘幕风轻双语燕[②]。午后醒来，柳絮飞撩乱。心事一春犹未见。红英落尽青苔院[③]。　　百尺朱楼闲倚遍[④]。薄雨浓云，抵死遮人面[⑤]。羌管不须吹别怨[⑥]。无肠更为新声断。

【注释】

①《全宋词》案：此首别又见晏殊《珠玉词》。

②双语燕：燕子成双而呢喃如语，故云。

③红英：红花。

④“百尺”句：谓倚楼盼望远行人。

⑤抵死：宋时口语。《诗词曲语辞汇释》卷一：“抵死，犹云分外也；急急或竭力也；亦犹云终究或老是也。”此谓云雨蔽空，遮住远望之眼。

⑥羌管：羌笛，相传出于羌中，故称。其音色哀怨，唐王之涣《凉州词》：“羌笛何须怨杨柳，春风不度玉门关。”

蝶恋花

越女采莲秋水畔[①]。窄袖轻罗，暗露双金钏[②]。照影摘花花似面。芳心只共丝争乱。　　鸂鶒滩头风浪晚[3]。雾重烟轻，不见来时伴。隐隐歌声归棹远，离愁引著江南岸。

【注释】

①越女：越地少女。越为先秦时国名，都城在今浙江绍兴。

②金钏（chuàn）：金镯。

③鸂鶒（xī chì）：水鸟名。形大于鸳鸯，又称紫鸳鸯。

渔家傲

荷叶田田青照水[1]。孤舟挽在花阴底。昨夜萧萧疏雨坠[2]。愁不寐，朝来又觉西风起。　　雨摆风摇金蕊碎[3]，合欢枝上香房翠[4]。莲子与人长厮类。无好意，年年苦在中心里[5]。

【注释】

①田田：莲叶浮水貌。古乐府《江南》："江南可采莲，莲叶何田田！"

②萧萧：形容雨声。

③金蕊：荷花呈金黄色，故称。

④合欢枝：指并蒂莲。香房：指莲房。

⑤"莲子"三句：长厮类，往往相似。晋陆机《尔雅疏》："莲，青皮裹白子为的，的中有青为薏，味甚苦。故里语云：苦如薏也。"莲子，谐音"怜子"。

渔家傲

花底忽闻敲两桨，逡巡女伴来寻访[1]。酒盏旋将荷叶当[2]。莲舟荡，时时盏里生红浪。　　花气酒香清厮酿[3]，花腮酒面红相向。醉倚绿阴眠一饷[4]。惊起望，船头搁在沙滩上。

【注释】

①逡(qūn)巡：徘徊，欲行又止。

②“酒盏”句：宋人常称酒杯为金荷，故以为喻。

③厮酿：相酿。花气因酒香而更清芬沁人，酒香因花气而更浓郁芳醇。故云。

④一饷：一阵子。饷，通“晌”。

渔家傲　七夕

喜鹊填河仙浪浅[1]，云軿早在星桥畔[2]。街鼓黄昏霞尾暗[3]。炎光敛，金钩侧倒天西面[4]。　　一别经年今始见，新欢往恨知何限。天上佳期贪眷恋。良宵短，人间不合催银箭[5]。

【注释】

①“喜鹊”句：相传每年七夕(七月初七)，喜鹊在银河上驾桥，让牛郎织女渡河相会。见韩鄂《岁华纪丽》卷三引《风俗通》。

②云軿(píng)：仙人之车。軿为有帷盖的车。唐权德舆《七夕》诗：“今日云軿度鹊桥，应非脉脉与迢迢。”星桥：指引渡双星的鹊桥。

③街鼓：刘肃《大唐新语》：“旧制，京城内金吾晓暝传呼，以戒行者。马周献封章，始置街鼓，俗号‘冬冬’，公私便焉。”霞尾：晚霞的余晖。

④金钩：指一钩新月。

⑤银箭：刻漏之箭，古代计时器。箭上有标志时辰的刻度。

渔家傲

乞巧楼头云幔卷[①]，浮花催洗严妆面[②]。花上蛛丝寻得遍[③]。颦笑浅[④]，双眸望月牵红线[⑤]。　　奕奕天河光不断[⑥]，有人正在长生殿。暗付金钗清夜半。千秋愿，年年此会长相见[⑦]。

【注释】

①乞巧楼：王仁裕《开元天宝遗事·乞巧楼》："宫中以锦结成楼殿，高百尺，上可以胜数十人，陈以瓜果酒炙，设坐具，以祀牛女二星。妃嫔各以九孔针、五色线向月而穿之，过者为得巧之候。动清商之曲，宴乐达旦。士民之家皆效之。"云幔：飘荡如云的帷幕。

②严妆：盛装。

③蛛丝：古代有观察蛛丝以卜运气的习俗。孟元老《东京梦华录·七夕》："妇女望月穿针，或以小蜘蛛安合子内，次日看之。若网圆正，谓之得巧。"

④颦：皱眉。

⑤红线：即赤绳，古代传说专司人间婚姻之神，暗中将赤绳系在男女双方脚上，使成为夫妇。后因为姻缘的代称。见李复言《续幽明录》。

⑥奕奕：光明貌。

⑦"有人"四句：化用白居易《长恨歌》记唐明皇与杨贵妃于七夕在长生殿盟誓事："七月七日长生殿，夜半无人私语时。在天愿为比翼鸟，在地愿为连理枝。天长地久有时尽，此恨绵绵无绝期。"

渔家傲

别恨长长欢计短，疏钟促漏真堪怨。此会此情都未半。星初转[①],鸾琴凤乐匆匆卷[②]。　　河鼓无言西北盼[③],香蛾有恨东南远[④]。脉脉横波珠泪满[⑤]。归心乱,离肠便逐星桥断[⑥]。

【注释】

①星初转:谓斗转星移天将明。

②鸾琴凤乐:饰有鸾凤图案的乐器。此喻夫妇和谐。

③河鼓:星名,一说即牵牛星。

④香蛾:美妇人的蛾眉,借指织女星。

⑤横波:比喻眼波流动。《文选》傅武仲《舞赋》:"眉连娟以增绕兮,目流涕而横波。"

⑥星桥:指鹊桥。

玉楼春[①]

尊前拟把归期说。未语春容先惨咽[②]。人生自是有情痴,此恨不关风与月[③]。　　离歌且莫翻新阕[④]。一曲能教肠寸结。直须看尽洛城花[⑤],始共春风容易别。

【注释】

①据《庐陵欧阳文忠公年谱》:景祐元年(1034)三月,作者西京留守推官任满,离洛阳作此词。

②春容:美艳的容貌。

③风与月:古人常以为春风明月等自然美好景物可引起感情,亦称男女恋情为风月,本词反其意。

④离歌:古人送别时所唱之歌。新阕:指新词。

⑤洛城花:指牡丹。欧阳修《洛阳牡丹记》曾有记述。参看下篇《玉楼春》(洛阳正值芳菲节)注①。别时在三月,故有此语。王国维《人间词话》评云:"永叔'人生自是有情痴,此恨不

关风与月’‘直须看尽洛城花，始共春风容易别’。于豪放中有沉着之致，所以尤高。”

玉楼春

洛阳正值芳菲节[①]，秾艳清香相间发[②]。游丝有意苦相萦[③]，垂柳无端争赠别[④]。　　杏花红处青山缺，山畔行人山下歇。今宵谁肯远相随，惟有寂寥孤馆月[⑤]。

【注释】

①芳菲节：花开时节。欧阳修《洛阳牡丹记·风俗记第三》：“洛阳之俗，大抵好花。春时，城中无贵贱皆插花，虽负担者亦然。花开时，士庶竞为游遨。往往于古寺废宅有池台处为市井，张幄帟，笙歌之声相闻。”

②“秾艳”句：谓不同品种的花轮流开放。

③游丝：飘荡的蜘蛛丝。

④“垂柳”句：指折柳赠别。

⑤“今宵”二句：化用唐苏味道《正月十五夜》诗：“明月逐人来。”馆：指旅舍。

玉楼春

西湖南北烟波阔[①]，风里丝簧声韵咽[②]。舞余裙带绿双垂，酒入香腮红一抹[③]。　　杯深不觉琉璃滑[④]，贪看六幺花十八[⑤]。明朝车马各西东，惆怅画桥风与月。

【注释】

①西湖：指颍州（今安徽阜阳）西湖。

②丝簧：弦乐器和管乐器。此处“声韵咽”，谓乐声凄咽。

③“舞余”二句：沈际飞《草堂诗余续集》释云：“双垂，舞余之态；一抹，酒入之神，秀令复工。”

④琉璃：见前《采桑子》其一注③。

⑤六幺：乐曲名，又作绿要、绿腰、录要。王灼《碧鸡漫志》卷三：“六幺，此曲内一叠，名花十八，前后十八拍，又四花拍，共二十二拍。乐家者流所谓花拍，盖非其正也。曲节抑扬可喜，舞亦随之。而舞筑球六幺，至花十八益奇。”

玉楼春

别后不知君远近，触目凄凉多少闷。渐行渐远渐无书，水阔鱼沉何处问[①]？　　夜深风竹敲秋韵，万叶千声皆是恨。故欹单枕梦中寻，梦又不成灯又烬[②]。

【注释】

①水阔鱼沉：喻相距遥远，音信隔绝。古代有鱼腹传书的传说。古乐府《饮马长城窟行》：“客从远方来，遗我双鲤鱼。呼儿烹鲤鱼，中有尺素书。”

②灯又烬：谓灯灭。

南歌子[①]

凤髻金泥带[②]，龙纹玉掌梳。走来窗下笑相扶，爱道画眉深浅入时无[③]？　　弄笔偎人久，描花试手初。等闲妨了绣功夫，笑问双鸳鸯字怎生书[④]？

【注释】

①本篇《全宋词》案：《乐府雅词》卷上云：《草堂》作仲殊。潘游龙《古今诗余醉》云：“首写态，后描情，各尽其妙。”许昂霄《词综偶评》：“直觉娉娉袅袅。”

②凤髻：发髻上插有凤钗。金泥带，饰有金粉的绸带，用以束发。

③“画眉”句：用唐朱庆余《闺意呈张水部》诗成句。

④怎生：怎么。本句一作“鸳鸯两字怎生书”。

临江仙[①]

柳外轻雷池上雨，雨声滴碎荷声。小楼西角断虹明。阑干倚处，待得月华生。　　燕子飞来窥画栋，玉钩垂下帘旌[②]。凉波不动簟纹平。水精双枕，傍有堕钗横[③]。

【注释】

①宋钱偭《钱氏私志》：钱惟演为西京留守时云：“欧阳文忠任河南推官，亲一妓。一日宴于后园，客集而欧与妓俱不至。移时方来，在坐相视以目。（钱）公责妓云：‘末至何也？’妓云：‘中暑往凉堂睡著，觉而失金钗，犹未见。’公曰：‘若得欧阳推官一词，当为偿汝。’欧即席云：‘柳外轻雷池上雨……’，坐皆称善，遂命妓满酌赏欧。”许昂霄《词综偶评》：“不假雕饰，自成绝唱。”

②帘旌：竹帘上用布制成的横额，亦称帘额。此指帘。

③“凉波”三句：簟（diàn）：竹席，上有光泽似波纹。水精：即水晶。以上三句语本李商隐《偶题》：“水文簟上琥珀枕，傍有堕钗双翠翘。”沈际飞《草堂诗余正集》评曰：“玩末句风韵，直当凌厉秦、黄，一金钗曷足以偿之。”

浪淘沙[①]

把酒祝东风，且共从容[②]。垂杨紫陌洛城东[③]。总是当时携手处，游遍芳丛[④]。　　聚散苦匆匆，此恨无穷。今年花胜去年红。可惜明年花更好，知与谁同[⑤]。

【注释】

①宋仁宗明道二年(1033),作者由汴京回洛阳,为悼念亡妻胥氏而作此词。俞陛云《唐五代两宋词选释》以为怀友之作,评曰:“因惜花而怀友,前欢寂寂,后会悠悠,至情语以一气挥写,可谓深情如水,行气如虹矣。”

②“把酒”二句:语本唐司空图《酒泉子》:“黄昏把酒祝东风,且从容。”

③紫陌:帝都的道路。

④芳丛:花丛。

⑤“可惜”二句:清黄苏云:“末二句忧盛危明之意,持盈保泰之心,在天道则亏盈益谦之理,俱可悟得。”(《蓼园词选》)此说可供参考。

浣溪沙[①]

堤上游人逐画船,拍堤春水四垂天[②]。绿杨楼外出秋千[③]。　　白发戴花君莫笑,六幺催拍盏频传[④]。人生何处似樽前。

【注释】

①《全宋词》案:《草堂诗余隽》卷二此首误作黄庭坚词。此词写颍州西湖泛舟之乐。清黄苏《蓼园词选》评云:“按:第一阕,写世上儿女多少得意欢娱。第二阕‘白发’句,写老成意趣,自在众人喧嚣之外,末句写得无限凄怆沉郁,妙在含蓄不尽。”

②四垂天:谓湖面宽广,四周水天相接。

③“绿杨”句:王国维《人间词话》:“欧九《浣溪沙》词‘绿杨楼外出秋千’,晁补之谓:‘只一出字,便后人所不能道。’余谓此本于冯正中《上行杯》词‘柳外秋千出画墙’,但欧语尤工耳。”

④六幺:本唐时琵琶曲,节奏繁急,故云“催拍”。参见《玉楼春》“西湖南北烟波阔”注⑤。

浣溪沙[1]

湖上朱桥响画轮[2]，溶溶春水浸春云[3]。碧琉璃滑净无尘[4]。　　当路游丝萦醉客[5]，隔花啼鸟唤行人[6]。日斜归去奈何春[7]。

【注释】

①唐圭璋《唐宋词简释》云："此首写湖上景色。起记桥上车马之繁。……下片言游丝萦客，啼鸟唤人，更有无穷情味。"

②朱桥：漆有红色栏杆的桥梁。画轮：装饰华美的车辆。

③"溶溶"句：谓春云倒映湖中。溶溶：水盛貌。

④"碧琉璃"句：见前《采桑子》其一注③。

⑤游丝：蜘蛛或其他虫类所吐之丝，飞扬于空中，称游丝。

⑥"隔花"句：明王世贞《艺苑卮言》称此句为欧词中少见的"丽语"。

⑦杨慎《草堂诗余》云："'奈何春'三字，新而远。"

浣溪沙

叶底青青杏子垂[1]，枝头薄薄柳绵飞[2]。日高深院晚莺啼。　　堪恨风流成薄倖，断无消息道归期。托腮无语翠眉低。

【注释】

①青青杏子：表明时在暮春。

②柳绵：即柳絮。

浣溪沙[1]

青杏园林煮酒香[2]，佳人初着薄罗裳。柳丝摇曳燕飞忙。　　乍雨乍晴花自落，闲愁闲闷昼偏长。为谁消瘦损容光。

【注释】

①此词别作秦观词，见《草堂诗余正集》卷一；又作吴文英词，见《梦窗词》。

②青杏：点明时令为暮春。

浣溪沙

十载相逢酒一卮[①]，故人才见便开眉[②]。老来游旧更同谁？　　浮世歌欢真易失[③]，宦途离合信难期。尊前莫惜醉如泥。

【注释】

①卮：酒器，容量四升。

②开眉：谓展眉一笑。

③浮世：人间，人世。旧时认为世事虚浮无定，故称。晋阮籍《大人先生传》："夫大人者，乃与造物同体，天地并生，逍遥浮世，与道俱成。"

渔家傲

为爱莲房都一柄，双苞双蕊双红影[①]。雨势断来风色定。秋水静，仙郎彩女临鸾镜[②]。　　妾有容华君不省，花无恩爱犹相并。花却有情人薄倖。心耿耿[③]，因花又染相思病。

【注释】

①“双苞”句：指并蒂莲。陈淏子《花镜》卷五：“红白俱有，一干两花。”

②鸾镜：镜的美称。南朝宋刘敬述《异苑》：“罽宾王有鸾，三年不鸣，夫人曰：‘闻鸾见影则鸣。’乃悬镜照之，中宵一奋而绝。”二句形容并蒂莲临水姿态。

③心耿耿：心中不安。《楚辞·远游》：“夜耿耿而不寐兮。”洪兴祖补注：“耿耿，不安也。”

渔家傲

一夜越溪秋水满[①]，荷花开过溪南岸。贪采嫩香星眼慢[②]。疏回眄[③]，郎船不觉来身畔。　　罢采金英收玉腕[④]，回身急打船头转。荷叶又浓波又浅。无方便，教人只得抬娇面。

【注释】

①越溪：会稽（今浙江绍兴）若耶溪。此泛指江南溪流。

②嫩香：指荷花。星眼：星眸，明亮的眼睛。南朝宋王韶记《太清记·华岳夫人》引李湜云：“笑开星眼，花媚玉颜。”

③疏：忽略。眄（miǎn）：斜视。

④金英：莲蕊，呈金黄色。玉腕：指女子白润的手腕。

少年游[①]

阑干十二独凭春[②]，晴碧远连云。千里万里，二月三月，行色苦愁人。　　谢家池上[③]，江淹浦畔[④]，吟魄与离魂。那堪疏雨滴黄昏，更特地、忆王孙[⑤]。

【注释】

①清代先著、程洪撰，胡念贻辑《词洁辑评》卷一：“《少年游》，欧阳修‘阑干十二独凭春’，拙处已是工处，与‘金谷年年’一调又别。‘千里万里，二月三月’，此数字甚不易下。”

②阑干十二：古乐府《西洲曲》：“楼高望不见，尽日阑干头，阑干十二曲，垂手明如玉。”此谓倚楼远望。

③谢家池上：南朝宋谢灵运《登池上楼》诗：“池塘生春草，园柳变鸣禽。”

④江淹浦畔：南朝梁江淹《别赋》：“春草碧色，春水渌波，送君南浦，伤如之何！”

⑤忆王孙：语本《楚辞·招隐士》：“王孙游兮不归，春草生兮萋萋。”

少年游[①]

去年秋晚此园中，携手玩芳丛。拈花嗅蕊，恼烟撩雾，拚醉倚西风。　　今年重对芳丛处，追往事、又成空。敲遍阑干[②]，向人无语，惆怅满枝红。

【注释】

①观词情，似为悼亡而作。

②敲遍阑干：即拍遍阑干，古人愁闷时的动作。后来辛弃疾《水龙吟·登建康赏心亭》有“把吴钩看了，阑干拍遍”，或受此影响。

鹧鸪天

学画宫眉细细长[①]，芙蓉出水斗新妆[②]。只知一笑能倾国[③]，不信相看有断肠[④]。　　双黄鹄[⑤]，两鸳鸯，迢迢云水恨难忘。早知今日长相忆，不及从初莫作双。

【注释】

①宫眉：宫中流行的画眉式样。

②芙蓉出水：比喻美人体貌的清艳秀丽。芙蓉：荷花。

③倾国：形容美艳动人。《汉书·孝武车夫人传》："延年侍上起舞，歌曰：'北方有佳人，绝世而独立。一顾倾人城，再顾倾人国。'"

④断肠：极度伤心，此形容感情深切。

⑤黄鹄：天鹅。魏曹丕《见挽船士与妻别作》诗："愿为双黄鹄，比翼戏清池。"

踏莎行

碧藓回廊[①]，绿杨深院。偷期夜入帘犹卷[②]。照人无奈月华明，潜身却恨花深浅。　　密约如沉[③]，前欢未便[④]。看看掷尽金壶箭[⑤]。阑干敲遍不应人，分明帘下闻裁剪[⑥]。

【注释】

①碧藓：绿色苔藓。回廊：曲折的长廊。

②偷期：指男女私约幽会。

③密约：秘密约会。如沉：谓杳无消息。

④未便：未及审察。便：通"辨"。

⑤金壶箭：古代计时器。本句谓时光过去。

⑥"阑干"两句：唐韩偓《倚醉》诗："分明窗下闻裁剪，敲遍阑干唤不应。"

王 琪

王琪，字君玉，神宗时宰相王珪从弟，原籍成都华阳（今四川双流），徙居舒州（今安徽庐江）。儿童时已能为歌诗。举进士，调江都主簿，仁宗天圣三年（1025）召试，授大理评事、馆阁校勘。历集贤校理、知制诰，加枢密直学士，以礼部侍郎致仕，卒年七十二。任集贤校理时，奉制作山水石歌，独蒙褒赏。所作《谪仙长短句》不传。存词12首。

望江南 柳①

江南柳，烟穗拂人轻②。愁黛空长描不似③，舞腰虽瘦学难成。天意与风情。　　攀折处，离恨几时平④？已纵柔条萦客棹，更飞狂絮扑旗亭⑤。三月乱莺声。

【注释】

①沈雄《古今词话》词评上卷引陈辅之曰："君玉有《望江南》词十首，自谓谪仙。王荆公酷爱其'红绡香润入梅天'句。"此句见《望江南·江景》（江南雨）。

②烟穗：如烟的柳花。宋杨伯嵒《臆乘》："生于叶间成穗，作鹅黄色者，花也。"

③愁黛：愁眉。

④"攀折处"二句：谓折柳赠别。

⑤旗亭：酒家。

望江南

江南酒，何处味偏浓？醉卧春风深巷里，晓寻香旆小桥东①。竹叶满金钟②。　　檀板醉③，人面粉生红。青杏黄梅朱阁上，鲥鱼苦笋玉盘中④。酩酊任愁攻⑤。

【注释】

①香斾(pèi)：指酒旗，古代酒店门前悬旗为标帜以广招徕，俗称酒望子。

②竹叶：酒名。《文选》张景阳《七命》：“乃有荆南乌程，豫北竹叶。”今称竹叶青。金钟：酒盅。

③檀板：檀木拍板，歌唱时击节拍。

④鲥鱼：相传以其进出有时，故名。苦笋：苦竹之笋。

⑤酩酊：大醉貌。

望江南

江南竹，清润绝纤埃[①]，深径欲留双凤宿，后庭偏映小桃开。风月影徘徊。　　寒玉瘦[②]，霜霰信相催[③]。粉泪空流妆点在[④]，羊车曾傍翠枝来[⑤]。龙笛莫轻裁[⑥]。

【注释】

①纤埃：微尘。

②寒玉：竹之美称。唐雍陶《韦处士郊居》诗：“门外晚晴秋色老，万条寒玉一溪烟。”

③霰(xiàn)：雪珠。

④“粉泪”句：指斑竹，又称湘妃竹。传说舜死，二妃泪下，染竹成斑。

⑤羊车：《晋书·胡贵嫔传》：“(武帝)并宠者众，帝莫知所适，常乘羊车，恣其所之，至便宴寝。宫人乃取竹叶插户、盐汁洒地，以引帝车。”

⑥龙笛：竹笛。《元史》卷七一《礼乐志五》：“龙笛，制如笛，七孔，横吹之。管首翻龙头，衔同心结带。”

望江南

江南草，如种复如描。深映落花莺舌乱[①]，绿迷南浦客魂销[2]。日日斗青袍[3]。　　风欲转，柔态不胜娇。远翠天涯经夜雨，冷痕沙上带昏潮。谁梦与兰苕[4]？

【注释】

①"深映"句：化用丘迟《与陈伯之书》中句："暮春三月，江南草长，杂花生树，群莺乱飞。"

②南浦：泛指南面的水边。梁江淹《别赋》："春草碧色，春水渌波。送君南浦，伤如之何！"

③青袍：北朝庾信《哀江南赋》："青袍如草，白马如练。"

④"谁梦与"句：用"梦兰"典故。《左传·宣公三年》：郑文公有贱妾曰燕姞，梦天使予己兰……生穆公，名之曰兰。后称怀孕为梦兰。兰苕，兰的茎。

陈凤仪

陈凤仪，成都乐妓，与张方平同时，见《墨庄漫录》卷一。案：《林下词选》卷五、《词综》卷三十误以陈凤仪为元人。词存1首。

一络索 送蜀守蒋龙图[①]

蜀江春色浓如雾[②]，拥双旌归去[③]。海棠也似别君难，一点点、啼红雨[④]。　　此去马蹄何处？沙堤新路[⑤]。禁林赐宴赏花时[⑥]，还忆着、西楼否？

【注释】

①蜀守蒋龙图：疑即蒋堂。《宋史·蒋堂传》："蒋堂，字希鲁，常州宜兴人。……以枢密直学士知益州。……久之，或以为私官妓，徙河中府。"

②蜀江：指蜀地的江。

③"拥双旌"句：唐制，节度使初授，具帑抹兵仗诣兵部辞见。

④红雨：指落花。唐李贺《将进酒》诗："桃花乱落如红雨。"

⑤沙堤：唐制，凡拜相，府县则使人载沙铺路，以便出入，称沙堤。

⑥禁林：皇帝的苑囿、园林。宋时常于琼林苑赐宴，故称。

苏舜钦

苏舜钦（1008—1048），字子美，绵州盐泉（今四川绵阳东南）人。少以父荫补官。仁宗景祐元年（1034）进士，庆历四年（1044）受范仲淹荐，为集贤校理、监进奏院。由于其岳父杜衍与范仲淹一起推行庆历新政，他也被劾除名，寓居苏州沧浪亭。后为湖州长史，不久卒。诗与梅尧臣并称，风格似淡而浓郁，欧阳修对之终生倾慕。词存1首。

水调歌头 沧浪亭[①]

潇洒太湖岸，淡伫洞庭山[②]。鱼龙隐处，烟雾深锁渺弥间[③]。方念陶朱张翰[④]，忽有扁舟急桨，撇浪载鲈还。落日暴风雨，归路绕汀湾。　丈夫志，当景盛[⑤]，耻疏闲。壮年何事憔悴，华发改朱颜[⑥]。拟借寒潭垂钓，又恐鸥鸟相猜，不肯傍青纶[⑦]。刺棹穿芦荻，无语看波澜。

【注释】

①沧浪亭：苏州名园。叶梦得《石林诗话》："姑苏州学之南，积水弥数十顷。傍有小山，高下曲折相望，盖钱氏时广陵王所作。既积土为山，因以为池，潴水焉。瑞光寺即其宅，而此其别圃也。庆历间，子美谪废，以四十千得为之居，傍水作亭，曰沧浪。欧阳公诗所谓'清风明月本无价，可惜只卖四万钱'者是也。"

②淡伫：安闲地伫立着。洞庭山：一名包山，在太湖中。唐陆广微《吴地记》："今吴县西南太湖即震泽也，中有包山，去县一百三十里，其山高七十丈，周回四百里，下有洞庭穴，潜行水底，无所不通，号为地脉。"

③渺弥：旷远貌。

④陶朱：指范蠡，他助越王勾践灭吴后，泛五湖（即太湖）而

去，至陶地，称朱公。谥忠献。事见《吴越春秋》。张翰：字季鹰，晋吴郡人。时政混乱，他为避祸，乃托辞思故乡菰菜、莼羹、鲈鱼脍，辞官归吴。《晋书》有传。

⑤景盛：大盛，鼎盛。景：大。此指盛世。

⑥华发：老人的花白头发。朱颜：红润的面容。

⑦青纶(guān)：钓丝，色青。

韩　琦

韩琦(1008—1075)字稚圭,自号赣叟,相州安阳(今河南安阳东南)。仁宗天圣五年(1027)进士。累迁右司谏,曾一次劾罢宰执王随等四人,为时论所称。后与范仲淹一起参与西夏战事,在兵间久,时称韩、范。庆历新政失败后,出知扬、郓、定等州。嘉祐元年(1056),入朝为枢密使;三年,拜相,累封魏国公。谥忠献。著有《安阳集》。词存4首。

安阳好[①]

安阳好,形势魏西州[②]。曼衍山川环故国[③],升平歌吹沸高楼。和气镇飞浮[④]。　　笼画陌,乔木几春秋。花外轩窗排远岫[⑤],竹间门巷带长流。风物更清幽。

【注释】

①安阳好:调名即《忆江南》。

②"形势"句:地理形势在魏国的西部。安阳:战国时属魏,故云。

③曼衍:此谓连绵不绝。《汉书·晁错传》:"土山丘陵,曼衍相属。"

④飞浮:浮薄的民风。此谓安阳民风已大为好转。《文献通考》卷三百十六谓安阳"自北齐之灭,衣冠士人多迁关内,唯伎巧商贩及乐户移实郡郭,于是人情险诐,至今好讼。"

⑤轩窗:高阁的窗户。远岫(xiù):远山。此句语本南齐谢朓《郡内高斋闲望答吕法曹诗》:"窗中列远岫。"

点绛唇[①]

病起恹恹[②],画堂花谢添憔悴。乱红飘砌[③],滴尽胭脂泪[④]。　　惆怅前春,谁向花前醉?愁无际。武陵回睇[5]，人远波空翠。

【注释】

①沈际飞《草堂诗余别集》卷一云："魏公事业与词藻风致又未易匹，见于此矣。"陈廷焯《词坛丛话》："韩魏公词有'愁无际，武陵凝睇，人远波空翠'之句，非不尽态极妍，然不涉秽语，故不为法秀道人所呵。"

②恹(yān)恹：精神不振貌。

③乱红：落花。欧阳修《蝶恋花》："泪眼问花花不语，乱红飞过秋千去。"砌：台阶。

④胭脂泪：用杜甫《曲江对雨》诗"林花著雨胭脂湿"，以形容落花。李煜《乌夜啼》："胭脂泪，留人醉。"

⑤武陵：二事合用，一为晋陶渊明《桃花源记》："晋太元中，武陵人，捕鱼为业……忽逢桃花林。"二为汉永平中刘晨、阮肇误入天台桃源遇仙女（见《续齐谐记》）。而本词用意偏重于后者以写艳情。后来李清照《凤凰台上忆吹箫》云"念武陵人远，烟锁秦楼"，亦承韩琦词意。

杜安世

杜安世，字寿域，生当仁宗康定(1041)前后。《全芳备祖》称杜安世为杜郎中。《四库全书总目》卷二百："《寿域词》一卷，杜安世撰。安世字寿域，京兆人。黄昇《花庵词选》又谓名寿域，字安世，未知孰是。《书录解题》载《寿域词》一卷，其事迹本末陈振孙已谓未详，集内各调皆不载原题，无可参考。观振孙列之张先词后，欧阳修词前，则北宋人也。"又称其词"往往失之浅俗，字句尤多凑泊"。有汲古阁本《寿域词》。

菩萨蛮

锦机织了相思字[①]，天涯路远无由寄[②]。寒雁只衔芦，何曾解寄书[③]？　　缄封和血泪，目断西江水。拟欲托双鱼[④]，问君情有无？

【注释】

①"锦机"句：相传窦滔被徙流沙，其妻苏蕙思之，织锦为回文旋图诗以寄，词甚凄婉，见《晋书·窦滔妻苏氏传》。

②无由：无从，没有办法。

③"寒雁"二句：衔芦：《淮南子·修务训》"夫雁顺风以爱气力，衔芦而翔，以备矰弋"。寄书：用雁足系帛书典，见《汉书·苏武传》，此处表示不相信。

④双鱼：用《乐府诗集·饮马长城窟行》典。参见张先《虞美人·述古移南都》注③。

卜算子

尊前一曲歌，歌里千重意。才欲歌时泪已流，恨应更、多于泪。　　试问缘何事？不语如痴醉[①]。我亦情多不忍闻，怕和我、成憔悴[②]。

【注释】

①痴醉：神思恍惚，如醉如痴。

②憔悴：瘦弱萎靡貌。

朝中措

养花天气近清明[①]，丝雨酿寒轻。满眼春工如绣[②]，消磨不尽离情。　　行行又宿，小桃旧坞[③]，芳草邮亭[④]。唤起两眉新恨，绿杨深处啼莺。

【注释】

①养花天气：指轻云微雨时节。宋郑文宝《送曹纬刘鼎二秀才》："小舟闻笛夜，微雨养花天。"

②春工：生物得春而生长发育之工。

③小桃旧坞：即桃花坞。坞（wù）：四周高中间低的地方。

④邮亭：递送文书之所。元结《春陵行》："邮亭传急符，来往迹相追。"

赵　抃

赵抃(1008—1084),字阅道,号知非子,衢州西安(今浙江衢县)人。仁宗景祐元年(1034)进士。历任州县长官,治绩卓著,召为殿中侍御史。弹劾不避权幸,人称"铁面刺史"。出知睦州,改梓州路转运使,徙益州路,蜀风为之一变,召为右司谏,以言事罢知虔州。历度支副使、河北都转运使。英宗治平初,改知成都府,为政简易。神宗即位,除参知政事。因反对王安石变法,改任地方官。著有《清献集》。词存1首。

折新荷引

雨过回廊[①],圆荷嫩绿新抽。越女轻盈[②],画桡稳泛兰舟。芳容艳粉,红香透、脉脉娇羞。菱歌隐隐渐遥[③],依约回眸。　　堤上郎心,波间妆影迟留。不觉归时,淡天碧衬蟾钩[④]。风蝉噪晚,余霞际、几点沙鸥。渔笛、不道有人,独倚危楼[⑤]。

【注释】

①回廊:曲折的长廊。

②越女:越地(今浙江绍兴一带)的女子。

③菱歌:《采菱曲》。

④蟾钩:弯月。相传月中有蟾蜍,故以蟾称月。

⑤"渔笛"二句:化用唐赵嘏《长安秋望》诗:"长笛一声人倚楼。"

卢 氏

卢氏，宋仁宗天圣中（1023—1032）人。其父为汉州县令。词存1首，见宋彭乘《墨客挥犀》卷四。

凤栖梧 题泥溪驿[①]

登山临水，不费于讴吟；易羽移商[②]，聊舒于羁思。因成《凤栖梧》曲子一阕，聊书于壁。后之君子览之者，毋以妇人窃弄翰墨为罪[③]。

蜀道青天烟霭翳[④]。帝里繁华[⑤]，迢递何时至？回望锦川挥粉泪[⑥]，凤钗斜亸乌云腻[⑦]。　钿带双垂金缕细[⑧]。玉珮玎珰，露滴寒如水。从此鸾妆添远意[⑨]，画眉学得遥山翠[⑩]。

【注释】

①泥溪：原注在四川屏山，经胡昭著、徐国华两先生指出，实位于宜宾市西北45公里处岷江东岸的泥溪镇，是唐代泥溪河入岷江口处。现此河已改名为文星河。并承告知，此刻“女词人是随父离汉州县（今四川广汉市）任所，先到成都入锦江，由锦江入岷江南下，到宜宾入长江，再顺长江东下赴京，因而这泥溪必须在岷江两岸……”，所说甚是。（见《白璧微瑕——评〈宋词精华〉》，载2003年11月《文艺理论与批评》杂志第6期）

②易羽移商：谓变换曲调。羽、商，皆宫调名。羽声慷慨，商声悲凉。一称“移宫换羽”，见《宋史·乐志一》。

③翰墨：笔墨。

④蜀道：蜀中（今四川）道路。烟霭：即烟雾。

⑤帝里：京城，帝都。此指其随父入汴京。

⑥锦川：指锦江，在成都南，卢氏父原为汉州令，宋汉州即今广汉，在成都附近。

⑦斜亸:斜垂。乌云:黑发。

⑧钿带:钿,原误作细,据《全宋词》改。白居易《对酒吟》诗:“金衔嘶五马,钿带舞双姝。”钿带:嵌有宝钿的腰带。

⑨鸾妆:饰有鸾凤的妆束。原为宫妆,后民间亦效之。

⑩“画眉”句:谓画作远山眉。远山眉始自卓文君,见《西京杂记》。

刘 述

刘述，字孝叔，湖州(今属浙江)人。仁宗景祐元年(1034)进士。英宗治平元年，任荆湖北路转运使，后降知睦州。神宗时，为侍御使知杂事。熙宁三年(1070)与钱琦、钱颢上疏劾王安石变法，后谪知江州。逾年，提举崇禧观。卒年七十二。熙宁七年，曾与苏轼等在湖州作“六客”之会，传为佳话。词存一首，见《湘山野录》卷中。

家山好[①]

挂冠归去旧烟萝[②]。闲身健，养天和[③]。功名富贵非由我，莫贪他。这岐路，足风波。　　水晶宫里家山好[④]，物外胜游多[⑤]。晴溪短棹，时时醉唱里棱罗[⑥]。天公奈我何！

【注释】

①释文莹《湘山野录》云：“刘孝叔吏部公述，深味道腴，东吴端清之士也。方强仕之际(四十岁)，已恬于退，撰一阕以见志……始有养天和之渐。”

②挂冠：弃官而去。《后汉书·逢萌传》：“时王莽杀其子宇，萌谓友人曰：‘三纲绝矣！不去，祸将及人。’即解冠挂东都城门。”烟萝：指隐居于幽僻之处。

③天和：自然的祥和之气。《庄子·知北游》：“若正汝形，一汝视，天和将至。”

④水晶宫：湖州的别称。明陶宗仪《辍耕录·先辈谐谑》：“赵魏公(孟𫖯)刻私印曰：‘水晶宫道人’。”赵孟𫖯居湖州，故称。

⑤物外：指世外，超脱于世事之外。《晋书·单道开传》：“后至南海，入罗浮山，独处茅茨，萧然物外，年百余岁，卒于山舍。”

⑥里棱罗：一本作“捶棱罗”。民歌中的衬字，无实义。

李师中(1013—1078),字诚之,楚丘(今山东曹县东南)人。举进士,仁宗嘉祐三年(1058),提点广西刑狱。迁转运使,权经略使,善抚土著,边民呼之“桂州李大夫”。神宗即位,知凤翔府,除河东都转运使,改知秦州。因反对王韶开熙河,削职知舒州等地。上书乞召用司马光、苏轼,为吕惠卿所劾,贬和州团练副使。著有《珠溪诗集》。词存1首。

菩萨蛮[①]

子规啼破城楼月[②]。画船晓载笙歌发。两岸荔枝红,万家烟雨中[③]。　　佳人相对泣,泪下罗衣湿。从此信音稀,岭南无雁飞[④]。

【注释】

①此词作于广西。《过庭录》云:“李师中诚之,帅桂罢归,一词题别。”

②子规:鸟名,即杜鹃。

③“两岸”二句:宋蔡襄《荔枝谱》第三:“暑雨初霁,晚日照耀。绛囊翠叶,鲜明蔽映,数里之间,焜如星火。”

④“岭南”二句:谓桂州偏远,音信难通。相传鸿雁南飞,不过衡阳,故岭南无雁,见陆佃《埤雅·释鸟》。此处兼用鸿雁传书典故。

蔡　挺

蔡挺（1014—1079），字子正，应天宋城（今河南商丘南）人。仁宗景祐元年（1034）进士。历泾州、鄜州通判，知博州，为开封府推官。嘉祐初，因治黄河引水失事，罢职数年。英宗治平中知庆州，英勇抗击西夏。神宗即位，徙知渭州。累迁龙图阁直学士。熙宁五年（1072），拜枢密副使。后病退。词存1首，见《挥麈余话》卷一。

喜迁莺[①]

霜天清晓。望紫塞古垒[②]，寒云衰草。汗马嘶风[③]，边鸿翻月，垅上铁衣寒早[④]。剑歌骑曲悲壮[⑤]，尽道君恩难报。塞垣乐[⑥]，尽双鞬锦带[⑦]，山西年少[⑧]。　　谈笑。刁斗静[⑨]、烽火一把，常送平安耗[⑩]。圣主忧边，威灵遐布，骄虏且宽天讨[⑪]。岁华向晚愁思，谁念玉关人老[⑫]？太平也，且欢娱，不惜金尊频倒。

【注释】

①清毕沅《续资治通鉴》卷六十九谓作者于熙宁五年拜枢密副使，乃因“挺自以有劳，久留边，郁郁不得志，寓意词曲，有‘玉关人老’之句，中使至，使优伶歌之，以达于禁掖。帝闻而闵之，故有是拜。”

②紫塞：西北方边塞。晋崔豹《古今注》上《都邑》：“秦筑长城，土色皆紫，汉塞亦然，故称紫塞焉。”

③汗马：汗血马，古良马名。亦借指战功。《韩非子·五蠹》：“弃私家之事，而必汗马之劳。”

④垅上：指陇山。山为六盘山南段，在今陕西至甘肃一带。时作者知渭州，故有是语。

⑤剑歌骑曲：指军中歌曲。

⑥塞垣：边境地带。

⑦鞬(jiān):弓袋曰鞬,箭袋曰櫜。

⑧山西:华山以西。《汉书》卷六十九《赵充国传·赞》:“秦汉以来,山东出相,山西出将。”

⑨刁斗:古代行军用具。《史记·李将军传》集解引孟康云:“以铜作鐎器,受一斗,昼炊饭食,夜击持行,名曰刁斗。”

⑩烽火:古代边防报警的信号。耗:音耗、信息。此指平安火,《六典》云:“每日初夜,放烟一炬,谓之平安火。”

⑪天讨:天子出军讨伐。宋对西北少数民族割据政权常采取宽容政策,故云“宽天讨”。

⑫玉关:玉门关。此处泛指边关。

司马光

司马光（1019—1086），字君实，陕州夏县（今属山西）人。仁宗宝元二年（1039）进士甲科，历天章阁待制兼侍讲，知谏院。英宗朝，进龙图阁直学士、判吏部流内铨。神宗即位，擢翰林学士兼侍读学士。因反对王安石变法出知永兴军。熙宁四年（1071）判西京御史台，从此退居洛阳十五年。元丰八年（1085）哲宗即位，召拜门下侍郎。次年拜尚书左仆射兼门下侍郎（即宰相），数月新法废除略尽。卒，赠温国公。曾主修《资治通鉴》，词存3首。

西江月①

宝髻松松挽就，铅华淡淡妆成②。青烟翠雾罩轻盈③，飞絮游丝无定。　　相见争如不见④，有情何似无情。笙歌散后酒初醒，深院月斜人静。

【注释】

①赵令畤《侯鲭录》卷八云："司马文正公言行俱高，然亦每有谑语……又有长短句云'宝髻匆匆梳就'（词略）。风味极不浅。"

②铅华：古以铅为粉，故称。

③青烟翠雾：形容头发的光泽。

④争如：怎如。

刘 敞

刘敞(1019—1068),字原父,号公是,临江军新喻(今江西新余)人。仁宗庆历六年(1046)进士。历吏部南曹,知制诰。后出知扬州,徙郓州兼京东西路安抚使。旋召还,纠察在京刑狱及修玉牒,因事自请出知永兴军,岁余召还。拜翰林侍读学士,改集贤学士,判南京御史台。有《公是集》,词存2首。

清平乐

小山丛桂,最有留人意[①]。拂叶攀花无限思,雨湿浓香满袂[②]。　　别来过了秋光,翠帘昨夜新霜。多少月宫闲地[③],姮娥与借微芳。

【注释】

①“小山”二句:化用庾信《枯树赋》:“小山则丛桂留人,扶风则长松系马。”

②袂:袖口。

③闲地:《全芳备祖》作“闲色”,《广群芳谱》作“颜色”,后者较胜。

韩　缜

韩缜(1019—1097)，字玉汝。其先真定灵寿(今属河北)人，徙居开封雍丘(今河南杞县)。庆历二年(1042)进士，累官至枢密院事，尚书右仆射、兼中书侍郎(宰相)，出知颍昌府。以太子太保致仕。词存1首。

凤箫吟①

锁离愁，连绵无际，来时陌上初熏②。绣帏人念远③，暗垂珠泪④，泣送征轮⑤。长亭长在眼，更重重、远水孤云。但望极楼高，尽日目断王孙⑥。　消魂。池塘别后⑦。曾行处，绿妒轻裙⑧。恁时携素手⑨，乱花飞絮里，缓步香裀⑩。朱颜空自改，向年年、芳意长新。遍绿野，嬉游醉眠，莫负青春。

【注释】

①宋叶梦得《石林诗话》云："元丰初，虏人来议地界，韩丞相名缜自枢密院都承旨出分画。玉汝有爱妾刘氏，将行，剧饮通夕，且作乐府词留别。翌日，神宗已密知，忽中批步军司遣兵为搬家追送之。玉汝初莫测所因，久之，方知其自乐府发也。……玉汝之词，由此亦遂盛传于天下。"清沈雄《古今词话》引《乐府纪闻》云：韩奉使时，有《凤箫吟》词咏芳草以留别，与《兰陵王》咏柳以叙别同意。后人竟以《芳草》为调名，则失《凤箫吟》原唱意矣。

②陌上初熏：语本江淹《别赋》："闺中风暖，陌上草熏。"熏：熏香。

③绣帏人：指深闺中的妇女，即爱妾刘氏。念远：思念远行之人。

④珠泪：以草上的露珠比喻思妇的眼泪。

⑤征轮：远行人乘坐的车辆。

⑥王孙:《楚辞·招隐士》:“王孙游兮不归,春草生兮萋萋。”后人常以王孙代指远游不归的人。

⑦“池塘”句:语本南朝谢灵运《登池上楼》:“池塘生春草,园柳变鸣禽。”

⑧绿妒轻裙:南朝梁江总妻《咏庭草》:“门前君试看,是妾罗裙色。”

⑨恁时:那时。素手:洁白的手。

⑩香裀:裀本是床垫,后常被用来借指平软如床垫的草地。

王安石

王安石(1021—1086),字介甫,临川(今江西抚州)人。仁宗庆历进士,嘉祐三年(1058)上书言变法。熙宁二年(1069)任参知政事,次年始实行变法。后封舒国公,改封荆国公。熙宁九年(1076)被迫去职,退居金陵,自号半山老人。卒,谥文。他是北宋大政治家和大文学家,散文简深雄洁,为“唐宋八大家”之一。诗风朴茂,用事能出己意。词境开阔,王灼谓“合绳墨处,自雍容奇特”(《碧鸡漫志》)。有辑本《临川先生歌曲》。

桂枝香①

登临送目②。正故国晚秋③,天气初肃。千里澄江似练④,翠峰如簇⑤。归帆去棹残阳里,背西风、酒旗斜矗。彩舟云淡,星河鹭起⑥,画图难足。　　念往昔、繁华竞逐。叹门外楼头⑦,悲恨相续⑧。千古凭高对此,漫嗟荣辱。六朝旧事随流水,但寒烟芳草凝绿⑨。至今商女,时时犹唱后庭遗曲⑩。

【注释】

①据说当时以《桂枝香》词牌作金陵怀古词的有三十余家,惟有王安石这首被推为绝唱。苏轼对此词亦颇欣赏,叹曰:“此老乃野狐精也。”(见沈雄《古今词话》)梁启超云:“李易安谓介甫文章似西汉,然以作歌词,则人必绝倒。但此作却颉颃清真、稼轩,未可谩诋也。”(《饮冰室评词》)

②登临送目:登山临水,极目四眺。

③故国:过去的国都,指金陵(今江苏南京市)。金陵即六朝旧都建业。

④“千里澄江”句:语本南朝齐谢朓《晚登三山还望京邑》:“余霞散成绮,澄江静如练。”练:白绸。

⑤簇:聚集,攒聚。

⑥星河:天河,这时借指长江。鹭起:江上白鹭纷纷起舞,南京西南长江中有白鹭洲,故云。

⑦门外楼头:南朝陈后主宠幸妃子张丽华,沉湎酒色,不理朝政。当他还在结绮阁上与张丽华等作乐时,隋军大将韩擒虎已攻到朱雀门外,故唐杜牧《台城曲》云:"门外韩擒虎,楼头张丽华。"

⑧悲恨相续:悲与恨相续不断。悲的是南朝终于灭亡,恨的是南朝君王荒淫无能。

⑨"六朝旧事"二句:六朝指在金陵建都的六个朝代,即吴、东晋、宋、齐、梁、陈。唐窦巩《南游感兴》诗:"伤心欲问前朝事,惟见江流去不回。日暮东风春草绿,鹧鸪飞上越王台。"此用其意。

⑩"至今商女"二句:从唐杜牧《泊秦淮》诗:"商女不知亡国恨,隔江犹唱后庭花"化出。商女:酒楼茶坊的歌女。后庭遗曲:指陈后主所作的艳曲《玉树后庭花》,词云:"玉树后庭花,花开不复久。"后人以为此乃亡国之音。

菩萨蛮[①]

数家茅屋闲临水,单衫短帽垂杨里[②]。今日是何朝,看予度石桥[③]。　　梢梢新月偃[④],午醉醒来晚。何物最关情[⑤],黄鹂三两声[⑥]。

【注释】

①宋吴曾《能改斋漫录》云:"王荆公筑草堂于半山,引八功德水作小港,其上叠石作桥,为集句填《菩萨蛮》。"半山:南京钟山南麓。

②短帽:一种便帽,较士人之冠为矮。

③"今日"二句:一作"花是去年红,吹开一夜风"。

④梢梢:一作"娟娟"。偃(yǎn):半月形。

⑤何物:一作"何许"。

⑥三两声：一作“一两声”。

渔家傲[①]

平岸小桥千嶂抱[②]。柔蓝一水萦花草[③]。茅屋数间窗窈窕[④]。尘不到。时时自有春风扫。　　午枕觉来闻语鸟，倚眠似听朝鸡早[⑤]。忽忆故人今总老。贪梦好，茫然忘了邯郸道[⑥]。

【注释】

①《苕溪渔隐丛话》引《雪浪斋日记》称此词“略无尘土思”。

②千嶂：像屏嶂一样排列的许多山峰。

③柔蓝：通“揉蓝”。古代揉取蓝草之汁作染料，故称。

④窈窕：幽深貌。

⑤倚(yǐ)眠：侧卧。

⑥邯郸道：唐沈既济《枕中记》载：一卢姓书生在邯郸客店中昼寝入梦，历尽荣华富贵。梦醒，主人炊黄粱尚未熟。后人遂以“黄粱梦”“邯郸梦”“邯郸道”等比喻荣华富贵的虚幻。本词作于作者变法失败，退居金陵时，“邯郸道”当喻指自己政治上的挫折而言。

浣溪沙

百亩中庭半是苔[①]，门前白道水萦回[②]。爱闲能有几人来。　　小院回廊春寂寂，山桃溪杏两三栽。为谁零落为谁开。

【注释】

①“百亩”句：化用刘禹锡《再游玄都观》诗“百亩中庭半是

苔”成句。

②白道:夜间的道路呈白色,故称白道。唐李商隐《无题》诗:“白道萦回入暮霞,斑骓嘶断七香车。”

南乡子

自古帝王州[①],郁郁葱葱佳气浮[②]。四百年来成一梦[③],堪愁。晋代衣冠成古丘[④]。　　绕水恣行游,上尽层城更上楼[⑤]。往事悠悠君莫问,回头。槛外长江空自流[⑥]。

【注释】

①帝王州:指金陵。南朝齐谢朓《入朝曲》:“江南佳丽地,金陵帝王州。”

②佳气:指“王气”。北周庾信《哀江南赋》:“得无江表王气终于三百年乎?”

③四百年:自三国吴于公元222年建都建业,至公元589年南朝陈灭亡,共三百六十七年,“四百年”系举其整数。

④“晋代衣冠”句:“晋代”指东晋王朝。“衣冠”指当时世族、名门中的人物。“成古丘”即都成了坟墓。此用李白《登金陵凤凰台》诗成句。

⑤层城:高大的城阙。此句化用唐王之涣《登鹳雀楼》诗:“欲穷千里目,更上一层楼。”

⑥“槛外”句:用唐王勃《滕王阁诗》:“阁中帝子今何在?槛外长江空自流。”

浪淘沙令

伊吕两衰翁[①],历遍穷通[②]。一为钓叟一耕佣[③]。若使当时身不遇,老了英雄。　　汤武偶相逢,风虎云龙[④]。兴王只在笑谈中。直至如今千载后，谁与争功。

【注释】

①伊吕：伊尹和吕尚。伊尹原是商汤妻子陪嫁的奴隶，后佐商汤战胜夏桀，被尊为阿衡（宰相）。吕尚即姜尚，俗称姜太公，周初人，相传钓于渭滨，周文王出猎相遇，与语大悦，立为师，后辅佐周武王灭殷，封于齐。

②穷通：困窘与顺利。

③钓叟：相传吕尚八十岁时在渭水之滨钓鱼，故称钓叟。耕佣：相传伊尹曾佣耕于莘（古国名，在今河南开封附近）。

④风虎云龙：语出《易·乾·文言》："云从龙，风从虎，圣人作而万物睹。"用来比喻君臣遇合。

生查子

雨打江南树，一夜花开无数。绿叶渐成阴，下有游人归路。　　与君相逢处，不道春将暮[①]。把酒祝东风[②]，且莫恁匆匆去[③]。

【注释】

①不道：不觉，不料。

②"把酒"句：用欧阳修《浪淘沙》成句。

③莫恁：别这样。

谒金门

春又老，南陌酒香梅小。遍地落花浑不扫[①]，梦回情意悄。　　红笺寄与添烦恼。细写相思多少。醉后几行书字小，泪痕都揾了[②]。

【注释】

①浑:全,都。

②揾:揩拭。

千秋岁引 秋景[①]

别馆寒砧[②],孤城画角[③]。一派秋声入寥廓[④]。东归燕从海上去,南来雁向沙头落。楚台风[⑤],庾楼月[⑥],宛如昨。 无奈被些名利缚,无奈被他情担阁。可惜风流总闲却。当初谩留华表语[⑦],而今误却秦楼约[⑧]。梦阑时[⑨],酒醒后,思量着。

【注释】

①清黄苏《蓼园词选》评曰:"是必其退居金陵时作也。意致清迥,翛然有出尘之致。"沈际飞《草堂诗余正集》卷一评曰:"媚出于老,流动出于整齐,其笔墨自不可议。"

②别馆:客馆。寒砧:指秋后的捣衣声。

③画角:古代军中号角,多用以警昏晓,其声高亢哀厉。

④寥廓:无限广大的空间。

⑤楚台风:宋玉《风赋》:"楚襄王游于兰台之宫,宋玉、景差侍。有风飒然而至,王乃披襟而当之,曰'快哉此风,寡人所与庶人共者也!'"于是宋玉借此提出政治建议。这里作者暗喻过去为相时的君臣相得。

⑥庾楼月:《世说新语·容止》说:东晋庾亮在镇武昌时,与诸佐吏殷浩之徒"乘夜月共上南楼,据胡床咏谑"。庾亮曾都督江、荆、豫、益、梁、雍六州军事,官至征西将军。这里暗喻当年为相时与下属相处的情景。

⑦谩留华表语:《搜神后记》卷一:"丁令威,本辽东人,学道于灵虚山。后化鹤归辽,集城门华表柱。……徘徊空中而言曰:'有鸟有鸟丁令威,去家千年今始归。城郭如故人民非,何不学

仙家累累！’遂高上冲天。”谩留：空留。

⑧秦楼：据《列仙传》，春秋时秦穆公作凤台，其女弄玉偕夫萧史止其上，不数年，皆随凤凰飞去。后人因称凤台为秦楼，并用以代指男女欢会之所。

⑨梦阑：梦尽，犹言梦醒。

郑 獬

郑獬(1022—1072),字毅夫,安陆(今属湖北)人。宋仁宗皇祐五年(1053)举进士第一。通判陈州,入直集贤院。神宗朝为翰林学士,权知开封府。以不肯用新法,反映流民疾苦,为王安石所恶,出知杭州,徙青州。著有《郧溪集》。

好事近 初春

江上探春回[①],正值早梅时节。两行小槽双凤[②],按凉州初彻[③]。　　谢娘扶下绣鞍来[④],红靴踏残雪。归去不须银烛,有山头明月。

【注释】

①探春:宋周密《武林旧事》卷三:"都城自过放灯,皆争先出郊,谓之探春。"

②小槽:琵琶一类乐器上架弦的格子叫槽。双凤:装饰在琵琶槽上的凤凰图案。

③凉州:古乐曲名。彻:乐终。

④谢娘:唐李德裕有姬名谢秋娘,后多指妓女。唐白居易《代谢好答崔员外》诗:"青娥小谢娘,白发老崔郎。"

范纯仁

范纯仁(1027—1101)，字尧夫，范仲淹次子。仁宗皇祐元年(1049)举进士第，父没始出仕，知襄城县，迁侍御史。知谏院，加直集贤院，同修起居注。因反对王安石变法，出知河中府，历庆州。哲宗时累官尚书仆射兼中书侍郎(宰相)。绍圣初，因忤宰相章惇，贬置永州，徽宗立，除观文殿大学士，以目疾乞归，卒谥忠宣。有《范忠宣公集》传世。词存1首。

鹧鸪天　和持国①

腊后春前暖律催②。日和风软欲开梅。公方结客寻佳景，我亦忘形趁酒杯③。　添歌管，续尊罍④。更阑烛短未能回⑤。清欢莫待相期约，乘兴来时便可来。

【注释】

①持国：韩维之字。维，雍丘人，神宗朝为翰林学士承旨，哲宗元祐初官门下侍郎，后出知邓州。《宋史》有传。时范纯仁知颍昌府，两地相近，故词云“乘兴来时便可来”。

②腊后春前：腊日以后，立春以前，旧时以阴历十二月初八为腊日。暖律：古代以时令合乐律，此指温暖的节候。

③趁：就。此为多饮之义。

④续尊罍：接连斟酒。尊和罍都是古代的酒器。

⑤更阑：即更残，指长夜将尽。

章　楶

章楶(1027—1102),字质夫,浦城(今属福建)人。绍圣初,宰相章惇之兄。宋英宗治平二年(1065)进士。哲宗朝,历集贤殿修撰,知渭州,进端明殿学士。徽宗建中靖国元年(1101)除同知枢密院事。次年,为资政殿学士、中太乙宫使。卒谥庄简。楶与苏轼等为友,相与唱和。

水龙吟①

燕忙莺懒花残,正堤上柳花飘坠。轻飞点画青林,谁道全无才思②。闲趁游丝③,静临深院,日长门闭。傍珠帘散漫,垂垂欲下,依前被、风扶起。　兰帐玉人睡觉④,怪春衣、雪霑琼缀。绣床旋满,香毬无数,才圆却碎。时见蜂儿,仰粘轻粉,鱼吹池水。望章台路杳⑤,金鞍游荡⑥,有盈盈泪。

【注释】

①此词苏轼有和作。王国维《人间词话》评曰:“东坡《水龙吟》咏杨花,和而似唱;章质夫词,原唱而似和作。才之不可强也如是。”

②全无才思:唐韩愈《晚春》诗:“杨花榆荚无才思,惟解漫天作雪飞。”

③游丝:蜘蛛等昆虫所吐的丝,飘荡于空中,称作游丝。

④兰帐:女子床帐的美称。玉人:美人。

⑤章台路:章台为长安街名,妓女所居,古人诗文中常以“章台走马”指冶游之事。此指冶游场所。又唐韩翃作有《章台柳》词云:“昔日青青今在否。纵使长条似旧垂,也应攀折他人手。”故这里因咏柳花而连及章台。

⑥金鞍:指女子所思念的那个走马章台的游子。

徐积

徐积(1028—1103)，字仲车，山阳(今江苏淮安)人。以孝行著称，宋英宗治平四年(1067)进士，元祐初以扬州司户参军为楚州教授，后改宣德郎，监中岳庙，卒后赐谥节孝处士。著有《节孝集》。词风平淡而通俗，存6首。

渔父乐[①]

水曲山隈四五家[②]，夕阳烟火隔芦花。渔唱歇，醉眠斜，纶竿蓑笠是生涯[③]。

【注释】

①渔父乐：作者自题曲名，实际采用张志和《渔歌子》格律。

②隈：弯曲的地方。《管子·形势》："大山之隈。"

③纶竿：钓竿。

谁学得[①]

饱则高歌醉即眠，只知头白不知年。江绕屋，水随船，买得风光不着钱[②]。

【注释】

①谁学得：作者自题曲名，格律与《渔歌子》相同。

②不着钱：不用钱。白居易《府酒》诗："十千一斗犹赊饮，何况官供不着钱。"

君不悟[①]

一酌村醪一曲歌[②]，回看尘世足风波[③]。忧患大，是非多,纵得荣华有几何。

【注释】

①君不悟:作者自题曲名,格律与《渔歌子》相同。

②醪(láo):本指汁渣混合的酒,即酒酿,后引申为浊酒。

③足:充满。

王安国

王安国(1030—1076),字平甫,抚州临川(今属江西)人,王安石之弟。神宗熙宁元年(1068)以材行召试及第,任西京国子教授。任满召对,神宗问他外界对王安石秉政的意见,他回答道:"恨知人不明,聚敛太急耳。"后授崇文院校书,旋改秘阁校理。他反对新政,尤恶吕惠卿,终于被吕借故罢免,不久病故。他工于诗文及词,有《王校理集》,今不传,词存3首。

清平乐 春晚①

留春不住,费尽莺儿语。满地残红宫锦污②,昨夜南园风雨。　　小怜初上琵琶③,晓来思绕天涯④。不肯画堂朱户,春风自在杨花⑤。

【注释】

①唐圭璋《唐宋词简释》:"此首写残春景象。……起句言莺语留春,已饶韵味。'费尽'二字,倍显留春之殷勤。'满地'两句,倒装句法,言残花经雨狼藉之状,亦见惜春惜花之深情。换头,因残春足悲,故托之琵琶弹出。'不肯'两句,更写杨花之自在,以喻人之品格孤高。"

②宫锦:宫中锦绣,这里喻落花。

③小怜初上琵琶:此句从唐李贺《冯小怜》诗中"湾头见小怜,请上琵琶弦"二句化出。冯小怜即北齐后主高纬宠幸的冯淑妃。史称其"慧而有色,能弹琵琶,尤工歌舞"。此指一般歌女。

④"晓来"句:语本五代顾敻《虞美人》词:"玉郎还是不还家,教人魂梦逐杨花,绕天涯。"

⑤"不肯"二句:借杨花的不肯进入画堂朱户,宁可在春风中自由自在地飞舞来隐喻自己的志向。清谭献评此词云:"结尾品格自高。"(《词辨》)即指此而言。杨花,《全宋词》作梨花,

此从《竹坡诗话》所引。

减字木兰花 春情

画桥流水,雨湿落红飞不起。月破黄昏,帘里余香马上闻。　　徘徊不语。今夜梦魂何处去。不似垂杨,犹解飞花入洞房①。

【注释】

①“今夜”三句:冯延巳《南乡子》:“魂梦任悠扬,睡起杨花满绣床。”这里反其意而用之,谓魂梦犹不如杨花,得以飞入洞房。洞房:深邃的内室。

孙　洙

孙洙(1032—1080)，字巨源，真州(今江苏仪征)人。年十九举进士，历官秀州法曹、集贤校理、太常礼官、史馆检讨、翰林学士。以博闻强识、文辞典丽著称于时，有《孙贤良集》，今不传。词存2首。

菩萨蛮[①]

楼头尚有三冬鼓[②]，何须抵死催人去[③]？上马苦匆匆，琵琶曲未终。　回头肠断处，却更廉纤雨[④]。漫道玉为堂。玉堂今夜长[⑤]。

【注释】

①此词作于孙洙任翰林学士时。据洪迈《夷坚甲志》记载，某晚，孙洙正在太尉李端愿家欢宴，听李家美姬弹奏琵琶，忽然朝廷传令要他进院起草诏令。他很不情愿但又不得不离席而去。在翰林院草制毕，就写了这阕《菩萨蛮》，派人送至李家。

②古时夜间在城楼击鼓报更，一通鼓为一更，一夜有五更，故“尚有三冬鼓”即二更时分，以说明离“五更上朝”时还早。“三冬鼓”或作“三通鼓”。

③抵死：《诗词曲语辞汇释》卷一：“急急或竭力也。”

④廉纤：细微。唐韩愈《晚雨》诗：“廉纤晚雨不能晴，池岸草间蚯蚓鸣。”

⑤玉堂：汉时侍中居玉堂署，宋以后翰林院亦称玉堂。

河满子　秋怨

怅望浮生急景[①]，凄凉宝瑟余音。楚客多情偏怨别，碧山远水登临。目送连天衰草，夜阑几处疏砧[②]。

黄叶无风自落，秋云不雨长阴。天若有情天亦老[3]，摇摇幽恨难禁[4]。惆怅旧欢如梦，觉来无处追寻。

【注释】

①浮生：《庄子·刻意》："其生若浮，其死若休。"认为生命短暂，虚浮不定，故称人生为浮生。急景(jǐng)：迅速的时光。

②疏砧：砧，捣衣石，此指稀疏的捣衣声。

③天若有情天亦老：语出唐李贺《金铜仙人辞汉歌》，意谓天若为有情之物，在此境遇中亦不能堪，将因此而衰老。

④摇摇：形容心神不安，语出《诗经·黍离》："行迈靡靡，中心摇摇。"

韦　骧

韦骧(1033—1105),字子骏,钱塘(今浙江杭州)人。宋仁宗皇祐五年(1053)进士,除知袁州萍乡县,历福州转运判官,主客郎中,出为夔州路提刑。建中靖国初(1101)除知明州。乞闲,以左朝议大夫提举洞霄宫。有《钱塘韦先生文集》。

菩萨蛮　和舒信道水心寺会次韵[①]

琼杯且尽清歌送[②],人生离合真如梦。瞬息又春归,回头光景非。　　香喷金兽暖[③]。欢意愁更短。白发不须量,从教千丈长[④]。

【注释】

①舒信道:名亶,明州慈溪(今属浙江)人,元丰时权监察御史,劾苏轼乌台诗案。

②琼杯:玉杯,酒杯的美称。

③金兽:即金猊,香炉的一种。炉盖作狻猊形,焚香时,烟从口中喷出。

④从教:任凭。千丈长:李白《秋浦歌》:“白发三千丈,缘愁似个长。”

洛阳春　丁香花[①]

冷艳幽香奇绝,粉金裁雪。无端又欲恨春风,恨不解千千结[②]。　　曲槛小池清切,倚烟笼月[③]。佳人纤手傍柔条,似不忍轻攀折。

【注释】

①丁香花:即紫丁香,落叶灌木或小乔木,春季开花,花紫

色，其变种白丁香花，花白色。

②千千结：指丁香的花蕾，即丁香结。古人常以丁香结比喻愁思固结不解，李商隐《代赠》诗："芭蕉不展丁香结，同向春风各自愁。"千千：形容其多。

③倚烟笼月：语出唐杜牧《泊秦淮》诗："烟笼寒水月笼沙。"这里用来表现迷蒙冷寂的月夜景色。

晏几道

晏几道(1038—1108),字叔原,号小山,抚州临川(今属江西)人,晏殊第七子。一生未任要职,曾任太常寺太祝。熙宁七年(1071),受郑侠反对新法案牵连,一度下狱。元丰五年(1082),为颍昌府许田镇监酒税,年末至乞身,退居京师赐第。黄庭坚在《小山词序》中说他有"四痴":"仕宦连蹇,而不能一傍贵人之门,是一痴也;论文自有体,不肯一作新进士语,此又一痴也;费资千百万,家人寒饥,而面有孺子之色,此又一痴也;人百负之而不恨,己信人,终不疑其欺己,此又一痴也。"词与晏殊齐名,称"二晏"。词风似父而造诣过之。工于言情。其小令语言清丽,感情深挚,尤负盛名。有《小山词》传世。

临江仙[①]

梦后楼台高锁,酒醒帘幕低垂。去年春恨却来时[②]。落花人独立,微雨燕双飞[③]。　　记得小蘋初见[④],两重心字罗衣[⑤]。琵琶弦上说相思。当时明月在,曾照彩云归[⑥]。

【注释】

①夏敬观批此词曰:"吐属华美,脱口而出。"(见批《彊村丛书》上海古籍出版社)

②却来:又来。

③"落花"二句:五代翁宏《春残》诗:"又是春残也,如何出翠帏?落花人独立,微雨燕双飞。"晏词用其成句,浑然天成,显得更为出色。清谭献云:"'落花'两句,名句千古,不能有二。"(谭献《谭评词辨》)

④小蘋:歌女名。晏几道《小山词跋》:"始时沈十二廉叔,陈十君宠家有莲、鸿、蘋、云,品清讴娱客。每得一解,即以草授诸儿,吾三人持酒听之,为一笑乐。"其中"蘋"即小蘋。

⑤心字罗衣：绣有心字图案的罗衣。两重心字：喻心心相印。

⑥彩云：此指小蘋。李白《宫中行乐词》八首之一："只愁歌舞散，化作彩云飞。"

蝶恋花[①]

醉别西楼醒不记[②]。春梦秋云，聚散真容易[③]。斜月半窗还少睡，画屏闲展吴山翠。　衣上酒痕诗里字[④]。点点行行，总是凄凉意。红烛自怜无好计，夜寒空替人垂泪[⑤]。

【注释】

①陈廷焯《词则·大雅集》评此词曰："一字一泪，一字一珠。"

②西楼：泛指欢宴之所。

③春梦秋云：喻美好而又虚幻短暂、聚散无常的事物。白居易《花非花》诗："来如春梦不多时，去似秋云无觅处。"晏殊《木兰花》："长于春梦几多时，散似秋云无觅处。"

④"衣上"句：化用白居易《故衫》诗："袖中吴郡新诗本，襟上杭州旧泪痕。"

⑤"红烛"两句：化用杜牧《赠别》诗："蜡烛有心还惜别，替人垂泪到天明。"

蝶恋花

梦入江南烟水路。行尽江南[①]，不与离人遇。睡里消魂无说处，觉来惆怅消魂误。　欲尽此情书尺素。浮雁沉鱼[②]，终了无凭据。却倚缓弦歌别绪[③]，断肠移破秦筝柱[④]。

【注释】

①“梦入”二句：化用唐岑参《春梦》诗：“枕上片时春梦中，行尽江南数千里。”

②浮雁沉鱼：指没有送到的书信。雁和鱼都是书信的代称。《世说新语·任诞》：“殷洪乔作豫章郡，临去，都下人因附百许函书。既至石头，悉掷水中，因祝曰：‘沉者自沉，浮者自浮，殷洪乔不能作致书邮。’”

③缓弦：古代琴瑟的弦可以调节，弦急则音高，弦缓则音低。

④移破秦筝柱：古筝有柱十三，用来支撑和调节筝弦。移破，犹云移尽或移遍，这里指不停地移动筝柱，以调节筝音。

蝶恋花

初撚霜纨生怅望[①]。隔叶莺声[②]，似学秦娥唱[③]。午睡醒来慵一饷，双纹翠簟铺寒浪[④]。　雨罢蘋风吹碧涨[⑤]。脉脉荷花，泪脸红相向。斜贴绿云新月上，弯环正是愁眉样[⑥]。

【注释】

①霜纨：梁沈约《谢赐绸绢等启》：“霜纨雪委，雾縠冰鲜。”此指用白色细绢制成的团扇。

②“隔叶”句：化用杜甫《蜀相》诗：“隔叶黄鹂空好音。”

③秦娥：晋陆机《拟今日良宴会》诗：“齐僮梁甫吟，秦娥张女弹。”李周翰注：“齐僮、秦娥，皆古善歌者。”

④双纹翠簟：有花纹的竹席。《佩文韵府》卷五十八引《东宫旧事》：“太子纳妃有赤花双文簟。”唐王缙《送孙秀才》诗：“玉枕双纹簟，金盘五色瓜。”寒浪：席纹反射出的光泽。

⑤蘋风：微风，语出宋玉《风赋》：“夫风生于地，起于青蘋

之末。”

⑥“斜贴”二句：谓玉梳插在鬓上，弯环似愁眉一样。绿云：指头发。弯环：李贺《十月》诗：“金风刺衣著体寒，长眉对月斗弯环。”

鹧鸪天[①]

彩袖殷勤捧玉钟[②]，当年拚却醉颜红[③]。舞低杨柳楼心月，歌尽桃花扇底风[④]。　　从别后，忆相逢，几回魂梦与君同？今宵剩把银釭照，犹恐相逢是梦中[⑤]。

【注释】

①此词黄昇《花庵词选》题作《佳会》。内容写与一相熟的歌女久别重逢。陈廷焯《词则·闲情集》卷一评曰：“仙乎丽矣，后半阕一片深情，低回往复，真不厌百回读也。言情之作，至斯已极。”

②彩袖：指身穿彩衣的歌女。玉钟：酒杯的美称。

③拚却：毫不顾惜，甘愿。

④“舞低”二句：歌舞使挂在柳梢上、照彻楼中心的月亮低沉下去，表明狂歌艳舞通宵达旦。桃花扇：歌舞时用作道具的扇子，绘有桃花。歌尽桃花扇底风，形容不再挥舞歌扇。这两句是《小山词》中的名句，晁补之说它“不蹈袭人语，而风度闲雅，自是一家”。又云观之“自可知此人不生在三家村中也”。（见赵令畤《侯鲭录》）

⑤“今宵”二句：从杜甫《羌村》诗“夜阑更秉烛，相对如梦寐”化出。剩把：尽把，只管把。银釭（gāng）：银灯。

鹧鸪天

醉拍春衫惜旧香[①]。天将离恨恼疏狂[②]。年年陌上生秋草，日日楼中到夕阳。　　云渺渺，水茫茫，征人归路许多长。相思本是无凭语[3]，莫向花笺费泪行。

【注释】

①惜旧香：惜，怜惜，爱惜。旧香：指过去欢乐生活遗留在衣衫上的香泽。

②疏狂：疏指对世事的疏阔，狂即狂放不羁，这是作者对自己个性的自我评定。

③无凭语：没有根据的话。

鹧鸪天

小令尊前见玉箫[1]，银灯一曲太妖娆[2]。歌中醉倒谁能恨，唱罢归来酒未消[3]。　　春悄悄，夜迢迢[4]，碧云天共楚宫遥[5]。梦魂惯得无拘检[6]，又踏杨花过谢桥[7]。

【注释】

①小令：宋词中短调称小令。清厉鹗《论词绝句》评此词云："鬼语分明爱赏多，小山小令擅清歌。"。又《晋书·王岷传》："世谓献之为大令，珉为小令。"时王献之为中书令，人称大令，王珉代之，称为小令。如此，则小令系一官吏，为韦皋一类人物，亦可通。玉箫：人名。据唐范摅《云溪友议》卷三引《玉箫传》云：韦皋少时游江夏，与姜氏侍婢玉箫有情。因韦皋爽约，玉箫绝食而死。后转世，再为韦皋妾。这里用来借指作者钟情的一位歌女。

②银灯一曲：即《剔银灯》，词牌名。妖娆：形容歌声美妙动听。

③"歌中"二句：吴世昌《词林新话》云："'歌'即酒令（小令）。聆一曲即饮一盏，不觉醉倒了。这是说她的歌太美，欲罢

不能。”

④迢迢:久长。

⑤楚宫:楚襄王的宫殿。因楚襄王曾与巫山神女幽会,故这里用来借指那位歌女的住处。

⑥惯:纵容,放任。拘检:约束。

⑦谢桥:即谢娘桥。谢娘即唐时名妓谢秋娘。此指歌女住所。邵博《邵氏闻见录》卷十九谓:“伊川(程颐)闻诵晏叔原‘梦魂惯得无拘检,又踏杨花过谢桥’长短句,笑曰:‘鬼语也。’意亦赏之。”

鹧鸪天

守得莲开结伴游,约开萍叶上兰舟[①]。来时浦口云随棹,采罢江边月满楼。　　花不语,水空流,年年拚得为花愁。明朝万一西风动,争奈朱颜不耐秋[②]。

【注释】

①约:拦阻。约开萍叶,指划开水面上的浮萍,便于登舟。兰舟:即木兰舟,船的美称。

②朱颜:红颜,明指莲花,暗喻采莲女自己。

鹧鸪天[①]

十里楼台倚翠微[②],百花深处杜鹃啼。殷勤自与行人语,不似流莺取次飞[③]。　　惊梦觉,弄晴时,声声只道不如归[④]。天涯岂是无归意,争奈归期未可期。

【注释】

①此词咏杜鹃。

②翠微:青翠的山色,也指青山。

③取次：任意，随便。与黄庭坚《次韵裴仲谋同年》诗："烟沙黄竹江南岸，输与鸬鹭取次眠。"义同。参见《诗词曲语辞汇释》卷四。

④"声声"句：杜鹃鸣声似"不如归去"，故云。

生查子

金鞭美少年①，去跃青骢马②。牵系玉楼人③，绣被春寒夜。　　消息未归来，寒食梨花谢④。无处说相思，背面秋千下⑤。

【注释】

①金鞭：一作"金鞍"。美少年：此指英俊的贵族子弟。

②青骢马：毛色黑白相间的马。黄苏《蓼园词选》："'去跃'二字，从妇人目中看出，深情挚语。末联'无处'二字，意致凄然，妙在含蓄。"

③玉楼人：指闺中女子。玉楼为闺楼的美称。

④寒食：节日名，在清明前二日。

⑤背面：背过脸来。近人俞陛云曰："'秋千'句殆用（李商隐）《娇女》诗'十五泣春风，背面秋千下'诗意，言背人饮泣也。"（《宋词选释》）

生查子①

坠雨已辞云②，流水难归浦③。遗恨几时休？心抵秋莲苦。　　忍泪不能歌，试托哀弦语④。弦语愿相逢，知有相逢否？

【注释】

①夏敬观评此词曰："齐梁新体诗之佳者，不能过之。"（见

手批《彊村丛书》,上海古籍出版社)

②坠雨:王充《论衡》:"云散水坠,名为雨矣。"南齐谢朓《辞记室笺》:"邈若坠雨,翩似秋蒂。"

③浦:通大河的水渠。

④"试托"句:哀弦:张先《惜双双》:"断梦归云经日去,无计使、哀弦寄语。"近人俞陛云曰:"怀人而托诸哀弦,语曲而心苦,有乐府遗意。"(《宋词选释》)

生查子

长恨涉江遥[①],移近溪头住。闲荡木兰舟[②],误入双鸳浦[③]。　　无端轻薄云,暗作廉纤雨[④]。翠袖不胜寒[⑤],欲向荷花语[⑥]。

【注释】

①涉江:语出《古诗十九首》:"涉江采芙蓉,兰泽多芳草。采之欲遗谁?所思在远道。"这里用"涉江"二字来概括采芙蓉、遗所思等内容。

②木兰舟:船的美称。

③"误入"句:此句隐喻误坠情网,双鸳浦即鸳鸯成双作对的河流。

④"无端"二句:明写天气变化无常,暗写爱情悲剧。"轻薄云"喻所爱男子。纤:细微,纤细。唐韩愈《晚雨》诗:"廉纤晚雨不能晴,池岸草间蚯蚓鸣。"

⑤"翠袖"句:化用杜甫《佳人》诗"天寒翠袖薄",形容失恋女子的痛苦。

⑥"荷花"句:化用李白《绿水曲》诗:"荷花娇欲语,愁杀荡舟人。"

六幺令[①]

绿阴春尽,飞絮绕香阁。晚来翠眉宫样,巧把远山学[②]。一寸狂心未说,已向横波觉[③]。画帘遮匝[④]。新翻曲妙,暗许闲人带偷掐[⑤]。　　前度书多隐语,意浅愁难答。昨夜诗有回文[⑥],韵险还慵押[⑦],都待笙歌散了,记取留时霎。不消红蜡[⑧]。闲云归后,月在庭花旧栏角。

【注释】

①夏敬观《映庵词评》曰:"此倒押韵之法,甚峭拔。匝、掐、答、押、霎、蜡,皆闭口音,系'合'韵与'觉'韵同叶。"沈际飞《草堂诗余正集》卷三评云:"款密竭情。"可见词中乃写其与歌姬之感情。

②"晚来"二句:旧题汉代刘歆《西京杂记》:"文君姣好,眉色如望远山。"又,旧题汉代伶玄《赵飞燕外传》载,赵飞燕妹合德,为薄眉,号"远山黛"。

③横波:形容目光流盼。化用李白《长相思》诗:"昔时横波目,今作流泪泉。"

④匝:周围。

⑤掐:用拇指点别指,暗记或计算。《全宋词》作"搯",误。

⑥回文:据《晋书·窦滔妻苏氏传》,窦滔被徙流沙,苏氏思之,织锦为回文旋图诗以寄。回环往返而读之,皆能成义,故称作回文。此指情书。

⑦韵险:作诗词用韵部极窄的字押韵,称险韵。此词乃押险韵。

⑧红蜡:红蜡烛。

南乡子

渌水带青潮[①]。水上朱栏小渡桥。桥上女儿双笑靥,妖娆,倚着栏干弄柳条。　　月夜落花朝[②]。减字偷声按玉箫[③]。柳外行人回首处,迢迢,若比银河路更遥。

【注释】

①渌水：清澈的水。

②花朝：吴自牧《梦粱录》卷一《二月望》："仲春十五日为花朝节，浙间风俗，以为春序正中，百花争放之时，最堪游赏。"唐司空图《早春》诗："伤怀同客处，病眼却花朝。"

③减字偷声：填词时按词牌定格减少几个字的称减字；从音乐角度说，则可称为偷声。常见的有《减字木兰花》和《偷声木兰花》。

南乡子[1]

新月又如眉[2]，长笛谁教月下吹[3]？楼倚暮云初见雁，南飞。漫道行人雁后归[4]。　　意欲梦佳期，梦里关山路不知[5]。却待短书来破恨，应迟。还是凉生玉枕时。

【注释】

①清先著《词洁》评曰："小词之妙，如汉魏五言诗，其风骨兴象，迥乎不同。"

②"新月"句：僧齐己《湘妃庙》诗："黄昏一岸阴风起，新月如眉生阔水。"

③"长笛"句：与唐赵嘏《长安秋望》诗："残星几点雁横塞，长笛一声人倚楼。"意境相似。

④雁后归：隋薛道衡《人日思归》诗："人归落雁后，思发在花前。"

⑤"梦里"句：语本梁沈约《别范安成》诗："梦中不识路，何以慰相思？"

清平乐[①]

留人不住，醉解兰舟去[②]。一棹碧涛春水路，过尽晓莺啼处。　　渡头杨柳青青，枝枝叶叶离情[③]。此后锦书休寄[④]，画楼云雨无凭[⑤]。

【注释】

①陈廷焯《词则·别调集》卷一评此词曰："怨语，然自是凄绝。"

②兰舟：即木兰舟，船的美称。

③"渡头"二句：使用唐张籍《怀远》诗："唯爱门前双柳树，枝枝叶叶不相离。"

④锦书：《晋书·窦滔妻苏氏传》："滔，苻坚时为秦州刺史，被徙流沙。苏氏思之，织锦为回文旋图以赠滔，宛转循环以读之，词甚凄惋。"后遂以锦字或锦书称男女之间的情书。

⑤"画楼"句：画楼，华丽的高楼，此指风月场所。云雨为男女欢情的代称，语本宋玉《高唐赋》。无凭：不可靠。清周济云："结语殊怨，然不忍割。"(《宋四家词选》)

清平乐

幺弦写意[①]，意密弦声碎。书得风笺无限事，犹恨春心难寄。　　卧听疏雨梧桐[②]，雨余淡月朦胧[③]。一夜梦魂何处，那回杨叶楼中[④]。

【注释】

①幺弦：琵琶的第四弦，因其最细，故称幺弦。写意：表露心意。张先《千秋岁》："莫把幺弦拨，怨极弦能语。"词意与之相似。

②“卧听”句：化用孟浩然断句：“微云淡河汉，疏雨滴梧桐。”

③淡月朦胧：宋李冠《蝶恋花》：“朦胧淡月云来去。”见本书前选。

④杨叶楼中：语出唐李昂《从军行》：“杨叶楼中不寄书，莲花剑上空流血。”

木兰花[①]

秋千院落重帘幕[②]，彩笔闲来题绣户[③]。墙头丹杏雨余花，门外绿杨风后絮。　　朝云信断知何处？应作襄王春梦去[④]。紫骝认得旧游踪[⑤]，嘶过画桥东畔路。

【注释】

①黄苏《蓼园词选》评此词云：“首二句，别后想其院宇深沉，门阑紧闭。接言墙内之人，如雨余之花，门外行踪，如风后之絮。次阕起二句，言此后杳无音信。末二句，言重经其地，马尚有情，况于人乎！”

②重帘幕：重重帘幕。

③彩笔：即五色笔。相传南朝梁文士江淹少时梦中获郭璞借与五色笔，自此文彩俊发。后又在梦中遇郭璞，索还五彩笔，尔后为诗绝无美句，时人谓之江郎才尽。见《南史·江淹传》。后世彩笔遂指文才。

④“朝云”二句：“朝云”指佳人，并暗示其风月女子的身份。宋玉《高唐赋》记楚怀王所遇巫山神女自称“旦为朝云，暮为行雨。”见聂冠卿《多丽·李良定公席上赋》词注⑧。

⑤紫骝：良马名，又名枣骝。沈谦《填词杂说》云：“填词结句，或以动荡见奇，或以迷离称隽，著一实语败矣。康伯可‘正是销魂时候也，撩乱花飞’，晏叔原‘紫骝认得旧游踪，嘶过画桥东畔路’……深得此法。”

木兰花

初心已恨花期晚[①]，别后相思长在眼[②]。兰衾犹有旧时香[③]，每到梦回珠泪满。　　多应不信人肠断，几夜夜寒谁共暖？欲将恩爱结来生，只恐来生缘又短。

【注释】

①初心：原来的心愿。

②“别后”句：此句意谓别后的相思之苦，时常表现在眼泪之中。

③兰衾：被子的美称。

菩萨蛮

个人轻似低飞燕[①]，春来绮陌时相见[②]。堪恨两横波[③]，恼人情绪多。　　长留青鬓住，莫放红颜去。占取艳阳天，且教伊少年[④]。

【注释】

①个人：彼人，那个人。多指妓女。周邦彦《瑞龙吟》：“黯凝伫，因记个人痴小，乍窥门户。”

②绮陌：纵横交错的道路。唐刘沧《及第后宴曲江》诗：“归时不省花间醉，绮陌香车似水流。”

③两横波：指双眼。汉傅毅《舞赋》：“目流睇而横波。”

④且教（jiào）：姑且使。

玉楼春

雕鞍好为莺花住[①]，占取东城南陌路[②]。尽教春思乱如云,莫管世情轻似絮[③]。　　古来多被虚名误,宁负虚名身莫负。劝君频入醉乡来,此是无愁无恨处。

【注释】

①雕鞍:有花纹的马鞍,此指马匹。莺花:春天莺歌燕舞,百花齐放,故以"莺花"概指春天景色。住:停留。

②东城南陌:指汴京东城。孟元老《东京梦华录》卷六:"收灯毕,都人争先出城探春,州南则玉津园外……州东宋门外快活林、勃脐陂……"皆游览之处,故雕鞍常驻。

③尽教:尽管让。此二句夏敬观评云:"清真(周邦彦)袭取作'人如风后入江云,情似雨余粘地絮',较此尤妙。"(《吷庵词评》)

玉楼春[①]

东风又作无情计,艳粉娇红吹满地[②]。碧楼帘影不遮愁[③],还似去年今日意。　　谁知错管春残事,到处登临曾费泪。此时金盏直须深[④],看尽落花能几醉[⑤]!

【注释】

①近人陈匪石《宋词举》评曰:"此词为爽利一派,已开慢曲门径矣。首句破空而来,先怨东风之无情,著一'又'字,将第四、五、六等句元神提出,直贯篇末……至其疏而不密,劲而不挠,全从李煜得来。"

②艳粉娇红:喻盛开的花。

③不遮愁:人在楼中,隔帘就能看到落花,因而引起愁思,故云。

④金盏:金质的酒杯,喻其华贵。

⑤"看尽"句:晏殊《蝶恋花》:"门外落花随水逝,相看莫惜尊前醉。"此用其意。

玉楼春

红绡学舞腰肢软[①]，旋织舞衣宫样染[②]。织成云外雁行斜[③]，染作江南春水浅[④]。　　露桃宫里随歌管[⑤]，一曲霓裳红日晚[⑥]。归来双袖酒成痕，小字香笺无意展[⑦]。

【注释】

①红绡：唐传奇中人名，原为一勋贵家中的歌舞妓，与青年崔生相爱，后在崔家昆仑奴摩勒的帮助下与崔生结合。见《太平广记》卷一九四《昆仑奴》，此指歌舞妓。白居易《小庭亦有月》诗：“红绡信手舞，紫绡随意歌。”

②宫样：皇宫中流行的式样。

③“织成”二句：化用白居易《缭绫》诗：“织为云外秋雁行，染作江南春水色。”

④“江南”句：指舞衣染成浅绿色。

⑤露桃宫：杜牧《题桃花夫人庙》诗：“细腰宫里露桃新。”韦庄《天仙子》：“露桃宫里小腰肢。”盖宫院中有露井桃，故名。唐王昌龄《春宫曲》：“昨夜风开露井桃，未央前殿月轮高。平阳歌舞新承宠，帘外春寒赐锦袍。”可相互参看。

⑥霓裳：即《霓裳羽衣曲》，唐玄宗时乐曲。

⑦小字香笺：晏殊《清平乐》：“红笺小字，说尽平生意。”

阮郎归[①]

旧香残粉似当初，人情恨不如。一春犹有数行书，秋来书更疏。　　衾凤冷[②]，枕鸳孤[③]。愁肠待酒舒。梦魂纵有也成虚，那堪和梦无[④]。

【注释】

①近人张伯驹《丛碧词话》评此词云:“情意凄婉,不在五代之下。”吴世昌《词林新话》云:“丛碧谓小山《阮郎归》结句与道君《燕山亭》词不期而同,其实道君即用小山语意。”

②衾凤:衾上所绣的凤凰。冷:冷落。

③枕鸳:枕上所绣的鸳鸯。凤冷鸳孤都用来暗示自己的孤单寂寞。

④和:连。以上二句为进一层写法,愈显其深挚感人。

阮郎归

天边金掌露成霜[①],云随雁字长[②]。绿杯红袖趁重阳[③],人情似故乡。　　兰佩紫[④],菊簪黄[⑤],殷勤理旧狂[⑥]。欲将沉醉换悲凉,清歌莫断肠[⑦]。

【注释】

①金掌:汉武帝在长安立铜柱,高二十丈,上有仙人擎盘承露。

②雁字:雁群飞行时,列队成一字或人字形,故称雁字。

③绿杯红袖:美酒佳人的代称。

④兰佩紫:屈原《离骚》:“纫秋兰以为佩。”

⑤菊簪黄:唐杜牧《九月齐山登高》诗:“尘世难逢开口笑,菊花须插满头归。”

⑥殷勤理旧狂:况周颐《蕙风词话》卷二评曰:“‘殷勤理旧狂’,五字三层意:狂者,所谓一肚皮不合时宜,发见于外者也。狂已旧矣,而理之,而殷勤理之,其狂若有甚不得已者。”

⑦清歌莫断肠:况周颐《蕙风词话》:“‘清歌莫断肠’,仍含不尽之意。此词沉着厚重,得此结句,便觉竟体空灵。”吴世昌《词林新话》曰,此结句,“乃慰藉歌者之意。……盖不欲因己之悲凉,引起歌者之断肠也。仁人用心,随处可见,此小山得天独厚处。”

浣溪沙[①]

日日双眉斗画长[②]，行云飞絮共轻狂[③]。不将心嫁冶游郎[④]。　　溅酒滴残歌扇字，弄花熏得舞衣香[⑤]。一春弹泪说凄凉。

【注释】

①近人刘永济《唐五代两宋词简析》云："此词写一舞伎之内心矛盾，亦即其内心之痛苦。于上下两阕之前两句，极力写出此舞女之日常轻狂生活。……盖由作者自身亦具有此种矛盾之痛苦。"

②斗画长：画长眉来同别人争妍比美。语本唐秦韬玉《贫女》诗："敢将十指夸针巧，不把双眉斗画长。"

③行云：见聂冠卿《多丽·李良定公席上赋》词注⑧。飞絮：杜甫《绝句漫兴》："颠狂柳絮随风舞。"此用"柳絮"随风飞舞、飘泊无定比喻歌女身不由己的处境。

④冶游郎：浪荡子弟。

⑤"溅酒"二句：清贺裳《皱水轩词筌》评曰："真觉俨然如在目前。"歌扇字：古代舞妓有扇，上记曲名，并作道具，故名歌扇。"弄花"句，与唐于良史《春山夜月》诗"弄花香满衣"相似。

浣溪沙[①]

午醉西桥夕未醒，雨花凄断不堪听[②]。归时应减鬓边青。　　衣化客尘今古道[③]，柳含春意短长亭[④]。凤楼争见路旁情[⑤]。

【注释】

①俞陛云《唐五代两宋词选释》评云："'客尘'两句，感叹殊

深。夕阳古道之亭，素衣化缁，攀条惜别者，悠悠今古，阅尽行人。彼高倚凤楼者，蛾眉争艳，浪掷年光，焉有俯仰今昔之怀乎！”

②雨花：落花如雨。凄断：凄婉。

③衣化客尘：旅途中的尘土使衣服变了颜色。晋陆机《为顾彦先赠妇》二首之一：“京洛多风尘，素衣化为缁。”

④短长亭：古时设在官道旁供行人休息之处，亦常作饯别之所。《白孔六帖》：“十里一长亭，五里一短亭。”

⑤凤楼：又称凤台。见王安石《千秋岁引》词注⑧。此指富家高楼。

浣溪沙

唱得红梅字字香[①]，柳枝桃叶尽深藏[②]。遏云声里送雕觞[③]。　才听便拚衣袖湿[④]，欲歌先倚黛眉长[⑤]。曲终敲损燕钗梁[⑥]。

【注释】

①红梅：指歌曲《花落梅》《梅花引》之类。字字香：喻歌声之美。

②柳枝：指乐府《杨柳枝》曲，此曲多写羁旅行役之苦。白居易《杨柳枝》：“古歌旧曲君休听，听取新翻杨柳枝。”桃叶：指乐府《桃叶歌》，原为晋王献之同爱妾桃叶相别时所歌。尽深藏：都躲避起来。这是形容“红梅”歌声不同凡响，他人所唱，均不敢与之相比。

③遏云：形容歌声高亢激越，《列子·汤问》谓秦青唱歌，“声振林木，响遏行云”。

④衣袖湿：指落泪。

⑤黛眉长：修长的眉毛（指流露在眉宇间的深情）。

⑥“敲损”句：语本唐高适《听张立本女吟》诗：“自把玉钗敲

砌竹，清歌一曲月如霜。”敲损钗梁，表明歌声激越，敲钗时用力过度。燕钗，饰以玉燕的钗。此指歌声悲戚感人。唐韩偓《闺情》诗：“敲折玉钗歌转咽，一声声作两眉愁。”

御街行[①]

街南绿树春饶絮[②]，雪满游春路[③]。树头花艳杂娇云，树底人家朱户。北楼闲上，疏帘高卷，直见街南树。

栏干倚尽犹慵去，几度黄昏雨。晚春盘马踏青苔[④]，曾傍绿阴深驻。落花犹在，香屏空掩，人面知何处[⑤]？

【注释】

①此词盖作于汴京春游之际，上片写一朱户人家；下片写昔年曾在此遇一佳人，而今人面不知何处。布局似唐人崔护《题都城南庄》，而更加铺叙。

②饶：多。

③“街南”二句：形容行道两旁柳树飞絮迷蒙，似雪满春路。

④盘马：跨马盘旋。《世说新语·雅量》谓庾翼“于道开卤簿盘马，始两转，坠马堕地，意色自若”。

⑤“落花”三句：唐崔护《题都城南庄》诗：“去年今日此门中，人面桃花相映红。人面不知何处去，桃花依旧笑春风。”此仿其意。

点绛唇

花信来时[①]，恨无人、似花依旧。又成春瘦[②]，折断门前柳[③]。　天与多情，不与长相守。分飞后，泪痕和酒，占了双罗袖。

【注释】

①花信：即花信风。应花期而来的风，似有信，故名。一年中有二十四番花信风，系以节候划分。

②春瘦：李商隐《赠歌妓二首》之二："只知解道春来瘦，不道春来独自多。"

③"折断"句：语本唐李贺《致酒行》："主父西游困不归，家人折断门前柳。"此谓多次赠别，言分离之繁。

点绛唇

湖上西风，露花啼处秋香老[1]。谢家春草[2]，唱得清商好[3]。　　笑倚兰舟，转尽新声了。烟波渺，暮云稀少。一点凉蟾小[4]。

【注释】

①秋香：秋天的花香。

②谢家春草：南朝宋诗人谢灵运与其弟谢惠连十分友爱，后因梦见惠连而获得佳句"池塘生春草"，故有"谢家春草"之说。此喻美好的诗文。

③清商：即《清商曲》，乐府歌曲名，其中有《吴声》《西曲》等南朝民歌。

④凉蟾：犹冷月，旧时以为月中有蟾蜍，故以蟾为月的代称。

少年游[1]

离多最是，东西流水[2]，终解两相逢[3]。浅情终似，行云无定，犹到梦魂中。　　可怜人意，薄于云水，佳会更难重[4]。细想从来，断肠多处，不与者番同[5]。

【注释】

①近人夏敬观云："云水意相对，上分述而又总之，作法变幻。"（龙榆生《唐宋名家词选》引）

②东西流水：西汉卓文君《白头吟》："蹀躞御沟上，沟水东西流。"以沟水东西分流喻男女间的离别。

③解：能够。

④佳会：良会。难重：难以再来。

⑤者番：这番，这一回。

少年游

西楼别后，风高露冷，无奈月分明。飞鸿影里，捣衣砧外，总是玉关情[①]。　　王孙此际[②]，山重水远，何处赋西征[③]。金闺魂梦枉丁宁，寻尽短长亭[④]。

【注释】

①"捣衣"二句：语本唐李白《子夜吴歌·秋歌》："长安一片月，万户捣衣声。秋风吹不尽，总是玉关情。何日平胡虏，良人罢远征？"玉关即玉门关，在今甘肃省境内，是古时通往西域的要道，西出玉门关意味着远戍塞外，所以"玉关情"就是对远征将士的思念之情。

②王孙：原指贵族子弟，这里借指远行之人。《楚辞·招隐士》："王孙游兮不归，春草生兮萋萋。"

③赋西征：即作《西征赋》，晋潘岳于元康二年(292)西行至长安，因行役之感而作此赋。

④短长亭：参见《浣溪沙·午醉西桥夕未醒》注③。

虞美人

曲阑干外天如水[①]，昨夜还曾倚。初将明月比佳期[②],长向月圆时候望人归。　　罗衣著破前香在,旧意谁教改[③]?一春离恨懒调弦,犹有两行闲泪宝筝前。

【注释】

①天如水:天空像水一样清净明澈。

②佳期:屈原《九歌·湘夫人》:“登白薠兮骋望,与佳期兮夕张。”原谓与佳人约会。此处以明月喻佳人。

③“罗衣”二句:前香,比喻对旧日欢情的回味。谁教:《诗词曲语辞汇释》卷一:“晏几道《虞美人》词‘罗衣著破前香在,旧意谁教改。’此教字为能义。谁教,犹云那能也。”

虞美人

疏梅月下歌金缕[①],忆共文君语[②]。更谁情浅似春风,一夜满枝新绿替残红。　　蘋香已有莲开信[③],两桨佳期近。采莲时节定来无?醉后满身花影倩人扶[④]。

【注释】

①疏梅:疏影横斜的梅花。金缕:即乐府《近代曲辞》中的《金缕衣》,歌词云:“劝君莫惜金缕衣,劝君惜取少年时。花开堪折直须折,莫待无花空折枝。”

②文君:即卓文君,西汉临邛(今属四川)卓王孙之女,新寡在家时,爱悦才士司马相如,与之私奔。见《史记·司马相如传》。此指旧日情人。

③“蘋香”句:蘋(浮萍之大者)开花在莲之前,故蘋香带来了莲花将开的信息。

④“醉后”句:唐陆龟蒙《和袭美春夕酒醒》诗:“觉后不知明月上,满身花影倩人扶。”

采桑子

秋来更觉销魂苦[①]，小字还稀[②]。坐想行思，怎得相看似旧时。　　南楼把手凭肩处，风月应知。别后除非，梦里时时得见伊。

【注释】

①销魂：魂魄离体，形容悲伤愁苦时神思茫然的情状。化用南朝梁江淹《别赋》：“黯然销魂者，唯别而已矣。”

②小字：短信。

采桑子[①]

西楼月下当时见，泪粉偷匀[②]。歌罢还颦[③]，恨隔炉烟看未真。　　别来楼外垂杨缕，几换青春。倦客红尘[④]，长记楼中粉泪人。

【注释】

①俞陛云《唐五代两宋词选释》：“此词不过回忆从前，而能手写之，便觉当时凄怨之神，宛呈纸上。”

②匀：匀粉，把脸上的脂粉擦匀。

③颦：皱眉。

④倦客红尘：即红尘倦客，对尘世生活感到疲累不堪的人，作者自谓。

满庭芳[①]

南苑吹花[②]，西楼题叶[③]，故园欢事重重。凭栏秋思，闲记旧相逢。几处歌云梦雨[4]，可怜便、流水西东。别来久，浅情未有，锦字系征鸿[5]。　　年光还少味[6]，开残槛菊，落尽溪桐。漫留得尊前，淡月西风。此恨谁堪共说？清愁付、绿酒杯中[7]。佳期在，归时待把，香袖看啼红[8]。

【注释】

①此词为西楼歌伎而作。起三句之“故园”，指其“京师赐第”。上片回忆与歌伎的重重欢事，下片写别后的孤栖况味，以及重逢的愿望。陈廷焯《词则·闲情集》评之曰全篇“柔情密意”。

②南苑：指汴京玉津园。吹花：语本唐李商隐《柳枝·序》之“吹叶嚼蕊”，乃一种闺中游戏，因平仄不谐而改叶为花。有如刘一止《梦横塘》词云：“念谁伴、涂妆绾髻，嚼蕊吹花弄秋色。”

③西楼：汴京的一所歌楼。题叶，在叶上题诗。唐杜牧《题桐叶》诗：“江楼今日送归燕，正是去年题叶时。”

④歌云梦雨：旧时把男女欢情称作云雨情，歌云梦雨即对云雨情在歌中梦中重温之。

⑤锦字：用锦织成的文字。晋窦滔妻苏氏织锦为回文璇玑图诗以赠夫，后世遂以“锦字”作为妻子寄给丈夫书信的代称。此指情人的书信。征鸿：远飞的大雁。古时有“鸿雁传书”之说。“锦字系征鸿”即把书信系在鸿雁足上借以传递。

⑥年光：时光。

⑦绿酒：即“绿蚁”。古时的酒（米酒）新酿成未过滤时，表面上浮着淡绿色的米渣，故称。

⑧啼红：指红泪，即美人之泪。此处借喻相思之苦。

留春令[1]

画屏天畔[2]，梦回依约，十洲云水[3]。手撚红笺寄人书，写无限伤春事。　　别浦高楼曾漫倚[4]，对江南千里。楼下分流水声中，有当日凭高泪[5]。

【注释】

①作者元丰五年（1078），往江南依其兄知止，此词为回京后思念江南女友而作。明杨慎《词品》云："晁元忠诗：'安得龙湖潮，驾回安河水。水从楼前来，中有美人泪。人生高唐观，有情何能已。'晏小山《留春令》全用此语。"

②天畔：天边，形容画屏上的景物离此遥远。

③十洲：传说中仙人所居处。托名东方朔的《海内十洲记》："汉武帝既闻西王母说八方巨海中有祖洲、瀛洲、玄洲、炎洲、长洲、元洲、流洲、生洲、凤麟洲、聚窟洲。有此十洲，乃人迹所稀绝处。"

④别浦：泛指江河支流。唐郑谷《登杭州城》诗："潮平无别浦，木落见他山。"

⑤"楼下"二句：谓当日倚楼远望征人，曾有眼泪滴入楼前水中。郑文焯《评小山词》评此二句云："亦袭冯延巳《三台令》'流水，流水，中有伤心双泪。'宋人所承如是，但乏质茂气耳。"

思远人[1]

红叶黄花秋意晚，千里念行客[2]。飞云过尽，归鸿无信[3]，何处寄书得？　　泪弹不尽临窗滴，就砚旋研墨[4]。渐写到别来，此情深处，红笺为无色[5]。

【注释】

①夏敬观评此词曰："凡倒押韵处，皆峭绝。"（见夏批《彊村丛书》，上海古籍出版社）

②"千里"句：思念在千里之外旅行的人。

③归鸿无信：相传鸿雁可以传书，故云。

④“泪弹”二句：唐孟郊《归信吟》：“泪墨洒为书。”词境相似。旋：随即。清陈廷焯《词则》云：“就泪墨二字，渲染成词，何等姿态！”

⑤“渐写到”三句：近人陈匪石《宋词举》评云：“‘渐’字极宛转，却激切。‘写到别来、此情深处’，墨中纸上，情与泪粘合为一，不辨何者为泪，何者为情。故不谓笺色之红因泪而淡，却谓红笺之色因情深而无。”

碧牡丹

翠袖疏纨扇[①]，凉叶催归燕。一夜西风，几处伤高怀远[②]。细菊枝头，开嫩香还遍。月痕依旧庭院。
事何限。怅望秋意晚。离人鬓华将换[③]。静忆天涯，路比此情犹短[④]。试约鸾笺[⑤]，传素期良愿[⑥]。南云应有新雁[⑦]。

【注释】

①翠袖：翠色的衣袖，指代女子。杜甫《佳人》诗：“天寒翠袖薄，日暮倚修竹。”疏：疏远。纨扇：细绢制成的团扇。

②伤高怀远：张先《一丛花令》：“伤高怀远几时穷，无物似情浓。”

③鬓华将换：谓黑发将变白发。欧阳修《采桑子》：“鬓华将改心无改，试把全觥。”

④“静忆”二句：与作者《清商怨》“要问相思，天涯犹自短”，同义。

⑤鸾笺：彩笺。宋苏易简《文房四谱·纸谱》：“蜀人造十色笺……逐幅于方版之上研之，则隐起花木鳞鸾，千状万态。”鸾笺，即有鸾纹的纸。

⑥素期：平素的期望。唐韦应物《与幼霞君贶兄弟同游白家竹潭》诗：“清赏非素期，偶游方自得。”

⑦新雁:喻传书的使者,用鸿雁传书典,见《汉书·苏武传》。此句连上文,盖云欲以鸾笺写下夙愿,托鸿雁传给远方之人。

长相思[①]

长相思,长相思。若问相思甚了期[②],除非相见时。
长相思,长相思。欲把相思说似谁[③],浅情人不知。

【注释】

①清陈廷焯《词则·闲情集》卷一:“此为小山集中别调,而缠绵往复,姿态有余。”

②甚了期:何时才能了却。

③说似谁:犹说与谁。欧阳修《渔家傲》:“对面不言情脉脉。烟水隔,无人说似长相忆。”

王 观

王观(生卒年不详),字通叟,如皋(今属江苏)人。仁宗嘉祐二年(1057)进士,尝以将仕郎守大理寺丞,知扬州江都县事。在江都任上撰有《扬州赋》《扬州芍药谱》。元丰三年,坐知江都县受贿枉法,编管永州。一云曾官翰林学士,应制作《清平乐》词,高太后以为亵渎神宗,翌日即罢职,因自号逐客。词风近柳永,有《冠柳词》,今存赵万里、刘毓盘辑本。宋王灼评云:"王逐客才豪,其新丽处与轻狂处,皆足惊人。"(《碧鸡漫志》卷二)

卜算子 送鲍浩然之浙东[①]

水是眼波横[②],山是眉峰聚[③]。欲问行人去那边,眉眼盈盈处[④]。 才始送春归,又送君归去。若到江东赶上春[⑤],千万和春住。

【注释】

①鲍浩然:作者友人。浙东:今浙江东南部,宋朝属两浙东路,简称浙东。清吴衡照《莲子居词话》评此词云:"山谷云:'春归何处',通叟云:'若到江南赶上春,千万和春往",碧山云:'怕此际春归……便快折河边千条翠柳,为我系春往'。三词同一意,山谷失之笨,通叟失之俗,碧山差胜。终不若元梁贡父云:'折一醉留春,留春不住,醉里春归。'为洒脱有致。"

②眼波横:指美女流盼的目光,像水波一样清澈横流。

③眉峰聚:眉峰指美女的双眉,忧愁时双眉紧锁,犹似山峰簇聚。

④盈盈:清澈貌。《古诗十九首》之十:"盈盈一水间,脉脉不得语。"

⑤江东:一作江南,皆通。

雨中花令 夏词[1]

百尺清泉声断续。映潇洒、碧梧翠竹[2]。面千步回廊，重重帘幕。小枕敧寒玉[3]。　　试展鲛绡看画轴[4]。见一片、潇湘凝绿[5]。待玉漏穿花[6]，银河垂地，月上栏干曲。

【注释】

①清张宗橚《词林纪事》卷五引《漫叟诗话》："尝爱王逐客夏词不用浮瓜沉李等事，而天然有尘外凉思，此语非触热者之所知也。"清黄苏《蓼园词选》评云："王逐客'百尺清泉声断续'，清气满纸。夏日展读，如饮一服清凉散也。"

②潇洒：清高脱俗。

③敧寒玉：敧：斜靠。寒玉：指竹。唐雍陶《韦处士郊居》诗："万条寒玉一溪烟。"

④鲛绡：传说中南海鲛人（一种人鱼）所织的绡，用它制成的衣服能入水不濡。见晋张华《博物志》。古人常泛指薄纱。

⑤潇湘：水名，在今湖南境内。

⑥玉漏：古代计时器，此指时光。此句谓漏声穿过花丛。

庆清朝慢 踏青[1]

调雨为酥[2]，催冰作水，东君分付春还[3]。何人便将轻暖，点破残寒？结伴踏青去好，平头鞋子小双鸾[4]。烟郊外，望中秀色，如有无间[5]。　　晴则个，阴则个[6]，饾饤得天气，有许多般[7]。须教镂花拨柳，争要先看。不道吴绫绣袜，香泥斜沁几行斑。东风巧，尽收翠绿，吹在眉山[8]。

【注释】

①踏青：即春日郊游，多在清明前后。宋黄昇云："世谓柳耆卿工为浮艳之词，方之此作，蔑矣。词名《冠柳》，岂偶然哉？"(《花庵词选》)

②酥：乳酪。唐韩愈《早春呈水部张十八员外》诗："天街小雨润如酥。"

③东君：春神。

④小双鸾：指古代妇女鞋上所绣的鸾凤。

⑤"望中"二句：语本唐王维《汉江临眺》诗："山色有无中。"

⑥则个：古代口语中表示动作进行时的语助词，义近"着"或"者"，用以加重语气。贺裳《皱水轩词筌》评此句云："险丽，贵矣，须泯其镂划之痕乃佳。如蒋捷'灯摇缥晕茸窗冷'，可谓工矣，觉斧迹犹在。如王通叟《春游》曰：'晴则个，阴则个'云云，则痕迹都无，真犹石尉香尘，汉皇掌上也。两'个'字尤弄姿无限。"

⑦饾饤：本意指食品的堆叠罗列，此处借喻天气的复杂多变。

⑧眉山：指女人的双眉。《西京杂记》说卓文君"眉色如望远山，脸际常若芙蓉。"

菩萨蛮 归思

单于吹落山头月[①]，漫漫江上沙如雪。谁唱缕金衣[②]，水寒船舫稀。　芦花枫叶浦，忆抱琵琶语[③]。身未发长沙[④]，梦魂先到家。

【注释】

①单于：曲调名，又名《小单于》。唐李益《听晓角》诗："无限塞鸿飞不度，秋风卷入小单于。"

②缕金衣：《金缕衣》的倒文，曲调名，唐李锜妾杜秋娘以善

唱此曲著名。

③“芦花”二句：化用唐白居易《琵琶行》：“浔阳江头夜送客，枫叶荻花秋瑟瑟。”

④“身未”句：西汉贾谊曾远贬长沙（今属湖南），作者在知江都县任上也因贪污罪除名永州编管，永州在长沙南，故以贾谊自喻。

张舜民,字芸叟,号浮休居士,又号矴斋。陈师道之姊丈。邠州(今陕西邠县)人。英宗治平二年(1065)进士。神宗元丰中在环庆前线赞画机宜,宋军失利,舜民作诗讪谤,谪监郴州酒税。哲宗元祐初,召为监察御史。徽宗朝为吏部侍郎,以龙图阁待制知同州。坐元祐党籍,谪楚州团练副使,商州安置,复集贤殿修撰。有辑本《画墁集》。词存4首,以《卖花声》为最著名。

卖花声 题岳阳楼[①]

木叶下君山[②],空水漫漫[③]。十分斟酒敛芳颜[④]。不是渭城西去客,休唱阳关[⑤]。　　醉袖抚危栏[⑥],天淡云闲。何人此路得生还[⑦]?回首夕阳红尽处,应是长安[⑧]。

【注释】

①《卖花声》:《浪淘沙》的别名。此首又见周紫芝《太仓稊米集·书浮休先生画墁集后》,误作苏轼词。岳阳楼:在今湖南岳阳西门,面临洞庭湖。张舜民于元丰五年(1082)冬十月被贬监郴州酒税,途经岳阳,登楼题此词。宋周晖评此词云:“亦岂无去国流离之思,殊觉婉而不伤也。”(《清波杂志》卷四)

②君山:在洞庭湖中,与岳阳楼相对。《楚辞·湘夫人》:“洞庭波兮木叶下。”张舜民作此词时正值初冬,故借用“木叶下”一语状君山之景。

③空水漫漫:长空和水面都茫无边际。漫漫:无涯际貌。

④敛芳颜:收敛起她的笑容,显出正经严肃的样子(指斟酒的歌女)。

⑤“不是”二句:“渭城西去客”指离开长安西行之人,语出唐王维《送元二使安西》诗:“渭城朝雨浥轻尘,客舍青青柳色新。劝君更尽一杯酒,西出阳关无故人。”作者此时离开长安远

贬郴州，郴州在南方，故云不是“西去客”。阳关即根据王维诗谱成的歌曲《阳关三叠》。

⑥危栏：高楼上的栏杆。

⑦“何人”句：宋陈振孙《直斋书录解题》于《画墁集》条下云：“崇宁初，坐谢表言绍圣逐臣，有曰‘脱禁锢者何止一千人，计水陆者不啻一万里’……以为讥谤坐贬。”其中尝有贬往郴州者，生还者极少，故云。

⑧“回首”二句：语本白居易《题岳阳楼》诗中“夕阳红处是长安”句。长安为汉、唐故都，宋人多借指汴京。

王安礼

王安礼(1034—1095),字和甫,抚州临川(今属江西)人。王安石之弟。仁宗嘉祐六年进士,历直舍人院,同修起居注。苏轼下狱,他在神宗面前说情,轼得轻减,后因星变上言,进翰林学士,知开封府,有政绩。历扬、青、蔡三州,官终太原府。有《王魏公集》,存词3首。

点绛唇[①]

春睡腾腾[②],觉来鸳被堆香暖。起来慵懒,触目情何限。　　深院日斜,人静花阴转[③]。柔肠断。凭高不见[④],芳草连天远[⑤]。

【注释】

①此首《花草粹编》卷一作寇寺丞词。现据杨金本《草堂诗余前集》卷下作王安礼词。

②腾腾:懒散貌。

③花阴转:花阴移动,比喻时间消逝。

④凭高:意即登高远眺。

⑤芳草:香草,这里暗喻正人君子。

魏夫人，名玩，字玉汝，襄阳（今湖北襄樊）人，魏泰之妹，曾布之妻，因曾布曾任宰相，封鲁国夫人，故世称魏夫人。以能文著称，在宋代女词人中与李清照齐名。清陈廷焯云："魏夫人词笔颇有超迈处，虽非易安（李清照）之敌，亦未易才也。"（《白雨斋词话》卷二）近人周泳先辑有《鲁国夫人词》。

阮郎归

夕阳楼外落花飞，晴空碧四垂。去帆回首已天涯，孤烟卷翠微①。　　楼上客，鬓成丝，归来未有期。断魂不忍下危梯②，桐阴月影移③。

【注释】

①翠微：青翠的山气。

②断魂：犹销魂，形容哀伤。危梯：高楼之梯。

③月影移：谓时光渐逝。

减字木兰花

落花飞絮，杳杳天涯人甚处①。欲寄相思，春尽衡阳雁渐稀②。　　离肠泪眼，肠断泪痕流不断。明月西楼，一曲阑干一倍愁。

【注释】

①杳杳：深远貌。

②衡阳雁：宋陆佃《埤雅·释鸟》："鸿雁南翔，不过衡山。盖南地极燠，雁望衡山而止，恶热故也。"

菩萨蛮[①]

溪山掩映斜阳里，楼台影动鸳鸯起。隔岸两三家，出墙红杏花。　　绿杨堤下路，早晚溪边去。三见柳绵飞[②]，离人犹未归[③]。

【注释】

①清王弈清《历代词话》卷六评魏夫人词云："其尤雅正者，则有《菩萨蛮》云：'溪山掩映斜阳里……'深得《国风·卷耳》之遗。"

②三见柳绵飞：柳绵即柳絮，每年暮春杨柳飞絮，"三见"谓已过三年。

③离人：指作者丈夫曾布。相传曾布出仕在外，三年未归，魏夫人因怀念丈夫而作此词。

菩萨蛮

红楼斜倚连溪曲[①]，楼前溪水凝寒玉[②]。荡漾木兰船[③]，船中人少年。　　荷花娇欲语[④]，笑入鸳鸯浦[⑤]。波上暝烟低，菱歌月下归。

【注释】

①溪曲：溪水曲折转弯处。

②寒玉：玉质清凉，故称寒玉。寒玉多用来比喻溪水、寒竹、角枕等物。唐李群玉《引水行》："一条寒玉走秋泉，引出深萝洞口烟。"

③木兰船：任昉《述异记》谓浔阳九里洲中多木兰，鲁班曾刻木兰为舟。诗家称木兰舟多指此。

④"荷花"句：李白《渌水曲》："荷花娇欲语，愁杀荡舟人。"

⑤鸳鸯浦：鸳鸯栖息的水边，暗喻男女谈情说爱的地方。

定风波[①]

不是无心惜落花。落花无意恋春华[②]。昨日盈盈枝上笑[③]。谁道。今朝吹去落谁家。　　把酒临风千种恨。难问。梦回云散见天涯。妙舞清歌谁是主。回顾。高城不见夕阳斜[④]。

【注释】

①《历代诗余》卷四十一误作赵子发词。

②春华：青春年华。

③盈盈：美好貌，多指人物之风姿、仪态。《古诗十九首》："盈盈楼上女，皎皎当窗牖。"

④高城不见：语本唐欧阳詹《初发太原途中寄太原所思》诗："高城已不见，况复城中人。"

武陵春

小院无人帘半卷，独自倚栏时。宽尽春来金缕衣[①]。憔悴有谁知。　　玉人近日书来少[②]，应是怨来迟。梦里长安早晚归[③]。和泪立斜晖。

【注释】

①"宽尽"句：形容春来极度消瘦，语本柳永《凤栖梧》："衣带渐宽终不悔，为伊消得人憔悴。"金缕衣：饰以金缕的华贵的衣服。

②玉人：指作者丈夫曾布。

③"梦里长安"句：长安是汉唐京城，这里代指汴京。时曾布在京任职。

孙浩然

孙浩然，生平无考。南宋楼钥在《攻媿集》卷七十中说他曾作《离亭燕》词，由王诜据词意画成《江山秋晚图》，南宋黄昇《唐宋诸贤绝妙词选》收入此词也以为孙浩然作。然在此以前，范公偁的《过庭录》则以为张昇作。今从范说。孙作《夜行船》一首见《花草粹编》卷五。

夜行船

何处采菱归暮。隔宵烟、菱歌轻举。白蘋风起月华寒①，影朦胧、半和梅雨。　　脉脉相逢心似许。扶兰棹②、黯然凝伫③。遥指前村，隐隐烟树，含情背人归去。

【注释】

①白蘋风起：白蘋是一种水中浮草。宋玉《风赋》："夫风生于地，起于青蘋之末。"白蘋、青蘋都是水中浮草，故借用。

②兰棹：即兰舟，因平仄而改用"棹"字。棹是摇船的工具，"兰棹"是对它的美称。

③黯然凝伫：《诗词曲语辞汇释》卷五："凡云黯凝伫，均为凝魂或黯销魂义，总之为出神至极之辞。"

王诜

王诜（生卒年不详），字晋卿，并州太原（今属山西）人，徙居开封。王全斌裔孙。熙宁二年（1069），选尚英宗女蜀国长公主，拜左卫将军，驸马都尉，为利州防御使。与苏轼等为友。元丰二年（1079）受苏轼乌台诗案牵连落驸马都尉，责授昭化军节度行军司马，均州安置，移颍州。元祐元年（1086）复登州刺史、驸马都尉。卒谥荣安。能诗善画，并工词，词风清丽。今人赵万里辑有《王晋卿词》。

蝶恋花[①]

钟送黄昏鸡报晓[②]。昏晓相催，世事何时了。万恨千愁人自老，春来依旧生芳草。　　忙处人多闲处少[③]。闲处光阴，几个人知道。独上高楼云渺渺，天涯一点青山小。

【注释】

①本篇《草堂诗余后集》卷下误作秦少游词，王楙《野客丛书》卷十五将末二句误作黄庭坚词。此据《花庵词选》。明卓人月《古今词选》卷九评云："'枝上柳绵吹又少，天涯何处无芳草'，试歌'春来'句，亦当泪落。""枝上"二句，乃苏轼《蝶恋花》词句，时其侍妾朝云在惠州贬所歌之，不觉泪落，故卓氏作此语。

②钟送黄昏：古时敲钟击鼓以报时，这里是说黄昏在钟声中消逝，意即夜间来临。

③忙处人多：指作者在被贬以前因身居要职，家中宾朋甚多。闲处少：作者落罪被贬以后，便门庭冷落，宾客稀少。

忆故人[①]

烛影摇红向夜阑[②]。乍酒醒，心情懒。尊前谁为唱阳关[3]。离恨天涯远。　　无奈云沉雨散[4]。凭阑干，东风泪眼。海棠开后，燕子来时，黄昏庭院。

【注释】

①忆故人：吴曾《能改斋漫录》卷十七载："王都尉有《忆故人》词云云。徽宗喜其词意，犹以不丰容宛转为恨，遂令大晟府别撰腔。周美成增损其词，而以首句为名，谓之《烛影摇红》。"据此可知，周邦彦《烛影摇红》词实为王诜此词之改作。清朱彝尊《词综》卷七云："原词甚美，美成增益，真所谓续凫为鹤也。"

②向：临近。夜阑：夜尽。

③阳关：即《阳关三叠》，据唐王维《送元二使安西》诗写成的乐曲，作送别之辞。

④云沉雨散：见聂冠卿《多丽·李良定公席上赋》词注⑧，由此暗示词中主人公身份，乃一青楼女子。

蝶恋花[1]

小雨初晴回晚照。金翠楼台[2]，倒影芙蓉沼[3]。杨柳垂垂风袅袅。嫩荷无数青钿小[4]。　　似此园林无限好[5]。流落归来，到了心情少[6]。坐到黄昏人悄悄。更应添得朱颜老。

【注释】

①此词有手卷真迹传世，至今尚存，旧以为黄庭坚书，清初曹溶考定为王诜亲笔。手卷首云："余前年恩移清颍，道出许昌，前途小阻，留西湖之别馆者几一月。"据此可知此词作于元祐元年(1086)，即经历了七年贬谪，词人回到汴京之前。宋黄庭坚《山谷题跋》卷九《跋王晋卿墨迹》："其作乐府长短句，蹀躞数语，而清丽幽远，工在江南诸贤季孟之间。"

②金翠：形容楼台之富丽堂皇。

③芙蓉沼：即荷花池。

④青钿：比喻初生的荷叶，小如铜钱。

⑤园林：《宋史》卷二百四十八载，王晋卿尚英宗第二女，其家“第池服玩，极其华缛”，名为西园，元祐二年，苏轼等十六人曾于园中雅集，李伯时绘有《西园雅图》以纪之，赵孟頫有摹本。

⑥心情少：谓被贬后已缺少欣赏园林美景的心情。

苏轼(1037—1101),字子瞻,号东坡,眉州眉山(今属四川)人。仁宗嘉祐元年(1056)进士,主考欧阳修得之惊喜。神宗时因反对王安石新法,出为杭州通判,历密、徐、湖等州知州。又因作诗讽刺时政,下狱受审,贬谪黄州,史称“乌台诗案”。哲宗朝任翰林学士,官至礼部尚书,其间曾先后出知杭、颍、扬、定等州,后又远谪惠州、儋耳(今海南儋县)。他是北宋大文学家,诗词、散文以至书法、绘画均有杰出成就。文与父洵弟辙并称“三苏”,都列入“唐宋八大家”。词开豪放之风,时谓之“以诗为词”(陈师道《后山诗话》),与南宋辛弃疾并称“苏辛”。胡寅《酒边词序》称其“一洗绮罗香泽之态,摆脱绸缪宛转之度,使人登高望远,举首高歌,而逸怀豪气,超然尘垢之外,于是《花间》为皂隶而柳氏为舆台矣”。然苏词风格多样,也有不少清丽婉约之作。有《苏东坡全集》《东坡词》等。今人龙榆生有《东坡乐府笺》,石声淮、唐玲玲有《东坡乐府编年笺注》。

行香子 过七里濑[1]

一叶舟轻,双桨鸿惊[2]。水天清,影湛波平。鱼翻藻鉴[3],鹭点烟汀。过沙溪急,霜溪冷,月溪明。　重重似画,曲曲如屏。算当年,虚老严陵。君臣一梦,今古虚名[4]。但远山长,云山乱,晓山青。

【注释】

①熙宁六年(1073)二月作,苏轼时为杭州通判,乘船至桐庐一带。七里濑在桐庐南,连亘七里,故名。其下数里有严陵濑。按:严陵濑,相传为东汉高士严光垂钓处。光字子陵,曾与光武帝刘秀同学,及秀为帝,他隐居富春山。

②鸿惊:形容船桨划水轻捷,如鸿鸟惊飞。

③鉴：镜，此指平静的水面。

④"算当年"四句：意谓严光隐居垂钓白白地老去，但刘秀帝业也同样消逝如梦，只留历史空名。

临江仙 风水洞作[1]

四大从来都遍满[2]，此间风水何疑。故应为我发新诗。幽花香涧谷，寒藻舞沦漪[3]。　　借与玉川生两腋，天仙未必相思[4]。还凭流水送人归。层巅余落日，草露已沾衣。

【注释】

①熙宁六年（1073）八月作。风水洞：旧名恩德洞。《杭州图经》："洞去钱塘县旧治五十里，在杨村慈岩院。洞极大，流水不竭。洞顶又有一洞，清风微出。故名曰风水洞。"

②四大：佛教以地、水、火、风四者为宇宙组成的四大元素。

③沦漪：水波细纹。

④玉川：唐诗人卢仝的号。卢仝《走笔谢孟谏议寄新茶》诗说喝茶到七碗："惟觉两腋习习清风生。蓬莱山，在何处？玉川子，乘此清风欲归去。山上群仙司下土，地位清高隔风雨。"两句说风水洞的风可借给卢仝乘风飞去，但天上群仙未必想念到他。

蝶恋花 京口得乡书[1]

雨后春容清更丽。只有离人，幽恨终难洗。北固山前三面水[2]，碧琼梳拥青螺髻[3]。　　一纸乡书来万里。问我何年，真个成归计。白首送春拚一醉。东风吹破千行泪。

【注释】

①熙宁七年(1074),苏轼在杭州通判任上,曾到京口(今江苏镇江),巡视灾情与放赈。

②北固山:在镇江北,北峰三面临水,形势险要,故称。

③碧琼梳:指水。青螺髻:喻山。

醉落魄 离京口作[①]

轻云微月,二更酒醒船初发。孤城回望苍烟合[②]。记得歌时,不记归时节。　　巾偏扇坠藤床滑[③],觉来幽梦无人说。此生飘荡何时歇?家在西南[④],长作东南别。

【注释】

①参看前首《蝶恋花·京口得乡书》注①。

②孤城:指京口(今镇江)。

③巾偏扇坠:头巾偏了,扇子掉了,形容睡中不知不觉。

④家在西南:作者家乡在四川眉山,故云。

少年游 润州作,代人寄远[①]

去年相送,余杭门外[②],飞雪似杨花。今年春尽,杨花似雪,犹不见还家[③]。　　对酒卷帘邀明月,风露透窗纱。恰似姮娥怜双燕,分明照、画梁斜[④]。

【注释】

①熙宁七年(1074)四月作。润州,治所在今江苏镇江。王文诰《苏文忠公诗编注集成总案》谓题名"代人寄远"为托词,实寓作者"行役未归"之感。作者于熙宁六年冬离开杭州去润州

等地办理赈饥事，至次年春末尚未归家。

②余杭：杭州在隋唐时曾称余杭。

③“飞雪似杨花”四句：翻用《诗经·小雅·采薇》“昔我往矣，杨柳依依；今我来思，雨雪霏霏”等句意。

④“恰似”三句：姮（héng）娥，传说月中女神嫦娥。《淮南子·览冥训》：“羿请不死之药于西王母，姮娥窃以奔月。”后因避汉文帝刘恒讳，改“姮”为“嫦”。此处径以姮娥代月，谓月光斜照梁上双栖燕子，情调感伤，自己情景与之相似。

江城子 湖上与张先同赋[1]，时闻弹筝

凤凰山下雨初晴[2]。水风清，晚霞明。一朵芙蕖[3]，开过尚盈盈。何处飞来双白鹭，如有意，慕娉婷[4]。

忽闻江上弄哀筝[5]。苦含情，遣谁听？烟敛云收，依约是湘灵[6]。欲待曲终寻问取，人不见，数峰青[7]。

【注释】

①熙宁七年（1074）作。湖：指杭州西湖。张先：著名词人，见本书前面介绍。

②凤凰山：在杭州西湖南面。

③芙蕖：荷花。

④娉婷：姿态美好，此指美女。

⑤江上：宋袁文《瓮牖闲评》引作“筵上”。

⑥湘灵：湘水女神，相传原为舜妃。《楚辞·九歌》有《湘夫人》。

⑦“欲待”三句：化用唐钱起《湘灵鼓瑟》诗“曲终人不见，江上数峰青”句意。《瓮牖闲评》载：“东坡倅钱塘日，忽刘贡父相访，因拉与同游西湖。……有小舟翩然至前，一妇人甚佳，见东坡自叙：‘少年景慕高名，以在室无由得见。今已嫁为民妻，闻公游湖，不避罪而来。善弹筝，愿献一曲，辄求一小词以为终身

之荣,可乎?'东坡不能却,援笔而成,与之。"倅:副。苏轼时为杭州通判,是知州副职,故称。

虞美人 有美堂赠述古[1]

湖山信是东南美[2]。一望弥千里[3]。使君能得几回来[4]?便使尊前醉倒,更徘徊。　沙河塘里灯初上[5]。水调谁家唱[6]。夜阑风静欲归时,惟有一江明月,碧琉璃。

【注释】

①熙宁七年(1074)七月作。杭州知州陈襄(字述古)将离任,宴僚佐于城南吴山上有美堂,作者时为杭州通判,即席赋此。

②"湖山"句:宋陈岩肖《庚溪诗话》载,宋仁宗于梅挚出守杭州时赐诗有云:"地有湖山美,东南第一州。"梅挚到杭后,建堂名曰"有美"。欧阳修有《有美堂记》。信:的确。

③弥:满。

④使君:汉魏时称州郡长官为使君,此指陈襄。陈襄在杭州,常与苏轼游有美堂。

⑤沙河塘:在杭州城南五里,宋时为繁荣之区。有美堂上可以前眺钱塘江,后望西湖,沙河塘正出其下。

⑥水调:隋唐时大曲名,相传为隋炀帝凿运河时所制。

南乡子 送述古[1]

回首乱山横,不见居人只见城。谁似临平山上塔[2],亭亭,迎客西来送客行。　归路晚风清,一枕初寒梦不成。今夜残灯斜照处,荧荧,秋雨晴时泪不晴。

【注释】

①本词与前首《虞美人》作于同月，参看其注①。作者在临平舟中送陈襄离杭州知州任去南都(今河南商丘)。

②临平山:《浙江通志》引《杭州府志》:在县治东北五十四里，下有临平湖。

南乡子 和杨元素，时移守密州[①]

东武望余杭[②]，云海天涯两杳茫。何日功成名遂了，还乡，醉笑陪公三万场[③]。　不用诉离觞，痛饮从来别有肠。今夜送归灯火冷，河塘[④]，堕泪羊公却姓杨[⑤]。

【注释】

①杨元素:名绘，熙宁七年(1074)七月接替陈襄为杭州知州。九月，苏轼由杭州通判调为密州知府，杨再为饯别于西湖上，唱和此词。

②东武:密州治所，今山东诸城。余杭:杭州。

③"醉笑"句:唐李白《襄阳歌》:"百年三万六千日，一日须倾三百杯。"此化用其意。

④河塘:指沙河塘，见前《虞美人·有美堂赠述古》注⑤。

⑤"堕泪"句:《晋书·羊祜传》:羊祜为荆州督。其后襄阳百姓于羊祜在岘山游憩之所建庙立碑，岁时享祭，望其碑者，莫不流涕。杜预因名之为"堕泪碑"。这里以杨绘比羊祜:"羊""杨"音近。

采桑子 润州多景楼与孙巨源相遇[①]

润州甘露寺多景楼，天下之殊景也。甲寅仲冬，余同孙巨源、王正仲参会于此。有胡琴者，姿色尤好。三公皆一时英秀[2]，景之秀，妓之妙，真为希遇。饮阑[3]，巨源请于余曰："残霞晚照，非奇才不尽。"余作此词。

多情多感仍多病，多景楼中。尊酒相逢，乐事回头一笑空。　　停杯且听琵琶语[4]，细撚轻拢[5]。醉脸春融，斜照江天一抹红。

【注释】

①熙宁七年甲寅(1074)，作者赴密州(州治今山东诸城)知州任，过润州(州治在今江苏镇江)，与胡宗愈(字完夫)、王存(字正仲)、孙洙(字巨源)剧饮，游润州多景楼，作此词。

②三公：指孙、王及胡宗愈，均当时才学之士，《宋史》卷三二一、三四一、三一八分别有传。

③饮阑：指酒之将尽。

④琵琶语：指歌妓所弹琵琶能传达感情如言语。唐白居易《琵琶行》："今夜闻君琵琶语，如听仙乐耳暂明。"

⑤细撚轻拢：演奏琵琶指法。撚指揉弦，拢指按弦。语本白居易《琵琶行》"轻拢慢撚抹复桃"。

沁园春　赴密州早行，马上寄子由[1]

孤馆灯青，野店鸡号，旅枕梦残。渐月华收练[2]。晨霜耿耿，云山摛锦[3]，朝露团团。世路无穷，劳生有限[4]，似此区区长鲜欢[5]。微吟罢，凭征鞍无语，往事千端。　　当时共客长安[6]，似二陆初来俱少年[7]。有笔头千字，胸中万卷，致君尧舜，此事何难[8]。用舍由时，行藏在我[9]。袖手何妨闲处看[10]。身长健，但优游卒岁[11]，且斗尊前。

【注释】

①熙宁七年(1074)苏轼赴密州(州治今山东诸城)知州任途中作。子由:作者弟苏辙的字,时在齐州(州治今山东济南)掌书记。

②练:洁白丝绸,此形容月光。本句意谓拂晓时月亮渐渐收起光辉。

③摛(chī)锦:铺开锦绣,形容景色美丽。

④劳生:劳累的人生。《庄子·大宗师》:"夫大块(指大地)载我以形,劳我以生。"

⑤区区:谦词。鲜:少。

⑥长安:今陕西西安,汉唐建都于此。这里借指北宋首都汴京(今河南开封)。宋仁宗嘉祐元年(1056)苏轼二十一岁、苏辙十八岁,到汴京举进士,声名大振。

⑦二陆:西晋陆机、陆云,太康末年,兄弟到晋都洛阳,才气横溢,深受张华推重,见《晋书》本传。

⑧"有笔头"四句:化用杜甫《奉赠韦左丞丈二十二韵》中"读书破万卷,下笔如有神""致君尧舜上,再使风俗淳"等句,苏轼兄弟在汴京时都曾写出大量策论和奏议等文章,提出许多政治社会改革建议,后因反对王安石新法,出任外地官。"致君尧舜"意谓使君主成为如尧舜一样的圣人。

⑨"用舍"二句:翻用《论语·述而》"用之则行,舍之则藏"句,意谓用不用我由时势决定,行与藏则凭我们自己选择。

⑩金元好问疑本词不是苏轼所作,其《东坡乐府集选引》云:"……就中'野店鸡号'一篇,极害义理,不知谁所作,世人误为东坡,而小说家又以神宗之言实之,云:'神宗闻此词,不能平,乃贬坡黄州,且言教苏某闲处袖手,看朕与王安石治天下。'安常不能辨,复收之集中,如'当时共客长安……袖手何妨闲处看'之句;其鄙俚浅近,叫呼衒鬻,殆市驵之雄醉饱之后发之,虽鲁直(黄庭坚)家婢仆且羞道,而谓东坡作者,误矣。"

⑪优游卒岁:优闲自得地度过岁月。《左传·襄公二十一年》:"优哉游哉,聊以卒岁。"

蝶恋花 密州上元[1]

灯火钱塘三五夜[2]。明月如霜，照见人如画。帐底吹笙香吐麝，更无一点尘随马[3]。 寂寞山城人老也[4]。击鼓吹箫，却入农桑社[5]。火冷灯稀霜露下。昏昏雪意云垂野。

【注释】

①熙宁八年(1075)苏轼在密州知州任时作。上元：正月十五元宵节，也叫上元，有观灯之俗。

②钱塘：指杭州。三五夜：阴历正月十五夜。

③尘随马：唐苏味道《正月十五夜》诗："暗尘随马去，明月逐人来。"此处反用其意。

④山城：指密州。

⑤社：农村节日祭社神之所。

江城子 乙卯正月二十日夜记梦[1]

十年生死两茫茫[2]。不思量，自难忘。千里孤坟[3]，无处话凄凉。纵使相逢应不识，尘满面，鬓如霜。 夜来幽梦忽还乡。小轩窗[4]，正梳妆。相顾无言，惟有泪千行。料得年年肠断处，明月夜，短松冈[5]。

【注释】

①调名一作《江神子》。《全宋词》注："公之夫人王氏先卒，味此词，盖悼亡也。"乙卯：熙宁八年(1075)，作者在密州。

②十年：苏轼妻王弗卒于治平三年(1065)，至此正十年。

③千里：王氏墓葬四川彭山县安镇乡可龙里(见苏轼《亡妻

王氏墓志铭》),与密州距离遥远。

④小轩窗:小廊的窗。

⑤短松冈:植矮松之冈,指墓地。

江城子 密州出猎[①]

老夫聊发少年狂。左牵黄,右擎苍[②]。锦帽貂裘,千骑卷平冈[③]。为报倾城随太守[④],亲射虎,看孙郎[⑤]。

酒酣胸胆尚开张。鬓微霜,又何妨。持节云中,何日遣冯唐[⑥]。会挽雕弓如满月[⑦],西北望,射天狼[⑧]。

【注释】

①词调、题名一作《江神子·猎词》。熙宁八年(1075)十月,苏轼作为密州知府,在往常山祭祀的归途中与同官会猎时作。

②“左牵黄”两句:左手牵黄犬,右手擎苍鹰。《史记·李斯列传》:“牵黄犬,臂苍鹰。”鹰犬都是猎人用来擒捕鸟兽的。

③卷:形容大批马队奔驰如席卷。

④倾城:全城的人。太守:州郡之长官,苏轼自指。

⑤孙郎:三国时东吴孙权曾乘马射虎。见《三国志·吴书·吴主传》。

⑥“持节”两句:《史记·冯唐列传》载:西汉魏尚为云中郡(今内蒙古托克托东北)守,抵御匈奴颇有功绩,因上报战果数字稍有出入被削职,冯唐向汉文帝劝谏,文帝即派冯唐持节(使者凭证)赦魏尚,再任他为云中守。此两句是希望朝廷有一天派使者前来委自己以守边重任。

⑦会:将要。满月:形容把弓全部拉开,如盈满圆月,箭可射得更远。

⑧天狼:星名,古人以为此星主侵掠。此指当时西夏和北方的辽。本词为苏轼创作豪放词的标志,有意识与词坛盛行的柔

婉之风立异。他在《与鲜于子骏》中云："近却颇作小词，虽无柳七郎（柳永）风味，亦自是一家。呵呵！数日前猎于郊外，所获颇多；作得一阕，令东州壮士抵掌顿足而歌之，吹笛击鼓以为节，颇壮观也。"

望江南 超然台作[①]

春未老，风细柳斜斜。试上超然台上看，半壕春水一城花[②]。烟雨暗千家。　　寒食后[③]，酒醒却咨嗟。休对故人思故国[④]，且将新火试新茶[⑤]。诗酒趁年华。

【注释】

①题名一作《暮春》。苏轼于熙宁七年（1074）知密州，八年底对园北旧台"稍葺而新之"，并由苏辙命名"超然"，苏轼有《超然台记》。本词当作于熙宁九年（1076）春。

②壕：指护城河。

③寒食：见晏殊《木兰花》（玉楼朱阁横金锁）词注①。

④故国：指作者故乡四川眉山。清明有扫墓之习俗，故牵引乡思。

⑤新火：寒食禁火，节后生火谓之"新火"。新茶：此指寒食前所采制的茶，称"火前茶"，为茶中佳品。近人俞陛云《两宋词选释》评云："下阕故人故国，触绪生悲，新火新茶，及时行乐，以此易彼，公诚达人也。"

水调歌头 丙辰中秋[①]，欢饮达旦，大醉，作此篇，兼怀子由[②]

明月几时有，把酒问青天[③]。不知天上宫阙，今夕是何年[④]。我欲乘风归去[⑤]。又恐琼楼玉宇，高处不胜寒[⑥]。起舞弄清影，何似在人间[⑦]。　　转朱阁，低绮户[⑧]，照无眠。不应有恨，何事长向别时圆[⑨]。人有悲欢

离合，月有阴晴圆缺，此事古难全⑩。但愿人长久，千里共婵娟⑪。

【注释】

①丙辰：熙宁九年（1076）。

②子由：作者弟苏辙的字，时在齐州。参看前《沁园春》（孤馆灯青）注①。

③"明月"二句：李白《把酒问月》诗："青天有月来几时，我今停杯一问之。"近人郑文焯《手批东坡乐府》："发端从太白仙心脱化，顿成奇逸之笔。"

④"不知"二句：唐人小说《周秦纪行》有诗："香风引到大罗天，月地云阶拜洞仙。共道人间惆怅事，不知今夕是何年。"

⑤归去：唐李白曾被称为"谪仙人"，谓如神仙谪降人世。苏轼也自比谪仙，故称登天为归去。

⑥琼楼玉宇：指月中宫殿美洁，如琼玉所筑。语本《大业拾遗记》。《坡仙集外纪》载："神宗读至'琼楼玉宇'二句，乃叹曰：'苏轼终是爱君。'即量移汝州。"按苏轼此词作于密州（1076），而"量移汝州"（1084）则在贬谪黄州之后，可能神宗于其谪居黄州时才读到此词的。

⑦"何似"句：意为仿佛置身仙境，哪像在尘俗的人世间呢？宋蔡絛《铁围山丛谈》卷四："东坡公昔与客游金山，适中秋夕，……命（袁）绹歌其《水调歌头》……坡为起舞，而顾问曰：'此便是神仙矣！'"也即此意。

⑧低绮户：月光低照进雕花门窗。一说：绮户指有丝绸帘幕的窗户。

⑨"不应"二句：宋司马光《温公诗话》："李长吉（唐李贺）'天若有情天亦老'，人以为奇绝无对。曼卿（宋石延年）对'月如无恨月长圆'，人以为勍敌。"此则翻出新意。

⑩"人有"三句：郑文焯《手批东坡乐府》："湘绮（近人王闿运）诵此词，以为此'全'字韵可当三语椽，自来未经人道。"

⑪婵娟：美好貌，此指明月。唐孟郊《婵娟篇》："月婵娟，真

可怜。”怜是爱的意思。宋胡仔《苕溪渔隐丛话后集》卷三十九评本词云:“中秋词自东坡《水调歌头》一出,余词尽废。”

阳关曲 中秋作[①]

暮云收尽溢清寒,银汉无声转玉盘[②]。此生此夜不长好,明月明年何处看。

【注释】

①熙宁十年(1077)在徐州作,为《阳关词》三首之一。《苏轼文集·书〈彭城观月诗〉》:“余十八年前中秋夜,与子由(弟苏辙字)观月彭城(徐州州治),作此诗,以《阳关》歌之。今复此夜宿于赣上,方迁岭表,独歌此曲,以识一时之事,殊未觉有今夕之悲,悬知有他日之喜也。”此跋当书于绍圣元年(1094)作者被贬至岭南途中。

②银汉:银河。玉盘:指圆月。

阳关曲 答李公择[①]

济南春好雪初晴,才到龙山马足轻[②]。使君莫忘霅溪女[③],还作阳关肠断声[④]。

【注释】

①熙宁九年(1076)十二月苏轼调为徐州(今属江苏,州治彭城)知州,本词作于神宗元丰元年(1078)。李公择:李常(1027—1090),字公择,《宋史》卷三四四有传。他少时读书庐山僧舍,抄书九千卷,后名李氏山房。苏轼作有《李氏山房藏书记》。李常曾知鄂州,徙湖、齐(州治济南)二州,又徙淮南西路提点刑狱。《苏轼诗集·送李公择》施注:“公择在济南,东坡赴彭城,过之。公择罢济南,复过东坡于彭城。故东坡以‘莫忘霅

溪女'戏之。"

②龙山：即云龙山，在今江苏徐州郊外。据《苏诗总案》卷十六，元丰元年三月寒食日，李常来访；次日，和李常同过云龙山居。以上二句谓李常由济南来徐，同游云龙山。

③使君：汉代对州郡长官的称呼。此指李常。霅（zhà）溪：在浙江湖州，李常曾为湖州知州。

④阳关：唐王维《送元二使安西》（一名《阳关曲》）有句云："劝君更尽一杯酒，西出阳关无故人。"李商隐《赠歌妓》："断肠声里唱阳关。"

浣溪沙

徐门石潭谢雨道上作五首。潭在城东二十里，常与泗水增减，清浊相应[①]。

照日深红暖见鱼，连溪绿暗晚藏乌[②]。黄童白叟聚睢盱[③]。　麋鹿逢人虽未惯[④]，猿猱闻鼓不须呼[⑤]。归家说与采桑姑。

【注释】

①元丰元年（1078）在徐州知州任时作。《苏轼诗集·起伏龙行》叙："徐州城东二十里，有石潭。父老云：'与泗水通，增损清浊，相应不差，时有河鱼出焉。'元丰元年春，旱。或云：'置虎头潭中，可以致雷雨。'用其说，作《起伏龙行》。"谢雨：求雨得雨后谢神。泗水：源出山东，流经江苏徐州等地，注入淮河。

②绿暗晚藏乌：古乐府《杨叛儿》："暂出白门前，杨柳可藏乌。"

③黄童：黄口小儿。白叟：白发老人。睢盱（suī xū）：质朴貌。

④麋：鹿类。

⑤猱(náo):猴类。

又

旋抹红妆看使君[①],三三五五棘篱门[②],相挨踏破茜罗裙[③]。　老幼扶携收麦社[④],乌鸢翔舞赛神村[⑤],道逢醉叟卧黄昏。

【注释】

①旋:临时急就。使君:汉时对州郡长官的称呼,此苏轼自指。

②棘篱门:用荆棘编成的篱笆门。

③茜(qiàn):草名,可作红色染料。此即指红色。

④收麦社:收麦时节祭祀土地神。

⑤鸢(yuān):老鹰。赛神会有祭品,故鸟类围绕祭品飞翔,伺机觅食。

又

麻叶层层苘叶光[①],谁家煮茧一村香?隔篱娇语络丝娘[②]。　垂白杖藜抬醉眼[③],捋青捣麨软饥肠[④],问言豆叶几时黄。

【注释】

①苘(qǐng):麻类植物,可制麻绳、麻袋等。

②络丝娘:虫名,俗称纺织娘。此借指缫丝妇女。

③垂白:指须发将白的老人。杖藜:以藜为手杖。

④捋青捣麨(chǎo):摘下鲜嫩麦子炒熟后碾成粉片状。软:犹饱。苏轼《发广州》"三杯软饱后,一枕黑甜余"句自注:"浙人

谓饮酒为软饱。”《冷斋夜话》卷一：“诗人多用方言。南人……又谓睡美为黑甜，饮酒为软饱。”

又

簌簌衣巾落枣花，村南村北响缲车[①]。牛衣古柳卖黄瓜[②]。　　酒困路长惟欲睡，日高人渴漫思茶。敲门试问野人家。

【注释】

①缲（sāo）车：缫丝车。

②牛衣：编草披在牛身上，使之暖和。《汉书·食货志》：“贫民常衣牛马之衣。”宋程大昌《演繁露》：“编草使暖，以披牛体，盖蓑衣之类。”曾季貍《艇斋诗话》、龚颐正《芥隐笔记》均谓见苏轼墨迹作“半依”，王水照《苏轼选集》云：“参之苏轼《夜泊牛口》：‘居民偶相聚，三四依古柳’等句，作‘半依’其义更胜。”

又

软草平莎过雨新[①]，轻沙走马路无尘。何时收拾耦耕身[②]。　　日暖桑麻光似泼，风来蒿艾气如薰[③]。使君元是此中人[④]。

【注释】

①莎（suō）：草本植物，即香附子。

②耦耕：并耕。《论语·微子》：“长沮、桀溺（两个隐士）耦而耕。”此句苏轼自谓农夫出身，什么时候当准备再回去归田耕种。

③蒿（hāo）艾：多年生草本。薰：香草。

④使君:汉代对州郡长官的称呼,此作者自指。

永遇乐 徐州梦觉,北登燕子楼作[①]

明月如霜,好风如水,清景无限。曲港跳鱼,圆荷泻露,寂寞无人见。紞如三鼓[②],铿然一叶[③],黯黯梦云惊断[④]。夜茫茫、重寻无处,觉来小园行遍。　天涯倦客[⑤],山中归路,望断故园心眼。燕子楼空,佳人何在?空锁楼中燕[⑥]。古今如梦,何曾梦觉,但有旧欢新怨。异时对、黄楼夜景[⑦],为余浩叹。

【注释】

①神宗元丰元年(1028)十月作。词序一作:“彭城夜宿燕子楼,梦盼盼,因作此词。”盼盼,姓关,唐朝人。白居易《燕子楼》诗序云:“徐州故张尚书有爱妓曰盼盼,善歌舞,雅多风态。……尚书既没,归葬东洛,而彭城有张氏旧第,第中有小楼名燕子。盼盼念旧爱而不嫁,居是楼十余年。”后不食而死。白氏所谓“尚书”,后世(包括苏轼)多以为是张建封,但据考证当为张建封子张愔。

②紞(dǎn)如:击鼓声。

③铿(kēng)然:象声词。《论语·先进》:“鼓瑟希,铿尔。”《礼记·乐记》:“钟声铿。”此写夜深人静,落叶之声也铿然可闻。

④梦云:见聂冠卿《多丽·李良定公席上赋》词注⑧。此喻梦见盼盼。

⑤倦客:作者自称,谓自己频繁调动,倦于行旅。

⑥“燕子”三句:《高斋诗话》载:秦观问苏轼近作,“乃举‘燕子楼空,佳人何在?空锁楼中燕’。晁无咎曰‘只三句,便说尽张建封事’”。近人郑文焯《手批东坡乐府》云:“公以‘燕子楼空’三句语秦淮海,殆以示咏古之超宕,贵精神不贵迹象也。”

⑦黄楼：苏轼在徐州时所改建，苏辙、秦观皆为之作赋。此处苏轼设想后人将对黄楼凭吊自己。

江城子 别徐州[1]

天涯流落思无穷。既相逢，却匆匆。携手佳人，和泪折残红。为问东风余几许，春纵在，与谁同。　隋堤三月水溶溶[2]。背归鸿，去吴中[3]。回首彭城[4]，清泗与淮通[5]。寄我相思千点泪，流不到，楚江东[6]。

【注释】

①词调、题名一作《江神子·恨别》。元丰二年(1079)三月作者调为湖州(今属浙江，州治吴兴)知州，留别徐州田叔通、寇元弼、石坦夫。

②隋堤：隋代开通济渠，旁筑御道，并植杨柳，后人谓之隋堤。渠经泗水达淮河。

③吴中：湖州在三国时属吴。

④彭城：徐州州治。

⑤泗：泗水。淮：淮河。

⑥楚江东：指湖州所在地。长江流经楚地，故称楚江；湖州在江东(即江南)，词人将移知此处，故云。“清泗”四句从白居易《长相思》“汴水流，泗水流，流到瓜洲古渡头，吴山点点愁”化来而反用其意。

西江月 平山堂[1]

三过平山堂下[2]，半生弹指声中[3]。十年不见老仙翁[4]。壁上龙蛇飞动[5]。　欲吊文章太守，仍歌杨柳春风[6]。休言万事转头空，未转头时皆梦。

【注释】

①平山堂:在今江苏扬州市北郊。庆历八年(1048)欧阳修任扬州知州时所建。

②三过:苏轼于熙宁四年(1071)由汴京赴杭州任通判,七年(1074)由杭州移知密州,这次元丰二年(1079)由徐州移知湖州,三次经过扬州。

③弹指:比喻时间短暂。佛经说二十念为一瞬,二十瞬为一弹指。见《翻译名义集·时分》。

④老仙翁:指欧阳修。苏轼于熙宁四年曾见欧阳修于颍州,至此时为九年,词云"十年"乃举整数。

⑤"壁上"句:指欧阳修在平山堂墙壁上留下的墨迹。

⑥"欲吊"二句:"文章太守""杨柳春风"语本欧阳修《朝中措》(平山栏槛倚晴空)。

南歌子 湖州作[①]

山雨潇潇过,溪桥浏浏清[②]。小园幽榭枕蘋汀[③]。门外月华如水彩舟横。　　苕岸霜花尽[④],江湖雪阵平。两山遥指海门青[⑤]。回首水云何处觅孤城。

【注释】

①元丰二年(1079)苏轼任湖州(今属浙江)知州时作。王文诰《苏文忠公诗编注集成总案》云:"施注以墨迹刻石,定此为送刘撝词,后题:'元丰二年五月十三日吴兴钱氏园作。'"

②浏浏:水流清澈貌。

③榭:筑在台上的敞屋。

④霜花:指苕花盛开时白如霜雪。苕花:即芦花。

⑤"两山"句:钱塘江海门,两山对起,故称。

卜算子 黄州定慧院寓居作[①]

缺月挂疏桐，漏断人初静[②]。谁见幽人独往来[③]，缥缈孤鸿影。　　惊起却回头，有恨无人省[④]。拣尽寒枝不肯栖，寂寞沙洲冷[⑤]。

【注释】

①苏轼因乌台诗案被贬为黄州（今湖北黄冈）团练副使，于元丰三年（1080）二月到达，初寓居定慧院，五月迁临皋亭。本词当作于这期间。定慧院：一作“定惠院”，在黄冈东南。

②漏断：指夜深。古代用铜壶滴漏计算时刻。

③幽人：兼有幽居之人与幽囚之人的意思。此当为苏轼自指。

④省（xǐng）：觉察、理解。

⑤宋黄庭坚《跋东坡乐府》评本词云：“语意高妙，似非吃烟火食人语，非胸中有万卷书，笔下无一点尘俗气，孰能至此？”词中表现作者寂寞孤高的心情。或以为隐射刺时之作，如清张惠言《词选》载：“鲖阳居士云：缺月，刺明微也。漏断，暗时也。幽人，不得志也。独往来，无助也。惊鸿，贤人不安也。回头，爱君不忘也。无人省，君不察也。‘拣尽寒枝不肯栖’，不偷安于高位也。‘寂寞沙洲冷’，非所安也。”案：这是清常州词派所谓“作者未必然，读者何必不然”（谭献《复堂词话》）读词方法的先导。其体会发挥，已超出原作本意了。

水龙吟 次韵章质夫《杨花词》[①]

似花还似非花[②]，也无人惜从教坠[③]。抛家傍路，思量却是，无情有思[④]。萦损柔肠，困酣娇眼，欲开还闭[⑤]。梦随风万里，寻郎去处，又还被莺呼起[⑥]。　　不恨此花飞尽，恨西园、落红难缀。晓来雨过，遗踪何在？一池萍碎[⑦]。春色三分，二分尘土，一分流水。细看来，不是杨花，点点是离人泪[⑧]。

【注释】

①元丰三年(1080)在黄州作。章楶(jié)，字质夫，作有《水龙吟》(燕忙莺懒花残)，见前。苏轼《与章质夫》云："《柳花》词妙绝，使来者何以措词。本不敢继作，又思公正柳花飞时出巡按，坐想四子，闭门愁断，故写其意，次韵一首寄去，亦告不以示人也。"宋朱弁《曲洧旧闻》："章质夫作《水龙吟》咏杨花词，命意用事，清丽可喜。东坡和之，若豪放不入律吕，徐而视之，声韵谐婉，反觉章词有织绣工夫。"张炎《词源·杂论》："东坡《次章质夫杨花水龙吟》韵，机锋相摩，起句便合让东坡出一头地，后片愈出愈奇，直是压倒今古。"

②"似花"句：谓杨花既像花又不像花。清刘熙载《艺概·词曲概》："此句可作全词评语，盖不离不即也。"

③从教(jiāo)：任凭、不管。

④无情有思：看似无情，却有意思。"思"与柳丝之"丝"同音双关。此化用杜甫《白丝行》"落絮游丝亦有情"句意。

⑤"萦损"三句：写柳絮飘飞时引起的闺愁及思妇的娇困情态。

⑥"梦随"三句：翻用唐金昌绪《春怨》"啼时惊妾梦，不得到辽西"诗意。

⑦萍碎：苏轼原注："杨花落水为浮萍，验之信然。"又其《再次韵曾仲锦荔支》诗自注："飞絮落水中，经宿即为浮萍。"案：此为古代传说、诗人想象，不是事实。

⑧清沈谦《填词杂说》评本词："幽怨缠绵，直是言情，非复咏物。"近人王国维《人间词话》："咏物之妙，自以东坡《水龙吟》为最工。"又云："东坡《水龙吟》咏杨花，和韵而似原唱。章质夫词，原唱而似和韵。才之不可强也如是！"

水调歌头[①]

欧阳文忠公尝问余[②]:“琴诗何者为善?”答以退之《听颖师琴》诗[③]。公曰:“此诗固奇丽,然非听琴,乃听琵琶也。”余深然之。建安章质夫家善琵琶者乞为歌词[④]。余久不作,特取退之词稍加檃括[⑤],使就声律,以遗之云[⑥]。

昵昵儿女语[⑦],灯火夜微明。恩冤尔汝来去[⑧],弹指泪和声。忽变轩昂勇士,一鼓填然作气[⑨],千里不留行。回首暮云远,飞絮搅青冥[⑩]。　　众禽里,真彩凤,独不鸣。跻攀寸步千险[⑪],一落百寻轻[⑫]。烦子指间风雨,置我肠中冰炭[⑬],起坐不能平。推手从归去,无泪与君倾[⑭]。

【注释】

①本词作于元丰三年(1080)。苏轼在黄州《与朱康叔》第二十书云:“章质夫求琵琶歌词,不敢不寄呈。”

②欧阳文忠公:即欧阳修。

③退之:唐文学家韩愈的字。他有《听颖师弹琴》诗云:“昵昵儿女语,恩怨相尔汝。划然变轩昂,勇士赴敌场。浮云柳絮无根蒂,天地阔远随飞扬。喧啾百鸟群,忽见孤凤皇。跻攀分寸不可上,失势一落千丈强。嗟予有两耳,未省听丝篁。自闻颖师弹,起坐在一旁。推手遽止之,湿衣泪滂滂。颖师尔诚能,无以冰炭置我肠。”

④章质夫:即章楶。

⑤檃括:矫揉弯曲竹木,使之平直,或为成形的器具,引申为依某种文体原有的内容、词句改写成另一种体裁。此指把不入乐的诗改成合于声律的词。

⑥遗(wèi):给与。

⑦昵昵：亲密貌。

⑧尔汝：以"尔""汝"相称，表示关系亲昵。

⑨一鼓：《左传·庄公十年》："一鼓作气。"填然：形容鼓声宏大。

⑩青冥：天空。

⑪跻(jī)攀：攀登。

⑫寻：古代长度单位，一寻有八尺。

⑬"烦子"二句：烦劳你手指间弹奏出如风雨般的乐声，使我内心产生强烈冲突。冰炭，极冷和极热的两种东西，形容感情的冲突剧烈。

⑭"无泪"句：是说听者眼泪已流尽，比韩愈诗的"湿衣泪滂滂"更进一层。

西江月[①]

世事一场大梦，人生几度秋凉。夜来风叶已鸣廊，看取眉头鬓上[②]。　　酒贱常愁客少，月明多被云妨。中秋谁与共孤光[③]，把盏凄然北望。

【注释】

①一本有标题为"黄州中秋"。《苏文忠公诗编注集成总案》说本词作于元丰三年(1080)。宋杨湜《古今词话》谓其末句"北望"为表现作者"怀君之心"。宋胡仔《苕溪渔隐丛话》则谓词末两句为抒发"兄弟之情"，"疑是在钱塘(杭州)作"。

②"夜来"二句：谓秋风落叶引起眉上愁，鬓上霜(白发)。

③孤光：远照之月光。《文选》沈约《咏湖中雁》诗："单泛逐孤光。"注："铣曰：孤犹远也。"

满江红　寄鄂州朱使君寿昌[①]

江汉西来[②]，高楼下[③]，蒲萄深碧[④]。犹自带、岷峨雪浪[5],锦江春色[6]。君是南山遗爱守[7],我为剑外思归客[8]。对此间、风物岂无情,殷勤说。　　江表传[9],君休读。狂处士[10],真堪惜。空洲对鹦鹉,苇花萧瑟[11]。不独笑书生争底事[12],曹公黄祖俱飘忽[13]。愿使君、还赋谪仙诗[14],追黄鹤[15]。

【注释】

①本词当作于元丰四年(1081),作者在黄州。朱寿昌,字康叔,时为鄂州(治所今湖北武汉武昌)知州。使君,汉时对州郡长官之称。

②江汉:长江和汉水。

③高楼:指武昌黄鹤楼。

④蒲萄:即葡萄,喻江水之澄清。李白《襄阳歌》:"遥看汉水鸭头绿,恰似葡萄初酦醅。"

⑤"岷峨"句:岷山和峨嵋山融化的雪水浪花。

⑥锦江:在四川成都南,一称濯锦江,相传其水濯锦,特别鲜丽,故称。杜甫《登楼》:"锦江春色来天地。"

⑦南山:终南山,在陕西,朱寿昌曾任陕州通判,故称。遗爱,指有惠爱之政引起人们怀念。《左传·昭公二十年》载孔子闻郑子产卒时"出涕曰:古之遗爱也"。

⑧剑外:四川剑门山以南。苏轼家乡四川眉山,故自称剑外来客。

⑨江表传:晋虞溥著,其中记述三国时江左吴国时事及人物言行,已佚,《三国志》裴松之注中多引之。

⑩狂处士:指三国时祢衡。他有才学而行为狂放,曾触犯曹操,曹操顾忌他的才名而未杀。后为江夏太守黄祖所杀。不出仕之士称处士。

⑪"空洲"两句:鹦鹉洲,在长江中,后与陆地相连,在今湖北汉阳。黄祖长子黄射在洲上大会宾客,有人献鹦鹉,祢衡当即作《鹦鹉赋》,故以为洲名。唐崔颢《黄鹤楼》诗:"芳草萋萋鹦鹉

洲。”李白《赠江夏韦太守》诗:“顾惭祢处士,虚对鹦鹉洲。”此词用此义。

⑫不:据《全宋词》补。

⑬“曹公”句:权势人物如曹操与黄祖也都已一闪而过。

⑭谪仙:指李白。

⑮追黄鹤:赶上崔颢的《黄鹤楼》诗。相传李白登黄鹤楼说:“眼前有景道不得,崔颢题诗在上头。”李白无作而去(见《唐才子传》)。后李白作《登金陵凤凰台》,即是有意追赶崔诗的。

水龙吟[①]

闾丘大夫孝终公显[②],尝守黄州,作栖霞楼,为郡中胜绝。元丰五年,余谪居于黄。正月十七日,梦扁舟渡江,中流回望,楼中歌乐杂作。舟中人言:“公显方会客也。”觉而异之,乃作此曲,盖《越调鼓笛慢》。公显时已致仕[③],在苏州。

小舟横截春江,卧看翠壁红楼起。云间笑语,使君高会[④],佳人半醉。危柱哀弦[⑤],艳歌余响,绕云萦水[⑥]。念故人老大[⑦],风流未减,空回首,烟波里。　　推枕惘然不见,但空江、月明千里。五湖闻道,扁舟归去,仍携西子[⑧]。云梦南州[⑨],武昌东岸[⑩],昔游应记。料多情梦里,端来见我[⑪],也参差是[⑫]。

【注释】

①元丰五年(1082)在黄州作。

②闾丘孝终:字公显,曾任黄州知州。

③致仕:退休,把官职退还政府。

④使君:汉时对州郡长官之称,此指闾丘。

⑤“危柱”句:指乐声高而有感染力。危:高。柱:乐器上的

弦柱，可以旋转，将弦绷紧或放松。此指把弦柱拧紧，使发音高亢。

⑥“艳歌”二句：谓歌乐余声萦绕云水而不散。

⑦故人：老朋友，指闾丘。

⑧“五湖”三句：相传春秋时越国大夫范蠡在灭吴之后弃官携西施从五湖离去。五湖：约指太湖区的湖泊。

⑨云梦南州：指黄州，在古云梦泽之南。唐杜牧《忆齐安郡》诗：“平生睡足处，云梦泽南州。”

⑩武昌东岸：也指黄州，武昌，今湖北鄂城，在长江南岸，黄州在长江东北岸。

⑪端：真，特地。

⑫参差：约略。唐白居易《长恨歌》：“中有一人字太真，雪肤花貌参差是。”

满庭芳①

蜗角虚名②，蝇头微利③，算来著甚干忙。事皆前定，谁弱又谁强。且趁闲身未老，须放我，些子疏狂④。百年里，浑教是醉，三万六千场⑤。　思量。能几许，忧愁风雨，一半相妨⑥。又何须抵死、说短论长。幸对清风皓月，苔茵展，云幕高张⑦。江南好，千钟美酒，一曲满庭芳。

【注释】

①本词当系元丰五年（1082）苏轼在黄州时作。

②蜗角：极言微小。《庄子·则阳》谓在蜗之左角的触氏与在右角的蛮氏，两族常为争地而战。

③蝇头：本指小字，此取微小之义。

④些子：一点儿。

⑤“百年里”三句：语本李白《襄阳歌》：“百年三万六千日，

一日须倾三百杯。”

⑥“能几许”三句：意谓计算下来，一生中日子有一半是被忧愁风雨干扰。

⑦“苔茵”两句：以青苔为褥席铺展，把白云当帐幕高张。

定风波①

三月七日，沙湖道中遇雨②。雨具先去，同行皆狼狈，余独不觉。已而遂晴，故作此词。

莫听穿林打叶声，何妨吟啸且徐行。竹杖芒鞋轻胜马③，谁怕？一蓑烟雨任平生。　　料峭春风吹酒醒④，微冷，山头斜照却相迎。回首向来萧洒处⑤，归去，也无风雨也无晴。

【注释】

①元丰五年(1082)在黄州作。

②沙湖：苏轼《书清泉寺》：“黄州东南三十里为沙湖……余将买田其间。”

③芒鞋：草鞋。

④料峭：形容春天微寒。

⑤萧洒：一作“潇瑟”，指风雨声。近人郑文焯《手批东坡乐府》：“此足征是翁坦荡之怀，任天而动。琢句亦瘦逸，能道眼前景。以曲笔直写胸臆，倚声能事尽之矣。”

浣溪沙①　游蕲水清泉寺。寺临兰溪，溪水西流②

山下兰芽短浸溪，松间沙路净无泥。萧萧暮雨子规啼③。　　谁道人生无再少，门前流水尚能西。休将白发唱黄鸡④。

【注释】

①元丰五年(1082)三月在黄州作。

②"游蕲(qí)水"三句：蕲水，县名。在今湖北浠水。苏轼《书清泉寺词》谓自己与庞安时(善医而聋)"同游清泉寺，寺在蕲水郭门外二里许，有王逸少(晋书法家王羲之)洗笔泉，水极甘，下临兰溪，溪水西流。余作歌云……是日剧饮而归"。

③子规：杜鹃鸟，传为古代蜀帝杜宇之魂所化，啼声悲凄，常令羁旅之人引起乡愁。

④黄鸡：唐白居易《醉歌》："谁道使君不解歌，听唱黄鸡与白日。黄鸡催晓丑时鸣，白日催年酉前没。"此句翻用其意。

西江月[①]

顷在黄州[②]，春夜行蕲水中[③]，过酒家饮。酒醉，乘月至一溪桥上，解鞍，曲肱醉卧少休[④]。及觉，已晓。乱山攒拥，流水锵然，疑非尘世也。书此语桥柱上。

照野弥弥浅浪[⑤]，横空暧暧层霄。障泥未解玉骢骄[⑥]，我欲醉眠芳草[⑦]。　可惜一溪明月，莫教踏碎琼瑶[⑧]。解鞍攲枕绿杨桥[⑨]，杜宇一声春晓。

【注释】

①元丰五年(1082)三月作。

②顷：近时。

③蕲(qí)水：县名，今湖北浠水。

④曲肱(gōng)：弯曲手臂当枕头。《论语·述而》载孔子曰："饭疏食，饮水，曲肱而枕之，乐亦在其中矣。不义而富且贵，于我如浮云。"此用其意。

⑤弥弥：水波翻滚的样子。

⑥障泥：马鞯。垫在马鞍下，垂于马背两旁以挡泥土。《世

说新语·术解》:“王武子善解马性。尝乘一马,著连钱障泥,前有水,终不肯渡。王云:‘此必惜障泥。’使人解去,便径渡。”这里反用此典,谓马因障泥未解而意气昂扬。

⑦我欲醉眠:萧统《陶渊明传》说陶渊明醉时对客说:“我醉欲眠,卿可去。”反映一种豪放率真的态度。

⑧琼瑶:琼、瑶都是美玉,喻水中月影。

⑨绿杨桥:在黄冈县东。

洞仙歌①

余七岁时,见眉山老尼,姓朱,忘其名,年九十岁。自言:尝随其师入蜀主孟昶宫中②。一日大热,蜀主与花蕊夫人夜纳凉摩诃池上③,作一词④。朱具能记之。今四十年,朱已死久矣,人无知此词者,但记其首两句。暇日寻味,岂《洞仙歌令》乎?乃为足之云。

冰肌玉骨,自清凉无汗。水殿风来暗香满⑤。绣帘开,一点明月窥人,人未寝,攲枕钗横鬓乱。　　起来携素手,庭户无声,时见疏星渡河汉⑥。试问夜如何?夜已三更,金波淡⑦,玉绳低转⑧。但屈指、西风几时来,又不道、流年暗中偷换。

【注释】

①元丰五年(1082)作者四十六岁时作。宋张炎《词源》卷下评此词云:“清空中有意趣,无笔力者未易到。”

②孟昶(chǎng):五代后蜀国君,擅长文学、音乐。

③花蕊夫人:姓徐,一说姓费,有文才,孟昶封为贵妃,别号花蕊夫人。摩诃池:隋时建,五代前蜀时改名为龙跃池、宣华池。今成都城外昭觉寺,相传为其故址。

④作一词:张邦基《墨庄漫录》载孟昶《玉楼春》词:“冰肌玉

骨清无汗，水殿风来暗香满。帘开明月独窥人，攲枕钗横云鬓乱。三更庭院悄无声，时见疏星渡河汉。屈指西风几时来，只恐流年暗中换。"后人多以为即《洞仙歌》，实为伪托，疑即据苏词改写，附此备考。

⑤"冰肌"三句：清沈祥龙《论词随笔》："词韶丽处不在涂脂抹粉也。诵东坡'冰肌玉骨，自清凉无汗。水殿风来暗香满'句，自觉口吻俱香。"

⑥河汉：指天上银河。

⑦金波：指月光，谓如金之波流。《汉书·礼乐志·郊祀歌》："月穆穆以金波。"

⑧玉绳：北斗七星中两星名。低转：星低沉，表示夜已深。南齐谢朓《暂使下都夜发新林至京邑赠西府同僚》："金波丽鳷鹊，玉绳低建章。"

哨　遍[1]

陶渊明赋《归去来》[2]，有其词而无其声。余既治东坡，筑雪堂于上[3]，人俱笑其陋；独鄱阳董毅夫过而悦之[4]，有卜邻之意[5]。乃取《归去来辞》，稍加檃括[6]，使就声律，以遗毅夫[7]。使家僮歌之，时相从于东坡，释耒而和之，扣牛角而为之节，不亦乐乎！

为米折腰，因酒弃家，口体交相累[8]。归去来，谁不遣君归。觉从前皆非今是[9]。露未晞，征夫指予归路，门前笑语喧童稚。嗟旧菊都荒，新松暗老。吾年今已如此[10]。但小窗、容膝闭柴扉，策杖看、孤云暮鸿飞。云出无心，鸟倦知还，本非有意[11]。　　噫，归去来兮！我今忘我兼忘世。亲戚无浪语，琴书中有真味[12]。步翠麓崎岖，泛溪窈窕，涓涓暗谷流春水。观草木欣荣，幽人自感，吾生行且休矣[13]。念寓形宇内复几时，不自觉、皇皇欲何之。委吾心去留谁计？神仙知在何处，富贵非吾志⑭。但知临水登山啸咏，自引壶觞自醉⑮。此生天命更何疑，且乘流，遇坎还止⑯。

【注释】

①元丰五年(1082)在黄州作。

②陶渊明：东晋诗人，一名潜，曾任彭泽令，不久去职归家，作《归去来辞》。苏轼有《与朱康叔》云："旧好诵陶潜《归去来》，常患其不入音律，近辄微加增损，作《般涉调哨遍》，虽微改其词，而不改其意，请以《文选》及本传考之，方知字字皆非创入也。"

③东坡：苏轼到黄州第二年(元丰四年)在城东门外开垦一块荒地，从事耕种，效唐白居易"忠州东坡"意取名东坡，并以自号。次年春大雪中，筑草堂于此，绘雪景于壁，因名"雪堂"。

④鄱阳：今属江西。董毅夫，名钺，曾与苏轼相会于黄州。

⑤卜邻：选择为邻居。

⑥檃括：见前《水调歌头》(昵昵儿女语)注⑤。

⑦遗(wèi)：赠与。

⑧"为米"三句：萧统《陶渊明传》载：陶为彭泽令时，因不愿"束带"见郡守派来的督邮，叹曰："吾岂能为五斗米折腰。"他又将供应县令生活的田地大部分种酿酒的秫，说："吾常得醉于酒足矣！"故此说他为酒而不顾家庭。陶渊明《归去来辞》，以下简称"陶辞"。

⑨"觉从前"句：陶渊明弃官归家途中觉得以前做得不对而今天做得对。语本"陶辞"："觉今是而昨非。"

⑩"露未晞"六句：写陶渊明于晨露未干时赶路，向过路人询问归家之途。见家门前小孩们都在喧笑欢迎，只可惜以前所种菊花已荒，新松已不知不觉地老了。反映自己年岁也是如此老去。语本"陶辞"："问征夫以前途，恨晨光之熹微。……僮仆欢迎，稚子候门。三径就荒，松菊犹存。"

⑪"但小窗"五句：写陶渊明归家后的悠闲生活。容膝，形

容房屋矮小。策杖：持杖。“陶辞”：“倚南窗以寄傲，审容膝之易安。园日涉以成趣，门虽设而常关。策扶老以流憩，时矫首而遐观，云无心以出岫，鸟倦飞而知还。”

⑫“我今”三句：“陶辞”：“世与我而相违，复驾言兮焉求？悦亲戚之情话，乐琴书以消忧。”

⑬“步翠麓”六句：写陶渊明出游时所见春景和感想。麓：山脚。崎岖：山路不平。窈窕：形容曲折幽深。行且：即将。“陶辞”：“既窈窕以寻壑，亦崎岖而经丘。木欣欣以向荣，泉涓涓而始流。善万物之得时，感吾生之行休。”

⑭“念寓形”五句：“陶辞”：“寓形宇内复几时，曷不委心任去留？胡为皇皇欲何之？富贵非吾愿，帝乡不可期。”寓形：寄托形体。皇皇：有所求而不得貌。之：往。委：托付、任凭。谁计：谁去计较。

⑮“但知”二句：“陶辞”：“引壶觞以自酌……登东皋以舒啸，临清流而赋诗。”

⑯“此生”三句：“陶辞”：“聊乘化以归尽，乐夫天命复奚疑。”坎：水深处。汉贾谊《鹏鸟赋》：“乘流则行，遇坎则止。”

念奴娇 赤壁怀古[①]

大江东去，浪淘尽、千古风流人物。故垒西边，人道是、三国周郎赤壁[②]。乱石穿空，惊涛拍岸，卷起千堆雪。江山如画，一时多少豪杰。　　遥想公瑾当年[③]，小乔初嫁了[④]，雄姿英发。羽扇纶巾[⑤]，谈笑间、强虏灰飞烟灭[⑥]。故国神游[⑦]，多情应笑我[⑧]，早生华发[⑨]。人间如梦，一尊还酹江月[⑩]。

【注释】

①元丰五年（1082）在黄州作。同年还作有前、后两篇《赤壁赋》。公元208年，东吴大将周瑜联合刘备、诸葛亮以少数兵

力大败曹操大军于赤壁，遂成三国鼎立之势。苏轼所游为黄州赤鼻矶，曾被讹传为赤壁之战地。苏轼并非确信，故下文云“人道是”，只是借人们传说以寄怀抱。

②周郎：周瑜为吴将时年二十五岁，“军中皆呼为周郎”（见《三国志·吴书·周瑜传》）。

③公瑾：周瑜的字。

④小乔：“乔”也作“桥”。桥公有二女，皆美人。吴主孙策娶大桥，周瑜娶小桥。时周瑜约二十五岁，至赤壁大战时为三十四岁，本词云“初嫁”，突出周瑜的青年有为，英雄美人相得益彰。

⑤羽扇纶（guān）巾：用长羽毛做的扇和配有青丝带的头巾，古代文士、儒将的服饰。此处或以为指周瑜，或以为指诸葛亮，实则不妨两指，下文“谈笑”也是应指双方。这里形容宾主面对强敌而从容酬对、指挥若定的风度。

⑥灰飞烟灭：周瑜用部将黄盖计，火烧曹军战船，延及岸上曹营，一举而获全胜。

⑦故国：指三国。本句是“神游故国”的倒装句。

⑧“多情”句：是“应笑我多情”的倒装句。

⑨华发：花白头发。

⑩酹（lèi）：洒酒于水中或地上以祭。本词是苏轼代表作，被称为“语意高妙，真古今绝唱”（宋胡仔《苕溪渔隐丛话前集》卷五十九）。《念奴娇》调也因有《赤壁词》《大江东去》《酹江月》等名。宋俞文豹《吹剑续录》载：东坡在玉堂，有幕士善讴，因问：“我词比柳（永）词何如？”对曰：“柳郎中词只好十八九女孩儿，执红牙拍板，唱‘杨柳外晓风残月’，学士词须关西大汉，执铁板，唱‘大江东去’。”公为之绝倒。金元好问《题闲闲书赤壁赋后》：“东坡《赤壁词》，殆戏以周郎自况也。词才百许字，而江山人物无复余蕴，宜其为乐府绝唱。”

念奴娇　中秋①

凭高眺远，见长空万里，云无留迹。桂魄飞来光射处[②],冷浸一天秋碧。玉宇琼楼[③],乘鸾来去[④],人在清凉国[⑤]。江山如画,望中烟树历历[⑥]。　我醉拍手狂歌,举杯邀月,对影成三客。起舞徘徊风露下[⑦],今夕不知何夕。便欲乘风,翻然归去,何用骑鹏翼[⑧]。水晶宫里,一声吹断横笛[⑨]。

【注释】

①元丰五年(1082)八月十五日在黄州作。

②桂魄:古人称月体为魄,又传月中有桂树,故称。

③玉宇琼楼:形容月中宫殿的精美。

④乘鸾:《异闻录》:"开元中,明皇与申天师游月中,见素娥十余人,皓衣乘白鸾,笑舞于广庭大桂树下。"

⑤清凉国:唐陆龟蒙诗残句:"溪山自是清凉国。"

⑥烟树历历:唐崔颢《黄鹤楼》诗:"晴川历历汉阳树。"

⑦"举杯"三句:李白《月下独酌》:"举酒邀明月,对影成三人……我歌月徘徊,我舞影零乱。"

⑧"便欲"三句:化用《庄子·逍遥游》:"有鸟焉,其名为鹏,背若泰山,翼若垂天之云,抟扶摇羊角而上者九万里。"参看前《水调歌头》(明月几时有)注⑤。

⑨"水晶"二句:李肇《唐国史补》卷下:李舟以笛遗李牟,"牟吹笛天下第一,月夜泛江,维舟吹之……甚为精壮,山河可裂……及[入破],呼吸盘擗,其笛应声粉碎"。李牟,或作李谟。此喻胸中豪气喷薄而出。

南乡子　重九涵辉楼呈徐君猷[①]

霜降水痕收。浅碧鳞鳞露远洲。酒力渐消风力软,飕飕。破帽多情却恋头[②]。　佳节若为酬[③]。但把清尊断送秋[④]。万事到头都是梦,休休。明日黄花蝶也愁[⑤]。

【注释】

①元丰五年(1082)九月在黄州作。涵辉楼:在黄冈县西南。宋韩琦《涵辉楼》诗:“临江三四楼,次第压城首。山光拂轩楹,波影撼窗牖。”为当地名胜。苏轼《醉蓬莱》序云:“余谪居黄州,三见重九,每岁与太守徐君猷会于栖霞楼。”徐君猷:名大受,当时黄州知州。

②“破帽”句:《晋书·孟嘉传》载孟嘉于九月九日登龙山时帽子为风吹落而不觉,后成重阳登高典故。本词翻用其事。

③若为酬:怎样应付过去。

④尊:酒杯。

⑤“明日”句:唐郑谷《十日菊词》:“节去蜂愁蝶不知,晓庭还绕折空枝。”本词更进一层,谓重阳节后菊花凋萎,蜂蝶均愁。苏轼《九日次韵王巩》:“相逢不用忙归去,明日黄花蝶也愁。”故其《与王定国》中提到此句。

醉翁操[①]

琅琊幽谷[②],山川奇丽。泉鸣空涧,若中音会[③]。醉翁喜之[④],把酒临听,辄欣然忘归。既去十余年,而好奇之士沈遵闻之,往游,以琴写其声,曰《醉翁操》。节奏疏宕,而音指华畅,知琴者以为绝伦。然有其声而无其辞。翁虽为作歌,而与琴声不合。又依楚词作《醉翁引》[⑤],好事者亦倚其辞以制曲。虽粗合韵度,而琴声为词所绳约,非天成也。后三十余年,翁既捐馆舍[⑥],遵亦没久矣。有庐山玉涧道人崔闲,特妙于琴,恨此曲之无词,乃谱其声,而请于东坡居士以补之云。

琅然[⑦],清圜[⑧],谁弹,响空山。无言,惟翁醉中知其天。月明风露娟娟。人未眠,荷蒉过山前,曰:有心也哉此贤[⑨]。　醉翁啸咏,声和流泉,醉翁去后,空有朝吟夜怨。山有时而童巅[⑩]，水有时而回川[⑪]。思翁无岁年。翁今为飞仙。此意在人间，试听徽外三两弦[⑫]。

【注释】

①元丰五年(1082)在黄州作。

②琅琊：山名，在安徽滁州，欧阳修《醉翁亭记》："环滁皆山也。其西南诸峰，林壑尤美，望之蔚然而深秀者，琅琊也。"

③"若中"句：谓泉声好像符合乐曲音节。

④醉翁：欧阳修名琅琊山之亭为醉翁亭，自号醉翁。

⑤"既去"十二句：欧阳修于嘉祐元年(1056)作《醉翁吟》，序云："余作醉翁亭于滁州。太常博士沈遵，好奇之士也，闻而往游焉，爱其山水，归而以琴写之，作《醉翁吟》三叠。去年秋，余奉使契丹。沈君会余恩冀之间，夜阑酒半，援琴而作之，有其声而无其辞，乃为之辞以赠之。"

⑥捐馆舍：捐弃所居之馆舍，指去世。

⑦琅然：指声音晴朗响亮。

⑧圜：通"圆"。

⑨荷蒉(kuì)：扛负着草编的筐子。此指懂音乐的隐士。《论语·宪问》："(孔)子击磬于卫，有荷蒉而过孔氏之门者，曰：'有心哉，击磬乎！'……"

⑩童巅：无草木的山顶。

⑪回川：漩涡。

⑫徽：琴徽，弦柱上的标识。黄庭坚《跋子瞻〈醉翁操〉》："人谓东坡作此文，因难以见巧，故极工。余则以为不然。彼其老于文章，故落笔皆超逸绝尘耳。"

临江仙 夜归临皋[①]

夜饮东坡醒复醉[②]，归来仿佛三更。家童鼻息已雷鸣。敲门都不应，倚杖听江声。　长恨此身非我有，何时忘却营营[③]。夜阑风静縠纹平[④]。小舟从此逝,江海寄余生[⑤]。

【注释】

①王文诰《苏文忠公诗编注集成总案》载:"元丰五年(1082)九月,雪堂夜饮,醉归临皋。"石声淮、唐玲玲《东坡乐府编年笺注》则谓本词"当作于元丰六年四月以前"。临皋:在湖北黄冈县南江边,苏轼曾寓居于此。

②东坡:苏轼在黄州城东开垦的躬耕之地,他因自号东坡居士,系效仿白居易"忠州东坡"之名。

③营营:往来劳碌。

④縠(hú)纹:形容水波微细。縠:有皱纹的纱布。

⑤宋叶梦得《避暑录话》:苏轼在黄州"与数客饮江上,夜归。江面际天,风露浩然,有当其意,乃作歌词,所谓'夜阑风静縠纹平。小舟从此逝,江海寄余生'者,与客大歌数过而散。翌日喧传子瞻夜作此词,挂冠服江边,挐舟长啸去矣。郡守徐君猷闻之,惊且惧,以为州失罪人。急命驾往谒,则子瞻鼻鼾如雷,犹未兴也。然此语卒传至京师,虽裕陵(神宗)亦闻而疑之"。

满庭芳[①]

有王长官者,弃官黄州三十三年,黄人谓之王先生。因送陈慥来过余[②],因为赋此。

三十三年,今谁存者,算只君与长江。凛然苍桧,霜干苦难双。闻道司州古县,云溪上、竹坞松窗[③]。江南岸,不因送子,宁肯过吾邦。　　扨扨[④]。疏雨过,风林舞破,烟盖云幢[⑤]。愿持此邀君,一饮空缸。居士先生老矣[⑥],真梦里,相对残釭[⑦]。歌舞断,行人未起,船鼓已逄逄[⑧]。

【注释】

①元丰六年(1083)在黄州作。

②陈慥：字季常，苏轼友，时居岐亭(今湖北麻城)。

③“闻道”三句：写王长官所居之处。司州古县，指黄陂县(今属湖北)，唐武德三年(620)于此置南司州，七年，州废。竹坞，竹编的围墙。松窗：前临松树的窗户。

④摐(chuāng)：撞，击。此形容雨打声。

⑤“风林”二句：风吹林动冲破如盖如幢的烟云。

⑥居士先生：苏轼自号东坡居士。

⑦釭(gāng)：灯盏，此借指灯火。

⑧逄逄(páng)：鼓声。

水调歌头　黄州快哉亭赠张偓佺[①]

落日绣帘卷，亭下水连空。知君为我，新作窗户湿青红[②]。长记平山堂上[③]，倚枕江南烟雨[④]，渺渺没孤鸿。认得醉翁语[⑤]，山色有无中[⑥]。　一千顷，都镜净，倒碧峰[⑦]。忽然浪起，掀舞一叶白头翁[⑧]。堪笑兰台公子，未解庄生天籁，刚道有雌雄[⑨]。一点浩然气，千里快哉风[⑩]。

【注释】

①元丰六年(1083)六月作。苏辙《黄州快哉亭记》：“清河张君梦得，谪居齐安，即其庐之西南为亭，以览观江流之胜，而余兄子瞻名之曰‘快哉’。”张梦得，即张怀民，又字偓佺。齐安即黄州。

②湿青红：谓漆色鲜润。

③平山堂：公元1048年欧阳修在扬州所建。

④倚枕：谓斜卧着可以远望。

⑤醉翁：欧阳修别号。

⑥“山色”句：见前欧阳修《朝中措》(平山栏槛倚晴空)。

⑦倒碧峰：碧峰倒映水中。

⑧一叶：指小舟。白头翁：指老船夫。

⑨“堪笑”三句：兰台公子，指战国楚辞赋家宋玉，相传曾任兰台令。他有《风赋》云：“楚襄王游于兰台之宫，宋玉、景差侍，有风飒然而至，王乃披襟而当之，曰：‘快哉此风，寡人所与庶人共者邪？’”宋玉因回答说“大王之雄风”与“庶人之雌风”截然不同。庄生：战国时道家学者庄周。《庄子·齐物论》说：“人籁”是吹奏箫笛等竹乐器的声音，“天籁”是发于自然的音响，多指风吹声。苏轼为亭命名“快哉”即取自《风赋》“快哉此风”句。但他认为风是自然之物，本身不应有雌、雄之别，大家都可享受。

⑩“一点”两句：谓胸中有“浩然之气”，就会感受“快哉此风”。《孟子·公孙丑上》：“吾善养吾浩然之气……其为气也至大至刚，以直养而无害，则塞于天地之间。”指的是一种主观精神修养。

鹧鸪天[①]

林断山明竹隐墙，乱蝉衰草小池塘。翻空白鸟时时见，照水红蕖细细香[②]。　　村舍外，古城旁。杖藜徐步转斜阳。殷勤昨夜三更雨，又得浮生一日凉[③]。

【注释】

①本词约作于元丰六年(1083)六月。《全宋词》题注云：“东坡谪黄州时作此词，真本藏林子敬家。”龙榆生《东坡乐府笺》引傅幹注“谪”作“调”；又引朱祖谋注，略云：苏轼在元丰七年四月离去黄州，而此词乃写六月景事。

②红蕖：红色荷花。已开荷花叫芙蕖。

③“又得”句：唐李涉《题鹤林寺僧舍》：“偶经竹院逢僧话，

又得浮生半日闲。”郑文焯《手批东坡乐府》：“（陶）渊明诗‘啸傲东轩下，聊复得此生’。此词从陶诗中得来，逾觉清异，较‘浮生半日闲’句，自是诗词异调。论者每谓坡公以诗笔入词，岂审音知言者！”

满庭芳[1]

元丰七年四月一日，余将去黄移汝，留别雪堂邻里二三君子[2]。会李仲览自江东来别[3]，遂书以遗之[4]。

归去来兮[5]，吾归何处？万里家山岷峨[6]。百年强半，来日苦无多[7]。坐见黄州再闰[8]，儿童尽、楚语吴歌[9]。山中友，鸡豚社酒[10]，相劝老东坡[11]。　　云何？当此去，人生底事，来往如梭[12]。待闲看，秋风洛水清波[13]。好在堂前细柳，应念我，莫翦柔柯[14]。仍传语，江南父老，时与晒渔蓑[15]。

【注释】

①元丰七年（1084）苏轼奉诏从黄州量移（减罪调动）汝州（今河南汝南），距离当时汴京（开封）为近，故属“量移”。

②雪堂：苏轼在黄州垦地名东坡，筑堂于此名雪堂。

③李仲览：名翔。

④遗：赠给。

⑤归去来兮：用东晋陶渊明《归去来辞》中首句。

⑥岷峨：岷山与峨眉山。苏轼家乡在四川眉山，故云。

⑦“百年”两句：意谓人生百年已过一半余，未来的日子不多了。苏轼时年四十八岁。

⑧黄州再闰：苏轼于元丰三年二月到黄州，至此元丰七年四月，其中元丰三年闰九月，元丰六年闰六月，经过两个闰年。

⑨“儿童”句：意谓在黄州住久，家中儿童说唱都是吴楚方

音。黄州在战国时属楚，三国时属吴。

⑩社酒：春秋两次祭祀土地神所用的酒，此泛指酒。

⑪老东坡：在黄州东坡常住下去，度过老年。

⑫梭（suō）：织机上部件，常用以比喻不断地往来。

⑬洛水：河南洛河，源出陕西，流经洛阳。汝州近洛阳，故云。

⑭“好在”三句：苏轼在雪堂曾种植杨柳，希望当地人以后纪念他而不去剪伐细柔的柳枝。《诗经·召南·甘棠》载：周召伯在甘棠下住过，人们因思念召伯而爱护此树，不加剪伐。此句暗寓此意。

⑮晒渔蓑：曝晒苏轼钓鱼时披过的蓑衣。以上三句意思表示自己今后还要到黄州。

虞美人[①]

波声拍枕长淮晓[②]，隙月窥人小[③]。无情汴水自东流[④]，只载一船离恨向西州[⑤]。　竹溪花浦曾同醉，酒味多于泪。谁教风鉴在尘埃[⑥]，酝造一场烦恼送人来。

【注释】

①元丰七年（1084）十一月作于淮河上，与秦观饮别（见《冷斋夜话》）。

②长淮：指淮河。

③隙月：（船篷）隙缝中透进的月光。

④汴水：古河名。唐宋时将出自黄河至淮河的通济渠东段全流统称汴水或汴河。

⑤西州：古建业城门名。晋宋间建业（今江苏南京）为扬州刺使治所。以治事在台城西，故称西州。《晋书·谢安传》谓谢安死后，羊昙“辍乐弥年，行不由西州路……不觉至州门，左右白曰：‘此西州门。’昙悲感不已”。

⑥风鉴：风度识见，也指对人的观察、看相。这句意谓：谁使得秦观这样为我所赏识的优秀人才却被沦落、埋没。

如梦令[1]

元丰七年十二月十八日，浴泗州雍熙塔下，戏作《如梦令》两阕。此曲本唐庄宗制[2]，名《忆仙姿》，嫌其名不雅，故改为《如梦令》。盖唐庄宗作此词，卒章云："如梦如梦，和泪出门相送。"因取以为名云。

水垢何曾相受[3]，细看两俱无有。寄语揩背人，尽日劳君挥肘[4]。轻手，轻手，居士本来无垢[5]。

【注释】

①元丰七年(1084)在泗州作。泗州：辖境相当于今安徽泗县及江苏泗洪等地。

②唐庄宗：五代后唐皇帝李存勗。

③垢：指身体上肮脏。

④肘：此处"挥肘"即挥臂，指擦背动作。

⑤居士：不出家的佛教信徒。苏轼自号东坡居士。无垢：洁净，佛教用语。

浣溪沙

元丰七年十二月二十四日，从泗州刘倩叔游南山[1]。

细雨斜风作小寒，淡烟疏柳媚晴滩。入淮清洛渐漫漫[2]。　雪沫乳花浮午盏[3]，蓼茸蒿笋试春盘[4]。人间有味是清欢。

【注释】

①参看前首《如梦令》注①。刘倩叔：名士彦，当时泗州知州。南山：苏轼自注："南山名都梁山，出都梁香故也。"《太平寰宇记》："盱眙县在泗州南五里，都梁山在县南六十里。"

②清洛：清澄的洛水。洛水在泗州注入淮河。

③雪沫乳花：形容茶水上面的乳白泡沫。

④蓼茸：蓼的嫩芽。蒿笋：芦蒿的嫩茎。

定风波

王定国歌儿曰柔奴[①]，姓宇文氏，眉目娟丽，善应对，家住京师。定国南迁归，余问柔："广南风土，应是不好？"柔对曰："此心安处，便是吾乡。"因为缀词云。

常羡人间琢玉郎[②]，天应乞与点酥娘[③]。自作清歌传皓齿[④]，风起，雪飞炎海变清凉。　　万里归来年愈少，微笑，笑时犹带岭梅香。试问岭南应不好？却道：此心安处是吾乡[⑤]。

【注释】

①王定国，名巩。苏轼作诗获罪时他被牵连贬宾州（今广西宾阳）监酒税，五年而得归。本词当作于元丰八年（1085）。柔奴：一作寓娘。

②琢玉郎：指王巩。苏轼《与王定国》中有云："王定国瘴烟窟里五年，面如红玉。"

③点酥娘：柔奴一名点酥。

④皓齿：莹白的牙齿，此谓柔奴会唱自己所作的歌词。

⑤"此心"句：宋吴曾《能改斋漫录·沿袭》云此语本出于白居易，"白《吾土》诗云：'身心安处为吾土，岂恨长安与洛阳。'又《出城留别》诗云：'我生本无乡，心安是归处。'又《重题》诗云：

‘心泰身宁是归处，故乡可独在长安。’又《种桃杏》诗云：‘无论海角与天涯，大抵心安即是家。’”

如梦令[①]

为向东坡传语[②]，人在玉堂深处[③]。别后有谁来？雪压小桥无路。归去，归去，江上一犁春雨。

【注释】

①一本调下有题《寄黄州杨使君》，一作《有寄》，约作于元祐二年(1087)或三年(1088)苏轼在汴京(今河南开封)为翰林学士时。

②“为向”句：替我向黄州我的旧居东坡捎句话。

③“人在”句：作者本人现在翰林院中。西汉时皇宫中有玉堂殿，后多用以指翰林院。

南歌子 杭州端午[①]

山与歌眉敛，波同醉眼流。游人都上十三楼[②]，不羡竹西歌吹古扬州[③]。　菰黍连昌歜[④]，琼彝倒玉舟[⑤]。谁家水调唱歌头[⑥]，声绕碧山飞去晚云留。

【注释】

①一本题作《游赏》，元祐五年(1090)苏轼为杭州知州时作。

②十三楼：杭州名胜。宋周密《武林旧事》卷五《湖山胜概》葛岭路：“十三间楼相严院，旧名十三间楼石佛院。东坡守杭日，每治事于此，有冠胜轩、雨亦奇轩等。”苏轼《郭祥正十三间楼》诗：“高楼插湖脚，绀碧十三间。”

③竹西：扬州(今属江苏)亭名。唐诗人杜牧《题扬州禅智

寺》诗:“斜阳竹西路,歌吹是扬州。”本句谓杭州十三楼歌唱奏乐繁华,不必再羡慕前代扬州的竹西了。

④菰黍:即粽子。菰即茭白,此指裹粽菰叶。昌歜(chù):宋时以菖蒲嫩茎切碎加盐腌制以佐餐,名昌歜。

⑤琼彝:玉制酒器。玉舟:酒杯。宋司马光《和王少卿》诗:“白玉船横酒量宽。”

⑥水调唱歌头:即唱《水调歌头》。康熙《钦定词谱》卷二十三《水调歌头》:“按水调,乃唐人大曲,凡大曲有歌头,此必裁截其歌头,另倚新声也。”

减字木兰花[1]

钱塘西湖,有诗僧清顺[2],所居藏春坞[3],门前有二古松,各有凌霄花络其上[4]。顺常昼卧其下。时余为郡[5],一日,屏骑从过之[6],松风骚然。顺指落花求韵,余为赋此。

双龙对起[7],白甲苍髯烟雨里[8]。疏影微香,下有幽人昼梦长。　湖风清软,双鹊飞来争噪晚。翠飐红轻[9],时上凌霄百尺英[10]。

【注释】

①元祐五年(1090)为杭州知州时作。

②清顺:《冷斋夜话》卷六:“西湖僧清顺,字怡然,清苦多佳句。……东坡亦与之游,多唱酬。”

③藏春坞:庭院名。

④凌霄:植物名,落叶木质藤本,夏秋开花,大而鲜艳,常被培植庭园中,攀援于树木、棚架、墙壁上。

⑤为郡:作为治理州郡的长官。

⑥“屏(bǐng)骑从”句:不带随从人马而拜访他。屏:除去,

避退。

⑦双龙：指门前二古松。

⑧白甲苍髯(rán)：以龙的鳞甲喻松皮，以龙的两颊长须喻桧树针叶。

⑨翠飐(zhǎn)红轻：谓双鹊之翠羽轻轻飐动凌霄花。

⑩英：花。本句指双鹊有时飞上缠在松树高处的凌霄花。

八声甘州 寄参寥子[①]

有情风、万里卷潮来，无情送潮归。问钱塘江上[②]，西兴浦口[③]，几度斜晖[④]？不用思量今古，俯仰昔人非。谁似东坡老，白首忘机[⑤]。　　记取西湖西畔[⑥]，正春山好处，空翠烟霏。算诗人相得，如我与君稀。约他年，东还海道，愿谢公、雅志莫相违。西州路，不应回首，为我沾衣[⑦]。

【注释】

①元祐六年(1091)苏轼将离杭州知州任去汴京(今河南开封)为翰林学士承旨时作。《苕溪渔隐丛话后集》卷三十九载此词苏轼手书石刻自题："元祐六年三月六日。"参寥子：佛教僧，名道潜，能诗，苏轼友。

②钱塘江：浙江最大河流，注入杭州湾，江口呈喇叭状，以潮水壮观著名。

③西兴：在钱塘江南，今杭州市对岸，萧山之西。

④几度斜晖：意谓度过多少个傍晚。

⑤忘机：清除机心，即心情淡泊，任其自然，不用心机。

⑥西湖：杭州风景名胜。

⑦"约他年"六句：《晋书·谢安传》载：谢安虽为大臣，"然东山之志始末不渝"，"造泛海之装，欲经略初定，自江道还东。雅志未就，遂遇笃疾"。安死后，其外甥羊昙某次醉中过西州

门，回忆往事，“悲感不已”，“恸哭而去”。西州，见前《虞美人》（波声拍枕长淮晓）注⑤。这里苏轼表示希望将来自己退隐的志愿终能实现，不致引起好友抱憾而涕泪沾湿衣裳。郑文焯《手批东坡乐府》评本词云：“突兀雪山，卷地而来，真似泉（钱）塘江上看潮时，添得此老胸中数万甲兵，是何气象雄且杰！妙在无一字豪宕，无一语险怪，又出以闲逸感喟之情，所谓骨重神寒，不食人间烟火气者，词境至此，观止矣！”

木兰花令　次欧公西湖韵[①]

霜余已失长淮阔[②]，空听潺潺清颍咽[③]。佳人犹唱醉翁词[④]，四十三年如电抹[⑤]。　草头秋露流珠滑，三五盈盈还二八[⑥]。与余同是识翁人，惟有西湖波底月。

【注释】

①元祐六年（1091）八月苏轼为颍州（州治今安徽阜阳）知州时作。欧阳修于皇祐元年至五年（1049—1053）为颍州知州时常去该州的名胜西湖游览，作了不少词。本词所和欧韵（西湖南北烟波阔），调名一作《玉楼春》。

②长淮：淮河。霜降之后河水减退，河身显得狭长了。

③颍：颍水，淮河支流，颍州州城在其下游。

④醉翁：欧阳修的别号。

⑤四十三年：谓自皇祐元年（1049）至此时。

⑥三五、二八：指十五、十六夜的月亮。盈盈：形容月圆。

满江红　怀子由作[①]

清颍东流[②]，愁来送、征鸿去翮[③]。情乱处，青山白浪，万重千叠。孤负当年林下意，对床夜雨听萧瑟[④]。恨此生，长向别离中，凋华发[⑤]。　一尊酒，黄河侧。

无限事，从头说。相看恍如昨，许多年月[6]。衣上旧痕余苦泪，眉间喜气占黄色[7]。便与君，池上觅残春，花如雪。

【注释】

①元祐七年（1092）为颍州（州治今安徽阜阳）知州时作。子由：作者弟苏辙的字，时在汴京。

②颍：淮河支流颍水，颍州在其下游。

③翮（hé）：羽根，此指鸟翼。

④“孤负”二句：叹息当时相约退隐之语未能实现。林下：指退隐之处。苏辙《逍遥堂会宿二首并引》云：“辙幼从子瞻读书，未尝一日相舍。既壮，将游宦四方，读韦苏州（应物）诗，至‘安知风雨夜，复此对床眠’，恻然感之。乃相约早退，为闲居之乐。”二句即指此。

⑤华发：花白头发。

⑥“相看”二句：以前兄弟会面情景仿佛还像是昨天的事，但已过去了许多年月。

⑦“眉间”句：古代有种说法，眉间有黄色是喜庆的征兆。这里借以预祝兄弟不久将回家相聚。

青玉案 和贺方回韵送伯固还吴中[1]

三年枕上吴中路[2]。遣黄犬[3]，随君去。若到松江呼小渡[4]。莫惊鸥鹭，四桥尽是[5]，老子经行处[6]。

辋川图上看春暮，常记高人右丞句[7]。作个归期天已许。春衫犹是，小蛮针线[8]，曾湿西湖雨[9]。

【注释】

①元祐七年(1092)作。贺方回，名铸，曾作《青玉案》(凌波不过横塘路)。伯固：苏坚的字。他曾任杭州监税官，是苏轼得力助手。吴中：春秋时吴地，今江苏大部及安徽、浙江一部分。

②“三年”句：意谓三年来一直梦见吴中之路。苏坚跟随苏轼已三年未归，故云。

③遣黄犬：《晋书·陆机传》载，陆机有犬名黄耳，机在洛阳，常用竹筒盛书信系其颈上遣它送回华亭家中。

④松江：即吴淞江，一称苏州河，在今上海西部及江苏南部，源出太湖，东流到上海市区入黄浦江。

⑤四桥：傅幹注：“姑苏有四桥，长为绝景。”在今吴江境内。

⑥老子：年老者自称。

⑦“辋川”二句：唐诗人兼画家王维，官尚书右丞，有别墅在辋川（在今陕西蓝田），并曾于蓝田清凉寺壁绘《辋川图》。杜甫《解闷》诗有云：“不见高人王右丞，蓝田丘壑蔓寒藤。”

⑧小蛮：唐白居易家歌妓名，相传白氏有“杨柳小蛮腰”句，见孟棨《本事诗·事感》。此喻杭州侍女，曾为其缝衣。

⑨近人况周颐《蕙风词话》卷二评本词歇拍云：“上三句未为甚艳，‘曾湿西湖雨’是清语，非艳语。与上三句相连属，遂成奇艳、绝艳，令人爱不忍释。”

归朝欢 和苏伯固[①]

我梦扁舟浮震泽[②]，雪浪摇空千顷白。觉来满眼是庐山[③]，倚天无数开青壁。此生长接淅[④]。与君同是江南客。梦中游，觉来清赏，同作飞梭掷[⑤]。　明日西风还挂席[⑥]，唱我新词泪沾臆。灵均去后楚山空[⑦]，澧阳兰芷无颜色[⑧]。君才如梦得[⑨]。武陵更在西南极[⑩]。《竹枝词》，莫徭新唱，谁谓古今隔[⑪]。

【注释】

①本词作于哲宗绍圣元年（1094）。六月，苏轼贬往惠州（今属广东），七月途经九江（今属江西）与苏坚别。伯固：苏坚字，见前首《青玉案》（三年枕上吴中路）注①。《全宋词》题下

注云："公尝有诗与苏伯固，其序曰：'昔在九江，与苏伯固唱和。'其略曰：'我梦扁舟浮震泽，雪浪横江千顷白。觉来满眼是庐山，倚天无数开青壁。'盖实梦也。然公诗复云：'扁舟震泽定何时，满眼庐山觉又非。'"

②震泽：古泽薮名，即今江苏太湖。

③庐山：在江西北部，耸立于鄱阳湖、长江之滨。

④接淅（xī）：《孟子·万章下》："孔子之去齐，接淅而行。"淅是浸米。意谓孔子离开齐国很仓促，带了淘过的米不及煮饭便走。此句形容自己一生总是匆匆来去奔波。

⑤飞梭（suō）：比喻不断地来往。

⑥挂席：扬帆。指乘船出发。

⑦灵均：战国楚大诗人屈原《离骚》中自称字灵均。

⑧澧阳：今湖南澧县。兰、芷：都是香草名。屈原《九歌·湘夫人》："沅有芷兮澧有兰。"

⑨梦得：唐诗人刘禹锡，字梦得，曾被贬到朗州（今湖南常德）。

⑩武陵：唐代朗州，古武陵地。

⑪"竹枝"三句：《竹枝词》本四川东部一带民歌，刘禹锡在湖南贬所，曾依屈原《九歌》，吸取当地俚曲，作《竹枝词》九章。见《乐府诗集》卷八十一。莫徭：古代分布在长沙、武陵、澧阳一带的少数民族。宋曾季狸《艇斋诗话》谓本词"为送伯固往澧阳，故用灵均、梦得等事"。此三句意谓听该地民歌而与屈原、刘禹锡被流放贬谪的思想感情千载相通。

蝶恋花①

花褪残红青杏小。燕子飞时，绿水人家绕。枝上柳绵吹又少②，天涯何处无芳草③。　　墙里秋千墙外道。墙外行人，墙里佳人笑。笑渐不闻声渐悄，多情却被无情恼④。

【注释】

①本词当作于绍圣二年(1095)左右,时苏轼在惠州(今属广东)。一本有词题作《春景》。

②柳绵:柳絮。

③“天涯”句:语本屈原《离骚》:“何所独无芳草兮,尔何怀乎故宇?”

④多情:指行人,他听到墙内佳人笑声而感触生情。无情:指墙里佳人。她们游戏欢笑,出于无意,并不知墙外有听者。《词林纪事》卷五引《林下词谈》:子瞻在惠州,与朝云(苏轼侍妾)闲坐。时青女初至(指秋霜初降),落木萧萧,凄然有悲秋之意。命朝云把大白(酒杯),唱“花褪残红”。朝云歌喉将啭,泪满衣襟。子瞻诘其故,答曰:“奴所不能歌,是‘枝上柳绵吹又少,天涯何处无芳草’也。”子瞻翻然大笑曰:“是吾政(正)悲秋,而汝又伤春矣。”遂罢。朝云不久抱疾而亡。子瞻终身不复听此词。案:苏轼于绍圣元年贬到惠州安置,朝云病没于绍圣三年,见下选《西江月·梅》注①。清王士祯《花草蒙拾》:“‘枝上柳绵’,恐屯田(柳永)缘情绮靡未必能过。孰谓坡但解作‘大江东去’(《念奴娇》)耶?髯直是轶伦绝群。”

西江月　梅[①]

玉骨那愁瘴雾[②],冰姿自有仙风。海仙时遣探芳丛,倒挂绿毛幺凤[③]。　素面翻嫌粉涴,洗妆不褪唇红[④]。高情已逐晓云空,不与梨花同梦[⑤]。

【注释】

①绍圣三年(1096)作。《苕溪渔隐丛话前集》卷四十一引《冷斋夜话》:“东坡在惠州作《梅》词……时侍儿朝云新亡,其寓意为朝云作也。”朝云,姓王,杭州人,苏轼侍妾,相随二十三年。该年七月病没于惠州。

②瘴雾：旧指南方山林间湿热蒸郁、致人疾病的雾气。

③幺凤：相传为岭南特有珍禽名，绿毛红嘴，似鹦鹉而小，栖息时常倒悬枝上，当地人呼为“倒挂子”。

④“素面”二句：以美人为喻，形容梅花之红与白皆属自然美，白者不须粉涂，红者洗不掉。涴：污，弄脏。自然皎白者反嫌搽粉为沾污。

⑤梨花同梦：傅幹注本载苏轼自注：“诗人王昌龄梦中作《梅花》诗。”传唐王昌龄《梅》诗有云：“落落寞寞路不分，梦中唤作梨花云。”明杨慎《词品》卷二《梅词》：“古今梅词，以坡仙绿毛幺凤为第一。”

贺新郎　夏景[①]

乳燕飞华屋[②]。悄无人，桐阴转午，晚凉新浴。手弄生绡白团扇，扇手一时似玉。渐困倚、孤眠清熟。帘外谁来推绣户，枉教人、梦断瑶台曲[③]。又却是，风敲竹[④]。　石榴半吐红巾蹙[⑤]。待浮花浪蕊都尽，伴君幽独。秾艳一枝细看取，芳心千重似束[⑥]。又恐被、秋风惊绿[⑦]。若待得君来向此，花前对酒不忍触。共粉泪，两簌簌[⑧]。

【注释】

①本词写作年代不详。或谓苏轼任杭州知州时为官妓秀兰因午睡迟到而作，或谓为侍妾榴花作，见《苕溪渔隐丛话》《耆旧续闻》等，均不可信。词中咏美人与榴花。清谭献《复堂词话》谓之“颇欲与少陵（杜甫）《佳人》一篇互证”。《贺新郎》调因本词而有《贺新凉》《乳燕飞》《风敲竹》等别名。

②飞：《云麓漫钞》谓见真迹作“栖”。

③瑶台：玉石砌成的台，神话传说在昆仑山上，此指梦中仙境。

④风敲竹：唐李益《竹窗闻风寄苗发司空曙》："开门复动竹，疑是故人来。"

⑤红巾蹙：形容石榴花半开时如红巾皱缩。

⑥"芳心"句：形容榴花重瓣，也指佳人心事重重。

⑦秋风惊绿：指秋风乍起使榴花凋谢，只剩绿叶。

⑧两簌簌：形容花瓣与眼泪同落。清黄苏《蓼园词选》云："末四句是花是人，婉曲缠绵，耐人寻味不尽。"

浣溪沙 咏橘

菊暗荷枯一夜霜，新苞绿叶照林光。竹篱茅舍出青黄[①]。　香雾噀人惊半破[②]，清泉流齿怯初尝[③]。吴姬三日手犹香[④]。

【注释】

①青黄：指未熟和已熟的桔子。未熟色青，已熟色黄。屈原《橘颂》："青黄杂糅。"

②噀（xùn）：喷。

③清泉：指桔汁。

④"吴姬"句：吴地女子剥桔之后的手三天还香。

浣溪沙

道字娇讹苦未成，未应春阁梦多情[①]。朝来何事绿鬟倾[②]？　彩索身轻长趁燕[③]，红窗睡重不闻莺[④]。困人天气近清明[⑤]。

【注释】

①"道字"二句：意谓少女说话时咬字不准，还不应在闺房中做多情的春梦。

②“朝来”句：谓低头沉思不知何故。

③趁燕：追上飞燕。这句写荡秋千。

④睡重不闻莺：睡意很浓连莺啼声也听不见。清贺裳《皱水轩词犬筌》评以上二句云：“苏子瞻有铜琶铁板之讥，然其《浣溪沙·春闺》曰：‘彩索身轻长趁燕，红窗睡重不闻莺。’如此风调，令十七八女郎歌之，岂在‘晓风残月’之下？”

⑤困人天气：指使人困倦的暮春天气。

浣溪沙　送梅庭老赴上党学官[①]

门外东风雪洒裾[②]，山头回首望三吴[③]。不应弹铗为无鱼[④]。　　上党从来天下脊[⑤]，先生元是古之儒[⑥]。时平不用鲁连书[⑦]。

【注释】

①题中“上党”一作“潞州”。汉上党郡，北宋时潞州，州城今山西长治。梅庭老，作者友人，生平不详。学官：州学教授。

②裾：衣的前襟。

③三吴：古地区名，说法不一，大致指今江苏、浙江的苏州、吴兴、杭州一带。

④弹铗为无鱼：战国齐人冯谖为孟尝君食客，嫌生活供应菲薄，弹其剑而唱歌道：“长铗归来乎，食无鱼！”铗，指剑把或剑。

⑤脊：脊梁。上党其地甚高，古有与天为党之说，故云“天下脊”。

⑥先生：指梅庭老。

⑦鲁连书：《史记·鲁仲连列传》：齐军攻打聊城一年多不能下，鲁仲连写书信给守城燕将，燕将见书哭泣三日，犹豫不决而自杀。这句说：如今天下太平用不上鲁仲连这类书信。意劝梅庭老安心去作学官，不要想去立什么奇功。

行香子 述怀

清夜无尘，月色如银。酒斟时，须满十分[①]。浮名浮利，虚苦劳神。叹隙中驹，石中火，梦中身[②]。　　虽抱文章，开口谁亲。且陶陶[③]，乐尽天真，几时归去，作个闲人。对一张琴，一壶酒，一溪云。

【注释】

①十分：古代盛酒器，形如船，内藏风帆十幅。酒满一分则一帆举，十分为全满。

②"叹隙中"三句：感叹人生短促，如快马驰过隙缝，击石迸出的火花，睡梦中的经历。

③陶陶：和乐、无忧无虑貌。

虞美人

持杯遥劝天边月，愿月圆无缺。持杯复更劝花枝，且愿花枝长在，莫离披[①]。　　持杯月下花前醉，休问荣枯事[②]。此欢能有几人知，对酒逢花，不饮待何时。

【注释】

①离披：枝叶散落。

②荣枯：用植物的茂盛、开花和枯萎、谢落比喻人生的得意和失意。

阮郎归 初夏[①]

绿槐高柳咽新蝉。薰风初入弦[②]。碧纱窗下水沉烟[3]。棋声惊昼眠。　　微雨过，小荷翻，榴花开欲然[4]。玉盆纤手弄清泉[5]，琼珠碎却圆[6]。

【注释】

①此词明李攀龙《草堂诗余隽》卷三评曰："景中写情，情在笔先，景描楮上，色色如画。"

②薰风：南风，和风。《史记·乐书》："昔者舜作五弦之琴，以歌《南风》。"相传其首句为："南风之薰兮。"

③水沉：木质香料，又名沉水香。

④然：同"燃"，形容花红如火。

⑤纤手：女性娇小柔嫩的手。

⑥琼珠：形容水的泡沫。

千秋岁　次韵少游[1]

岛边天外，未老身先退。珠泪溅，丹衷碎[2]。声摇苍玉佩，色重黄金带[3]。一万里，斜阳正与长安对[4]。

道远谁云会，罪大天能盖。君命重，臣节在。新恩犹可觊[5]，旧学终难改。吾已矣，乘桴且恁浮于海[6]。

【注释】

①此词作于元符三年(1100)。王文诰《苏文忠公诗编注集成总案》卷四十三谓本年四月得秦观书，并作答。词之起句"岛边天外"，指谪居琼州(今海南岛)。少游：秦观的字，曾作《千秋岁》(水边沙外)。

②丹衷：犹言丹心。

③苍玉佩、黄金带：指朝廷命官所佩的饰物。此喻声情之惨怛。

④"一万里"二句：时苏轼居海南，距京城甚远，故云。长安，今陕西西安，汉唐时京都。此当借指北宋京都汴京(今河南

开封）。

⑤觊(jì)：希图、冀望。

⑥“乘桴”句：《论语·公冶长》载：子曰“道不行，乘桴浮于海，从我者其由与？”桴(fú)：小筏子。恁：这样。

李之仪

李之仪(1038—1117)，字端叔，晚号姑溪居士，沧州无棣(今属山东)人。宋神宗熙宁三年(1070)进士，神宗元丰初居山阳，与秦观游。哲宗元祐初，为枢密院编修官，通判原州。元祐八年，从苏轼于定州幕府。哲宗元符中，监内香药库，以党人劾罢。徽宗崇宁初，提举河东常平。三年(1104)，因为范纯仁草遗表、作行状获罪，被编管太平州(今安徽当涂)，终朝请大夫。有《姑溪词》，明毛晋有跋，谓其"多次韵小令，更长于淡语、景语、情语"。清冯煦《蒿庵论词》云："姑溪词长调近柳，短调近秦，而均有未至。"

谢池春

残寒销尽，疏雨过、清明后。花径敛余红①，风沼萦新皱②。乳燕穿庭户，飞絮沾襟袖。正佳时，仍晚昼。著人滋味，真个浓如酒③。　　频移带眼，空只恁，厌厌瘦④。不见又思量，见了还依旧。为问长相见，何似长相守？天不老⑤，人未偶。且将此恨，分付庭前柳。

【注释】

①"花径"句：谓路边的花皆已落尽。余红：残花。

②"风沼"句：化用南唐冯延巳《谒金门》词："风乍起，吹皱一池春水。"沼：水池。

③"著人"二句：陆贻典校云："原本无'真个'二字。"著人：犹云撩惹人或沾染人，谓春色甚浓也。

④"频移"三句：谓因多病而腰围瘦减。《梁书·沈约传·与徐勉书》："百日数旬，革带常应移孔；以手握臂，率计月小半分。以此推算，岂能支久？"

⑤天不老：唐李贺《金铜仙人辞汉歌》："天若有情天亦老。"此处反用其意。

卜算子[①]

我住长江头，君住长江尾。日日思君不见君，共饮长江水。　　此水几时休？此恨何时已[②]？只愿君心似我心，定不负相思意[③]。

【注释】

①明毛晋《姑溪词跋》评此词云："直是古乐府俊语矣。"清李调元《雨村词话》对《花庵词选》等未选此篇，深表遗憾，云："信遗珠之恨，千古同然！"近人薛砺若《宋词通论》："他的《卜算子》写得极质朴流美，宛如《子夜歌》与《古诗十九首》的真挚可爱。"

②已：停止，了结。

③定：此为衬字。

忆秦娥　用太白韵[①]

清溪咽，霜风洗出山头月。山头月，迎得云归，还送云别。　　不知今是何时节？凌歊望断音尘绝[②]。音尘绝，帆来帆去，天际双阙[③]。

【注释】

①此词乃晚年（宋徽宗崇宁中，1105 年前后）作于太平州（今安徽当涂）。太白，李白字，其《忆秦娥》起句云："箫声咽，秦娥梦断秦楼月。"清溪：水名，在今安徽贵池北。《水经注》卷二十九《沔水》："水出马子砚之清溪也。"清张德瀛《词徵》卷一《词律拾遗》："李之仪《忆秦娥》，此应列入补体。"薛砺若《宋词通论》，评李之仪："他的词很隽美俏丽，另具一个独特的音调，如《忆秦娥》'清溪咽……亦为别家所无之境。'"

②凌歊(xiāo):《太平寰宇记》卷一〇五《江南西道》三《太平州当涂县》:"黄山在县北五里,上有宋凌歊台。周回五里一百步,高四十丈。"

③天际双阙:指天门山,在当涂西南,东为博望山,西为梁山,夹江对峙,状如双阙。

采桑子 席上送少游之金陵[1]

相逢未几还相别,此恨难同。细雨濛濛,一片离愁醉眼中。　明朝去路云霄外,欲见无从。满袂仙风[2],空托双凫作信鸿[3]。

【注释】

①词当作于宋神宗元丰初年(1072 年前后)。少游,秦观字。元丰初有《与参寥大师简》云:"李端叔在楚,音问不绝,比如毗陵,过此相见极欢。"

②满袂(mèi)仙风:形容秦观潇洒脱俗的风度。宋陈师道《秦少游字序》云:"元丰之末,余客东都,秦子从东来。别数载矣,其容充然,其口隐然,余惊焉以问。秦子曰:'往吾少时,如杜牧之强志盛气。'"苏轼《秦少游真赞》曰:"以君为将仕也,其服野,其行方;以君为将隐也,其言文,其神昌。置而不求君不即,即而求之君不藏。"这是题在他画像上的,对他的精神风貌描写得栩栩如生。因此陆游见其画像题诗云:"晚生常恨不从公,忽拜英姿绘画中。"(《题陈柏予主簿所藏秦少游像》)

③双凫:双飞野鸭。《艺文类聚》卷九十一引《风俗通》:"王乔为邺令……临至,辄有双凫从东南飞来。于是举罗张之,但得一只舄。"信鸿,传书的鸿雁。

如梦令

回首芜城旧苑[1],还是翠深红浅。春意已无多,斜日满帘飞燕。不见,不见,门掩落花庭院。

【注释】

①芜城:指扬州。南朝宋竟陵王刘诞据广陵反,兵败死,城邑荒芜,鲍照作《芜城赋》以哀之,因名芜城。旧苑:旧时的园林。

南乡子 夏日作

绿水满池塘,点水蜻蜓避燕忙。杏子压枝黄半熟,邻墙[①]。风送荷花几阵香。　　角簟衬牙床[②],汗透鲛绡昼影长[③]。点滴芭蕉疏雨过,微凉。画角悠悠送夕阳[④]。

【注释】

①“杏子”二句:宋叶绍翁《游园不值》:“春色满园关不住,一枝红杏出墙来。”意境似之而作时略晚。

②角簟(diàn):用犀牛角制成的凉席,极言凉席之晶莹华贵。牙床:象牙床。

③鲛绡:相传为鲛人所织之绡。晋张华《博物志》:“南海水有鲛人,水居如鱼,不废织绩”;“鲛人从水中出,寓人家积日,卖绡将去。”

④画角:军中号角,以竹、木或铜为之,上涂彩绘,发声亢厉,以警昏晓。

南乡子

睡起绕回塘[①],不见衔泥燕子忙。前日花梢都绿遍,西墙。犹有轻风递暗香。　　步懒却寻床,卧看游丝到地长[②]。自恨无聊常病酒[③]，凄凉。岂有才情似沈阳[④]？

【注释】

①回塘：《文选》张衡《南都赋》："分背回塘。"李善注："《广雅》曰：塘，堤也。"

②游丝：晴空中昆虫所吐之丝。晏殊《蝶恋花》："满眼游丝兼落絮。"

③病酒：因酒而病，指醉酒。南唐冯延巳《鹊踏枝》词："日日花前常病酒，不辞镜里朱颜瘦。"

④沈阳：沈东阳之简称，指沈约。约，字休文，南朝齐隆昌元年(494)，为东阳太守。《梁书》本传谓约"聪明过人"，"自负高才"，因以为比。

朝中措　望新开湖有怀少游[①]

新开湖水浸遥天，风叶响珊珊[②]。记得昔游情味，浩歌不怕朝寒[③]。　　故人一去，高名万古，长对孱颜[④]。惟有落霞孤鹜[⑤]，晚年依旧争还[⑥]。

【注释】

①新开湖：即高邮湖，在今江苏高邮西。少游：秦观，字少游，高邮人。详见前《采桑子》注②。

②珊珊：形容舒缓的响声。宋玉《神女赋》："动雾縠以徐步兮，拂墀声之珊珊。"

③浩歌：放声歌唱。屈原《九歌·少司命》："望美人兮未来，临风怳兮浩歌。"

④"高名"二句：写其对少游的印象。孱颜：高峻伟大的形象。司马相如《大人赋》："放散畔岸，骧以孱颜。"苏轼《上王荆公荐少游书》称："独其行义修饬，才敏过人，有志于忠义者，某

请以身任之。”李之仪另有《祭秦少游文》记其形象曰：“一颦一笑，拱揖步骤，折旋俯仰，至于眉须肤发已来，历历可数可袭。”

⑤落霞孤鹜：唐王勃《滕王阁序》：“落霞与孤鹜齐飞，秋水共长天一色。”鹜(wù)：野鸭。

⑥晚年：指岁晚、残冬。

蝶恋花 席上代人送客，因载其语

帘外飞花湖上语。不恨花飞，只恨人难住。多谢雨来留得住，看看却恐晴催去。　　寸寸离肠须会取[①]，今日宁宁[②]，明日从谁诉？怎得此身如去路，迢迢长在君行处。

【注释】

①会：领悟，理解。取：语助辞，犹着。句谓对方需理解我此时离别之苦。

②宁宁：犹丁宁，谓临行时谆谆嘱咐。

苏　辙

苏辙(1039—1112),字子由,眉山(今属四川)人。年十九,与兄轼同登进士科,授商州推官。神宗熙宁中,召为制置三司条例司属官。元丰三年(1080),坐兄轼乌台诗案,谪监筠州酒税。哲宗时,累官翰林学士、门下侍郎、尚书右丞。徽宗时蔡京秉政,谪居许州,自号颍滨遗老。文章与父洵、兄轼齐名,号"三苏"。有《栾城集》,词存4首。

水调歌头　徐州中秋[①]

离别一何久!七度过中秋[②]。去年东武今夕,明月不胜愁[③]。岂意彭城山下[④],同泛清河古汴[⑤],船上载凉州[⑥]。鼓吹助清赏[⑦],鸿雁起汀洲[⑧]。　坐中客,翠羽帔,紫绮裘。素娥无赖[⑨],西去曾不为人留。今夜清尊对客[⑩],明夜孤帆水驿[⑪],依旧照离忧。但恐同王粲,相对永登楼[⑫]。

【注释】

①词作于神宗熙宁十年(1077)中秋。时苏轼离密州任,道中改知徐州;苏辙应张方平辟,为南京签书判官。兄弟相遇于澶濮之间,相从至徐,留至八月中秋以后。苏轼和作小序云:"今年子由彭城相从百余日,过中秋而去,作曲以别。余以其语过悲,乃为和之。"

②"七度"句:据施宿《东坡年谱》,熙宁四年(1071),苏轼出为杭州通判,六月至陈州,时苏辙为学官。九月离陈,苏辙送至颍州,同谒欧阳修。别后至本年,共为七年。

③"去年"二句:熙宁九年,苏轼在密州任,中秋有《水调歌头》词,序云:"丙辰中秋,欢饮达旦,大醉,作此篇,兼怀子由。"起句云:"明月几时有,把酒问青天。"二句指此。东武,即密州,今山东诸城。

④彭城:即徐州。

⑤古汴:指汴水。由河南的郑州,经开封、归德,至江苏徐州,合泗水入淮河,今已淤塞。

⑥凉州:乐曲名。唐杜牧《河湟》诗:“唯有凉州歌舞曲,流传天下乐闲人。”

⑦鼓吹:指奏乐。

⑧汀洲:水中小洲。

⑨素娥:嫦娥,指月亮。南朝宋谢庄《月赋》:“引玄兔于帝台,集素娥于后庭。”无赖:犹无奈。南朝陈徐陵《乌栖曲》:“唯憎无赖汝南鸡,天河未落犹争啼。”

⑩清尊:酒。尊:酒杯。

⑪水驿:河边驿站,犹码头。

⑫“但恐”二句:王粲,汉末人,董卓之乱中,避地荆州,作《登楼赋》以怀乡,中云:“虽信美而非吾土兮,曾何足以淹留。”

马　瑊

马瑊(jiān)，字中玉，合肥人。《全宋词》作“马成”，实误。史容《山谷外集》卷十七有《寄忠玉提刑》诗，题下注云：“按《实录》，元祐五年(1090)六月己未，右宣德郎马瑊(四库备要本误作城)提点淮南西路刑狱，八月戊戌，改两浙提刑。”瑊，马仲甫之子。仲甫，《宋史》卷三三一有传。两浙提刑，《玉照新志》作“浙漕”，说详《玉楼春》(来时吴会犹残暑)注①。

玉楼春[①]

来时吴会犹残暑[②]，去日武林春已暮[③]。欲知遗爱感人深[④]，洒泪多于江上雨。　　欢情未举眉先聚，别酒多斟君莫诉[⑤]。从今宁忍看西湖[⑥]？抬眼尽成肠断处。

【注释】

①此词元祐六年(1091)三月作于杭州。清王文诰《苏诗总案》卷三十三载，此时苏轼有答马瑊诗，瑊赋《木兰花令》送别。注引《玉照新志》云：“东坡先生知杭州，马中玉(瑊)为浙漕。东坡被召赴阙，中玉席间作词曰：‘来时吴会犹残暑，去日武林春已暮……’”并载东坡和作，起二句云：“知君仙骨无寒暑，千载相逢犹旦暮。”《木兰花令》，即《玉楼春》，观此，可确证马成为马瑊之误。

②“来时”句：苏轼于元祐四年(1089)七月抵杭州知府任，故云。吴会，即杭州。柳永《望海潮》：“东南形胜，三吴都会，钱塘自古繁华。”此处省作“吴会”。

③“去日”句：苏轼去任时已为暮春三月，故云。武林，杭州的别称。

④遗爱：《左传·昭公二十年》：“及子产卒，仲尼闻之，出涕曰：古之遗爱也。”此指苏轼为官时治西湖有惠政于民，虽离任而民思之。

⑤莫诉：宋词中术语，指莫辞饮酒。

⑥西湖：在今杭州西部。

舒　氏

舒氏，某武弁女，有词翰，适王齐叟。齐叟，大名清平人，一说怀州人，元祐时枢密院副使王岩叟之弟，曾为太原掾官，因为醉酒嫚骂，岳父怒，迎舒氏归，竟至离绝。

点绛唇[①]

独自临池，闷来强把栏干凭。旧愁新恨，耗却年时兴[②]。　鹭散鱼潜，烟敛风初定。波心静，照人如镜，少个年时影。

【注释】

①《碧鸡漫志》卷二谓舒氏离异后，“在父家，一日行池上，怀其夫，作《点绛唇》曲”。“鹭散”以下四句，即写池上之景，且触景生情。

②年时：宋时方言，即当时，那时。此指与王齐叟共同生活时。

舒亶

舒亶(dǎn)(1041—1103)，字信道，号懒堂，明州慈谿(今属浙江宁波)人。英宗治平二年(1065)进士，试礼部第一。神宗元丰二年(1079)同李定劾苏轼乌台诗案；五年，知制诰；六年，试御史中丞，权直学士院。后在翰林，因自盗为赃，命追夺两秩勒停。徽宗崇宁初，知南康军，累迁龙图阁待制，未几卒。今人赵万里辑有《舒学士词》，丁绍仪《听秋声馆词话》卷二谓其词“亦不减秦黄”。

散天花　次师能韵[①]

云断长空叶落秋。寒江烟浪静[②]，月随舟。西风偏解送离愁。声声南去雁，下汀洲[③]。　　无奈多情去复留。骊歌齐唱罢[④]，泪争流。悠悠别恨几时休？不堪残酒醒，凭危楼[⑤]。

【注释】

①师能：姓名不详。

②烟浪：雾气笼罩下的波浪。

③汀洲：水中小洲。

④骊歌：告别之歌，《骊驹》的省称，其辞曰：“骊驹在门，仆夫具存；骊驹在路，仆夫整驾。”见《汉书·王式传》注。

⑤危楼：高楼。

虞美人　寄公度[①]

芙蓉落尽天涵水[②]，日暮沧波起。背飞双燕贴云寒，独向小楼东畔、倚栏看。　　浮生只合尊前老[③]，雪满长安道[④]。故人早晚上高台，赠我江南春色一枝梅[⑤]。

【注释】

①此词丁绍仪评曰："纵不识字，亦知是天生好语。"崔公度，高邮人，欧阳修得其所作《感山赋》，上之韩琦，琦上之英宗，即付史馆，以直龙图阁卒。《宋史》有传。

②芙蓉：荷花。天涵水：天光倒映于水中。

③浮生：指人生。《庄子·刻意》："其生若浮，其死若休。"李白《春夜宴从弟桃花园序》："浮生若梦，为欢几何。"

④长安：今陕西西安市，汉唐故都，宋人多借指汴京。

⑤"故人"二句：《诗词曲辞语汇释》卷六："早晚，犹云随时也……上高台为盼望义，言盼望寄我一枝梅也。"案：一枝梅，喻书信，用吴陆凯《赠范晔》诗："折梅逢驿使，寄与陇头人。江南无所有，聊赠一枝春。"

菩萨蛮[①]

画船搥鼓催君去[②]，高楼把酒留君住。去住若为情，西江潮欲平[③]。　　江潮容易得，只是人南北[④]。今日此尊空[⑤]，知君何日同[⑥]？

【注释】

①黄昇《花庵词选》评云："此词极有味。"

②搥：一作"捶"，又作"挝"。同义。

③西江：一作江头。

④人南北：谓各奔南北，言分离也。

⑤此尊空：谓饯别之酒筵已散。尊：酒杯。

⑥何日同：何日重逢。晏几道《鹧鸪天》："从别后，忆相逢，几时魂梦与君同？"意相似。

菩萨蛮　别意

江梅未放枝头结[①]，江楼已见山头雪。待得此花开,知君来不来? 风帆双画鹢[②],小雨随行色。空得郁金裙,酒痕和泪痕[③]。

【注释】

①枝头结:指花蕊。

②画鹢:古代画鹢鸟于船头,故称。鹢(yì):水鸟,白羽,善翔。汉司马相如《子虚赋》:"浮文鹢,扬桂枻。"

③郁金裙:郁金草染色的彩裙。唐杜牧《送容州中丞赴镇》诗:"烧香翠羽帐,看舞郁金裙。"注引《妆楼记》:"郁金,芳草也,染妇人衣最鲜明。"清王士祯《古今词论》评曰:"'空得郁金裙,酒痕和泪痕',舒亶语也。钟退谷评闾丘晓诗,谓具此手段,方能杀王龙标(唐王昌龄)。此等语乃出渠辈手,岂不可惜!"对此二句评价甚高而厌其人品。

蝶恋花

深炷熏炉扃小院[①]。手撚黄花,尚觉金犹浅[②]。回首画堂双语燕,无情渐渐看人远。 相见争如初不见[③],短鬓潘郎[④],斗觉年华换[⑤]。最是西风吹不断,心头往事歌中怨。

【注释】

①深炷熏炉:在深深的熏炉内点燃沉香。宋陆游《夏日杂题》:"竹炉熏炷海南沉。"扃:关着院门。

②手撚:手持。黄花:菊花。南唐冯延巳《谒金门》:"闲引鸳鸯香径里,手撚红杏蕊。"词境似之。

③"相见"句:司马光《西江月》:"相见争如不见,有情何似无情。"争如:怎如。

④"短鬓"句:晋潘岳《秋兴赋·序》:"余春秋三十有二,始见二毛。"《秋兴赋》云:"斑鬓髟以承弁兮,素发飒以垂领。"此喻

发稀而白。

⑤斗:通“陡”,突然。

木兰花

金丝络马青钱路[①],笑指玉皇香案去[②]。点衣柳陌堕残红[③],拂面风桥吹细雨。　　晓钗压鬓头慵举,恨里歌声兼别苦。西湖一顷白菱花[④],惆怅行云无觅处[⑤]。

【注释】

①青钱路:喻仕途通达。《新唐书·张荐传》:“员外郎员半千数为公卿称‘(张)鷟文辞犹青铜钱,万选万中’,时号鷟青钱学士。”

②“笑指”句:谓将入京做官。唐元稹《以州宅夸于乐天》诗:“我是玉皇香案吏,谪居犹得小蓬莱。”

③堕残红:即落花。

④西湖:杭州西湖。一顷:百亩。

⑤行云:用战国宋玉《高唐赋》典,此指所恋女子。

孔平仲

孔平仲（1042—1105）字毅父，清江（今属江西）人。英宗治平二年（1065）进士。哲宗元祐二年（1087）召试，授集贤校理，历京西提刑，绍圣三年（1096）知衡州。寻坐元祐党籍，谪居惠州。徽宗即位，召为户部员外郎、迁金部郎中，出使陕西，帅鄜、延、环庆。党论再起，罢职卒。与其兄文仲、武仲有《清江三孔集》。

千秋岁①

春风湖外，红杏花初退。孤馆静②，愁肠碎。泪余痕在枕，别久香销带。新睡起，小园戏蝶飞成对。

惆怅人谁会③？随处聊倾盖④。情暂遣，心何在？锦书消息断⑤，玉漏花阴改⑥。迟日暮⑦，仙山杳杳空云海⑧。

【注释】

①词乃和秦少游原唱，作于宋哲宗绍圣三年（1096）。宋曾敏行《独醒杂志》卷五："秦少游谪古藤，意忽忽不乐，过衡阳，孔毅甫（平仲）为守，与之厚，延留待遇有加，一日饮于郡斋，少游作《千秋岁》词，毅甫览至'镜里朱颜改'之句……遂赓其韵以解之。"

②孤馆静：秦观《踏莎行·郴州旅舍》："可堪孤馆闭春寒，杜鹃声里斜阳暮。"

③会：领会、理解。

④倾盖：盖，车篷。谓途中相遇，停车而语，车篷相接，一见如故。《史记·邹阳列传》："谚曰：有白头如新，倾盖如故。"

⑤锦书：指书信。

⑥玉漏：古代计时器。本句谓时间渐渐过去。

⑦迟日：指春天。唐杜审言《渡湘江》："迟日园林悲昔游，

今春花鸟作边愁。”

⑧“仙山”句：相传东海有蓬莱、方丈、瀛洲三仙山，人不可近。白居易《长恨歌》：“忽闻海上有仙山，山在虚无缥缈间。”此谓少游已登仙山，音容渺茫。

了　元

了元，僧人，号佛印，浮梁（今属江西）人，与苏轼、秦观游，先后住持镇江金山寺、杭州灵隐寺。

西江月

窣地重重帘幕[①]，临风小小庭轩。绿窗朱户映婵娟[②]，忽听歌讴宛转[③]。　　既是耳根有分，因何眼界无缘。分明咫尺遇神仙[④]，隔个帘儿不见。

【注释】

①窣（sū）地：犹言拂地。《宋史·五行志》三："理宗朝宫妃系前后裙而窣地，名赶上裙。"此谓帘幕垂到地面。

②婵娟：指美女。唐孟郊《婵娟篇》："妓婵娟，不长妍。"

③歌讴：歌唱、吟诵。《史记·张仪列传》："以宫中善歌讴者为媵。"

④咫尺：八寸为咫，十寸为尺，极言其近。

黄 裳

黄裳(1044—1130),字冕仲,号演仙,延平(今福建南平)人,宋神宗元丰五年(1082)进士第一。任职于秘书省。徽宗政和年间知福州,累迁端明殿学士、礼部尚书,卒赠太子少傅。有《演山集》六十卷,词附集中。

桂枝香 延平阁闲望[①]

人烟一簇[②]。正寄演客飞升,翠微麓[③]。楼阁参差,下瞰水天红绿[④]。腰间剑去人安在,记千年、寸阴何速[⑤]!山趋三岸,潭吞二水[⑥],岁丰人足。　是处有[⑦]、雕阑送目。更无限笙歌,芳酝初熟[⑧]。休诧滕王看处,落霞孤鹜[⑨]。雨中尤爱烟波上,见渔舟、来去相逐。致声歌向芦花,还疑是湘灵曲[⑩]。

【注释】

①延平阁:在今南平。黄裳《延平阁记》题下原注:“后蔡元长(蔡京)改名双溪阁。”《舆地纪胜》:“双溪阁在剑津之上。”

②一簇:犹一丛。

③“正寄”二句:演客:演仙,作者自指。翠微:《文选》左思《蜀都赋》注:“山气之轻缥也。”即指青葱的山色。此指附近的演山。徐案:此二句王安石词作“正故国晚秋,天气初肃”,以一去声“正”字领两个四言偶句。此则不合格律,疑有误。依律当作“正演客飞升,寄翠微麓”,则顺矣。

④“楼阁”二句:黄裳《延平阁记》:“东西之水,相会于阁之前,冲击而明浚之,人言其深不可测。”

⑤“腰间剑”三句:据《晋书·张华传》,雷焕在丰城得到龙泉、太阿二剑,一自佩,一送张华,并云:“灵异之物,终当化去。”华曰:“天生神物,终当合耳。”雷焕死后,其子持剑行经南平之延平津,剑忽从腰间跃入水中,使人下水捞取,但见两龙各长数

文,飞升而去。自晋至宋,约千年,故云。

⑥潭吞二水:延平津有东西二支,在阁下汇成深潭。

⑦是处:处处,到处。

⑧芳酝:指美酒。

⑨“休诧”二句:唐王勃《滕王阁序》:“落霞与孤鹜齐飞,秋水共长天一色。”休诧,不必诧异。

⑩湘灵:湘水女神,即湘妃。唐钱起《省试湘灵鼓瑟》诗:“善鼓云和瑟,常闻帝子灵……曲终人不见,江上数峰青。”

雨霖铃　送客还浙东[①]

天南游客[②],甚而今,却送君南国[③]。薰风万里无限[④],吟蝉暗续,离情如织。秣马脂车[⑤],去即去、多少人惜。为惠爱、烟惨云山,送两城愁作行色。　飞帆过、浙西封域。到秋深、且舣荷花泽[⑥]。就船买得鲈鳜[⑦],新谷破、雪堆香粒。此兴谁同?须记东秦,有客相忆[⑧]。愿听了、一阕歌声,醉倒拚今日。

【注释】

①词乃客中送客。观下文,时在青齐,送客还浙东。浙东:宋代行政区。原称为两浙路,熙宁七年(1074),分为两路,以平江(今苏州)、镇江、杭州、湖州、嘉兴等为西路;以越州、明州、温州、处州等为东路。见《宋史·地理志》。

②天南游客:词人自指,因系福建南平人,比浙东更远。

③南国:指浙东。

④薰风:指初夏时东南风。《吕氏春秋·有始》:“东南曰薰风。”注:“一曰清明风。”

⑤秣马脂车:给马饲料,给车加油。《诗经·周南·汉广》:“之子于归,言秣其马。”又《诗经·小雅·何人斯》:“尔之亟行,遑脂尔车。”

⑥舣(yǐ):停船靠岸。

⑦鲈鳜(guì):鲈鱼、鳜鱼。唐张志和《渔歌子》:"西塞山前白鹭飞,桃花流水鳜鱼肥。"

⑧东秦:指齐地(今山东)。《晋书·慕容德载记》:"青、齐沃壤,号曰东秦。"此时词人似在齐地任职,故云。

新荷叶 雨中泛湖

落日衔山,行云载雨俄鸣[①]。一顷新荷[②],坐间疑是秋声。烟波醉客[③],见快哉、风恼娉婷[④]。香和清点,为人吹在衣襟。　珠佩欢言[⑤],放船且向前汀[⑥]。绿伞红幢[⑦],自从天汉相迎[⑧]。飞鸥独落,芦边对、几朵繁英。侑觞人唱、乍闻应似湘灵[⑨]。

【注释】

①俄鸣:一会儿雨声大作。俄:俄顷,顷刻。

②一顷:百亩。

③烟波醉客:一称烟客,指游人。梁江淹《杂体诗·郭弘农璞游仙》诗:"眇然万里游,矫掌望烟客。"

④快哉:宋玉《风赋》:"楚襄王游于兰台之宫,宋玉景差侍,有风飒然而至,王乃披襟而当之,曰:'快哉此风!'"娉婷(pīng tíng):姿态美好。汉辛延年《羽林郎》:"不意金吾子,娉婷过我庐。"此指娇美的荷花。

⑤珠佩:以珍珠为佩,喻雨点。

⑥汀:水中小洲。

⑦绿伞红幢:喻荷叶荷花。

⑧天汉:天河,银河。

⑨侑觞:饮酒时歌妓唱曲助兴。湘灵:见前《桂枝香》(人烟一簇)注⑩。

喜迁莺 端午泛湖[①]

梅霖初歇[②]，乍绛蕊海榴[③]，争开时节。角黍包金[④]，香蒲切玉[⑤]，是处玳筵罗列[⑥]。斗巧尽输年少，玉腕彩丝双结[⑦]。舣彩舫[⑧]，看龙舟两两，波心齐发[⑨]。　　奇绝，难画处，激起浪花，飞作湖间雪。画鼓喧雷，红旗闪电，夺罢锦标方彻[⑩]。望中水天日暮，犹见珠帘高揭。归棹晚，载荷花十里，一钩新月。

【注释】

①此词《西湖游览志余》卷三误作吴礼之词。宋张炎《词源》“节序”评曰：“昔人咏节序，不惟不多，付之歌喉者，类是率俗，不过为应时纳祜之声耳。所谓清明‘拆桐花烂漫’、端午‘梅霖初歇’……若律以词家调度，则皆未然。”

②梅霖：梅雨。江南黄梅熟时阴雨连绵，雨过三日曰霖。

③绛蕊海榴：即石榴，花蕊呈绛红色，农历五月开花。

④角黍：即粽子，以芦叶裹糯米成三角形，故名。《初学记》卷四引《风土记》：“仲夏端午，熟鹜角黍。”注引《续齐谐记》：“屈原五月五日自投汨罗而死，楚人哀之，每至此日，以竹筒贮米，投水祭之。”

⑤香蒲切玉：香蒲，一名甘蒲，根茎可食，切碎腌之以佐餐，名曰昌歜。苏轼《南歌子·游赏》：“菰黍连昌歜。”即指此。

⑥是处：到处。玳筵：即玳瑁筵，喻酒席之豪华。

⑦“玉腕”句：旧俗端午节以五彩丝绳系于双腕，藉以辟邪，一名长命缕，见《风俗通》。宋吴文英《踏莎行》：“香瘢新退红丝腕。”即指此。

⑧舣彩舫：游船靠岸。

⑨“看龙舟”二句：相传五月五日为屈原投汨罗日，人伤其死，以舟楫救之。因于是日举行龙舟竞渡，至今为俗，见陈元靓

《岁时广记》。

⑩“画鼓”三句:周密《武林旧事·观潮》:“浙江之潮,天下之伟观也……吴儿善泅者数百,皆披发文身,手执十面大彩旗,争先鼓勇,溯迎而上。”

减字木兰花 竞渡[1]

红旗高举,飞出深深杨柳渚[2]。鼓击春雷,直破烟波远远回。　欢声震地,惊退万人争战气。金碧楼西,衔得锦标第一归。

【注释】

①此词写端午节龙舟竞渡,参见《喜迁莺》(梅霖初歇)注⑨⑩。

②“红旗”二句:吴自牧《梦粱录》卷四《观潮》:“杭人有一等无赖不惜性命之徒,以大彩旗……伺潮出门,百十为群,执旗泅水上,以迓子胥(伍员)弄潮之戏,或有手脚执五小旗浮潮头而戏弄。”杨柳渚:水边的杨柳丛中。《国语·越语》下注:“水边亦曰渚。”

王雱

王雱(pāng)(1044—1076),字元泽,临川(今江西抚州)人。王安石之子。英宗治平四年(1067)进士,调旌德尉。历太子中允、崇政殿说书、龙图阁直学士,擢天章阁待制兼侍讲。雱才高志远,助其父推行新法。今存《南华真经新传》二十卷。词存2首。

眼儿媚[①]

杨柳丝丝弄轻柔,烟缕织成愁。海棠未雨,梨花先雪,一半春休[②]。　　而今往事难重省[③],归梦绕秦楼[④]。相思只在,丁香枝上[⑤],豆蔻梢头[⑥]。

【注释】

①《历代词人考略》卷十八引《古今词话》云:"王荆公子雱多病,因令其妻楼居而独处,荆公别嫁之。雱念之,为作《秋波媚》。"《蓼园词选》评云:"语语清新婉倩,后人争鲜斗艳,终不能及,数百年来,脱口如新。"

②"海棠"三句:指春分时节。未雨:未经雨。先雪:先开。梨花开时似雪,故云。

③难重省:难以回忆。

④秦楼:见王安石《千秋岁引·秋景》词注⑧。

⑤丁香:丁香花蕾如结,诗人多喻愁思凝结不解。唐牛峤《感恩多》词:"自从南浦别,愁见丁香结。"

⑥"豆蔻"句:唐杜牧《赠别》诗形容美丽少女:"娉娉袅袅十三余,豆蔻梢头二月初。"此喻其妻。

倦寻芳慢　中吕宫[①]

露晞向晓[②],帘幕风轻,小院闲昼。翠径莺来,惊下乱红铺绣[③]。倚危墙[④]，登高榭[⑤]，海棠经雨胭脂透[⑥]。算韶华，又因循过了，清明时候。　　倦游燕、风光满目，好景良辰，谁共携手？恨被榆钱，买断两眉长皱[⑦]。忆高阳，人散后[⑧]，落花流水仍依旧。这情怀，对东风、尽成消瘦。

【注释】

①《扪虱新话》下集卷四云："世传王元泽一生不作小词，或者笑之，元泽遂作《倦寻芳慢》一首，时服其工……此词甚佳，今人多能诵之。"中吕宫，宫调名。

②露晞：露水已干。贺铸《半死桐》词："原上草，露初晞。"

③"翠径"二句：翠径，绿荫下小路。乱红：落花。

④危墙：高墙。

⑤高榭：在台上盖的临水高屋。宋玉《招魂》："层台累榭，临高山些。"

⑥"海棠"句：杜甫《曲江对雨》诗："林花着雨胭脂湿。"

⑦榆钱：《本草纲目·本部》二："榆未生叶时，枝条间先生榆荚，形状似钱而小，色白成串，俗呼榆钱。"二句谓榆钱惹起愁恨。

⑧"忆高阳"二句：化用宋玉《高唐赋》楚襄王梦遇巫山神女事。

黄大临

黄大临，字元明，号寅庵，洪州分宁(今江西修水)人，黄庭坚之兄。哲宗绍圣元年(1094)，任越州司理，后为萍乡县令、庐陵县令。有词3首。

七娘子[①]

画堂银烛明如昼，见林宗、巾垫羞蓬首[②]。针指花枝，线赊罗袖，须臾两带还依旧。　　劝君倒戴休令后，也不须、更漉渊明酒[③]。宝箧深藏，浓香薰透。为经十指如葱手。

【注释】

①《能改斋漫录》卷十七云："豫章先生兄黄元明，宰庐陵县，赴郡会，坐上巾带偶脱，太守喻妓令缀之。既毕，且俾元明撰词……盖《七娘子》也。"

②林宗：东汉郭太，字林宗。《后汉书》本传云："身长八尺，容貌魁伟，褒衣博带，周游郡国。尝于陈蔡间行，遇雨，巾一角垫。时人乃故折巾一角，以为'林宗巾'。"注引周迁《舆服杂事》曰："巾以葛为之，形如帢，本居士野人所服……今国子学生服焉，以白纱为之。"此即巾垫，一种简陋头巾(帽子)。

③更漉(lù)渊明酒：梁萧统《陶渊明传》："值其酿熟，取头上葛巾漉酒。漉毕，还复著之。"漉：过滤。

青玉案[①]

行人欲上来时路，破晓雾，轻寒去。隔叶子规声暗度[②]。十分酒满，舞裀歌袖[③]，沾夜无寻处[④]。　　故人近送旌旗暮，但听阳关第三句[⑤]。欲断离肠余几许。满天星月，看人憔悴，烛泪垂如雨[⑥]。

【注释】

①此词及下一首皆作于宋徽宗崇宁二年（1103），据《能改斋漫录》卷十六：“贺方回为《青玉案》词，山谷尤爱之……及谪宜州，山谷兄元明和以送之。”

②子规：即杜鹃，鸣声似“不如归去”。

③舞裀（yīn）：舞蹈所用的地毯。裀：褥、垫之类。

④沾夜：犹连夜。

⑤“故人”二句：谓其弟黄庭坚将谪赴宜州，唱《阳关》曲相送。《阳关》曲词本为王维《送元二使安西》诗，第三句为“劝君更尽一杯酒”。

⑥“看人”二句：语本唐杜牧《赠别》之二：“蜡烛有心还惜别，替人垂泪到天明。”又晏殊《撼庭秋》：“念兰堂红烛，心长焰短，向人垂泪。”

青玉案　和贺方回韵，送山谷弟贬宜州[①]

千峰百嶂宜州路，天黯淡，知人去。晓别吾家黄叔度[②]。弟兄华发，远山修水[③]，异日同归处。　樽罍饮散长亭暮[④]，别语缠绵不成句。已断离肠能几许？水村山馆，夜阑无寐，听尽空阶雨。

【注释】

①贺方回韵：即贺铸《青玉案》（凌波不过横塘路）。山谷：即黄庭坚。宋徽宗崇宁二年（1103）贬宜州。宜州，今广西宜山县。

②黄叔度：东汉黄宪（75—122），字叔度，人品高尚，时人说一月不见，“则鄙吝之萌复存于心”，见《后汉书》本传。此处借喻黄庭坚。

③修水:水名,在词人故乡江西分宁。今为县名。修水:水流修长也。

④樽罍(léi):皆酒器,此指饯别之酒。罍,古代盛酒器。

黄庭坚

黄庭坚(1045—1105),字鲁直,自号山谷道人,晚号涪翁,洪州分宁(今江西修水)人。英宗治平四年(1067)进士。哲宗立,召为校书郎、《神宗实录》检讨官。后擢起居舍人。绍圣初,新党谓其修史"多诬",贬涪州别驾,安置黔州等地。徽宗初,羁管宜州卒。工诗文,早年受知于苏轼,与张耒、晁补之、秦观并称"苏门四学士"。诗与苏轼并称"苏黄",为江西诗派开山,有《豫章黄先生文集》。词与秦观齐名,有《山谷琴趣外篇》《豫章黄先生词》(龙榆生整理)。词风流宕豪迈,较接近苏轼。晁补之云:"鲁直间作小词固高妙,然不是当行家语,自是著腔子唱好诗。"(见《诗人玉屑》)另有不少俚词,不免亵诨。

念奴娇[①]

八月十七日,同诸甥步自永安城楼[②],过张宽夫园待月[③]。偶有名酒,因以金荷酌众客[④]。客有孙彦立,善吹笛。援笔作乐府长短句,文不加点[⑤]。

断虹霁雨[⑥],净秋空,山染修眉新绿[⑦]。桂影扶疏[⑧],谁便道,今夕清辉不足?万里青天,姮娥何处?驾此一轮玉[⑨]?寒光零乱,为谁偏照醽醁[⑩]? 年少从我追凉,晚凉幽径,绕张园森木。共倒金荷家万里,难得尊前相属。老子平生[⑪],江南江北,最爱临风笛[⑫]。孙郎微笑,坐来声喷霜竹[⑬]。

【注释】

①元符元年作于戎州贬所。词风豪放,宋胡仔《苕溪渔隐丛话》后集卷三十一云:"或以为可继东坡赤壁之歌。"

②永安:即白帝城,在今重庆奉节县西长江边上。

③张宽夫：名溥。黄庭坚《与王观复书》："张溥宽夫，自不肖到戎州，朝夕相近。"又张仲谋《绿萌堂记》"嘉阳张仲吉寓舍于僰道"，其子"宽夫又从予学"。

④金荷：金质莲花杯。

⑤文不加点：谓不需修改。《旧唐书·贺知章传》："醉后属词，动成卷轴，文不加点，咸有可观。"

⑥断虹：一部分被云所遮蔽的虹，称断虹。

⑦"山染"句：谓山峰染成青黛色，如同美人的长眉毛。

⑧桂影：相传月中有桂树，因称月中阴影为桂影。扶疏：繁茂纷披貌。

⑨姮娥：月中女神嫦娥。汉时避汉文帝刘恒讳，改称嫦娥。一轮玉：指圆月。

⑩醽醁(líng lù)：酒名。湖南衡阳县东二十里有酃湖，其水湛然呈绿色，取以酿酒，甘美，名酃渌，又名醽醁。

⑪老子：老夫，作者自指。

⑫临风笛：陆游《老学庵笔记》卷二："予在蜀，见其稿。今俗本改'笛'为'曲'以协韵，非也。然亦疑笛字太不入韵。及居蜀久，习其语音，乃知泸戎间谓'笛'为'独'，故鲁直得借用，亦因以戏之耳。"

⑬霜竹：指笛子。《乐书》："剪云梦之霜筠，法龙吟之异韵。"

水调歌头 游览①

瑶草一何碧②，春入武陵溪③。溪上桃花无数，花上有黄鹂。我欲穿花寻路，直入白云深处，浩气展虹霓④。只恐花深里，红露湿人衣⑤。　　坐玉石，攲玉枕，拂金徽⑥。谪仙何处⑦，无人伴我白螺杯。我为灵芝仙草，不为朱唇丹脸，长啸亦何为⑧。醉舞下山去，明月逐人归⑨。

【注释】

①清黄苏《蓼园词选》:"黄山谷'瑶草一何碧',一往深秀,吐属隽雅绝伦。"近人夏敬观《手批山谷词》云:"曩疑山谷词太生硬,今细读,悟其不然。'超轶绝尘,独立万物之表,驭风骑气,以与造物者游',东坡誉山谷之语也,吾于其词亦然。"

②瑶草:传说中的仙草。东方朔《与友人书》:"不可使尘网名缰拘锁……相期拾瑶草,吞日月之精华,共轻举耳。"

③武陵溪:用晋陶渊明《桃花源记》武陵人"忽逢桃花林"故事。武陵:在今湖南常德境内,近张家界风景区。此指风景幽绝处。

④浩气:浩然之气,指一种刚大正直之气。《孟子·公孙丑上》:"我善养吾浩然之气。"

⑤"红露"句:化用唐王维《山中》诗:"山路元无雨,空翠湿人衣。"

⑥金徽:金饰的琴徽,乃琴上定音标志。唐李肇《国史补》:"蜀中雷氏斫琴,常自品第。第一者以玉徽,又次者以金徽。"元稹《小胡笳引》:"雷氏金徽琴,王君宝重轻千金。"

⑦谪仙:唐李白《对酒忆贺监·序》:贺知章"一见余,呼余为谪仙人"。

⑧长啸:撮口发出长而清越的声音。唐王维《竹里馆》:"独坐幽篁里,弹琴复长啸。"

⑨"明月"句:语本唐苏味道《正月十五夜》诗:"暗尘随马去,明月逐人来。"

踏莎行[①]

临水夭桃[②],倚墙繁李。长杨风掉青骢尾[③]。尊中有酒且酬春,更寻何处无愁地。　　明日重来,落花如绮[④]。芭蕉渐展山公启[⑤]。欲笺心事寄天公,教人长对花前醉。

【注释】

①清黄苏《蓼园词选》:"辞旨浓郁。结二句虽近纤新,而辞旨亦自沉郁有致。"

②夭桃:美艳的桃花。《诗经·周南·桃夭》:"桃之夭夭,灼灼其华。"《毛传》:"夭夭,其少壮也。"

③长杨:垂杨。青骢:马毛之青白色相杂者。《说文》段注:"白毛与青毛相间,则为浅青,俗所谓葱白色。"

④绮:有文彩的丝织品。

⑤山公启:晋山涛为尚书吏部郎时,凡用人行政,皆先向皇帝密启。涛所奏甄拔人物,各为题目,时称山公启事。见《晋书》本传。此喻展开的芭蕉如奏章启事。

定风波 次高左藏韵[①]

自断此身休问天,白头波上泛孤船。老去文章无气味,憔悴,不堪驱使菊花前。　闻道使君携将吏[②],高会[③],参军吹帽晚风颠[④]。千骑插花秋色暮[⑤],归去,翠娥扶入醉时肩。

【注释】

①宋哲宗绍圣二年(1095),作者被贬为涪州别驾,黔州(今重庆彭水)安置,于五月六日抵贬所。词作于绍圣四年。高左藏,名羽,代曹谱为黔守,与庭坚甚善,见作者《致泸州帅王补之》。左藏:即左藏库使,官名。

②使君:汉时对州郡长官之称,此指高羽。

③高会:举行盛大宴会。《史记·项羽本纪》:"身送之至无盐,饮酒高会。"《集解》引韦昭注:"皆召尊爵,故云高。"

④参军吹帽:相传晋代孟嘉为征西将军桓温参军,九月九日宴于龙山,风吹嘉帽堕落,不之觉。温令人取还,又命孙盛作文嘲之。嘉以文答之,甚美。见《晋书》本传。此为作者自喻。参

军:官名。

⑤千骑(jì):谓州官的随从众多。

定风波 次高左藏使君韵[1]

万里黔中一漏天[2],屋居终日似乘船。及至重阳天也霁。催醉,鬼门关外蜀江前[3]。 莫笑老翁犹气岸[4]。君看,几人黄菊上华颠[5]。戏马台南追两谢[6]。驰射,风流犹拍古人肩[7]。

【注释】

①高左藏:见前一首注①,词亦绍圣四年(1093)重阳节作于黔州。

②黔中:即黔州,治所在今重庆彭水。漏天:谓阴雨连绵。蜀中多雨,邛都有漏天,戎州、僰道有大漏天、小漏天,此处移以称黔。

③鬼门关:即石门关,在重庆奉节县东。陆游《入蜀记》第六:"舟中望石门关,仅通一人行,天下至险也。"蜀江:指流经彭水县的乌江段。

④气岸:气概傲岸。李白《流夜郎赠辛判官》诗:"气岸遥凌豪士前,风流肯落他人后。"

⑤黄菊上华颠:华颠,头发花白。古有重阳节簪菊的风俗。唐杜牧《九日齐山登高》诗:"尘世难逢开口笑,菊花须插满头归。"

⑥戏马台:又称掠马台,项羽所筑,在今江苏徐州市南。晋安帝义熙十二年(416),刘裕北征,九月九日会僚属于此,赋诗为乐,谢瞻和谢灵运各赋《九日从宋公戏马台集送孔令》一首。故此曰"两谢"。

⑦"风流"句:晋郭璞《游仙诗》:"左挹浮丘袖,右拍洪崖肩。"浮丘、洪崖,皆仙人。此云直追古人豪迈气概。

减字木兰花[1]

中秋无雨，醉送月衔西岭去[2]。笑口须开，几度中秋见月来。　　前年江外，儿女传杯兄弟会[3]。此夜登楼，小谢清吟慰白头[4]。

【注释】

①据作者小序："丙子仲秋，奉陪黔阳曹使君伯达玩月，作《减字木兰花》，兼简施州张使君仲谋。"可知此词作于宋哲宗绍圣三年丙子(1096)仲秋。清陈廷焯《词则·放歌集》评此词曰："愁苦之情，出以风流放诞之笔，绝世文情。"

②西岭：指摩围山，在城西。《彭水县志》："宋黄山谷游摩围，曾在洞中炼丹，甚得其趣。"

③"前年"二句：龙榆生《山谷年谱简编》："绍圣二年乙亥(1095)……是岁秋，其弟知命自芜湖登舟，携一妾、一子及先生之子相，并其所生母俱来。知命中道生一女，又与其从兄嗣直(叔向)会于夔州。"

④小谢：南朝宋谢朓。大谢为谢灵运。此处借指其弟知命。白头：作者时年五十一岁，故云。

减字木兰花　和赵文仪[1]

诗翁才刃[2]，曾陷文场貔虎阵[3]。谁敢当哉？况是焚舟决胜来[4]。　　三巴春杪[5]。客馆梦回风雨晓。胸次峥嵘，欲共涛头赤甲平[6]。

【注释】

①赵文仪：作者的友人，生平不详。此为豪放词，明卓人月《古今词统》卷四评曰："何等壮杰。"

②诗翁：指赵文仪。才刃：喻才华横溢，文笔犀利。

③文场：科举考试的考场。貔(pí)虎阵：比喻由勇士组成的战阵。貔，一种猛兽。《后汉书·光武纪赞》："寻邑百万，貔虎为群。"

④焚舟：喻下定决心，只能前进，不许后退。《左传·文公三年》："秦伯伐晋，济河焚舟。"唐雍陶《离家后作》："出门便作焚舟计，生不成名死不归。"

⑤三巴：巴原为古国名，主要在今四川东部、湖北西部，秦以其地为巴郡。晋常璩《华阳国志》卷一《巴志》："(刘)璋乃改永宁为巴郡，以固陵为巴东，徙(庞)羲为巴西太守，是为三巴。"

⑥赤甲：山名，在重庆奉节东。吴曾《能改斋漫录》卷九："鱼腹县西北赤甲城，东连白帝城，西临大江。"

木兰花令[①]

新年何许春光漏？小院闭门风日透。酥花入坐颇欺梅[②]，雪絮因风全是柳[③]。　　使君落笔春词就[④]，应唤歌檀催舞袖[⑤]。得开眉处且开眉[⑥]，人世可能金石寿[⑦]。

【注释】

①哲宗绍圣四年(1097)春，作于黔州贬所。

②酥花：做成花形的松脆食品。陆游《冬至》诗："盘里酥花也斗开。"欺梅：胜过梅花。

③"雪絮"句：指雪柳，宋人春日饰物。周密《武林旧事》卷二《立春》："前一日……预造小春牛数十，饰彩旛雪柳，分送殿阁。"

④使君：指州郡长官。春词：即春日帖子词。《武林旧事》卷二《立春》："学士院撰进春帖子，帝、后、贵妃、夫人诸阁，各有定式。"州郡想亦如例。

⑤歌檀：歌唱时击节用的檀木拍板。

⑥开眉：展眉而笑。唐白居易《偶作寄朗之》诗："歧分两回首，书到一开眉。"

⑦可能：岂能、难道。金石寿：喻长寿，谓人之生命如金石之坚而久。

清平乐

春归何处？寂寞无行路。若有人知春去处，唤取归来同住[①]。　　春无踪迹谁知，除非问取黄鹂[②]。百啭无人能解[③]，因风飞过蔷薇。

【注释】

①宋胡仔《苕溪渔隐丛话》后集卷三十九云："山谷词云：'春归何处……'王逐客云：'若到江南赶上春，千万和春住。'体山谷语也。"

②黄鹂：黄莺。俞平伯云："全篇宛转一意，但何以特提出这黄莺呢？冯贽《云仙杂记》卷二引《高隐外书》云：'戴颙携黄柑斗酒，人问何之，曰往听黄鹂声，此俗耳针砭，诗肠鼓吹，汝知之乎？'这里借寓自己身份怀抱，恐亦非泛泛之笔。"(《唐宋词选释》)

③百啭(zhuàn)：形容黄鹂婉转的鸣声。

鹧鸪天　坐中有眉山隐客史应之和前韵，即席答之[①]

黄菊枝头生晓寒[②]，人生莫放酒杯干。风前横笛斜吹雨，醉里簪花倒著冠。　　身健在，且加餐。舞裙歌板尽清欢。黄花白发相牵挽，付与时人冷眼看。

【注释】

①眉山：今属四川，距峨嵋山不远。史应之：名铸，客游于

泸、戎间。元符二年(1099),庭坚在戎州,有《戏答史应之三首》,词作于同年重阳节。清黄苏《蓼园词选》云:"《鹧鸪天》,黄山谷'黄菊枝头破晓寒'。菊称其耐寒则有之,曰'破寒',更写得菊精神出。曰'斜吹雨','倒著冠',则有傲兀不平气在。末二句,尤有牢骚。然自清迥独出,骨力不凡。"

②生晓寒:一作"破晓寒"。

谒金门 戏赠知命[①]

山又水,行尽吴头楚尾[②]。兄弟灯前家万里,相看如梦寐。 君似成蹊桃李[③],入我草堂松桂[④]。莫厌岁寒无气味,余生今已矣!

【注释】

①此词龙榆生《山谷年谱简编》系于宋哲宗元符二年(1099),时作者在戎州(今四川宜宾)。知命:黄庭坚弟黄叔达,字知命。

②吴头楚尾:指江西。《方舆胜览》:"豫章之地为楚尾吴头。"

③成蹊桃李:比喻实至而名归。《史记·李将军传·赞》:"谚曰:'桃李无言,下自成蹊。'此言虽小,可以喻大也。"意谓桃李花实虽不自我宣扬,树下自因多人观赏而踏成路径。蹊:足迹、小路。

④"入我"句:孔稚圭《北山移文》:"钟山之英,草堂之灵……诱我松桂,欺我云壑。"此喻所居虽然简野,却人如嘉树,也有吸引力。

诉衷情

在戎州登临胜景[①],未尝不歌渔父家风,以谢江山。

门生请问：先生家风如何？为拟金华道人作此章[2]。

一波才动万波随，蓑笠一钩丝。锦鳞正在深处[3]，千尺也须垂。　　吞又吐，信还疑，上钩迟。水寒江静，满目青山，载月明归。

【注释】

①戎州：治所在今四川宜宾市西南。《宋史·黄庭坚传》："贬涪州别驾，黔州安置。言者犹以处善地，为翫法，以亲嫌，遂移戎州。"移戎州在元符元年（1098）。

②金华道人：古仙人赤松子，在金华山得道，故称。徐案：此处黄庭坚记忆有误。其人实为华亭船子和尚，据《五灯会元》卷五，秀州华亭船子和尚德诚禅师有《拨棹歌》云："千尺丝纶直下垂，一波才动万波随。夜静水寒鱼不食，满船空载明月归。"黄庭坚此词乃据原作改写。

③锦鳞：指鱼类。

浣溪沙[1]

新妇滩头眉黛愁[2]，女儿浦口眼波秋[3]。惊鱼错认月沉钩[4]。　　青箬笠前无限事，绿蓑衣底一时休。斜风吹雨转船头。

【注释】

①此词据唐顾况《渔父引》、张志和《渔歌子》改成。苏轼跋云："鲁直此词，清新婉丽。问其最得意处，以山光水色替却玉肌花貌，真得渔父家风也。"（见《能改斋漫录》卷十六）清黄苏《蓼园词选》云："涪翁一生坎壈，托兴于渔父，欲为恬适，终带牢骚。……张（子和）句是无心任运，涪翁句是有心避患也。细味当自得之。"

②新妇滩：在四川万县东南，邻近小孤山，亦称新妇矶。眉黛：形容山色如青黛画成之眉。

③女儿浦：在江西九江东南，源出庐山，流入鄱阳湖。见《读史方舆纪要》。

④月沉钩：谓月牙映入水中。

菩萨蛮

王荆公新筑草堂于半山[①]，引八功德水作小港[②]，其上垒石作桥。为集句云[③]："数间茅屋闲临水，窄衫短帽垂杨里。花是去年红，吹开一夜风。　梢梢新月偃，午醉醒来晚。何物最关情？黄鹂三两声。"戏效荆公作。

半烟半雨溪桥畔[④]，渔翁醉著无人唤[⑤]。疏懒意何长[⑥]，春风花草香[⑦]。　江山如有待[⑧]，此意陶潜解[⑨]。问我去何之？君行到自知[⑩]。

【注释】

①王荆公：王安石原封舒国公，元丰二年（1079）改封荆国公。半山：江宁（今江苏南京）半山园，在钟山西南侧。熙宁九年（1076），再度罢相，出判江宁府，退居半山园。

②八功德水：佛教谓须弥山下大海中有八功德水。八功德指一甘、二冷、三软、四轻、五净、六不臭、七不损喉、八不伤腹。此指清水。

③集句：采撷古人诗句以为诗。王安石《菩萨蛮》词见本书前选。

④唐郑谷《咏柳》诗："半烟半雨江桥畔，映杏映桃山路中。"

⑤唐韩偓《醉著》诗："渔翁醉著无人唤，过午醒来雪满船。"

⑥杜甫《西郊》诗："无人觉来往，疏懒意何长。"

⑦杜甫《绝句二首》之一："迟日江山丽，春风花草香。"

⑧杜甫《后游》诗："江山如有待，花柳更无私。"

⑨杜甫《可惜》诗："此意陶潜解，吾生后汝期。"仇兆鳌注："今惟僧诗酒以宽心遣兴，此意惟陶潜能解，而恨予生之晚也。"

⑩"君行"句：《能改斋词话》卷二作"君行即自知"。

西江月

老夫既戒酒不饮，遇宴集，独醒其旁。坐客欲得小词，援笔为赋。

断送一生惟有，破除万事无过[①]。远山横黛蘸秋波[②]，不饮旁人笑我。　　花病等闲瘦弱，春愁没处遮拦。杯行到手莫留残[③]，不道月斜人散[④]。

【注释】

①"断送"二句：陈师道《后山诗话》："黄词云：'断送一生惟有，破除万事无过。'盖韩（愈）诗（《远兴》）有云：'断送一生惟有酒'；（《赠郑兵曹》）'破除万事无过酒。'才去一字，遂为切对，而语益峻。又云：'杯行到手更留残，不道月明人散。'谓思相离之忧，则不得不尽。而俗士改为'留连'，遂使两句相失。正如论诗云，'一方明月可中庭'，'可'不如'满'也。"

②横黛：谓远山如用青黛画成之眉。秋波：喻美女的目光。此句指在旁侑酒的歌女。

③"杯行"句：化用唐韩愈《赠郑兵曹》诗："杯行到手君莫停。"莫留残：宋张端义《贵耳集》卷下云："诗话谓作'莫留连'，意思殊短。又尝见山谷真迹，乃是'更留残'，词意便有斡旋也。"

④不道：《诗词曲语辞汇释》卷举此句云："不道，犹云不思也，不想也。"

虞美人 宜州见梅作[①]

天涯也有江南信[②],梅破知春近。夜阑风细得香迟[③],不道晓来开遍向南枝[④]。　　玉台弄粉花应妒,飘到眉心住[⑤]。平生个里愿杯深,去国十年老尽少年心[⑥]。

【注释】

①此词作于宋徽宗崇宁三年(1104),时谪居宜州(治所在今广西宜山)。俞陛云曰:“此词殊方逐客,重见梅花,仅感叹少年,而绝无怨尤之语,诵其词可知其人矣。”(《两宋词选释》)

②江南信:信,信使,此指春之信使,化用吴陆凯《赠范晔诗》:“折梅逢驿使,寄与陇头人。江南无所有,聊赠一枝春。”

③夜阑:指夜深。

④不道:不知不觉,没料到。

⑤“玉台”二句:相传南朝宋寿阳公主人日卧于含章殿檐下,梅花落其额上,成五出之花,拂之不去,自后有梅花妆。见《岁华纪丽》。玉台:玉镜台,唐王昌龄《朝来曲》:“盘龙玉台镜,唯待画眉人。”

⑥去国十年:作者自绍圣元年(1094)被贬出京,至本年正十年。

定风波

上客休辞酒浅深[①],素儿歌里细听沉[②]。粉面不须歌扇掩,闲静。一声一字总关心。　　花外黄鹂能密语。休诉[③]。有花能得几时斟。画作远山临碧水[④],明媚。梦为胡蝶去登临[⑤]。

【注释】

①上客：上宾，尊贵的客人。

②素儿：即素女，古代神话中女神，善弦歌。汉扬雄《太玄赋》："听秦女之轻声兮，观宓妃之妙曲。"此指歌女。

③休诉：唐宋词中"休诉"皆为莫辞饮酒之义。唐韦庄《菩萨蛮》："莫诉金杯满。"可证。

④远山碧水：喻眉与眼。远山，一种画眉的样式。碧水，形容眼光之澄澈。

⑤梦为胡蝶：《庄子·齐物论》："昔者庄周梦为胡蝶，栩栩然胡蝶也。自喻适志与，不知周也。俄然觉，则蘧蘧然周也。"登临：登山临水，承前句"远山碧水"而言。

木兰花令　用前韵赠郭功甫[①]

少年得意从军乐[②]，晚岁天教闲处著[③]。功名富贵久寒灰[④]，翰墨文章新讳却[⑤]。　是非不用分今昨[⑥]。云月孤高公也莫[⑦]。喜欢为地醉为乡[⑧]，饮客不来但自酌。

【注释】

①本篇作于宋徽宗崇宁元年(1102)，时山谷领太平州事，九日而罢。词用《木兰花令》(庚郎三九常安乐)韵，故曰"用前韵"。郭功甫，名祥正，太平州当涂(今属安徽)人，少有诗名，官至殿中丞，后隐于当涂之青山。《宋史》卷四四五有传。

②从军乐：指郭功甫年轻时任保信军节度判官。

③闲处著：指郭功甫隐居青山。

④寒灰：冷灰。唐韦应物《秋夜》诗之二："岁晏仰空宇，心事若寒灰。"

⑤"翰墨"句：谓新近不写文章。

⑥"是非"句：语本陶渊明《归去来辞》："觉今是而昨非。"

⑦“云月”句：劝功甫不必过于清高。公：指功甫。

⑧“喜欢”句：分别指欢喜地与醉乡。《新译仁王经》：“初证平等性，而生诸佛家，由初得觉悟，名为欢喜地。”醉乡，王绩《醉乡记》：“醉之乡去中国，不知其几千里也。其土旷然无涯……其俗大同，无邑居聚落。其人甚精。”

醉蓬莱[①]

对朝云叆叇[②]，暮雨霏微[③]，乱峰相倚[④]。巫峡高唐，锁楚宫朱翠[⑤]。画戟移春[⑥]，靓妆迎马[⑦]，向一川都会。万里投荒[⑧]，一身吊影[⑨]，成何欢意？　尽道黔南，去天尺五[⑩]，望极神州[⑪]，万里烟水。尊酒公堂，有中朝佳士[⑫]。荔颊红深[⑬]，麝脐香满[⑭]，醉舞裀歌袂[⑮]。杜宇声声[⑯]，催人到晓，不如归是。

【注释】

①此词作于绍圣二年(1095)三月，时作者贬往黔州，途经夔州巫山县。

②叆叇(ài dài)：云气浓重貌。晋潘尼《逸民》：“朝云叆叇，行露未晞。”

③霏微：犹朦胧。

④乱峰：指巫山群峰。陆游《入蜀记》：“峰峦上入霄汉，山脚直插江中，……然(巫山)十二峰者，不可悉见。所见八九峰，惟神女峰最为纤丽奇峭。”

⑤巫峡：长江三峡之一，在今重庆市巫山县。高唐：战国时楚国台观名。楚宫：楚时离宫。明曹学佺《蜀中名胜记》：“楚宫在女观山西畔小山顶，三面皆荒山，南望江山奇丽。”朱翠：本指女子容饰，此处借指美人。

⑥画戟：戟是一种古代兵器。因加彩饰，又称画戟，常作为仪仗之用。

⑦靓妆:美丽的妆饰。

⑧万里投荒:喻流窜到荒远的贬所。唐柳宗元《别舍弟宗一》诗:“一身去国六千里,万死投荒十二年。”

⑨一身吊影:喻极孤独。晋李密《陈情表》:“茕茕孑立,形影相吊。”

⑩去天尺五:语本《辛氏三秦记》汉民谚:“城南韦杜,去天尺五。”黔州城外摩围山,僚语为摩天山之意,因以为喻。

⑪神州:此指中原,兼喻京城。

⑫佳士:美士,才德兼优的士人。

⑬荔颊:一本作“荔脸”。借喻歌女面容。

⑭麝脐:指麝香,因产于脐下,故称。唐温庭筠《张静婉采莲歌》:“抱月飘烟一尺腰,麝脐龙髓怜娇娆。”

⑮舞裀:跳舞用的地毯。歌袂:歌女的衣袖。

⑯杜宇:杜鹃鸟,鸣声似“不如归去”。

归田乐引[①]

暮雨濛阶砌。漏渐移[②],转添寂寞,点点心如碎[③]。怨你又恋你,恨你惜你。毕竟教人怎生是。　　前欢算未已。奈何如今愁无计。为伊聪俊,销得人憔悴[④]。这里诮睡里[⑤],梦里心里。一向无言但垂泪。

【注释】

①此为著名俗词,郑振铎《插图本中国文学史》第三册评云:词中尽量引用了当时方言俗语;更尽量的模拟着当时流行的民歌的作风。他的大胆的解放,可说是词史上所未曾有的。

②漏渐移:谓时光渐逝。漏指漏壶,古代计时器。

③点点:漏壶滴水声。

④“为伊”二句:语本柳永《凤栖梧》词:“衣带渐宽终不悔,为伊消得人憔悴。”

⑤“这里”句：一本作“这里诮梦里”。诮(qiào)：责备。

鹧鸪天

节去蜂愁蝶不知，晓庭环绕折残枝[①]。自然今日人心别[②]，未必秋香一夜衰。　无闲事，即芳期。菊花须插满头归。宜将酩酊酬佳节，不用登临送落晖[③]。

【注释】

①“节去”二句：用唐郑谷《十月菊》诗成句。节：指重阳节，农历九月九日。

②自然：一本作“自缘”，义较胜。

③“菊花”三句：用唐杜牧《九日齐安登高》诗成句。

南乡子　重阳日宜州城楼宴集即席作[①]

诸将说封侯[②]。短笛长歌独倚楼[③]。万事尽随风雨去，休休[④]。戏马台南金络头[⑤]。　催酒莫迟留。酒味今秋似去秋。花向老人头上笑，羞羞[⑥]。白发簪花不解愁[⑦]。

【注释】

①本篇徽宗崇宁四年(1105)作于宜州(今广西宜山)，为词人绝笔。明陈霆《渚山堂词话》：“崇宁间，山谷贬宜州。乙酉岁九日登城楼眺望，听边人相语云：‘今岁当鏖战取封侯。’因作《南乡子》云：……词成，倚栏高歌，若不能堪。是月三十日，遂不起。”

②“诸将”句：《后汉书·班超传》班超投笔叹曰：“(大丈夫当)立功异域，以取封侯，安能久事笔砚间乎！”

③“短笛”句：化用唐赵嘏《长安秋望》诗：“残星几点雁横塞，长笛一声人倚楼。”

④休休：犹算了算了。

⑤戏马台：见前《定风波》(万里黔中一漏天)注⑥。金络头：马笼头的美称。南朝宋鲍照《代结客少年场行》：“骢马金络头，锦带佩吴钩。”

⑥“花向”二句：苏轼《吉祥寺赏牡丹》诗：“人老簪花不自羞，花应羞上老人头。”

⑦篸(zān)花：簪花。篸，通“簪”。

南歌子[①]

槐绿低窗暗，榴红照眼明[②]。玉人邀我少留行[③]，无奈一帆烟雨、画船轻。　　柳叶随歌皱[④]，梨花与泪倾[⑤]。别时不似见时情[⑥]。今夜月明江上、酒初醒。

【注释】

①近人俞陛云《两宋词选释》云此词“婉而有韵，丽而能雅。上半首叙欲别之前，‘画船’句摇曳生姿，有每闻清歌辄唤奈何之意。后半首‘柳叶’喻眉，‘梨花’喻面。结句扁舟独夜，酒醒梦回，不言愁而愁怀无际，与(柳永《雨霖铃》)‘今宵酒醒何处，杨柳岸晓风残月’句，同其怅惘也”。

②“榴红”句：唐韩愈《榴花》诗：“五月榴花照眼明，枝间时见子初成。”

③玉人：美人。

④柳叶：喻眉。唐李商隐《和人题真娘墓》：“柳眉空吐效颦叶。”

⑤“梨花”句：白居易《长恨歌》：“玉容寂寞泪阑干，梨花一枝春带雨。”

⑥“别时”句：化用唐李商隐《无题》诗：“相见时难别亦难，

东风无力百花残。”

好事近 太平州小妓杨姝弹琴送酒[1]

一弄醒心弦，情在两山斜叠[2]。弹到古人愁处，有真珠承睫[3]。　　使君来去本无心[4]，休泪界红颊[5]。自恨老来憎酒，负十分金叶[6]。

【注释】

①本篇宋徽宗崇宁元年(1102)作于太平州(治所在今安徽当涂)。龙榆生《山谷年谱简编》云:“六月初九日,领太平州事,九日而罢。本月丁未,与郭功父(祥正)等同酌桂浆于太平州后园石室,小妓杨姝弹《风入松》《醉翁吟》二曲,有林下之意,……先生既为题壁,复作《好事近》词纪之。”

②两山:喻双眉。斜叠:形容皱眉。

③真珠承睫:喻泪水盈眶。

④“使君”句:使君为汉时对州郡长官之称,此为作者自指。时任太平州知州,九日而罢,故本句作旷达语。

⑤“休泪”句:谓别让泪水在红颊上划出界线。唐韦庄《天仙子》:“泪界莲腮两线红。”

⑥金叶:指酒杯。

青玉案 至宜州次韵上酬七兄[1]

烟中一线来时路[2]，极目送归鸿去。第四阳关云不度[3]。山胡新啭[4]，子规言语[5]，正在人愁处。　　忧能损性休朝暮，忆我当年醉时句[6]。渡水穿云心已许。暮年光景，小轩南浦，同卷西山雨[7]。

【注释】

①此词步贺铸韵。宜州：应作涪州（今四川涪陵）。七兄：即黄大临，排行第七。宋徽宗崇宁三年（1103）十二月二十七日，大临自湖南永州来宜州探视，次年二月六日将别去，与诸人饯别于十八里津。原唱《青玉案》（行人欲上来时路）见前选。此为山谷和作。

②烟中一线：指巫峡至涪陵段长江，两岸群山夹峙，江面犹如一线。明卓人月《古今词统》卷十一评曰："线字最俊。"来时路：谓黄大临从来时路返回。绍圣二年（1095），作者贬赴黔州，亦由此路。

③阳关：指《阳关曲》。苏轼《东坡志林》卷七："旧传《阳关》三叠，然今世歌者，每句再叠而已。若通一首言之，又是四叠。皆非是。……及在黄州，偶得乐天《对酒》云：'相逢且莫推辞醉，听唱阳关第四声'，注云：'第四声劝君更尽一杯酒。'以此验之，若一句再叠，则此句为第五声；今为第四声，则一句不叠审矣。"云不度：《列子·汤问》：秦青"抚节悲歌，声振林木，响遏行云。"此用其意。

④山胡：鸟名，善鸣，出黔中。

⑤子规：杜鹃鸟，鸣声犹"不如归去"。

⑥"忆我"句：作者自注："我自只如常日醉，满川风雨替人愁。"诗见《夜发分宁寄杜涧叟》。

⑦"小轩"二句：化用唐王勃《滕王阁诗》："画栋朝飞南浦云，珠帘暮卷西山雨。"南浦：泛指南面的水边。常用称送别之地。西山：一名南昌山，在江西新建县西。黄庭坚家乡分宁在此山之西部。

千秋岁[①]

少游得谪[②]，尝梦中作词云："醉卧古藤阴下，了不知南北。"竟以元符庚辰，死于藤州光华亭上[③]。崇宁甲申[④]，庭坚窜宜州，道过衡阳，览其遗墨，始追和其

《千秋岁》词[5]。

苑边花外，记得同朝退[6]。飞骑轧，鸣珂碎[7]。齐歌云绕扇[8]，赵舞风回带[9]。严鼓断[10]，杯盘狼藉犹相对。

洒泪谁能会，醉卧藤阴盖。人已去，词空在。兔园高宴悄[11]，虎观英游改[12]。重感慨，波涛万顷珠沉海[13]。

【注释】

①据龙榆生《山谷年谱简编》，此词作于崇宁三年(1104)。

②少游：秦观的字。此二句为其《好事近》(春路雨添花)中句，见本书后选。

③元符庚辰：宋徽宗元符三年(1100)。《宋史·秦观传》："徽宗立，复宣德郎，放还。至藤州(今广西藤县)，出游华光亭，为客道梦中长短句，索水欲饮。水至，笑视之而卒。"

④崇宁甲申：即崇宁三年。

⑤"道过衡阳"三句：绍圣三年(1096)，孔毅甫为衡阳(今属湖南)守，秦观徙郴州，道过衡阳，曾以《好事近》词赠之。黄庭坚所见秦观"遗墨"，当即此词手迹。秦观《千秋岁》(水边沙外)原作，见本书后选。

⑥"苑边"二句：追忆元祐七年(1092)三月馆阁同人于汴京金明池、琼林苑之游，见秦观《西城宴集诗·序》。

⑦鸣珂：马络头上之玉饰，行动则响。

⑧齐歌：齐地之歌。

⑨赵舞：赵地的舞。按先秦时齐、赵两国都会繁华，其地遂以多美女而善歌舞著名。

⑩严鼓：急促的鼓声。《汉书·史丹传》："天子自临轩槛上，隤铜丸以擿鼓，声中严鼓之节，后宫及左右习知音者其能为。"《注》："李奇曰：'庄严之鼓节也。'晋灼曰：'疾击之鼓也。'"

⑪兔园：又称梁园，汉代梁孝王园，故址在今河南商丘东。此指宋时金明池、琼林苑，在汴京(今开封)西郑门外。

⑫虎观：即白虎观，为汉儒讲经之所。此指宋之秘书省。

⑬珠沉海：喻秦观逝世。

望江东[①]

江水西头隔烟树，望不见江东路。思量只有梦来去，更不怕江阑住[②]。　　灯前写了书无数，算没个人传与。直饶寻得雁分付[③]，又还是秋将暮[④]。

【注释】

①此为自度曲。宋哲宗绍圣二年（1095），作者以修《神宗实录》失实被谴，待罪陈留郡内东寺净土院，眷属仍在太平州芜湖，因作此词写怀念之情。清陈廷焯《词则·放歌集》卷一评曰："笔力奇横，是山谷独绝处。人只见其用笔之奇倔，不知其一片深情，往复不置，缠绵之至也。"

②"思量"二句：明沈际飞《草堂诗余别集》评云："较梦不怕险飞过大江，宛些，活些，幽些，欲不为词，不可得也。"阑：通"拦"。

③直饶：即使。《诗词曲语辞汇释》卷一："李山甫《南山》诗：'假饶不是神仙骨，终抱琴书向此游。'……有作直饶者。直字亦假定辞，与饶同义。李咸用《依韵修睦上人山居》诗'兼济直饶同巨楫，自由何似学孤云'。"并举此词为例。此句谓欲使鸿雁传书。

④秋将暮：鸿雁秋分时南翔，至秋暮则雁稀矣。

河　传

有士大夫家歌秦少游"瘦杀人，天不管"之曲[①]。以"好"字易"瘦"字，戏为之作。

心情老懒[②]，对歌对舞[③]，犹是当时眼。巧笑靓妆[④]，近我衰容华鬓[5],似扶著,卖卜算[6]。　　思量好个当年见。催酒催更[7],只怕归期短。饮散灯稀,背锁落花深院。好杀人,天不管。

【注释】

①秦少游:即秦观。所作《河传》结句为“闷损人,天不管。”万树《词律》卷六辨证:“按山谷亦有此调,尾句‘好杀人,天不管’。自注云:因少游词,戏以‘好’字易‘瘦’字。是此秦词尾句,该是‘瘦杀人’矣。”清李调元《雨村词话》以秦黄词相比,以为“瘦”字胜,并论断云:“然则巧拙亦于此一字见之,黄九不及秦七,亦是一证。”

②老懒:因年老而懒散。

③对歌对舞:对着唱歌,对着跳舞。《诗经·陈风·东门之池》:“彼美淑姬,可与晤歌。”《毛传》:“晤,遇也。”《郑笺》:“晤,犹对也。言淑姬贤女,君子宜与对歌。”

④靓妆:美丽的妆饰。晋王廙《洛都赋》:“三巳之辰,丽服靓妆,祓乎洛滨。”唐贯至《长门怨》:“繁花对靓妆,深情托瑶瑟。”

⑤华鬓:花白色鬓发。

⑥卜算:卜卦算命。

⑦催更:更鼓催人。

浣溪沙

一叶扁舟卷画帘,老妻学饮伴清谈[1]。人传诗句满江南。　　林下猿垂窥涤砚,岩前鹿卧看收帆。杜鹃声乱水如环。

【注释】

①老妻:黄庭坚原配为高邮孙觉(字莘老)之女,于作者二

十六岁（熙宁三年）时逝去。继配，谢师厚之女，于作者三十五岁（元丰三年）时逝去。再娶某氏，生子相，小名小德。苏轼《次韵嘲小德》诗注："其母微，故其诗云：'解作《潜夫论》，不妨无外家。'"可知其人出自寒微，不可能"人传诗句满江南"。而谢女出身名门，被封为介休县君，当有文才"伴清谈"。古人三十岁以后常称"老"，故云。

诉衷情

小桃灼灼柳鬖鬖[①]，春色满江南。雨晴风暖烟淡，天气正醺酣[②]。　山泼黛[③]，水挼蓝[④]，翠相搀。歌楼酒旆[⑤]，故故招人[⑥]，权典青衫[⑦]。

【注释】

①灼灼：红艳鲜明貌。《诗经·周南·桃夭》："桃之夭夭，灼灼其华。"鬖鬖（sān）：毛发下垂貌。

②醺酣：指天气和暖，令人如醉眠。

③山泼黛：山峰似泼上黛色。黛：青黑色颜料。

④挼（ruó）蓝：蓝，即靛青，植物名，其叶可作蓝色染料。挼：以两手相切摩，指揉取蓝草之汁以作染料。

⑤酒旆（pèi）：酒旗，又叫酒招子，挂在酒店前以广招徕的标志。

⑥故故：屡屡，常常。

⑦权：姑且、暂且。典青衫：把衣服典押以买酒。唐杜甫《曲江二首》之二："朝回日日典春衣，每向江头尽醉归。"

瑞鹤仙[①]

环滁皆山也。望蔚然深秀，琅琊山也[②]。山行六七里，有翼然泉上，醉翁亭也。翁之乐也。得之心、寓之酒也。更野芳佳木，风高日出，景无穷也。　　游也。山肴野蔌[③]，酒洌泉香[④]，沸筹觥也[⑤]。太守醉也。喧哗众宾欢也。况宴酣之乐、非丝非竹，太守乐其乐也。问当时、太守为谁？醉翁是也。

【注释】

①此篇系据欧阳修《醉翁亭记》文改写为词。宋魏庆之《诗人玉屑》卷十一："欧阳公知滁（今安徽滁县）日，自号醉翁，因以名亭作记。山谷檃括其词，合以声律，作《瑞鹤仙》云：……一记凡数百言，此词备之矣。"苏轼也有改写欧文为词的《醉翁操》，见本书前选，可以参看。因此，张仲素称"两人固是词家好手。"（见《历代词语》）

②琅琊：东晋元帝以琅琊王渡江后称帝，曾驻滁州，故滁州溪山多有琅琊之名。

③野蔌：野菜。《尔雅·释名》："蔌者，菜茹之总名也。"

④洌（liè）：清澈。

⑤筹：计数的酒筹。觥（gōng）：酒杯，此言觥筹交错。

蓦山溪　春晴[①]

朝来风日，陡觉春衫便[②]。翠柳艳明眉，戏秋千、谁家倩盼[③]？烟匀露洗，草色媚横塘，平沙软，雕轮转[④]。行乐闻弦管。　　追思年少，走马寻芳伴。一醉几缠头[⑤]，过扬州、朱帘尽卷[⑥]。而今老矣，花似雾中看[⑦]，欢喜浅。天涯远。信马归来晚。

【注释】

①宋杨湜《古今词话》："涪翁过泸南，泸帅留府。会有官妓盼盼性颇聪慧，帅尝宠之。涪翁赠《浣溪沙》曰：'脚上鞋儿四寸罗……'盼盼拜谢，涪翁令唱词侑觞。盼盼唱《惜花容》曰：'少

年看花双鬓绿……'涪翁大喜。翌日出城游山寺，盼盼乞词，涪翁作《蓦山溪》以见意。"可见此词作于哲宗绍圣年间贬居黔州之时。

②陡觉：顿时觉得。便：轻便。

③倩盼：指美人，语本《诗经·卫风·硕人》："巧笑倩兮，美目盼兮。"

④雕轮：指华贵的车辆。

⑤缠头：古时歌舞毕，以锦赠艺人，称缠头。后泛指赠给艺人的财物。唐杜甫《即事》诗："笑时花近眼，舞罢锦缠头。"

⑥"过扬州"二句：语本唐杜牧《赠别》诗："春风十里扬州路，卷上珠帘总不如。"形容歌妓之出色，引起一路人家掀帘观望。

⑦"花似"句：杜甫《小寒食舟中作》："春水船如天上坐，老年花似雾中看。"

满庭芳[①]

修水浓青[②]，新条淡绿，翠光交映虚亭[③]。锦鸳霜鹭[④]，荷径拾幽蘋。香渡栏干屈曲[⑤]，红妆映、薄绮疏棂[⑥]。风清夜，横塘月满，水净见移星。　　堪听。微雨过，媻姗藻荇[⑦]，琐碎浮萍。便移转胡床，湘簟方屏[⑧]。练霭鳞云旋满[⑨]，声不断、檐响风铃[⑩]。重开宴，瑶池雪沁[⑪]，山露佛头青[⑫]。

【注释】

①明沈际飞《草堂诗余·四集续集》卷下评此词曰："雕绘富有。"近人夏敬观《评山谷词》云："方之少游，灵动不足，严整有余。"少游《满庭芳》"山抹微云"见下。

②修水：在作者家乡。《方舆胜览》卷十九："在分宁（今江西修水县）西六十里，其源自郡城东北，流六百三十八里至海

昏，又东流百二十里入彭蠡湖，以其远，故曰修水。”今为县名。

③虚亭：空亭，无人之亭。

④锦鸳霜鹭：鸳鸯羽毛红绿相间如织锦，鹭鸟羽毛白色如霜，故称。

⑤香渡：指渡船，船上有“栏干屈曲”。一作“香浓”。

⑥薄绮：指有薄绮窗帘的窗户。棂：窗上木格。

⑦媻（pán）姗：通“蹒跚”，缓行貌。一说旋行貌。藻荇：水草。

⑧胡床：亦称交椅、交床。由胡地传入，故名。湘簟（diàn）：用湘竹编成的篾席。

⑨“练霭”句：白练似的雾气和鱼鳞状的云层。

⑩风铃：亦称风铎。旧式建筑如寺塔等檐下悬有铃铛，因风而响，故名。

⑪瑶池：传说昆仑山上西王母所居之地的天池。《穆天子传》三：“乙丑，天子觞西王母于瑶池之上，西王母为天子谣。”

⑫佛头青：僧人削发，露出青色头皮，故称。又为染料名，即石青，又称扁青。宋林逋《西湖》诗：“春水净于僧眼碧，晚山浓似佛头青。”

盼　盼

盼盼，泸南(今四川泸州)妓，据《古今词话》，她与黄庭坚有交谊。(见本书前选黄庭坚《蓦山溪·春晴》注①)宋哲宗、徽宗时人。

惜花容[①]

少年看花双鬓绿，走马章台管弦逐[②]。而今老更惜花深，终日看花看不足。　坐中美女颜如玉。为我一歌金缕曲[③]。归时压得帽檐攲[④]，头上春风红簌簌[⑤]。

【注释】

①惜花容：即《玉楼春》调。《全宋词》案："据《古今词话》，此词乃盼盼所唱，各选本俱题盼盼作，今姑从之，俟考。"

②章台：汉长安街名，时张敞曾走马章台街，见《汉书》本传。后指妓楼集中的地方。管弦：管乐和弦乐。

③金缕曲：指唐杜秋娘所歌的《金缕衣》："劝君莫惜金缕衣，劝君惜取少年时。花开堪折直须折，莫待无花空折枝。"宋词《贺新郎》，一名《金缕曲》。

④攲：倾斜。

⑤红簌簌：形容落花。红：指花。簌簌：象声词。

晁端礼(1046—1113),一作元礼。字次膺,济州巨野(今属山东)人,晁补之称之为十二叔,或谓澶州清丰人,不确。神宗熙宁六年(1073)进士,两为县令,坐保甲事,中以危法废徙。徽宗政和三年(1113),以蔡京荐,以承事郎除大晟乐府协律郎,不克受而卒。词有《闲适集》,早佚;今存《闲斋琴趣外编》。

绿头鸭[①]

锦堂深,兽炉轻喷沉烟[②]。紫檀槽,金泥花面,美人斜抱当筵[③]。挂罗绶[④]、素肌莹玉;近鸾翅、云鬓梳蝉。玉笋轻拢[⑤],龙香细抹[⑥],凤凰飞出四条弦[⑦]。碎牙板,烦襟消尽,秋气满庭轩。今宵月、依稀向人,欲斗婵娟[⑧]。

变新声、能翻往事,眼前风景依然。路漫漫、汉妃出塞[⑨];夜悄悄、商妇移船[⑩]。马上愁思[⑪],江边怨感[⑫],分明都向曲中传[⑬]。困无力,劝人金盏,须要倒垂莲[⑭]。拚沉醉,身世恍然,一梦游仙。

【注释】

①此首别作姚燧词,见《牧庵集》卷三十六。

②兽炉:兽形香炉。沉烟:指沉香的烟霭。

③“紫檀”三句:谓美人当筵斜抱琵琶。紫檀槽,谓琵琶面以紫檀木为槽。金泥花面,谓琵琶以金色镶镀。

④罗绶:罗带。

⑤玉笋:美人手指。轻拢:弹琵琶的动作。白居易《琵琶行》:“轻拢慢捻抹复挑,初为霓裳后六幺。”

⑥龙香:柏树名,古代用作弹拨琵琶之物。《唐诗纪事》卷六十二郑嵎《津阳门》:“玉奴琵琶龙香拨,倚歌促酒声娇悲。”自注:“贵妃妙弹琵琶,其乐器闻于人间者,有逻逤檀为槽、龙香柏为拨者。”

⑦“凤凰”句：谓《凤求凰》乐曲从四条弦中飞出。

⑧“今宵”三句：唐李商隐《霜月》诗：“青女素娥俱耐冷，月中霜里斗婵娟。”

⑨汉妃出塞：指西汉元帝时王昭君出塞。晋石崇《王明君辞》序：“昔公主嫁乌孙，令琵琶马上作乐，以慰其道路之思。其送明君，亦必尔也。”晋时为避文帝司马昭讳，昭君改为明君。

⑩商女移船：白居易《琵琶行》：“忽闻水上琵琶声，主人忘归客不发。……移船相近邀相见，添酒回灯重开宴。”

⑪马上愁思：指昭君出塞途中以琵琶弹出愁思。晋石崇《王明君辞》：“仆御涕流离，辕马为悲鸣。”

⑫江边怨感：指商女琵琶中所抒写的哀怨。白居易《琵琶行》：“弦弦掩抑声声思，似诉平生不得志。”

⑬“分明”句：语本杜甫《咏怀古迹》五首之三：“千载琵琶作胡语，分明怨恨曲中论。”

⑭垂莲：指酒杯。倒垂莲，犹言形似倒金荷。曾纡《上林春》词：“倒金荷，念流光易失，幽姿堪惜。”

绿头鸭 咏月[①]

晚云收，淡天一片琉璃[②]。烂银盘[③]，来从海底，皓色千里澄辉。莹无尘，素娥淡伫[④]；静可数，丹桂参差[⑤]。玉露初零，金风未凛[⑥]，一年无似此佳时。露坐久，疏萤时度，乌鹊正南飞。瑶台冷[⑦]，栏干凭暖，欲下迟迟。

念佳人，音尘别后[⑧]，对此应解相思。最关情、漏声正永[⑨]；暗断肠、花影偷移[⑩]。料得来宵，清光未减，阴晴天气又争知？共凝恋，如今别后，还是隔年期。人强健，清尊素影，长愿相随。

【注释】

①宋胡仔《苕溪渔隐丛话》卷三十九曰：“中秋词自东坡《水

调歌头》一出，余词尽废；然其后亦岂无佳词，如晁次膺《绿头鸭》一词殊清婉。但樽俎歌喉，以其篇长惮唱，故湮没无闻焉。”

②琉璃：喻天空的莹澈。

③烂银盘：灿烂的银盘，喻月。史达祖《西江月》：“天不惜烂银盘，借与先生为劝。”

④素娥：嫦娥。李商隐《霜月》诗：“青女素娥俱耐冷，月中霜里斗婵娟。”淡伫：清雅明净，不待粉饰。柳永《木兰花》：“天然淡伫好精神，洗尽严妆方见媚。”

⑤丹桂：传说月中有丹桂。南朝梁沈约《登台望秋月》诗：“桂宫袅袅落桂枝。”

⑥玉露：白露。金风：秋风，秋在五行中属金，故称。李商隐《辛未七夕》诗：“由来碧落银河畔，可要金风玉露时。”

⑦瑶台：传说中神仙所居之处。据晋王嘉《拾遗记》，昆仑山第九层有芝田蕙圃，“傍有瑶台十二，各广千步，皆五色玉为台基”。李商隐《无题》：“如何雪月交光夜，更在瑶台十二层。”

⑧音尘：信息。汉蔡琰《胡笳十八拍》：“故乡隔兮音尘绝，哭无声兮气将咽。”

⑨漏声正永：谓夜正长。漏：古代计时器，即铜壶滴漏。

⑩花影偷移：即月移花影，形容时光流逝。

望海潮[1]

高阳方面[2]，河间都会[3]，三关地最称雄[4]。粉堞万层[5]，金城百雉[6]，楼横一带长虹。烟素敛晴空[7]。正望迷平野，目断飞鸿。易水风烟[8]，范阳山色有无中[9]。

安边暂倚元戎。看纶巾对酒，羽扇摇风[10]。金勒少年[11]，吴钩壮士[12]，宁论卫霍前功[13]！乃眷在清衷[14]。恐风池虚久，归去匆匆[15]。幸有佳人锦瑟，玉笋且轻拢[16]。

【注释】

①此词为颂扬某边帅而作。玩味起二句及“易水”“高阳”诸辞，其地当在河北一带。

②高阳：今河北县名，宋熙宁六年(1073)省为镇，属河北西路顺安军，本瀛州高阳关寨。方面：专司一方的军政事务。《后汉书·窦融传》：“兄弟各受爵位，久专方面。”

③河间：今属河北。

④三关：周世宗显德六年(959)，以益津关、瓦桥关、淤口关为三关，见《新五代史·周纪》，宋取代周，地理相同。

⑤粉堞：城上女墙。

⑥百雉：谓三百丈长的城墙。《左传·隐公元年》：“祭仲曰：都城过百雉，国之害也。”雉：度量单位，方丈曰堵，三堵曰雉。一雉之墙，长三丈，高一丈。

⑦烟素：即白色烟雾。

⑧易水：《战国策·燕策》一：“燕南有呼沱、易水。”其水有三，皆发源于今河北易县。宋时为宋辽相邻地域，多战事，故云“易水风烟”。

⑨范阳：古方镇名，治所在今北京西南，唐安禄山在此发难。北宋时属辽，为辽之南京，复改为析津府。“山色有无中”，用唐王维《汉江临眺》成句。

⑩纶巾、羽扇：写儒将风度。见本书前苏轼《念奴娇》(大江东去)注⑧。

⑪金勒少年：晏几道《生查子》：“金鞍美少年，去跃青骢马。”

⑫吴钩：指利剑。唐李贺《南园》之五：“男儿何不带吴钩，收取关山五十州。”

⑬卫霍：卫青、霍去病，西汉名将，常出击匈奴，功勋卓著。《汉书》有传。此以比宋代边将。

⑭“乃眷”句：谓受帝王的关怀与恩宠。清衷，即宸衷，帝王的心意。

⑮“恐凤池”二句：谓将荣升京官。凤池，凤凰池，指中书

省，唐以后指宰相之职。柳永《望海潮》："异日图将好景，归去凤池夸。"

⑯玉笋：美人手指。见前《绿头鸭》（锦堂深）注⑤。

水龙吟

倦游京洛风尘[①]，夜来病酒无人问[②]。九衢雪小[③]，千门月淡，元宵灯近。香散梅梢，冻销池面，一番春信。记南楼醉里，西城宴阕[④]，都不管，人春困。　屈指流年未几，早人惊，潘郎双鬓[⑤]。当时体态，如今情绪，多应瘦损。马上墙头，纵教瞥见，也难相认[⑥]。凭栏干，但有盈盈泪眼，把罗襟揾[⑦]。

【注释】

①京洛风尘：晋陆机《为顾彦先赠妇》诗之一："京洛多风尘，素衣化为缁。"京洛：洛阳，此指汴京。

②病酒：为酒而病。

③九衢：四通八达的道路。

④西城：指汴京西郑门外金明池和琼林苑。宴阕：宴罢。阕：结束。

⑤潘郎双鬓：晋潘岳《秋兴赋》："余春秋三十有二，始见二毛。"谓有花白头发。

⑥"马上"三句：白居易《井底引银瓶》："妾弄青梅凭短墙，君骑白马傍垂杨。墙头马上遥相顾，一见知君即断肠。"

⑦"但有"二句：后辛弃疾《水龙吟》："倩何人，唤取红巾翠袖，揾英雄泪。"当于本词有所借鉴。揾（wèn），擦拭。

满庭芳

天与疏慵[①]，人怜憔悴，分甘抛弃簪缨[②]。有时乘兴，波上叶舟轻。十里横塘过雨，荷香细，蘋末风清[③]。真如画，残霞淡日，偏向柳梢明。　　凝情。尘网外[④]，鲈鱼旋脍，芳酒深倾。又算来，何须身后浮名！无限沧浪好景[⑤]，蓑笠下，且遣余生。长歌去，机心尽矣，鸥鹭莫相惊[⑥]。

【注释】

①疏慵：懒散。

②分甘：指父母对子女的慈爱。《后汉书·杨震传》注引《孝经·援神契》："母之于子也，鞠养殷勤，推燥居湿，绝少分甘也。"簪缨：古代官吏的冠饰，因以喻显贵。

③蘋末风清：参见晏几道《蝶恋花·初撚霜纨生怅望》注⑤、《夜行船》词注①。

④尘网：谓世俗种种拘束，如鱼在网。陶渊明《归园田居》之一："误落尘网中，一去三十年。"

⑤沧浪：清澈之水。《孺子歌》："沧浪之水清兮，可以濯我缨。"

⑥"机心"二句：《列子·黄帝篇》："海上之人有好沤（鸥）鸟者，每旦之海上从沤鸟游。沤鸟之至者，百住而不止。其父曰：'吾闻沤鸟皆从汝游，汝取来吾玩之。'明日之海上，沤鸟舞而不下也。"张湛注："心动于内，形变于外，禽鸟犹觉。人理岂可诈哉！"机心：机巧的心思，诈变的心计。

满庭芳[①]

绿绕群峰，红摇千柄[②]，夜来暑雨初收。共君乘兴，轻舸信悠悠。且尽一尊别酒，荷香里、满酌轻讴[③]。明朝去，征帆夜落，何处好汀洲？　　风流，吾小阮[④]，朝辞东观[⑤]，夕向南州。况圣时，争教贾傅淹留[⑥]？若过浔阳亭上[⑦]，琵琶泪，莫洒清秋。堤边柳，从今爱惜，留待系归舟。

【注释】

①此词作于宋哲宗元符二年(1099)六月,时词人从子晁补之赴信州(今江西上饶)监盐酒税,有《满庭芳》词留别,序曰:“赴信日,舟中别次膺十二叔。”

②红摇千柄:形容荷花盛开。以上二句皆写巨野泽(梁山泊)之景。

③轻讴:低声吟诵。

④“风流”二句:小阮,指从子(侄儿)。晋代竹林七贤中阮籍、阮咸为叔侄,时称阮咸为小阮。《世说新语·赏誉》谓小阮“清真寡欲”。注引《名士传》:“任达不拘,当世皆怪其所为。”此处以阮咸喻晁补之。

⑤东观:汉代在洛阳的藏书机构,后世借指秘书省。晁补之曾为秘书丞,故云。

⑥贾傅淹留:西汉贾谊于文帝时上疏陈政事,为大臣所忌,出为长沙王太傅,见《史记》本传。此喻晁补之谪监信州盐酒税。

⑦浔阳:今江西九江。白居易《琵琶行》写谪居浔阳,遇一商妇,听弹琵琶。此处劝慰晁补之切勿触景伤怀。

满庭芳

雪满貂裘,风摇金辔[①],笑看锦带吴钩[②]。照人青鬓,年少定封侯。此去马蹄何处?山万叠、济水南州[③]。君知否?卢郎未老,曾是恣狂游[④]。　风流,佳丽地,十年屈指,一梦回头。最难忘,西湖北渚澄秋。玉砌雕栏好在[⑤],桃共李,能忆人不?衰翁也,多情为我,将恨寄红楼。

【注释】

①金辔：马缰的美称。

②吴钧：见前《望海潮》（高阳方面）注⑫。

③济水南州：指济南，今属山东。

④“卢郎”二句：后魏卢元明，字幼章。《北史》本传云：“元明善自标置，不妄交游，饮酒赋诗，遇兴忘返。”中山王熙见而叹曰：“卢郎有如此风神，唯须诵《离骚》，饮美酒，自为佳器。”此喻晁补之。

⑤玉砌雕栏：化用李煜《虞美人》：“雕栏玉砌应犹在。”

临江仙

今夜征帆何处落？烟村几点人家。莫惊双泪向风斜。渔人西塞曲[①]，商女后庭花[②]。　　从此五湖归去好[③]，一杯酒送生涯。多情犹解惜年华。春闺重见处，霜鬓不须嗟。

【注释】

①“渔人”句：唐张志和《渔歌子》：“西塞山前白鹭飞，桃花流水鳜鱼肥。”西塞山：在今浙江湖州。

②“商女”句：唐杜牧《泊秦淮》：“商女不知亡国恨，隔江犹唱后庭花。”南朝陈后主晚年荒淫，宫中唱艳曲《玉树后庭花》。

③五湖归去：春秋时越国范蠡，灭吴后与西施同泛五湖而去。见《越绝书》。

清平乐

深沉玉宇[①]，枕簟清无暑。睡起花阴初转午，一霎飞云过雨。　　雨余隐隐残雷，夕阳却照庭槐。莫把绣帘垂下，妨它双燕归来[②]。

【注释】

①玉宇：沈际飞《草堂诗余正集》卷一作“院宇”。

②“莫把”二句：沈际飞《草堂诗余正集》卷一评曰：“着人！”即感人。《蓼园词选》评本词云：“飞云过雨，残雷夕阳，总见非清平时候，借燕归巢以寄其招隐之心耳。”

并蒂芙蓉[1]

太液波澄[2]，向鉴中照影[3]，芙蓉同蒂。千柄绿荷深，并丹脸争媚[4]。天心眷临圣日，殿宇分明敞嘉瑞。弄香嗅蕊。愿君王，寿与南山齐比。　　池边屡回翠辇[5]，拥群仙醉赏，凭栏凝思。萼绿揽飞琼[6]，共波上游戏。西风又看露下，更结双双新莲子。斗妆竞美，问鸳鸯、向谁留意？

【注释】

①据《能改斋漫录》卷十六云：“政和癸巳(1113)，大晟乐成，嘉瑞既至，蔡元长(京)以晁端礼次膺荐于徽宗……次膺至都，会禁中嘉莲生，分苞合趺，夐出天造，人意有不能形容者，次膺效乐府体属词以进，名《并蒂芙蓉》。上(徽宗)览之称善，除大晟府协律郎。”

②太液：池名，汉武帝时于建章宫北兴建。此指宋代宫禁内御池。柳永《醉蓬莱》词进呈仁宗，读至“太液波翻”，曰：“何不言波澄？”乃掷之于地。见《渑水燕谈录》卷八。晁端礼等据此。

③鉴中：镜中，喻池水清澈。

④丹脸争媚：形容荷花娇艳。

⑤翠辇：帝王的车驾。

⑥萼绿：萼绿华。飞琼：许飞琼，皆传说中仙女。

李元膺

李元膺，东平（今属山东）人，南京教官。哲宗绍圣间（约1098），曾作《李孝义墨谱法式序》。近人赵万里辑有《李元膺词》一卷，凡九首。王灼《碧鸡漫志》评其词曰："思致妍密，要是波澜小。"

茶瓶儿①

去年相逢深院宇，海棠下曾歌金缕②。歌罢花如雨。翠罗衫上，点点红无数。　今岁重寻携手处，空物是、人非春暮。回首青门路③。乱红飞絮，相逐东风去。

【注释】

①僧惠洪《冷斋夜话》云："李元膺作南京教官，丧妻，作长短句……李元膺寻亦卒。"

②金缕：曲名，全称《金缕衣》，歌词云："劝君莫惜金缕衣，劝君惜取少年时。花开堪折直须折，莫待无花空折枝。"

③青门：长安东南灞城门，民见门青色，故称。此指汴京城门。

鹧鸪天

寂寞秋千两绣旗，日长花影转阶迟。燕惊午梦周遭语①，蝶困春游落拓飞②。　思往事，入颦眉，柳梢阴重又当时。薄情风絮难拘束，飞过东墙不肯归。

【注释】

①周遭：四周，周围。唐刘禹锡《石头城》诗："山围故国周遭在。"

②落拓:放荡不羁,形容蝴蝶乱飞。

洞仙歌[①]

一年春物,惟梅柳间意味最深。至莺花烂漫时,则春已衰迟,使人无复新意。予作《洞仙歌》,使探春者歌之[②],无后时之悔。

雪云散尽,放晓晴池院。杨柳于人便青眼[③]。更风流多处,一点梅心,相映远。约略颦轻笑浅[④]。　一年春好处,不在浓芳,小艳疏香最娇软。到清明时候,百紫千红花正乱,已失春风一半。早占取韶光[⑤],共追游,但莫管春寒,醉红自暖[⑥]。

【注释】

①《全宋词》案:“此首别有误入李新《跨鳌集》卷十一。”清许昂霄《词综偶评》云:“‘小艳疏香最娇软’四句,中有至道,却是未经人道。”近人况周颐《蕙风词话续编》称此词前六句曰:“词中此等意境,余极喜之。”

②探春:唐宋时风俗,都城士女在正月十五日收灯后,争先到郊外游览,谓之探春。见周密《武林旧事》卷三。

③青眼:三国魏阮籍见嵇康,以青眼相对,表示尊敬。见《世说新语·简傲》。柳叶初生似睡眼乍开,谓之柳眼。唐元稹《生春》诗“春生柳眼中”即指此。

④颦轻:微微皱眉。

⑤韶光:指春光。

⑥醉红:醉酒。

蔡　京

蔡京(1047—1126)，字元长，仙游(今属福建)人。神宗熙宁三年(1070)进士。历尚书左仆射，转司空，累封鲁国公，加太师。徽宗朝，与童贯以恢复新法为名，五次入相，大兴土木，遍布党徒，金兵入侵，举家南逃。钦宗靖康元年(1126)，贬死于潭州。《宋史》入《奸臣传》。词存1首。

西江月[①]

八十一年住世，四千里外无家。如今流落向天涯，梦到瑶池阙下[②]。　　玉殿五回命相[③]，彤庭几度宣麻[④]。止因贪此恋荣华，便有如今事也。

【注释】

①据王明清《挥麈后录》卷八载，蔡京既南迁，“道中市食饮之类，皆不肯售，至于诟骂。……元长轿中独叹曰：‘京失人心，一至于此！’至潭州，作词云云”。

②瑶池：传说中为西王母所居，在昆仑山上。此指京城池苑。

③玉殿：指朝廷。作者五次为相，故云。

④彤庭：皇宫以朱色漆中庭，故称。宣麻：唐宋时任免将相，用黄、白麻纸写诏书，在朝廷宣读，谓之宣麻。

朱　服

朱服(1048—?),字行中,湖州乌程(在今浙江湖州)人,神宗熙宁六年(1073)进士,累官国子司业、起居舍人,以直龙图阁知润州,徙泉、婺、宁、庐、寿五州。哲宗朝,历中书舍人、礼部侍郎。徽宗朝,加集贤殿修撰知广州,黜知袁州,再贬蕲州安置,改兴国军卒。词存1首。

渔家傲[①]

小雨廉纤风细细[②],万家杨柳青烟里。恋树湿花飞不起。愁无比,和春付与西流水。　　九十光阴能有几?金龟解尽留无计[③]。寄语东阳沽酒市[④],拚一醉,而今乐事他年泪。

【注释】

①据宋方勺《泊宅编》卷上:“朱行中自右史带假龙出典数郡,是时年尚少,风采才藻皆秀整。守东阳日,尝作春词……公往往乘醉大言:你曾见我‘而今乐事他年泪’否?盖公自谓好句,故夸之也。”

②廉纤:细微、纤细。唐韩愈《晚雨》诗:“廉纤晚雨不能晴,池岸草间蚯蚓鸣。”

③金龟解尽:形容倾囊沽酒。相传唐秘书监贺知章读李白《蜀道难》,连连称叹,遂解金龟换酒,与倾尽醉。见孟棨《本事诗·高逸》。金龟:朝臣佩饰,三品以上佩金龟。

④东阳:今属浙江。

刘弇

刘弇(1048—1102),字伟明,庐陵(今江西吉安)人。幼聪颖,神宗元丰二年(1079)进士,继而又中博学鸿词科,历知峨眉县,改太学博士。元符中进《南郊大礼赋》,深得哲宗赏识,除秘书省正字。徽宗立,改著作佐郎,实录院检讨。有《龙云集》三十二卷,词存8首。

清平乐[①]

东风依旧,著意隋堤柳[②]。搓得鹅儿黄欲就[③],天气清明时候[④]。　去年紫陌青门[⑤],今朝雨魄云魂[⑥]。断送一生憔悴[⑦],能消几个黄昏。

【注释】

①此词别作赵令畤词,疑非是。《复斋漫录》云:"刘伟明既丧爱妾,而不能忘,为《清平乐》词云……与唐阿灰之词有间矣。"唐代张曙,小字阿灰,有《浣溪沙》词,传为其叔父张祎丧爱姬而作。故知其为悼亡而作。

②隋堤柳:隋炀帝开运河,堤上广植柳。此指汴河河堤。

③鹅儿黄:淡黄色,形容初春柳色。宋王安石《南浦》诗:"含风鸭绿粼粼起,弄日鹅黄袅袅垂。"

④天气、时候:俱依徐培均《唐宋词小令精华》。《全宋词》作"天色""厮句",不足取。

⑤紫陌:指京郊道路。李白《南都行》:"高楼对紫陌,甲第连青山。"青门:长安东南灞城门,色青,故称。此处借指汴京。

⑥雨魄云魂:形容栉风沐雨,行踪飘泊。

⑦"断送"句:《诗词曲语辞汇释》卷五释此词云:"言逗引人一生憔悴也。"

秦　观

秦观(1049—1100),字少游,一字太虚,别号淮海居士,高邮(今属江苏扬州)人。元丰八年(1085)进士,授蔡州教授。元祐五年(1090)被召入京,历任太学博士、秘书省校对黄本书籍,迁正字,兼国史院编修。绍圣元年(1094),因“影附苏轼,增损《实录》”,坐元祐党籍,出为杭州通判,道贬处州监酒税。后流徙郴州、横州、雷州。元符三年(1100)放还,至藤州卒。其词多写爱情与迁谪生活,构成自然浑成、含蓄凄清的意境,情韵兼胜,被推为婉约词宗。张炎《词源》评曰:“秦少游词,体制淡雅,气骨不衰,清丽中不断意脉,咀嚼无滓,久而知味。”有徐培均《淮海居士长短句笺注》,为本书所据。

望海潮[①]　(四首选三)

星分牛斗[②],疆连淮海[③],扬州万井提封[④]。花发路香,莺啼人起,珠帘十里东风。豪俊气如虹。曳照春金紫[⑤],飞盖相从[⑥]。巷入垂杨,画桥南北翠烟中。　追思故国繁雄。有迷楼挂斗[⑦],月观横空[⑧]。纹锦制帆[⑨],明珠溅雨[⑩],宁论爵马鱼龙[⑪]。往事逐孤鸿。但乱云流水,萦带离宫。最好挥毫万字,一饮拚千钟[⑫]!

【注释】

①本篇作于元丰三年(1080),时秦观自会稽(今浙江绍兴)省亲还里,“时复扁舟循邗沟(今大运河)而南,以适广陵”,遍游扬州名胜古迹。(见《淮海集》卷三十《与李乐天简》)原词四首,此其一。

②牛斗:二星名,即二十八宿中牛宿与斗宿。古代以牛斗二星作为扬州的分野,故云“星分牛斗”。

③“疆连”句:《尚书·禹贡》:“淮海惟扬州。”传:“北据淮,南距海。”

④万井提封：谓地域广大，人口众多。“提封万井，犹言通共万井。”见《汉书·刑法志》王先谦补注。

⑤金紫：金章紫绶。杜甫《奉寄章十侍御》诗：“淮海维扬一俊人，金章紫绶照青春。”

⑥飞盖：飞驶的车辆。盖：车篷。曹植《公宴》诗：“清夜游西园，飞盖相追随。”

⑦迷楼：隋炀帝所建。旧址在今扬州市平山堂东侧观音山上，宋时建有摘星寺，故云“挂斗”。

⑧月观：《南史·徐湛之传》：“广陵旧有高楼……湛之更起风亭、月观、吹台、琴室。”旧址在今瘦西湖西岸。

⑨纹锦制帆：以锦缎作船帆。颜师古《大业拾遗记》：“炀帝幸江都……锦帆彩缆，穷极奢侈。”

⑩明珠溅雨：《隋遗录》：“炀帝命宫女洒明珠于龙舟上，以拟雨雹之声。”

⑪爵马鱼龙：指珍奇古玩。鲍照《芜城赋》：“吴蔡齐秦之声，爵马鱼龙之玩。”爵：通“雀”。

⑫“最好”二句：化用欧阳修《朝中措·送刘仲原甫出守维扬》：“文章太守，挥毫万字，一饮千钟。”

其　二[①]

秦峰苍翠[②]，耶溪潇洒[③]，千岩万壑争流[④]。鸳瓦雉城，谯门画戟[⑤]，蓬莱燕阁三休[⑥]。天际识归舟[⑦]。泛五湖烟月，西子同游[⑧]。茂草台荒，苎萝村冷起闲愁[⑨]。

何人览古凝眸。怅朱颜易失，翠被难留。梅市旧书[⑩]，兰亭古墨[⑪]，依稀风韵生秋。狂客鉴湖头[⑫]。有百年台沼，终日夷犹。最好金龟换酒[⑬]，相与醉沧洲。

【注释】

①本篇作于元丰二年（1079），时秦观省大父承议公及叔父

秦定于会稽(今浙江绍兴),见秦瀛《淮海先生年谱》。

②秦峰:即秦望山。《舆地纪胜》卷十:“秦望山在会稽东南四十里。”

③耶溪:即若耶溪,相传为西施浣纱处,在今绍兴东南若耶山下,注入鉴湖。

④“千岩”句:《世说新语·言语》:“顾长康从会稽还,人问山川之美,顾云:‘千岩竞秀,万壑争流,草木蒙笼其上,若云兴霞蔚。’”

⑤谯(qiáo)门:城门楼,用以瞭望敌情。

⑥“蓬莱”句:蓬莱,阁名,吴越王钱镠所建,旧址在今绍兴市内卧龙山下。三休,谓登上蓬莱阁中途需作三次休息,极言阁之高,语本贾谊《新书·退让》:“楚王夸使者以章华之台,台甚高,三休乃至。”

⑦“天际”句:南齐谢朓《之宣城郡出新林浦向板桥》诗:“天际识归舟,云中辨江树。”

⑧“泛五湖”二句:《越绝书》:春秋时越国大夫范蠡于灭吴后携西施泛舟五湖而去。

⑨“茂草”二句:台,指姑苏台。《史记·淮南衡山传》谓伍员力谏吴王夫差不听,遂云:“臣今见麋鹿游姑苏之台也。”苎萝村,西施故里,在今浙江诸暨县南门五里苎萝山下。

⑩梅市:据《汉书·梅福传》载,王莽专政时,梅福弃官去九江,其后有人见福于会稽。宋方勺《泊宅编》卷上:“今山阴有梅市乡,山曰梅山。”

⑪兰亭古墨:兰亭,在今绍兴市西南。晋穆帝永和九年(353)三月三日,王羲之与孙统等四十一人在此修禊,临流赋诗。羲之作有《兰亭集序》,为著名法帖,故曰“兰亭古墨”。

⑫“狂客”二句:《旧唐书·文苑传》:“(贺)知章晚年尤加纵诞,无复规检,自号四明狂客。”后乞归山阴故里,诏赐鉴湖一曲。

⑬金龟换酒:孟棨《本事诗·高逸》谓李白初至长安,出《蜀道难》以示贺知章,读未竟,再四称叹,号为谪仙,贺知章解金龟

换酒，尽醉而归。

其　三[①]

梅英疏淡，冰澌溶泄[②]，东风暗换年华。金谷俊游[③]，铜驼巷陌[④]，新晴细履平沙。长记误随车。正絮翻蝶舞，芳思交加。柳下桃蹊，乱分春色到人家。　西园夜饮鸣笳[⑤]。有华灯碍月，飞盖妨花[⑥]。兰苑未空[⑦]，行人渐老，重来是事堪嗟。烟暝酒旗斜。但倚楼极目，时见栖鸦。无奈归心，暗随流水到天涯。

【注释】

①本篇绍圣元年（1094）作于汴京，时哲宗起用新党，秦观因属元祐旧党，将被远谪。见秦瀛《淮海先生年谱》。

②冰澌：流冰。

③金谷：古地名，在今河南洛阳东北。西晋石崇曾在此筑金谷园，宴集宾客，备极豪华。

④铜驼：洛阳旧有铜驼街，汉时铸铜驼两只，在宫南四会道相对而立。俗语云：“金马门外集众贤，铜驼陌上集少年。”见《太平御览》卷一五八引陆机《洛阳记》。

⑤西园：指驸马都尉王诜（字晋卿）之西园。王文诰《苏诗总案》卷二十八载，元祐二年（1087）六月，苏轼与秦观等十有六人集于王诜西园。时人李伯时（号龙眠）绘有《西园雅集图》，刘克庄、虞集为之题跋，有赵孟頫摹本传世。

⑥飞盖：急行的车辆。见前本调其一注⑥。

⑦兰苑：种兰之园。谢灵运《昙隆法师诔》：“如彼兰苑，风过气绝。”此指西园。

沁园春

宿霭迷空，腻云笼日，昼景渐长。正兰皋泥润，谁家燕喜；蜜脾香少，触处蜂忙[①]。尽日无人帘幕挂，更风递游丝时过墙。微雨后，有桃愁杏怨，红泪淋浪[②]。
风流寸心易感；但依依伫立，回尽柔肠[③]。念小奁瑶鉴，重匀绛蜡[④]；玉笼金斗，时熨沉香[⑤]。柳下相将游冶处，便回首、青楼成异乡。相忆事，纵蛮笺万叠[⑥]，难写微茫。

【注释】

①蜜脾：指蜂房，其形如脾。李商隐《闺情》诗："红露花房白蜜脾，黄蜂紫蝶两参差。"

②"红泪"句：形容雨后花上滴水。淋浪：水珠不断下滴貌。

③回尽柔肠：犹肝肠欲断。司马迁《报任少卿书》："肠一日而九回。"

④"念小奁"二句：谓临镜梳妆。绛蜡：红蜡烛。依词意，此处似指化妆品。苏辙《咏玉盘盂》诗："强将绛蜡封红萼，憔悴无言损玉肤。"

⑤"玉笼"二句：玉笼，熏笼。金斗：熨斗。

⑥蛮笺：即蜀笺，有十色。元费著《蜀笺谱》引韩浦《寄弟》诗："十样蛮笺出益州，寄来新自浣花头。"

水龙吟[①]

小楼连远横空，下窥绣毂雕鞍骤[②]。朱帘半卷，单衣初试，清明时候。破暖轻风，弄晴微雨，欲无还有。卖花声过尽[③]、斜阳院落，红成阵，飞鸳甃[④]。　玉佩丁东别后，怅佳期，参差难又[⑤]。名缰利锁，天还知道，和天也瘦[⑥]。花下重门，柳边深巷，不堪回首。念多情但有，当时皓月，向人依旧。

【注释】

①本篇元祐中(1086—1090)作于蔡州。《高斋诗话》:“少游在蔡州,与营妓娄琬字东玉者甚密,赠之词云:‘小楼连苑横空’,又云‘玉佩丁东别后’者是也。”

②绣毂雕鞍:形容车马之华贵。据杨万里《诚斋诗话》载,东坡见此二句,笑曰:“又连远,又横空,又绣毂,又雕鞍,又骤,也劳攘。”

③卖花声:孟元老《东京梦华录》卷七:“季春万花烂熳……卖花者以马头竹篮铺排,歌叫之声,清奇可听。”

④甃甃(zhòu):用对称的砖瓦砌成之井。甃,原指井壁。此指水井。

⑤参差:指事情乖违。唐薛能《下第后春日长安寓居》诗:“隔年空仰望,临日又参差。”

⑥“天还”二句:语本李贺《金铜仙人辞汉歌》:“天若有情天亦老。”还,犹云如其;和,犹云连,见张相《诗词曲语辞汇释》卷一。

八六子[①]

倚危亭[②],恨如芳草,萋萋刬尽还生。念柳外青骢别后,水边红袂分时,怆然暗惊。　无端天与娉婷[③]。夜月一帘幽梦,春风十里柔情。怎奈向[④]、欢娱渐随流水,素弦声断,翠绡香减;那堪片片飞花弄晚,濛濛残雨笼晴。正销凝,黄鹂又啼数声[⑤]。

【注释】

①本篇作于元丰三年(1080),时秦观南游扬州,参见前《望海潮》其一注①。

②危亭:高耸的亭子。此指扬州与高邮之间的斗野亭。本年孙莘老作有《召伯斗野亭》诗,秦观、黄庭坚等和之,张琬有

"危亭下瞰野"之句。

③娉婷:指美人。杜甫《秦州见敕日喜薛据等迁官兼述索居》诗:"唤人看腰袅,不惜嫁娉婷。"

④怎奈向:宋时方言,犹云奈何。晏殊《殢人娇》词:"争奈向、千留万留不住。"

⑤"正销凝"二句:张相《诗词曲语辞汇释》卷五:"销凝,为'销魂凝魂'之约辞。'销魂'与'凝魂'同为出神之义。"

梦扬州[①]

晚云收。正柳塘、烟雨初休。燕子未归,恻恻轻寒如秋[②]。小栏外东风软,透绣帏、花蜜香稠。江南远,人何处,鹧鸪啼破春愁。　　长记曾陪燕游,酬妙舞清歌,丽锦缠头[③]。殢酒为花[④],十载因谁淹留。醉鞭拂面归来晚,望翠楼,帘卷金钩。佳会阻,离情正乱,频梦扬州。

【注释】

①康熙《钦定词谱》:"宋秦观自制词,取词中结句为名。"

②恻恻:形容春寒。韩偓《夜深》诗:"恻恻轻寒剪剪风。"

③丽锦缠头:指赏给歌妓的财物。《太平御览》卷八一五引《唐书》:"旧俗赏歌舞人,以锦彩置之头上,谓之缠头。"唐白居易《琵琶行》:"五陵年少争缠头,一曲红绡不知数。"

④殢酒:病酒,为酒所困。

满庭芳[①]

山抹微云[②],天连衰草[③]。画角声断谯门[④]。暂停征棹,聊共引离樽[⑤]。多少蓬莱旧事[⑥],空回首,烟霭纷纷。斜阳外,寒鸦万点,流水绕孤村。　　销魂。当此际,香囊暗解,罗带轻分。漫赢得青楼、薄幸名存[7]。此去何时见也?襟袖上,空惹啼痕。伤情处,高城望断[8],灯火已黄昏。

【注释】

①本篇作于元丰二年(1079)。时叔父秦定为会稽尉,少游前往探望大父承议公,郡守程公辟馆之于蓬莱阁(旧址在今浙江绍兴卧龙山下),席上遇一歌妓,遂眷眷不能忘怀。岁暮还里,作此词以抒别情。见《苕溪渔隐丛话》后集卷三十三引《艺苑雌黄》。陈廷焯《词则·大雅集》评云:"诗情画景,情词双绝。"

②"山抹"句:《艺苑雌黄》:"其词极为东坡所称道,取其首句,呼之为'山抹微云君'。"

③天连:毛晋汲古阁本《淮海词》作"天粘",附注云:"粘字极工,且有出处;若作'天连',是小儿之语也。"然宋刻本作"天连",或谓"连"字自然,无雕琢痕迹。

④画角:军中号角。

⑤引离樽:据俞平伯《唐宋词选释》:引酒即连续地喝酒。"共引离樽",言饯行时举杯相属。

⑥蓬莱旧事:指在蓬莱阁遇歌妓事。

⑦"漫赢得青楼"二句:化用唐杜牧《遣怀》诗:"十年一觉扬州梦,赢得青楼薄倖名。"

⑧"高城"句:唐欧阳詹《初发太原途中寄太原所思》诗:"高城已不见,况复城中人。"

其　二[1]

红蓼花繁[2],黄芦叶乱,夜深玉露初零。霁天空阔,云淡楚江清[3]。独棹孤篷小艇,悠悠过、烟渚沙汀[4]。金钩细,丝纶慢卷,牵动一潭星。　时时横短笛,清风皓月，相与忘形。任人笑生涯，泛梗飘萍[⑤]。饮罢不妨醉卧，尘劳事[⑥]，有耳谁听。江风静，日高未起，枕上酒微醒。

【注释】

①本篇写垂钓生活。《增修笺注妙选群英草堂诗余》卷下误作张子野词，调下题作“渔舟”。

②红蓼：花名，又名游龙，俗呼水红。

③楚江：泛指今长江中下游地区的江水，先秦时属楚国地区，故称。

④烟渚沙汀：指小洲与沙滩。

⑤泛梗飘萍：喻行踪不定。

⑥尘劳事：指扰乱身心的俗事。《圆觉经疏钞》：“尘是六尘，劳谓劳倦，由尘成劳，故曰尘劳。”

其　三[①]

碧水惊秋，黄云凝暮，败叶零乱空阶。洞房人静，斜月照徘徊。又是重阳近也，几处处、砧杵声催[②]。西窗下，风摇翠竹，疑是故人来[③]。　　伤怀。增怅望，新欢易失，往事难猜。问篱边黄菊，知为谁开。谩道愁须殢酒，酒未醒，愁已先回[④]。凭栏久，金波渐转[⑤]，白露点苍苔。

【注释】

①《蓼园词选》云，此词“应是被谪后作”。少游于绍圣元年(1094)谪监处州酒税，后削秩移郴州，词当作于此一时期。

②砧杵：古代捣衣工具。

③“西窗下”三句：化用唐李益《竹窗闻风寄苗发司空曙》诗：“微风惊暮坐，临牖思悠哉。开门复动竹，疑是故人来。”李

攀龙《草堂诗余隽》卷四评云："待月迎风，情怀如诉。"

④"谩道"三句：殢酒，病酒，为酒所困。《草堂诗余隽》卷四评云："酒堪破愁，真愁非酒能破。"

⑤金波：形容浮动的月光。《汉书·礼乐志》："月穆穆以金波。"颜师古注："言月光穆穆，若金之波流也。"

江城子

西城杨柳弄春柔[①]。动离忧，泪难收。犹记多情曾为系归舟[②]。碧野朱桥当日事[③]，人不见，水空流。
韶华不为少年留。恨悠悠，几时休。飞絮落花时候一登楼。便做春江都是泪，流不尽，许多愁。

【注释】

①西城：指汴京西郑门外金明池、琼林苑一带。秦观《淮海集》卷九《西城宴集》诗序："元祐七年三月上巳，诏赐馆阁官花酒，以中浣日游金明池、琼林苑，又会于国夫人园。会者二十有六人。"本篇写被谪之前重游金明池的感慨。约作于绍圣元年(1094)春三月。

②系归舟：杨济翁《蝶恋花》词："弱柳系船都不住，为君愁绝听鸣橹。"

③朱桥：指金明池上朱漆桥梁。孟元老《东京梦华录》卷七谓池上有仙桥，"桥面三虹，朱漆栏楯"。

其　二[①]

南来飞燕北归鸿[②]。偶相逢，惨愁容。绿鬓朱颜，重见两衰翁[③]。别后悠悠君莫问，无限事，不言中。
小槽春酒滴朱红[④]。莫匆匆，满金钟。饮散落花流水各西东。后会不知何处是，烟浪远，暮云重[⑤]。

【注释】

①本篇作于元符三年(1100)六月，时苏轼自琼州量移廉州，与秦观相会于海康。见秦瀛《淮海先生年谱》。

②"南来"句：喻友朋漂泊。南朝陈江总《东飞伯劳歌》："南飞乌鹊北飞鸿。"南来飞燕：作者自喻。北归鸿：喻苏轼北归。

③两衰翁：时苏轼年六十四，秦观五十二，故云。

④"小槽"句：《苕溪渔隐丛话》前集卷二十一："江南人家造红酒，色味两绝，李贺《将进酒》云'小槽酒滴真珠红'，盖谓此也。"

⑤暮云重：喻别后与苏轼远隔。

鹊桥仙

纤云弄巧，飞星传恨，银汉迢迢暗度[①]。金风玉露一相逢[②]，便胜却人间无数。　　柔情似水[③]，佳期如梦，忍顾鹊桥归路[④]。两情若是久长时，又岂在朝朝暮暮[⑤]。

【注释】

①银汉：银河。相传牛郎织女双星七月初七渡河相会，见吴均《续齐谐记》。

②金风玉露：秋风白露。李商隐《辛未七夕》诗："由来碧落银河畔，可要金风玉露时。"

③柔情似水：寇准《夜度娘》词："日暮汀洲一望时，柔情不断如春水。"

④"忍顾"句：忍顾：怎忍回顾。鹊桥：韩鄂《岁华纪丽》卷三引《风俗通》："织女七夕当渡河，使鹊为桥。相传七日鹊首无故皆髡，因为梁以渡织女故也。"

⑤“两情”二句：《草堂诗余正集》卷二：“七夕以双星会少别多为恨，独谓情长不在朝暮，化臭腐为神奇。”

菩萨蛮[①]

虫声泣露惊秋枕，罗帏泪湿鸳鸯锦[②]。独卧玉肌凉，残更与恨长[③]。　　阴风翻翠幔[④]，雨涩灯花暗。毕竟不成眠[⑤]，鸦啼金井寒。

【注释】

①段斐君本《淮海居士长短句》徐渭评此词云：“语少情多。”俞陛云《宋词选释》评云：“清丽为邻，且余韵不尽，颇近五代词意。”

②鸳鸯锦：绣有鸳鸯的锦被。

③“残更”句：《草堂诗余隽》卷二评曰：“惟其恨长，是以眠为不成。”

④翠幔：宋刻本作“翠幌”，出韵，此从《彊村丛书》本。

⑤“毕竟”句：柳永《忆帝京》词：“毕竟不成眠，一夜长如岁。”明卓人月《古今词统》卷五：“‘毕竟’二字，写尽一夜之辗转。”

减字木兰花

天涯旧恨，独自凄凉人不问。欲见回肠，断尽金炉小篆香[①]。　　黛蛾长敛，任是春风吹不展[②]。困倚危楼，过尽飞鸿字字愁[③]。

【注释】

①“欲见”二句：以篆香形容回肠，借喻断肠之苦。宋洪刍《香谱》：“近世尚奇者作香，篆其文，准十二辰，分一百刻，凡燃

一昼夜而已。”

②“黛蛾”二句：形容愁眉不展。《事文类聚》：“汉宫人扫青黛蛾眉。”

③飞鸿字字愁：鸿雁飞翔，或如“一”字，或如“人”字，雁归而人不归，故云“字字愁”。

画堂春

落红铺径水平池，弄晴小雨霏霏。杏园憔悴杜鹃啼[①]，无奈春归。　　柳外画楼独上，凭栏手捻花枝[②]。放花无语对斜晖，此恨谁知[③]。

【注释】

①杏园：为唐代新进士游宴之地，故址在今西安大雁塔南。唐刘沧《及第后宴曲江》诗：“及第新春选胜游，杏园初宴曲江头。”宋人借指琼林苑，见杨侃《皇畿赋》。《苕溪渔隐丛话》卷三十三谓此词上片用杜牧诗“莫怪杏园憔悴去，满城多少插花人”。据此，盖少游元丰元年（1078）或五年（1082）落第后作此词。

②手捻花枝：形容愁思无聊。

③“放花”二句：清沈谦《填词杂说》：“填词结句，或以动荡见奇，或以迷离称隽，著一实语，败矣。……秦少游‘放花无语对斜晖，此恨谁知’，深得此法。”

千秋岁[①]

水边沙外，城郭春寒退。花影乱，莺声碎[②]。飘零疏酒盏，离别宽衣带[③]。人不见，碧云暮合空相对。
忆昔西池会[④]，鹓鹭同飞盖[⑤]。携手处，今谁在。日边清梦断[⑥]，镜里朱颜改。春去也，飞红万点愁如海[⑦]。

【注释】

①本篇绍圣二年(1095)春作于处州,时作者谪监处州酒税。

②"花影"二句:化用唐杜荀鹤《春宫怨》诗:"风暖鸟声碎,日高花影重。"后人因建莺花亭于处州,范成大有《次韵徐子礼莺花亭》诗五首咏之。此词一出,和者甚多,计有苏轼、黄庭坚、孔平仲、李之仪等七人,可见影响之大。

③"离别"句:《古诗十九首》:"相去日已远,衣带日已缓。"喻因离别相思而消瘦。

④"忆昔"句:吴曾《能改斋漫录》卷十七:"少游词云'忆昔西池会,鹓鹭同飞盖',亦为在京师与毅甫同在于朝,叙其为金明池之游耳。"参见前《江城子》(西城杨柳弄春柔)注①。

⑤鹓鹭:借喻朝官之行列整齐有序。《隋书·音乐志》:"怀黄绾白,鹓鹭成行。"

⑥日边:指帝京。李白《行路难》其一:"闲来垂钓碧溪上,忽复乘舟梦日边。"王琦注引《宋书》:"伊挚(尹)将应汤命,梦乘船过日月之旁。"

⑦"春去也"二句:《苕溪渔隐丛话》后集卷三十九谓"山谷尝叹其句意之善,欲和之而以'海'字难押。陈无己言此词用李后主'问君能有几多愁,恰似一江春水向东流',但以'江'为'海'耳。"

踏莎行 郴州旅舍[①]

雾失楼台,月迷津渡,桃源望断无寻处[②]。可堪孤馆闭春寒,杜鹃声里斜阳暮[③]。　驿寄梅花[④],鱼传尺素[⑤],砌成此恨无重数[⑥]。郴江幸自绕郴山,为谁流向潇湘去[⑦]?

【注释】

①绍圣三年(1096),少游以抄写佛书获罪,自处州削秩徙郴州(今属湖南),明年春作此词于旅舍,见秦瀛《淮海先生年谱》。

②桃源:桃花源,陶渊明《桃花源记》,谓桃花源中居民与世隔绝,生活安乐。其地原属武陵郡(今湖南常德西),宋乾德中析置桃源县,其地位于郴州之北或即今张家界一带。此喻避世仙境之不可得。

③"杜鹃"句:杜鹃鸣声凄切,似"不如归去",常使行人伤感。宋王楙《野客丛书》卷二十评云:"《诗眼》载前辈有病少游'杜鹃声里斜阳暮'之句,谓'斜阳暮'似觉意重。仆谓不然,此句读之,于理无碍。谢庄诗曰:'夕天际晚气,轻霞澄暮阴。'一联之中,三见晚意,尤为重叠。……古人为诗,正不如是之泥。"徐培均案:郴州苏仙岭《三绝碑》米芾书作"残阳树",可备一说。

④驿寄梅花:《荆州记》载:"吴陆凯与范晔善,自江南寄梅花诣长安与晔,并赠诗曰:'折梅逢驿使,寄与陇头人。江南无所有,聊赠一枝春。'"后指代书信。

⑤鱼传尺素:古诗《饮马长城窟行》:"客从远方来,遗我双鲤鱼。呼儿烹鲤鱼,中有尺素书。"古代信函作鲤鱼形,书信以素笺为之,故云。

⑥无重数:即无数重,因协韵倒装。

⑦"郴江"二句:《读史方舆纪要》谓:"郴水在州东一里,一名郴江,源发黄岑山……下流会耒水及白豹水入湘江。"幸自:《三绝碑》作"本自"。韩愈《楸树》诗:"幸自枝条能树立,可烦萝蔓作交加。"二句语本杜审言《渡湘江》诗:"独怜京国人南窜,不似湘江水北流。"写其愈谪愈远之伤感。

蝶恋花

晓日窥轩双燕语[①],似与佳人,共惜春将暮。屈指艳阳都几许[2],可无时霎闲风雨[3]。　　流水落花无问处[4],只有飞云,冉冉来还去。持酒劝云云且住,凭君碍断春归路。

【注释】

①晓日窥轩:窥轩,向窗内偷看。

②都:算来。

③时霎:即霎时,依律倒装。

④流水落花:李煜《浪淘沙》词:“流水落花春去也,天上人间。”

浣溪沙[1]　五首选二

其　一

漠漠轻寒上小楼[2],晓阴无赖似穷秋[3]。淡烟流水画屏幽。　　自在飞花轻似梦,无边丝雨细如愁[4]。宝帘闲挂小银钩[5]。

【注释】

①俞陛云《宋词选释》评曰:“清婉而有余韵,是其擅长处。此调凡五首,此首最胜。”

②漠漠:弥漫貌。

③“晓阴”句:无赖,犹无奈、无故烦扰。穷秋:晚秋。

④“自在”二句:近人梁启超评曰:“奇语。”(《艺蘅馆词选》)

⑤“宝帘”句:王国维《人间词话》评曰:“境界有大小,不以是而分优劣。……‘宝帘闲挂小银钩’,何遽不若‘雾失楼台,月迷津渡’也?”

其　五[①]

锦帐重重卷暮霞，屏风曲曲斗红牙[②]。恨人何事苦离家。　　枕上梦魂飞不去，觉来红日又西斜。满庭芳草衬残花。

【注释】

①《全宋词》案：《类编草堂诗余》卷一此首误作张先词。《蓼园词选》评曰："重重曲曲，写得柔情旖旎……写闺情至此，意致浓深，大雅不俗。"

②斗红牙：张相《诗词曲语辞汇释》卷二："斗，犹凑也，拼也。"红牙，乐器名，即拍板，多用红色檀木制成，故名。此处"斗红牙"谓曲曲屏风犹似红牙檀板拼凑而成。

如梦令　五首

门外鸦啼杨柳[①]，春色著人如酒[②]。睡起熨沉香，玉腕不胜金斗[③]。消瘦，消瘦，还是褪花时候[④]。

【注释】

①"门外"句：化用李白《杨叛儿》诗："何许最关人，乌啼白门柳。"

②著人：犹迷人。《诗词曲语辞汇释》卷三："著，犹中也；袭也；惹或迷也……贺铸《浣溪沙》词：'连夜断无行雨梦，隔年犹有著人香。'此所云著人，犹云惹人或迷人也。秦观《如梦令》词……义均同上。"

③"玉腕"句：形容娇慵无力。金斗：熨斗。

④"消瘦"三句：《续编草堂诗余》评曰："末句止而得行，泄而得蓄。"

其　二[①]

遥夜沉沉如水，风紧驿亭深闭[②]。梦破鼠窥灯，霜送晓寒侵被。无寐，无寐。门外马嘶人起。

【注释】

①本篇作于绍圣三年（1096）冬贬徙郴州途中，同时有《题郴阳道中一古寺壁二绝》，其二云："饥鼠相追坏壁中。"与词境相似。

②驿亭：古代设于官道旁，供官员、差役住宿与换马的馆舍。

其　三[①]

幽梦匆匆破后，妆粉乱痕沾袖。遥想酒醒来，无奈玉销花瘦[②]。回首，回首。绕岸夕阳疏柳。

【注释】

①清陆云龙《词菁》卷二评此首云："奇丽。"

②玉销花瘦：形容美人的消瘦。《类编笺释续选草堂诗余》卷上评云："语新奇。"

其　四[①]

楼外残阳红满，春入柳条将半。桃李不禁风，回首落英无限。肠断，肠断。人共楚天俱远[②]。

【注释】

①《全宋词》案："《类编草堂诗余》卷一此首误作晏几道词。

陈钟秀本《草堂诗余》卷上又误作晏殊词。杨金本《草堂诗余》前集卷下又误作吕直夫词。”

②楚天：楚地的天空，今长江中下游一带。柳永《雨霖铃》词：“念去去千里烟波，暮霭沉沉楚天阔。”李攀龙《草堂诗余隽》卷四评此词云：“对景伤春，于此词尽见矣。”

其　五[①]

池上春归何处[②]？满目落花飞絮。孤馆悄无人，梦断月堤归路。无绪，无绪。帘外五更风雨[③]。

【注释】

①《全宋词》案：“《类编草堂诗余》卷一此首误作周邦彦词。”

②春归何处：黄庭坚《清平乐》词：“春归何处，寂寞无行路。”

③“帘外”句：欧阳修《浪淘沙》词：“帘外五更风，吹梦无踪。”《草堂诗余隽》卷二评此词曰：“深情厚意，言有尽而意无穷。”

阮郎归

退花新绿渐团枝[①]，扑人风絮飞。秋千未拆水平堤，落红成地衣[②]。　　游蝶困，乳莺啼。怨春春怎知。日长早被酒禁持[③]，那堪更别离。

【注释】

①退花：落花。《词菁》卷一评曰：“出语新媚，亦复幽奇。”

②地衣：地毯。

③禁持：摆布。《诗词曲语辞汇释》卷二释云：“犹云硬将酒

来摆布愁怀也。”

阮郎归[①]

潇湘门外水平铺，月寒征棹孤。红妆饮罢少踟蹰，有人偷向隅[②]。　　挥玉箸[③]，洒真珠[④]，梨花春雨余[⑤]。人人尽道断肠初，那堪肠已无。

【注释】

①本篇作于绍圣三年(1096)，时作者自处州贬徙郴州，途经潇湘。

②向隅：刘向《说苑·贵德》：“今有满堂饮酒者，有一人独索然向隅而泣，则一堂之人皆不乐矣。”

③玉箸(zhù)：相传魏文帝曹丕之甄后，面甚白，“泪双垂如玉箸”。见《白氏六帖》。箸，即筷子。

④真珠：唐白居易《夜闻歌者时自京城谪浔阳宿于鄂州》诗：“夜泪如真珠，双双堕明月。”

⑤“梨花”句：白居易《长恨歌》：“玉容寂寞泪阑干，梨花一枝春带雨。”

阮郎归[①]

湘天风雨破寒初，深沉庭院虚。丽谯吹罢小单于[②]，迢迢清夜徂[③]。　　乡梦断，旅魂孤，峥嵘岁又除。衡阳犹有雁传书[④]，郴阳和雁无。

【注释】

①本篇作于绍圣四年(1097)，时作者贬居郴州。《全宋词》案：“此首别又误入《张子野词》卷一。”

②丽谯：城门楼。《庄子·徐无鬼》：“君亦必无盛鹤列于丽

谯之间。”郭象注:“丽谯,高楼也。”小单于,乐曲名,属大角曲。

③迢迢:遥远、漫长貌。

④“衡阳”句:据《汉书·苏武传》,鸿雁能够传书。又陆佃《埤雅》谓鸿雁南飞不过衡山。因“南地极燠”。郴州在衡山之南,故云“和雁无”,即连雁也没有。

满庭芳

此词正少游所作,人传王观撰,非也。[①]

晓色云开,春随人意,骤雨才过还晴。古台芳榭[②],飞燕蹴红英。舞困榆钱自落[③],秋千外,绿水桥平。东风里,朱门映柳,低按小秦筝[④]。　　多情,行乐处,珠钿翠盖[⑤],玉辔红缨[⑥]。渐酒空金榼,花困蓬瀛[⑦]。豆蔻梢头旧恨[⑧],十年梦[⑨],屈指堪惊。凭栏久,疏烟淡日,寂寞下芜城[⑩]。

【注释】

①王观:字通叟,如皋(今江苏如皋)人,元丰三年(1080)知江都,因贪赃枉法被贬永州,世称王逐客,词有《冠柳集》,不传。《全宋词》案:“杨金本《草堂诗余》后集卷下此首作王观词。”徐培均案:日本内阁文库藏宋乾道癸巳高邮军学本刻《淮海居士长短句》有此附注,业已辨正,良是。

②古台:指高邮文游台。相传秦观曾与苏轼、孙觉、王巩载酒论文此台之上。见应武《文游台记》。

③榆钱:榆树叶未生时,枝间先生榆荚,似钱而小,色白成串,故名榆钱。

④秦筝:弹拨乐器,相传为秦时蒙恬所造,故称。

⑤珠钿翠盖:装饰华丽的车辆。翠盖:用翠羽装饰的车篷。此指乘车仕女。

⑥玉辔红缨：装饰华丽的骏马。辔：缰绳，此指骑马男子。

⑦蓬瀛：蓬莱、瀛洲、方丈，相传为海上三仙山。此处借指青楼妓馆。

⑧豆蔻梢头：唐杜牧《赠别》诗："娉娉袅袅十三余，豆蔻梢头二月初。"此指与年少歌妓之恋情。

⑨十年梦：杜牧《遣怀》诗："十年一觉扬州梦，赢得青楼薄倖名。"

⑩芜城：扬州遭北魏南侵及南朝宋竟陵王刘诞之乱，遂致荒芜，鲍照作《芜城赋》以哀之，后世遂名芜城。

虞美人 三首

高城望断尘如雾，不见联骖处[①]。夕阳村外小湾头[②]，只有柳花无数送归舟。　琼枝玉树频相见[③]，只恨离人远。欲将幽事寄青楼，争奈无情江水不西流[④]！

【注释】

①联骖：犹联镳。指与人并辔而行。

②小湾头：即茱萸湾，在扬州附近。今名湾头镇。

③琼枝玉树：喻人物风采之美。三国魏时，毛曾与夏侯玄并坐，时人称之为"蒹葭倚玉树"。见《世说新语·容止》。

④"争奈"句：李白《江上吟》："功名富贵若长在，汉水亦应西北流。"极言无法办到。

其　二[①]

碧桃天上栽和露[②]，不是凡花数。乱山深处水潆回，可惜一枝如画为谁开。　轻寒细雨情何限，不道春难管[③]。为君沉醉又何妨，只怕酒醒时候断人肠。

【注释】

①本篇作于元祐五年至八年(1090—1093)供职秘书省期间。据《绿窗新话》卷上引杨湜《古今词话》载,秦少游寓京师,有贵官延饮,出宠姬碧桃侑觞,少游以酒回劝,碧桃云:“今日为学士拚了一醉!”引大杯长饮。少游即席赠此词。

②“碧桃”句:唐高蟾《下第后上永崇高侍郎》诗:“天上碧桃和露种,日边红杏倚云栽。”此处以桃喻人,语带双关。

③不道:犹云不知、不觉。见《诗词曲语辞汇释》卷四。

其 三

行行信马横塘畔[①],烟水秋平岸,绿荷多少夕阳中,知为阿谁凝恨背西风[②]?　　红妆艇子来何处[③],荡桨偷相顾。鸳鸯惊起不无愁,柳外一双飞去却回头。

【注释】

①横塘:东西向的池塘。《吴郡图记续记》卷下《治水》:“或五里七里而为一纵浦,又七里或十里而为一横塘,因塘浦之土以为堤岸。”秦观在会稽有《游龙门山次程公韵》诗云:“路转横塘入乱峰,遍寻潇洒兴无穷。”

②“绿荷”二句:唐杜牧《齐安郡中偶题二首》之一:“多少绿荷相倚恨,一时回首背西风。”

③“红妆”句:红妆:指女子。艇子:船夫。

点绛唇　二首[①]

醉漾轻舟,信流引到花深处[②]。尘缘相误[③],无计花间住。　　烟水茫茫,千里斜阳暮。山无数,乱红如雨,不记来时路[④]。

【注释】

①此首《全宋词》题作“桃源”，依词意当系据陶渊明《桃花源记》写成。

②“醉漾”二句：语本《桃花源记》：“晋太元中，武陵人捕鱼为业，缘溪行，忽逢桃花林。”

③尘缘：佛家语。《圆觉经》：“妄认四大为自身，六尘缘影为自心相。”佛家以声、色、香、味、触、法为六尘，心为六尘所累，谓之尘缘。

④“山无数”三句：《桃花源记》：“太守即遣人随其往，寻向所志，遂迷不复得路。”唐王维《桃源行》：“春来遍是桃花水，不辨仙源何处寻。”乱红：唐李贺《将进酒》诗：“桃花乱落如红雨。”

其　二[①]

月转乌啼，画堂宫徵生离恨[②]。美人愁闷，不管罗衣褪。　　清泪斑斑，挥断柔肠寸[③]。嗔人问，背灯偷揾[④]，拭尽残妆粉。

【注释】

①《全宋词》校：“以上二首别又见曾慥本《东坡词》卷下。”又唐圭璋《宋词四考》云：“案：此二首皆秦观词，见《淮海词》。”

②宫徵：指乐曲。古代以宫、商、角、徵、羽、变宫、变徵为七声。

③柔肠寸：欧阳修《踏莎行》：“寸寸柔肠，盈盈粉泪。”

④偷揾：即偷拭，偷揩，此指揾泪。辛弃疾《水龙吟》：“倩何人唤取，红巾翠袖，揾英雄泪。”

南歌子[①]　三首

玉漏迢迢尽[②]，银潢淡淡横[③]。梦回宿酒未全醒，已被邻鸡催起怕天明。　　臂上妆犹在，襟间泪尚盈[④]。水边灯火渐人行，天外一钩残月带三星[⑤]。

【注释】

①《全宋词》校："案此首别又误作僧仲殊词，见《古今词选》卷二。"

②玉漏：古代计时器，以铜壶滴水计时。

③银潢：银河。潢：水。

④"臂上"二句：唐元稹《会真记》谓张生、莺莺幽会时，"及明，睹妆在臂，香在衣，泪光荧荧然犹莹于茵席而已"。此写幽会后景象。

⑤"天外"句：《苕溪渔隐丛话》前集卷五十引《高斋诗话》谓秦少游在蔡州，"赠（营妓）陶心儿词云：'天外一钩横月带三星'，谓心字也。"三星，即参星，天始亮时见于东方。

其　二

愁鬓香云坠，娇眸水玉裁[①]。月屏风幌为谁开[②]？天外不知音耗百般猜[③]。　　玉露沾庭砌，金风动琯灰[④]。相看有似梦初回，只恐又抛人去几时回。

【注释】

①水玉：水晶。《本草纲目·水精》："水精亦玻璃之属，有黑白二色。"此喻眼珠黑白分明。

②月屏风幌：指障月之屏风，临风之帷幔。

③音耗：音信。

④"金风"句：古代以玉管盛葭灰（芦苇内膜烧成的灰），至相应的节气，葭灰即自管内自行飞出，从而测知节气。杜甫《小至》诗："吹葭六琯动飞灰。"

其　三

香墨弯弯画，燕脂淡淡匀。揉蓝衫子杏黄裙[①]。独倚玉阑无语点檀唇[②]。　人去空流水，花飞半掩门。乱山何处觅行云[③]？又是一钩新月照黄昏。

【注释】

①揉蓝：见王安石《渔家傲》（平岸小桥千嶂抱）词注③。

②点檀唇：以紫绛色唇膏点唇。

③行云：宋玉《高唐赋》谓楚王梦见巫山神女，自称“旦为朝云，暮为行雨”。此喻别后之女子。

临江仙　二首[①]

千里潇湘挼蓝浦[②]，兰桡昔日曾经[③]。月高风定露华清。微波澄不动，冷浸一天星。　独倚危樯情悄悄，遥闻妃瑟泠泠[④]。新声含尽古今情。曲终人不见，江上数峰青[⑤]。

【注释】

①本篇作于元符元年（1098），时秦观自郴州贬徙横州，重经潇湘。

②挼蓝浦：形容潇湘支流的清澈。挼蓝，同揉蓝。见王安石《渔家傲》（平岸小桥千嶂抱）词注③。

③兰桡：船桨的美称。

④“遥闻”句：妃瑟：《楚辞·远游》：“使湘灵鼓瑟兮，令海若舞冯夷。”湘灵，相传为舜妃娥皇、女英，溺于湘水，为湘夫人。泠泠：形容琴瑟之声。

⑤“曲终”二句：用唐钱起《省试湘灵鼓瑟》诗成句。

其　二

髻子偎人娇不整，眼儿失睡微重[①]。寻思模样早心忪[②]。断肠携手，何事太匆匆！　　不忍残红犹在臂，翻疑梦里相逢[③]。遥怜南埭上孤篷[④]。夕阳流水，红满泪痕中。

【注释】

①“眼儿”句：此谓因失眠而眼皮睁不开。

②心忪：犹心惊。《玉篇》：“忪，心动不定，惊也，遑遽也。”

③残红：残留的口红。唐元稹《会真记》写莺莺与张生幽会后，“红娘又捧之而去，终夕无一言。张生辨色而兴，自疑曰：‘岂其梦耶？’及明，睹妆在臂”。

④南埭：高邮南之召伯埭（今邵伯镇）。秦观《与参寥大师简》：“子由（苏辙字）春间过此，相从两月，仆送至南埭而还。”又《次韵子由召伯埭见别》之一：“召伯埭南春欲尽，为公重赋畔牢愁。”

好事近　梦中作[①]

春路雨添花，花动一山春色。行到小溪深处，有黄鹂千百。　　飞云当面化龙蛇，夭矫转空碧[②]。醉卧古藤阴下，了不知南北。

【注释】

①本篇绍圣二年（1095）作于处州（今浙江丽水），见惠洪

《冷斋夜话》。

②夭矫：纵恣飞腾貌。《淮南子·修务训》“龙夭矫”注：“龙夭矫，言缵蕴若蟠龙。”空碧：即碧空，依律倒装。

如梦令[①]

门外绿阴千顷，两两黄鹂相应[②]。睡起不胜情，行到碧梧金井。人静，人静，风弄一枝花影[③]。

【注释】

①本篇杨慎批《草堂诗余》卷一调下题作“春景”。曾慥《乐府雅词》卷下作曹组词，疑误。

②秦元庆本《草堂诗余》评曰：“见绿阴而闻鸟声，正是景物相应处。”

③“人静”三句：清陆云龙《词菁》评曰：“正是静景。”清黄苏《蓼园词选》：“‘一枝’字幽隽。”

阮郎归[①]

春风吹雨绕残枝，落花无可飞。小池寒绿欲生漪，雨晴还日西。　　帘半卷，燕双归。讳愁无奈眉[②]。翻身整顿著残棋，沉吟应劫迟[③]。

【注释】

①本篇录自《草堂诗余正集》卷一，《乐府雅词·拾遗》误作无名氏词。

②“讳愁”句：谓欲掩饰愁情而双眉仍不自觉地紧锁。明杨慎批《草堂诗余》卷一评曰：“写想深慧。”卓人月《古今词统》卷六评曰：“讳愁五字，不知费多少安顿！”

③应劫：《棋经》：“劫，夺也。先投子曰抛，后应子曰劫，乃

有实东击西之功。”此句谓因内心愁苦，故于棋局险急时落子迟缓。

鹧鸪天[①]

枝上流莺和泪闻，新啼痕间旧啼痕[②]。一春鱼鸟无消息[③]，千里关山劳梦魂。　　无一语，对芳尊。安排肠断到黄昏。甫能炙得灯儿了[④]，雨打梨花深闭门[⑤]。

【注释】

①录自毛晋汲古阁本《淮海词》，别又误作李清照、欧阳修词。《草堂诗余正集》卷一调下题作“春闺”。《词菁》卷二评曰：“锦心绣口，出语皆菁。”

②“新啼痕”句：《草堂诗余隽》卷一评曰：“新痕间旧痕，一字一血。”

③鱼鸟：犹鱼雁。古代谓鲤鱼、鸿雁可传书，故云。

④甫能：犹云方才、刚才。

⑤“雨打”句：清沈祥龙《论词随笔》：“‘雨打梨花深闭门’‘落红万点愁如海’，皆情景双绘。故称好句而趣味无穷。”

画堂春[①]

东风吹柳日初长，雨余芳草斜阳。杏花零落燕泥香[②]，睡损红妆。　　宝篆烟消龙凤[③]，画屏云锁潇湘[④]。夜寒微透薄罗裳，无限思量。

【注释】

①此首别作黄庭坚词，误。毛晋汲古阁本《宋六十名家词·山谷集》于此调下注云：“考‘东风吹柳日初长’是淮海作。”

②“杏花”句：王国维《人间词话》附录《词辨》：“温庭筠《菩

萨蛮》：'雨后却斜阳，杏花零落香。'少游之'雨余芳草斜阳，杏花零落燕泥香'，虽自此脱胎，而实有出蓝之妙。"

③"宝篆"句：谓绘有龙凤的篆香渐渐燃尽。

④"画屏"句：谓屏风上绘有潇湘烟雨图。

海棠春[①]

流莺窗外啼声巧，睡未足、把人惊觉。翠被晓寒轻，宝篆沉烟袅[②]。　宿醒未解宫娥报[③]，道别院、笙歌会早。试问海棠花，昨夜开多少？

【注释】

①录自毛晋汲古阁本《淮海词》。《乐府雅词》卷下未著撰人。

②宝篆：篆香的美称。

③宿醒：史游《急就篇》卷三："侍酒行觞宿昔醒。"注："病酒曰醒，谓经宿饮酒，故致醒也。"

醉乡春[①]

唤起一声人悄，衾冷梦寒窗晓。瘴雨过[②]，海棠开，春色又添多少。　社瓮酿成微笑[③]，半缺椰瓢共舀[④]。觉倾倒，急投床，醉乡广大人间小。

【注释】

①录自毛晋汲古阁本《淮海词》，当作于元符元年（1098）。《冷斋夜话》云："少游在黄州（当作横州，今广西横县），饮于海棠桥，桥南北多海棠。有老书生家于海棠丛间，少游醉宿于此，明日题其柱云。"

②瘴雨：旧时谓湖广一带湿热蒸郁易致病的雨水。

③社瓮：指社日所用的酒。唐罗隐《寄杨秘书》诗："会待与君开社瓮，满船载酒镜中行。"

④半缺椰瓢：指椰子壳剖成的瓢。一作"半缺瘿瓢"。

金明池[1]

琼苑金池[2]，青门紫陌[3]，似雪杨花满路。云日淡、天低昼永，过三点两点细雨。好花枝半出墙头，似怅望芳草王孙何处。更水绕人家，桥当门巷，燕燕莺莺飞舞。

怎得东君长为主，把绿鬓朱颜，一时留住。佳人唱金衣莫惜[4]，才子倒玉山休诉[5]。况春来倍觉伤心，念故国情多，新年愁苦。纵宝马嘶风，红尘拂面，也则寻芳归去。

【注释】

①本篇录自《类编草堂诗余》卷四，调下题作"春游"。《全宋词》以为无名氏词。康熙《钦定词谱》云："此调始于秦观……赋东京金明池，即以调为题也。"案：《淮海集》卷九有《西城宴集》诗，序称元祐七年(1092)三月以中浣日游金明池、琼林苑，词当作于是时。

②"琼苑"句：《东京梦华录》卷七："(金明)池在顺天门街北，周围约九里三十步……琼林苑在顺天门大街，面北，与金明池相对。"

③青门：原指长安霸城门，以其色青，故称，此指汴京城门。

④"佳人唱"句：唐杜秋娘《金缕衣》诗："劝君莫惜金缕衣，劝君惜取少年时。花开堪折直须折，莫待无花空折枝。"

⑤"才子"句：玉山，状酒后醉倒之风采。《世说新语·容止》："嵇叔夜之为人……其醉也，傀俄若玉山之将崩。"李白《襄阳歌》："清风明月不用一钱买，玉山自倒非人推。"休诉：义犹莫辞饮酒。韦庄《菩萨蛮》词："须愁春漏短，莫诉金杯满。"

米芾

米芾（1051—1107），字元章，宋代著名书法家、画家。本襄阳（今属湖北）人，自号鹿门居士。曾寓居京口（今江苏镇江）。以母曾侍高太后藩邸，蒙恩补校书郎、太常博士，出知无为军。逾年，召为书画博士，擢礼部员外郎，知淮阳军。为文奇险，书法得王羲之笔意，所画山水人物自成一家，词中亦带画意。有《宝晋英光集》八卷，词名《宝晋长短句》，收入《彊村丛书》。

浣溪沙 野眺[①]

日射平溪玉宇中[②]，云横远渚岫重重[③]。野花犹向涧边红。　　静看沙头鱼入网，闲支藜杖醉吟风[④]。小春天气恼人浓[⑤]。

【注释】

①此词别见《草堂诗余续集》卷上，明沈际飞评曰：“词最纤婉合体，何独以墨妙传也！”

②玉宇：天空。

③岫（xiù）：峰峦。

④藜杖：藜茎所制的拐杖。

⑤小春：农历十月，也称小阳春。

李甲，字景元，华亭(今上海松江)人。善画翎毛。清厉鹗《宋诗纪事补遗》卷三十一云：李景元，元符中(1098—1100)武康令。

帝台春[1]

芳草碧色，萋萋遍南陌。暖絮乱红[2]，也知人春愁无力。忆得盈盈拾翠侣[3]，共携赏、凤城寒食[4]。到今来，海角逢春，天涯为客。　　愁旋释，还似织；泪暗拭，又偷滴。谩伫立，遍倚危栏，尽黄昏，也只是、暮云凝碧。拚则而今已拚了，忘则怎生便忘得[5]？又还问鳞鸿，试重寻消息[6]。

【注释】

①《全宋词》案："《高丽史·乐志》此首作无名氏词。别又误作李璟词，见《尧山堂外纪》卷四十一。"清沈雄《古今词话·词评》云："华亭李甲字景元，宋之词人也。《帝台春》一词，旧刻李璟为唐元宗所制久矣，近代朱彝尊辈始出而正之。"

②暖絮：暖风中柳絮。乱红：乱飞的落花。

③盈盈：美好貌，借指美女。《古诗十九首》之二："盈盈楼上女，皎皎当窗牖。"拾翠：指春日仕女郊游。杜甫《秋兴》之八："佳人拾翠春相问。"

④凤城：指京城。孟元老《东京梦华录》卷七："(寒食)前一日，谓之'炊熟'。用面造枣䭔飞燕，柳条串之，插于门楣，谓之'子推燕'。子女及笄者，多以是日上头。寒食第三节，即清明日矣。凡新坟皆用此日拜扫，都城人出郊……歌儿舞女，遍满园亭，抵暮而归。"

⑤"拚则"二句：潘游龙《古今诗余醉》评云："'拚了'二句，词意极浅，正未许浅人解得。"言外二句当有深义。

⑥鳞鸿：同鱼雁，指传递书信的使者。古代有鱼腹、雁足传书的故事。

赵令畤

赵令畤(1051—1134),字德麟,晚号聊复翁。燕王德昭玄孙。神宗元丰三年(1180),坐与苏轼交通,罚金。哲宗元祐六年(1091)苏轼知颍州,辟为签书公事。绍圣元年(1094),坐党籍被谪,后官朝请大夫。高宗绍兴二年(1032),为右监门卫大将军、荣州防御史,改洪州观察使,封安定郡王,权知行在大宗正事。有《侯鲭录》《聊复集》,后者不传,赵万里辑有《聊复词》。王灼《碧鸡漫志》卷二以其词与李廌(方叔)相比,云:"赵婉而李俊,各有所长。"

蝶恋花[①]

欲减罗衣寒未去。不卷珠帘,人在深深处。红杏枝头花几许?啼痕只恨清明雨[②]。　　尽日沉烟香一缕[③]。宿雨醒迟[④],恼破春情绪。飞燕又将归信误,小屏风上西江路[⑤]。

【注释】

①明沈际飞《草堂诗余正集》评此词曰:"开口淡冶松秀。"又云:"末路情景,若近若远,低徊不能去。"近人俞陛云《两宋词选释》:"上段警拔不足,而静婉有余。后段以闲淡之笔,写怀人心事。结处风华掩映,含蓄不尽。"

②"啼痕"句:以泪痕与清明雨相比,言其纷纷不断也。

③沉烟:沉香的烟气。

④宿雨:昨夜的雨。

⑤西江:西来的大江,泛指长江。此句谓屏风上绘有江景。

蝶恋花[①]

卷絮风头寒欲尽。坠粉飘香,日日红成阵[②]。新酒又添残酒困。今春不减前春恨。　　蝶去莺飞无处问。隔水高楼,望断双鱼信[③]。恼乱横波秋一寸[④]。斜阳只与黄昏近。

【注释】

①《全宋词》案:"以上二首又见晏几道《小山词》。此首别又误作晏殊词,见杨金本《草堂诗馀》。"清沈雄《古今词话·词品》云:"山谷谓:好词惟取陡健圆转。屯田(柳永)意过久许,笔犹未休。待制(周邦彦)滔滔漭漭,不能尽变。如赵德麟云'新酒又添残酒病,今春不减前春恨'……此则陡健圆转之榜样也。"

②红成阵:即落花成阵。

③双鱼信:指书信,古乐府《饮马长城窟行》:"客从远方来,遗我双鲤鱼。呼儿烹鲤鱼,中有尺素书。"

④横波:形容美目流盼如波。汉傅毅《舞赋》:"目流睇而横波。"

浣溪沙　王晋卿筵上作[①]

风急花飞昼掩门,一帘残雨滴黄昏,便无离恨也销魂。　　翠被任熏终不暖,玉杯慵举几番温。个般情事与谁论[②]?

【注释】

①王晋卿:王诜,字晋卿,宋神宗熙宁二年(1069),选尚英宗女蜀国长公主,拜左卫将军,驸马都尉。家富园林,尝从苏轼等游。此词盖作于元祐二年(1087)西园雅集时,参见前王诜小传及其词。

②个般:这般。《诗词曲语辞汇释》卷三:"个,指点词,犹这也,那也。"

浣溪沙[①]

水满池塘花满枝，乱香深里语黄鹂[②]。东风轻软弄帘帏。　日正长时春梦短，燕交飞处柳烟低。玉窗红子斗棋时[③]。

【注释】

①此词《类编草堂诗余》卷一误作张先词。

②乱香：乱花。黄鹂：即黄莺。

③红子斗棋：谓下棋时用红色棋子。

乌夜啼　春思

楼上萦帘弱絮，墙头碍月低花。年年春事关心事，肠断欲栖鸦[①]。　舞镜鸾衾翠减[②]，啼珠凤蜡红斜[③]。重门不锁相思梦，随意绕天涯[④]。

【注释】

①欲栖鸦：指黄昏时刻。李白《乌夜啼》："黄云城边乌欲栖，归飞哑哑枝上啼。"

②舞镜：即鸾镜。南朝宋刘敬叔《异苑》："罽(jì)宾王有鸾，三年不鸣。夫人曰：'闻鸾见影则鸣。'乃悬镜照之，中宵一奋而绝。"

③凤蜡：绘有凤凰的蜡烛。蜡泪如珠，故云啼珠。

④"重门"二句：明卓人月《古今词统》卷六引杨慎云："僧齐己诗：'重门不锁梦，每夜自归山。'此词末句本此。"清王士禛《花草蒙拾》评曰："'重门不锁相思梦，随意绕天涯'与（岑参）'枕上片时春梦中，行尽江南数千里'，同一机杼。然赵词胜岑诗。"

贺铸(1052—1125),字方回,卫州共城(今河南辉县)人。祖籍越州,因号庆湖遗老。神宗熙宁中(约1072),以孝惠皇后恩,授右班殿直,历监军器库门、临城酒税、徐州宝丰监等。哲宗元祐七年(1092),李清臣、范百禄荐之于朝,四十岁改西头供奉官入文资,监鄂州宝泉监。后迁泗州、太平州通判。晚年退居苏州,闭门读书。宣和七年(1125)二月卒于常州僧舍。为人博学强记,尤长于度曲,其词善于融化唐人诗句,“语意精新,用心甚苦”(王灼《碧鸡漫志》卷二)。兼有豪放婉约之致而音律谐美。有钟振振《东山词校注》,本书多所借鉴。

半死桐[①]

重过阊门万事非[②],同来何事不同归?梧桐半死清霜后[③],头白鸳鸯失伴飞。　原上草,露初晞[④],旧栖新垄两依依[⑤]。空床卧听南窗雨,谁复挑灯夜补衣!

【注释】

①即《鹧鸪天》,当作于徽宗建中靖国元年(1101)。陈廷焯《词则·别调集》卷一云:“悲惋于直截处见之,当是悼亡作。”

②阊门:苏州西城门。

③“梧桐”句:指夫妇中一死一生。唐白居易《为薛台悼亡》诗:“半死梧桐老病身。”

④露初晞:古乐府《薤露》:“薤上露,何易晞。薤露明朝更复落,人死一去何时归。”晞:晒干。

⑤旧栖:指在阊门的故居。新垄:指夫人赵氏的新坟。

杵声齐[①]

砧面莹,杵声齐[②],捣就征衣泪墨题。寄到玉关应万里，戍人犹在玉关西[3]。

【注释】

①调名即《捣练子》。

②砧杵：古代捣衣工具。

③玉关：即玉门关，在今甘肃敦煌附近。俞陛云《宋词选释》云："此与'却望并州是故乡'诗句、'行人更在青山外'词句，皆有更行更远之意。"

夜如年[1]

斜月下，北风前，万杵千砧捣欲穿。不为捣衣勤不睡，破除今夜夜如年[2]。

【注释】

①调名即《捣练子》。

②"不为"二句：俞陛云《宋词选释》云："皆有唐人《塞下曲》风致。"

望书归[1]

边堠远[2]，置邮稀[3]，附与征衣衬铁衣。连夜不妨频梦见，过年惟望得书归[4]。

【注释】

①调名即《捣练子》。

②边堠：边界上斥堠（岗哨）。

③置邮：指传递邮件的驿站。《孟子·公孙丑上》："孔子曰：德之流行，速于置邮而传命。"

④"连夜"二句：夏敬观批："观以上凡七言二句，皆唐人绝

句作法。”

唤春愁

天与多情不自由[①]，占风流。云闲草远絮悠悠，唤春愁。　　试作晓妆窥晚镜，淡蛾羞[②]。夕阳独倚水边楼，认归舟。

【注释】

①“天与”句：唐韩偓《多情》诗：“天遣多情不自持。”

②淡蛾：淡淡的蛾眉。

梦江南[①]

九曲池头三月三[②]，柳毵毵[③]。香尘扑马歕金衔[④]，涴春衫[⑤]。　　苦笋鲥鱼乡味美，梦江南。阊门烟水晚风恬[⑥]，落归帆。

【注释】

①词当作于宋徽宗崇宁间。

②九曲池：隋炀帝所凿，旧址在今江苏扬州。

⑧毵毵(sān)：形容细长如毛的柳叶。

④歕(pēn)：同喷，吹气。金衔：金属的马勒口。

⑤涴(wǎn)：污，弄脏。

⑥阊门：苏州西城门。

陌上郎[①]

西津海鹘舟[②]，径度沧江雨。双艣本无情，鸦轧如

人语[3]。　　挥金陌上郎，化石山头妇[4]。何物系君心？三岁扶床女。

【注释】

①调名即《生查子》。

②西津：渡口名，在今江苏镇江城西。海鹘(gǔ)舟：状似鹰隼的快船。《海录碎事·衣冠服用部·舟门》："海鹘舟，轻捷之称。"

③鸦轧：磨擦声，此指摇舻声。

④"化石"句：《太平寰宇记·当涂县》："望夫山在县西四十七里。昔人往楚，累岁不还，其妻登此山望夫，乃化为石。"

卷春空[1]

墙上夭桃簌簌红[2]，巧随轻絮入帘栊。自是芳心贪结子，翻使，惜花人恨五更风[3]。　　露萼鲜浓妆脸靓，相映，隔年情事此门中。粉面不知何处在[4]？无奈，武陵流水卷春空[5]。

【注释】

①调名即《定风波》。此词许昂霄《词综偶评》云："全用唐诗檃括入律。"

②"墙上"句：唐元稹《连昌宫词》："又有墙头千叶桃，风动落花红簌簌。"

③"自是"两句：唐王建《宫词》："自是桃花贪结子，错教人恨五更风。"

④"露萼"四句：化用唐崔护《题都城南庄》诗："去年今日此门中，人面桃花相映红。人面不知何处去，桃花依旧笑春风。"

⑤"武陵"句：语本陶渊明《桃花源记》武陵人偶入桃源事。唐王维《桃源行》："峡里谁知有人事，世中遥望空云山……春来

遍是桃花水，不辨仙源何处寻。”此即所谓“卷春空”也。

芳心苦[①]

杨柳回塘[②]，鸳鸯别浦[③]。绿萍涨断莲舟路。断无蜂蝶慕幽香，红衣脱尽芳心苦[④]。　　返照迎潮，行云带雨，依依似与骚人语[⑤]。当年不肯嫁春风[⑥]，无端却被秋风误。

【注释】

①调名即《踏莎行》。清陈廷焯《云韶集》卷三评此词云：“通首如怨如慕，如泣如诉，有多少惋惜，有多少慨叹，淋漓顿挫，一唱三叹，真能压倒今古！”

②回塘：曲折的堤岸。《文选》张衡《南都赋》：“分背回塘。”李善注：“塘，堤也。”

③别浦：江河支流。

④红衣：荷花花瓣。芳心苦：指莲心，味苦，故云。

⑤骚人：诗人。

⑥“当年”句：唐韩偓《寄恨》诗：“莲花不肯嫁春风。”

掩萧斋[①]

落日逢迎朱雀街[②]，共乘青舫度秦淮[③]。笑拈飞絮罥金钗[④]。　　洞户华灯归别馆，碧梧红药掩萧斋[⑤]。愿随明月入君怀[⑥]。

【注释】

①调名即《浣溪沙》。

②朱雀街：建康（今江苏南京）城内朱雀门至宣阳门的街道。

③青舫：指游船。秦淮：河名，在今南京。

④罥(juàn)：挂，缠绕。

⑤萧斋：唐李肇《国史补》卷中："梁武帝造寺，令萧子云飞白大书'萧'字，至今一'萧'字存焉。李约竭产自江南买归东洛，匾于小亭以玩之，号为萧斋。"

⑥"愿随"句：南朝宋鲍照《代淮南王》诗："愿逐明月入君怀。"

行路难[①]

缚虎手，悬河口[②]，车如鸡栖马如狗[③]。白纶巾[④]，扑黄尘，不知我辈、可是蓬蒿人[⑤]？衰兰送客咸阳道，天若有情天亦老[⑥]。作雷颠，不用钱[⑦]，谁问旗亭，美酒斗十千[⑧]。　　酌大斗，更为寿[⑨]，青鬓常青古无有[⑩]。笑嫣然，舞翩然，当垆秦女，十五语如弦[⑪]。遗音能记秋风曲[⑫]，事去千年犹恨促。揽流光，系扶桑[⑬]，争奈愁来，一日却为长[⑭]。

【注释】

①调名即《小梅花》。俞陛云《宋词选释》评此词曰："节短而韵长，调高而音凄，其雄恢才笔，可与放翁、稼轩争驱夺槊矣。"

②悬河口：喻有口才。《世说新语·赏誉》："王太尉云：郭子玄语议如悬河写水，注而不竭。"

③"车如"句：语本《后汉书·陈蕃传》。鸡栖：鸡窝，此喻具有雄才而待遇低微。

④白纶(guān)巾：隐士所戴头巾，象征其高洁。纶：丝带。唐白居易《访陈二》诗："晓垂朱绶带，晚著白纶巾。出去为朝客，归来是野人。"

⑤"不知"句：李白《南陵别儿童入京》诗："仰天大笑出门去，我辈岂是蓬蒿人！"蓬蒿人：以蓬蒿为居室的寒士。

⑥“衰兰”二句：用唐李贺《金铜仙人辞汉歌》成句。

⑦“作雷颠”二句：后汉雷义，尝济有死罪之人。此人获释后以金二斤谢之，不受。复乘其不在，暗自投金于其室内承尘上。及至修屋始发现，上交于县曹。刺史举雷义为茂才，而义佯狂被发出走，故称“雷颠”。见《后汉书》本传。

⑧“谁问”二句：旗亭，酒楼。美酒斗十千，语本曹植《名都篇》。相传唐代诗人王之涣、王昌龄、高适，尝至旗亭饮酒比诗。见《集异记》。又见《唐才子传》。

⑨“酌大斗”二句：《诗经·大雅·行苇》：“酌以大斗，以祈黄耇。”寿：颂祷长寿。

⑩“青鬓”句：唐韩琮《春愁》诗：“金乌长飞玉兔走，青鬓长青古无有。”

⑪当垆：指卖酒。汉辛延年《羽林郎》：“胡姬年十五，春日独当垆。”唐韩琮《春愁》诗：“秦娥十六语如弦。”

⑫秋风曲：即汉武帝《秋风辞》。

⑬“揽流光”二句：《楚辞·离骚》：“总余辔乎扶桑。”王逸《章句》：“结我车辔于扶桑，以留日行，幸得不老，延年寿也。”扶桑：传说中东方神木，日出之处。

⑭“争奈”二句：唐李益《同崔邠登鹳雀楼》：“愁来一日即为长。”

台城游[①]

南国本潇洒，六代浸豪奢[②]。台城游冶，襞笺能赋属宫娃[③]。云观登临清夏[④]，璧月留连长夜[⑤]，吟醉送年华。回首飞鸳瓦，却羡井中蛙[⑥]。　　访乌衣[⑦]，成白社[⑧]，不容车[⑨]。旧时王谢，堂前双燕过谁家[⑩]？楼外河横斗挂[⑪]，淮上潮平霜下[⑫]，樯影落寒沙。商女篷窗罅，犹唱后庭花[⑬]。

【注释】

①本调即《水调歌头》，然与他词有异，夏敬观批云："平仄通叶，句句押韵。"此为本篇特色。

②六代：即六朝，三国吴、东晋、宋、齐、梁、陈，均建都于今南京。

③"台城"二句：台城，一名苑城，南朝中央政权所在地，故址在今南京市玄武湖西侧。《南史·陈后主本纪》谓后主荒淫，常盛宴，使张贵妃等"八妇人襞采笺，制五言诗'。襞（bì），折叠。

④云观：即齐云观，陈后主祯明二年（588）建。

⑤壁月：《南史·陈后主本纪》："其曲有《玉树后庭花》《临春乐》等，其略云：'壁月夜夜满，琼树朝朝新。'"

⑥井中蛙：据《陈后主本纪》，隋军破宫城，陈后主与张贵妃、孔贵人逃入井中，军人欲下石，乃闻叫声，以绳引出。唐杜牧《台城曲》："谁怜容足地，却羡井中蛙。"即指此。

⑦乌衣：巷名。晋南渡，王、谢等贵族居此。旧址在今南京市秦淮河南。

⑧白社：《晋书·董京传》谓董京贫时，常宿白社中。此喻贫者所居。

⑨不容车：指路狭。古乐府《相逢狭路间行》："相逢狭路间，路隘不容车。"

⑩"旧时"二句：唐刘禹锡《乌衣巷》诗："旧时王谢堂前燕，飞入寻常百姓家。"

⑪河横斗挂：指夜深时银河横斜，北斗星之柄指向北方，斗勺下垂似挂。

⑫淮上：秦淮河上。

⑬商女：歌女。唐杜牧《夜泊秦淮》诗："商女不知亡国恨，隔江犹唱后庭花。"窗罅（xià）：窗户缝隙。

伤春曲①

火禁初开②，深深院，尽重帘箔。人自起，翠衾寒梦，夜来风恶。肠断残红和泪落，半随经雨飘池角。记采兰，携手曲江游[3]，年时约[4]。　　芳物大，都如昨。自怨别，疏行乐。被无情双燕，短封难托[5]。谁念东阳销瘦骨[6]，更堪白纻衣衫薄。向小窗，题满杏花笺，伤春作。

【注释】

①调名即《满江红》。俞陛云《宋词选释》评曰："咏风雨催花，而词心宛转随之，情与景皆臻妙境。"

②火禁初开：指寒食节后。古代寒食，禁火三日，见《荆楚岁时记》。

③"记采兰"二句：《诗经·郑风·溱洧》朱熹集传："三月上巳之辰，采兰水上以祓除不祥……于是士民相与戏谑。"

④年时：宋时方言，指当年或那时。

⑤短封难托：谓书信无从寄与对方。语本南朝梁江淹《拟李都尉陵从军》诗："袖中有短书，愿寄双飞燕。"

⑥东阳：指梁代沈约，曾为东阳太守。约曾与徐勉书云："百日数旬，革带常应移孔；以手握臂，率计月小半分。"见《梁书》本传。

横塘路[1]

凌波不过横塘路[2]，但目送、芳尘去。锦瑟华年谁与度[3]？月桥花院，琐窗朱户，只有春知处。　　飞云冉冉蘅皋暮[4]，彩笔新题断肠句。若问闲情都几许？一川烟草[5]，满城风絮，梅子黄时雨[6]。

【注释】

①调名即《青玉案》。《王直方诗话》云："贺方回初作《青玉案》词，遂知名。"

②凌波：形容女子微步。曹植《洛神赋》“凌波微步，罗袜生尘”。横塘：地名。《吴郡志》卷十八《乡都》：“横塘，去县西南十三里有横塘桥，风景特胜，宋贺铸有别墅在焉。”

③锦瑟华年：唐李商隐《锦瑟》诗：“锦瑟无端五十弦，一弦一柱思华年。”

④蘅皋：生长香草的水边高地。《文选》曹植《洛神赋》：“尔乃税驾乎蘅皋。”李善注：“蘅，杜蘅也；皋，泽也。”

⑤一川：《诗词曲语辞汇释》卷六：“一川烟草，犹云满地一片烟草。”

⑥“梅子”句：谓江南黄梅时节阴雨连绵。《竹坡老人诗话》卷一云：“贺方回尝作《青玉案》词，有‘梅子黄时雨’之句，人皆服其工，士大夫谓之‘贺梅子’。”

薄　倖[1]

艳真多态，更的的、频回眄睐[2]。便认得、琴心相许[3]，与写宜男双带[4]。记画堂斜月朦胧，轻颦微笑娇无奈。便翡翠屏开，芙蓉帐掩，与把香罗偷解。　　自过了收灯后[5]，都不见、踏青挑菜[6]。几回凭双燕、丁宁深意[7]，往来翻恨重帘碍。约何时再。正春浓酒暖，人闲昼永无聊赖。厌厌睡起[8]，犹有花梢日在。

【注释】

①此词陈廷焯《云韶集》卷三评曰：“风致嫣然，低徊往复，妙绝古今。”

②的的：明白、昭著。汉刘向《新序·杂事》：“此的的然若白黑。”眄睐：斜视。

③琴心：《史记·司马相如列传》谓相如知卓文君“好音”，“以琴心挑之”，遂相与私奔。

④宜男双带：以宜男草（萱草）为图案的锦带，相传孕妇佩

之即生男。

⑤收灯：宋代正月十八日，谓之“收灯”。晏殊有《十八日收灯》诗。《东京梦华录》卷六：“收灯毕，都人争先出城探春。”

⑥踏青：古代踏青节在二月二日或三月三日。青：青草，踏青即游春。挑菜：周密《武林旧事》卷二：“二月一日，谓之中和节……二日，宫中排办挑菜御宴。”

⑦丁宁：同“叮咛”。

⑧厌厌：同“恹恹”，精神不振貌。欧阳修《定风波》词：“年年三月病恹恹。”

罗敷歌[①]

自怜楚客悲秋思[②]，难写丝桐[③]。目断书鸿[④]，平淡江山落照中[⑤]。　　谁家水调声声怨[⑥]？黄叶西风。罨画桥东[⑦]，十二玉楼空更空[⑧]。

【注释】

①调名即《采桑子》。俞陛云《宋词选释》：“此首‘平淡江山’句宛有画意。‘黄叶’三句空中传恨，正如转头句所谓‘水调声声怨’也。”

②“自怜”句：以战国楚宋玉《九辩》“悲哉秋之为气也……惆怅兮而私自怜”自况。

③丝桐：指琴。琴为桐木所制，张以丝弦，故云。

④书鸿：传书的鸿雁，见《汉书·苏武传》。

⑤“平淡”句：夏敬观批语：“用平淡二字乃有味。”

⑥“谁家”句：唐杜牧《扬州》诗：“谁家唱《水调》？明月满扬州。”《才调集》注：“隋炀帝开汴渠成，自作《水调》。”

⑦罨（yǎn）画：杂色彩绘。

⑧“十二”句：用李商隐《代应》诗之一成句。《史记·孝武本纪》：“黄帝时为五城十二楼。”《集解》引应劭云：“昆仑玄圃

五城十二楼，此仙人之所常居也。”

吹柳絮[①]

月痕依约到西厢，曾羡花枝拂短墙[②]。初未识愁那得泪，每浑疑梦奈余香[③]。　　歌逢嫋处眉先妩，酒半酣时眼更狂。闲倚绣帘吹柳絮[④]，问何人似冶游郎？

【注释】

①调名即《鹧鸪词》。《白雨斋词话》卷五评曰："婉转缠绵，情深一往，丽而有则，耐人玩味。"

②"月痕"二句：化用元稹《会真记》："待月西厢下，迎风户半开。拂墙花影动，疑是玉人来。"

③"初未"二句：《会真记》写莺莺与张生幽会后，"张生辨色而兴，自疑曰：'岂其梦耶？'及明，睹妆在臂，香在衣"。

④"闲倚"句：用李商隐《访人不遇留别馆》诗成句。

小重山[①]

枕上阊门五报更[②]，蜡灯香灺冷[③]，恨天明。青蘋风转彩帆轻[④]。墙头燕，多谢伴人行。　　临镜想倾城[⑤]，两尖愁黛浅[⑥]，泪波横。艳歌重记遣离情。缠绵处，翻是断肠声。

【注释】

①本篇写离别苏州情怀，夏敬观批云"秾丽"。宋李之仪《跋小重山词》云："崇宁四年（1105）冬，予遇故人贺方回，遂传两阕，宛转抽绎，能道人所不到处。"当即指此首及下一首。

②阊门：苏州城西门。

③香灺（xiè）：焚香的灰烬。

④青蘋:浮萍之一种。

⑤倾城:指美人。汉李延年《李夫人歌》:“北方有佳人,绝世而独立。一顾倾人城,再顾倾人国。”

⑥愁黛:愁眉。黛:画眉的颜料。

小重山[①]

月月相逢只旧圆。迢迢三十夜,夜如年。伤心不照绮罗筵[②]。孤舟里,单枕若为眠? 茂苑想依然,花楼连苑起[③],压漪涟[④]。玉人千里共婵娟[⑤]。清琴怨,肠断亦如弦。

【注释】

①本篇写月夜相思,夏敬观批云“意新”。

②“伤心”句:唐聂夷中《伤田家》诗:“不照绮罗筵,只照逃亡屋。”此翻用其意。

③茂苑:苏州的长洲苑,一称吴苑。秦观《望海潮》(秦峰苍翠):“茂草台荒,苎萝村冷起闲愁。”即指此。

④漪涟:水面微波。

⑤“玉人”句:婵娟,指月。苏轼《水调歌头》:“但愿人长久,千里共婵娟。”

鹧鸪天[①]

轰醉王孙玳瑁筵[②],渴虹垂地吸长川[③]。侧商调里清歌送[④],破尽穷愁直几钱? 孤棹舣[⑤],小江边,爱而不见酒中仙。伤心两岸官杨柳,已带斜阳又带蝉[⑥]。

【注释】

①本篇夏敬观批云:“俊爽之至,末句尤妙。”

②玳瑁筵：玳瑁似龟甲，甲片有花纹，可作装饰品。此指华贵筵席。三国刘桢《瓜赋序》："布象牙之席，薰玳瑁之筵。"

③"渴虹"句：指豪饮。语本《异苑》卷一："晋义熙初，晋陵薛愿，有虹饮其釜澳，须臾噏响便竭。愿辇酒灌之，随投随涸。"

④侧商调：音低而悲的乐曲。沈括《梦溪笔谈》卷五引王建诗："侧商调里唱《伊州》。"

⑤孤棹舣：孤舟靠岸。舣谓船着岸。

⑥"已带"句：唐李商隐《柳》诗："如何肯到清秋日，已带斜阳又带蝉。"

忆仙姿①

莲叶初生南浦②，两岸绿扬飞絮。向晚鲤鱼风③，断送彩帆何处④。凝伫，凝伫⑤，楼外一江烟雨。

【注释】

①本调即《如梦令》，俞陛云《两宋词选释》评曰："离心无际，远在空濛江雨之中，小令固以融浑为佳。"

②南浦：南面水边，此指送别之地。南朝梁江淹《别赋》："送君南浦，伤如之何！"

③鲤鱼风：唐李贺《江楼曲》："鲤鱼风起芙蓉老。"王琦注引《石溪漫志》："鲤鱼风，春夏之交。"

④"断送"句：《诗词曲语辞汇释》卷五释云："言风力推送彩帆也。"

⑤凝伫：《诗词曲语辞汇释》卷五："此言倚楼凝望彩舟。"

西江月

携手看花深径，扶肩待月斜廊。临分少伫已依依①。此段不堪回想。　欲寄书如天远，难销夜似年长。小窗风雨碎人肠，更在孤舟枕上[②]。

【注释】

①伥伥：无所适从，不知所措。《荀子·修身》："人无法则伥伥然。"

②"小窗"二句：俞陛云《两宋词选释》："'小窗'二句，论句法固属凄婉，析言之，曰'风雨'，曰'孤舟'，曰'枕上'，三折写来，更见客愁之重叠也。"

诉衷情

半销檀粉睡痕新[①]，背镜照樱唇。临风再歌团扇[②]，深意属何人？　　轻调笑，浅凝颦[③]，认情亲。最难堪酒，似不胜情，依样伤春[④]。

【注释】

①檀粉：浅绛色脂粉。明杨慎《词品》卷二："唐宋妇女闺妆，面注檀痕。"

②团扇：歌名。《宋书·乐志》一："《团扇歌》者，中书令王珉与嫂婢有情，爱好甚笃。嫂捶挞婢过苦，婢素善歌，而珉好捉白团扇，故制此歌。"歌云："白团扇，憔悴非昔容，羞与郎相见。"

③凝颦：指凝愁于皱眉。

④"最难堪"三句：俞陛云《两宋词选释》评曰："写愁罗恨绮之怀，若柔丝之漾于空际也。"

忆秦娥[①]

晓朦胧，前溪百鸟啼匆匆[②]。啼匆匆，凌波人去[③]，拜月楼空[④]。　　去年今日东门东，鲜妆辉映桃花红[⑤]。

桃花红，吹开吹落，一任东风[⑥]。

【注释】

①此词原为仄调，今作平调。近人俞陛云《宋词选释》评上片曰“以远韵胜”；下片“有崔护桃花已隔年”之感。又曰：“开落听诸东风，妙不在说尽，味在酸咸外矣。”

②前溪：地名，原指浙江武康县衙前一百步。前溪者，古永安县前之溪也，今德清县有后溪也。见《太平寰宇记》卷九四。

③凌波：曹植《洛神赋》：“凌波微步，罗袜生尘。”此处代指女子。

④拜月：宋人于中秋，登楼拜月，“男则愿早步蟾宫，高攀仙桂……女则愿貌似嫦娥，贞如皓月。”见金盈之《醉翁谈录》卷四。

⑤“去年”二句：化用唐人崔护《题都城南庄》诗，参见《卷春空》注④。

⑥“桃花”三句：陈廷焯《词则·别调集》评曰：“何等怨怨，却以浅淡语出之，躁心人不许读也。”

雁后归 人日席上作[①]

巧剪合欢罗胜子[②]，钗头春意翩翩。艳歌浅拜笑嫣然：愿郎宜此酒，行乐驻华年[③]。　　未是文园多病客[④]，幽襟凄断堪怜[⑤]。旧游梦挂碧云边。人归落雁后，思发在花前[⑥]。

【注释】

①调名即《临江仙》，明沈际飞《草堂诗余正集》卷二评曰：“娇媚逼来，读者神醉。”人日，正月初七日。

②“巧剪”句：《荆楚岁时记》：“立春之日，悉剪彩为燕以戴之。”注：“按：彩燕即合欢罗胜。”此指妇女所戴之头饰，即人胜。

③驻华年：即青春常驻。

④文园：汉司马相如尝拜孝文园令，患有消渴疾(糖尿病)，见《史记》本传。

⑤幽襟：幽怀，抑郁的心情。

⑥“人归”二句：清沈祥龙《论词随笔》评云：“方回用薛道衡句，脱化如出诸己。”又云：“词贵浑成，此其例也。”

小重山[1]

花院深疑无路通，碧纱窗影下，玉芙蓉[2]。当时偏恨五更钟。分携处，斜月小帘栊。　　楚梦冷沈踪[3]。一双金缕枕，半床空。画桥临水凤城东[4]。楼前柳，憔悴几秋风。

【注释】

①本篇俞陛云《两宋词选释》评曰：“此词由‘窗下’而‘分携’、而‘沈踪’，层递写来，渐推渐远。结处‘秋柳’‘城东’，寄怀更远，觉情韵弥长也。”沈：通“沉”。沉踪，谓踪迹已无，恋人不见久矣。

②玉芙蓉：喻美人。

③“楚梦”句：化用宋玉《高唐赋》楚怀王梦遇巫山神女故事，指男女幽会。此谓双方分离已久。

④凤城：指京城。

减字浣溪沙[1]

秋水斜阳演漾金[2]，远山隐隐隔平林。几家村落几声砧[3]。　　记得西楼凝醉眼，昔年风物似如今，只无人与共登临[4]。

【注释】

①此为悼亡之作。

②"秋水"句：谓秋水在斜阳映照下荡漾金色波纹。演漾：流动起伏貌。

③"几家"句：清陈廷焯《云韶集》卷三评曰："只七字胜人数百句。"砧：捣衣石。

④"记得"三句：陈廷焯《白雨斋词话》卷一评曰："只用数虚字盘旋唱叹，而情事毕现，神乎技矣！世第赏其'梅子黄时雨'一章，犹是耳食之见。"俞平伯《唐宋词选释》："陈说是。诗词于空里传神处，吟诵有时比解释更为切用。"

减字浣溪沙[①]

鼓动城头啼暮鸦[②]，过云时送雨些些[③]。嫩凉如水透窗纱。　　弄影西厢侵户月，分香东畔拂墙花[④]。此时相望抵天涯。

【注释】

①宋王灼《碧鸡漫志》评云："语意精新，用心甚苦。"

②鼓动：谓街鼓初动，以戒行人。《新唐书·百官志》四："日暮，鼓八百声而门闭。"

③些些：少许，一些。

④"弄影"二句：化用唐元稹《会真记》崔莺莺《明月三五夜》诗，参见贺铸《吹柳絮》（月痕依约到西厢）注②。

减字浣溪沙

烟柳春梢蘸晕黄，井栏风绰小桃香[①]。觉时帘幕又斜阳。　　望处定无千里眼，断来能有几回肠[②]。少年禁取恁凄凉[③]。

【注释】

①井栏:有栏杆的水井。风绰:风微。绰:缓也。夏敬观批云:“绰字练。”小桃:陆游《老学庵笔记》卷四:“所谓小桃者,上元(元宵)前后即著花,状如垂丝海棠。”

②“望处”二句:清陈廷焯《云韶集》卷三评曰:“对法活泼,一片神行。”

③禁取:《诗词曲语辞汇释》卷二:“禁取,犹禁得也。”恁(nèn)凄凉:这般凄凉。恁:这样,如此。

减字浣溪沙

闲把琵琶旧谱寻[①],四弦声断却沉吟。燕飞人静画堂深。　　欹枕有时成雨梦,隔帘无处说春心。一从灯夜到如今[②]。

【注释】

①“闲把”句:语本唐韦庄《谒金门》:“闲抱琵琶寻旧曲。”

②灯夜:指正月元宵。清陈廷焯《白雨斋词话》卷八:“贺老小词工于结句,往往有通首渲染,至结处一笔叫醒,遂使全篇实处皆虚,最属胜境……‘一从灯夜到如今’,妙处全在结句,开后人无数章法。”

减字浣溪沙[①]

鹦鹉无言理翠襟[②],杏花零落昼阴阴。画桥流水半篙深。　　芳径与谁寻斗草[③],绣床终日罢拈针[④]。小笺香管写春心[⑤]。

【注释】

①清陈廷焯《云韶集》卷三评云:“方回词一语抵人千百,初

望之亦平常，细按之情味愈嚼愈出。”

②“鹦鹉”句：东汉祢衡《鹦鹉赋》：“绿衣翠襟。”

③斗草：唐宋时妇女有斗百草之戏。宋时在二月春社前后。晏殊《破阵子》（燕子来时新社）：“疑怪昨宵春梦好，元是今朝斗草赢。”

④罢拈针：宋程大昌《演繁露》卷十二引张籍《吴楚歌辞》：“今朝社日停针线，起向朱樱树下行。”并云：“则知社日妇人不用针线，自唐已然矣。”

⑤香管：指笔。

减字浣溪沙[①]

楼角初销一缕霞[②]，淡黄杨柳暗栖鸦[③]。玉人和月摘梅花。　　笑撚粉香归洞户，更垂帘幕护窗纱。东风寒似夜来些[④]。

【注释】

①明杨慎《词品》卷四评曰：“此词句句绮丽，字字清新，当时赏之，以为《花间》《兰畹》不及，信然。”唐圭璋《唐宋词简释》云：“此首全篇写景，无句不美。……与少游‘漠漠轻寒’一首，同为美妙小品。惟少游写人情沉郁悲凉，而此则潇洒出尘之致耳。”

②“楼角”句：一作“鹭外红绡一缕霞”。

③“淡黄”句：宋胡仔《苕溪渔隐丛话》前集卷五十九评曰：“写景咏物，可谓造微入妙。”

④“东风”句：《诗词曲语辞汇释》卷三“夜来，犹云昨日”，此句“言东风较昨日寒也”。

清平乐[①]

阴晴未定，薄日烘云影[②]。临水朱门花一径，尽日鸟啼人静。　　厌厌几许春情[3]，可怜老去兰成[4]。看取镊残双鬓[5]，不随芳草重生[6]。

【注释】

①清陈廷焯《词则·别调集》评曰："意余于言，是方回独至处。"

②"薄日"句：陈廷焯《云韶集》卷三评："薄日五字妙，却是阴晴未定天气。"

③厌厌：同"恹恹"，精神不振貌。

④兰成：北周庾信，小字兰成，其《哀江南赋》序云："藐是流离，至于暮齿。"即老去之意。

⑤"看取"句：谓以镊子拔去双鬓白发。

⑥"不随"句：俞陛云《两宋词选释》："此言衰鬓不如芳草，语新而意悲。"

六州歌头[1]

少年侠气，交结五都雄[2]。肝胆洞[3]，毛发耸[4]。立谈中，死生同，一诺千金重[5]。推翘勇，矜豪纵。轻盖拥，联飞鞚[6]，斗城东。轰饮酒垆，春色浮寒瓮。吸海垂虹[7]。间呼鹰嗾犬，白羽摘雕弓[8]，狡穴俄空[9]。乐匆匆。

似黄粱梦[10]。辞丹凤[11]，明月共，漾孤篷[12]。官冗从[13]，怀倥偬[14]，落尘笼[15]。簿书丛，鹖弁如云众[16]，供粗用，忽奇功。笳鼓动，渔阳弄[17]，思悲翁[18]。不请长缨，系取天骄种[19]，剑吼西风。恨登山临水，手寄七弦桐，目送归鸿[20]。

【注释】

①本篇为自我写照。宋程俱《贺方回诗序》云："方回少时，

侠气盖一座，驰马走狗，饮酒如长鲸。”夏敬观批云：“雄姿壮采，不可一世。”

②五都：泛指北宋东京汴梁、西京洛阳、南京应天府、北京大名府等都市。此处语本唐李益《从军有苦乐行》：“侠气五都少。”

③肝胆洞：肝胆相照。洞：洞悉，开张。

④毛发耸：形容易冲动。相传荆轲易水送别时，歌罢，“士皆瞋目”，“发尽上指冠”。

⑤“一诺”句：《史记·季布列传》：“季布者，楚人也，为气任侠……楚人谚曰：‘得黄金百斤，不如季布一诺。’”

⑥联飞鞚(kòng)：南朝宋鲍照《拟古》诗：“幽并重骑射，少年好驰逐。兽肥春草短，飞鞚越平陆。”鞚：马勒。

⑦斗城：《三辅黄图》卷一：“(长安)城南为南斗形，北为北斗形，至今人呼汉旧京为‘斗城’是也。”此指汴京。吸海垂虹：杜甫《饮中八仙歌》：“饮如长鲸吸百川。”参见《鹧鸪天》(轰醉王孙玳瑁筵)注③。

⑧白羽：箭名。本句谓从雕弓上摘下白羽箭，准备射出。

⑨狡穴：《战国策·齐策》：“狡兔有三窟。”

⑩黄粱梦：唐沈既济《枕中记》谓卢生在邯郸旅舍，道士吕翁给一枕，遂入梦，历尽荣华富贵。醒时旅舍主人所蒸黄粱犹未熟。

⑪丹凤：唐代长安有丹凤门。此处借指京师。

⑫孤篷：指孤舟。

⑬官冗(rǒng)从：指为散职侍从官。贺铸曾为右班殿直、西头供奉，皆属侍卫武官，故云。

⑭倥偬(kǒng zǒng)：困苦、紧张。汉刘向《九叹》：“悲余生之无欢兮，愁倥偬于山陆。”

⑮尘笼：犹尘网，此指庸碌的仕途。

⑯鹖弁(hé biàn)：武士之冠。《后汉书·舆服志》：“武冠……加双鹖尾，竖左右。”

⑰渔阳弄：汉代祢衡尝为《渔阳》三挝，“声节悲壮，听者莫不慷慨”，见《后汉书》本传。

⑱思悲翁：汉《短箫》《铙歌》之乐有此曲，“多序战阵之事”，见《晋书·乐志》。

⑲“不请”二句：《汉书·终军传》：“军自请：‘愿受长缨，必羁南越王而致之阙下。’”天骄种：原指匈奴。匈奴单于曾自称“天之骄子”，见《汉书·匈奴传》。此指西夏。

⑳“手寄”二句：七弦桐，指琴。晋嵇康《赠兄秀才入军》诗：“目送征鸿，手挥五弦。”

浣溪沙

云母窗前歇绣针[1]。低鬟凝思坐调琴。玉纤纤按十三金[2]。　归卧文园犹带酒[3]，柳花飞度画堂阴[4]。只凭双燕话春心。

【注释】

①云母：矿石名，多纹而莹洁，可装潢屏风与窗。歇绣针：指春社日妇女停针。参见《减字浣溪沙》（鹦鹉无言理翠襟）注④。

②玉纤纤：美人纤细的手指。十三金：指琴上十三个作为音标的金徽。

③文园：汉司马相如曾为孝文园令，见前《雁后归》注④。

④“柳花”句：近人况周颐《蕙风词话》卷二：“柳花句融景入情，丰神独绝。近来纤佻一派误认轻灵，此等处何曾梦见？”

石州引[1]

薄雨初寒，斜照弄晴，春意空阔。长亭柳色才黄，远客一枝先折[2]。烟横水际，映带几点归鸦，东风销尽龙沙雪[3]。还记出关来，恰而今时节。　将发，画楼芳酒，红泪清歌，顿成轻别。已是经年，杳杳音尘多绝[4]。欲知方寸[5]，共有几许清愁？芭蕉不展丁香结。枉望断天涯，两厌厌风月[6]。

【注释】

①此为赠妓之作。钟振振《东山词校注》云："本篇疑作于神宗熙宁九年丙辰(1076)初春，时在临城。按词曰'东风销尽龙沙雪'，是北国气象……"宋吴曾《能改斋漫录》卷十六云："方回眷一姝，别久，姝寄诗云：'独倚危阑泪满襟，小园春色懒追寻。深恩纵似丁香结，难展芭蕉一寸心。'贺得诗，初叙分别之景色，后用所寄诗成《石州引》。"

②陈廷焯《云韶集》卷三评以上五句："句句明秀。"

③龙沙：《后汉书·班超传赞》："咫尺龙沙。"李贤注："白龙堆沙漠也。"白龙堆，在楼兰国东陲，今新疆境内。此处泛指边陲。《云韶集》卷三评以上三句："有情有景，亦有笔。"

④音尘：信息。汉蔡琰《胡笳十八拍》："故乡隔兮音尘绝。"

⑤方寸：指心。《三国志·诸葛亮传》："(徐)庶辞先主而指其心曰：'本欲与将军共图王霸之业者，以此方寸之地也。今已失老母，方寸乱矣。'"

⑥"芭蕉"三句：喻抑郁忧愁。李商隐《代赠》诗："芭蕉不展丁香结，同向春风各自愁。"厌厌：同"恹恹"，精神不振貌。陈廷焯《白雨斋词话》卷六评以上三句："极其雅丽，极其凄秀。"

望湘人　春思[1]

厌莺声到枕，花气动帘，醉魂愁梦相半。被惜余薰[2]，带惊剩眼[3]。几许伤春春晚。泪竹痕鲜[4]，佩兰香老[5]，湘天浓暖。记小江、风月佳时，屡约非烟游伴[6]。

须信鸾弦易断。奈云和再鼓，曲终人远[7]。认罗袜无踪，旧处弄波清浅[8]。青翰棹舣[9]，白蘋洲畔。尽目临皋飞观[10]，不解寄、一字相思，幸有归来双燕[11]。

【注释】

①此为自度曲，明李攀龙《草堂诗余隽》评此词曰："词虽婉丽，意实展转不尽，诵之隐隐如奏清庙朱弦，一唱三叹。"清黄苏《蓼园词选》评曰："意致浓腴，得《骚》《辩》之遗韵。"

②余薰：谓薰过之被，犹有余香。

③"带惊"句：谓腰围瘦减，用沈约典。见《伤春曲》（火禁初开）注⑥。

④"泪竹"句：相传舜之二妃名湘夫人，舜崩，二妃啼哭，以泪洒竹，竹尽成斑。见张华《博物志》卷八。

⑤"佩兰"句：屈原《离骚》："纫秋兰以为佩。"

⑥非烟：疑即步飞烟。《蓼园词选》："咸通（唐懿宗年号，860—874）中，临淮武公业爱妾步飞烟，善秦声，好文章。"

⑦"须信"三句：须信，犹虽知。云和：琴瑟曲名。《周礼·春官宗伯·大司乐》："云和之琴瑟。"唐钱起《湘灵鼓瑟》诗："善鼓云和瑟。"《诗词曲语辞汇释》卷一谓此三句"言虽知琴弦易断，奈并鼓曲之人而亦杳然乎"。

⑧"认罗袜"二句：语本曹植《洛神赋》："凌波微步，罗袜生尘。"意谓伊人已去，踪迹无存。

⑨"青翰"句：谓船已靠岸。《说苑》卷十一《善说》："鄂君子晰之泛舟于新波之中也，乘青翰之舟。"舣：船靠岸。

⑩皋：高地。

⑪"不解"二句：《诗词曲语辞汇释》卷二："此倒装文法。不解，不会也；幸有，正有也。意言正有双燕归来，乃绝好寄书之机会。无如不将书交给他也。"

小梅花[①]

思前别，记时节，美人颜色如花发。美人归，天一涯。娟娟姮娥，三五满还亏[②]。翠眉蝉鬓生离诀，遥望青楼心欲绝。梦中寻，卧巫云[③]，觉来珠泪，滴向湘水深[④]。

愁无已，奏绿绮，历历高山与流水[5]。妙通神，绝知音。不知暮雨朝云何山岑[6]？相思无计堪相比，珠箔雕阑几千里。漏将分[7]，月窗明，一夜梅花忽开、疑是君。

【注释】

①此词系櫽括唐卢仝《有所思》诗而成。

②“娟娟”二句：谓月圆后又会缺。姮娥：即嫦娥，此指月。三五，十五日，即月半。语本谢灵运《怨晓月赋》：“昨三五兮既满，今二八兮将亏。”

③巫云：巫山云雨，宋玉《高唐赋》写楚王梦见巫山神女自称“旦为朝云，暮为行雨”。见聂冠卿《多丽·李良定公席上赋》词注⑧。

④“觉来”二句：唐陈羽《湘妃怨》：“二妃哭处湘水深。”

⑤“奏绿绮”二句：绿绮，古琴名。晋傅玄《琴赋序》：“司马相如有琴曰绿绮。”高山流水：《列子·汤问》：“伯牙善鼓琴，钟子期善听。伯牙鼓琴，志在高山。钟子期曰：‘善哉，峨峨兮若泰山。’志在流水，钟子期曰：‘善哉，洋洋兮若江河。’”

⑥暮雨朝云：见注③。

⑦漏将分：指夜半。漏：铜壶滴漏，古代计时器。

独倚楼　更漏子[1]

上东门[2]，门外柳，赠别每烦纤手[3]。一叶落，几番秋[4]，江南独倚楼。　　曲栏干，凝伫久[5]，薄暮更堪搔首[6]。无际恨，见闲愁，侵寻天尽头[7]。

【注释】

①钟振振《东山词校注》云：“本篇疑作于哲宗绍圣三年丙子（1096）或四年丁丑（1097）秋，时在江夏宝泉监任。”

②上东门：洛阳东北门。

③“门外”二句：谓常有女子折柳赠别。

④“一叶”二句：《淮南子·说山训》：“以小明大，见一叶落而知岁之将暮。”《岁时广记》卷三引唐人诗：“一叶落知天下秋。”

⑤凝伫：凝望。《诗词曲语辞汇释》卷五释此句云：“此为倚楼上阑干久望义。”

⑥薄暮：傍晚。搔首：《诗·邶风·静女》：“爱而不见，搔首踟蹰。”

⑦侵寻：渐渐蔓延。《史记·武帝本纪》：“侵寻于泰山矣。”

凌歊 铜人捧露盘引[①]

控沧江，排青嶂，燕台凉[②]。驻彩仗，乐未渠央[③]。岩花磴蔓，妒千门，珠翠倚新妆。舞闲歌悄，恨风流不管余香。　繁华梦，惊俄顷[④]；佳丽地[⑤]，指苍茫。寄一笑，何与兴亡？量船载酒，赖使君、相对两胡床[⑥]。缓调清管[⑦]，更为侬三弄斜阳[⑧]。

【注释】

①钟振振《东山词校注》云：“本篇当作于徽宗崇宁四年乙酉（1105）至大观二年戊子（1108）三月前。按词咏当涂黄山凌歊台，又李之仪尝为作《跋》，必须于通判太平，与之仪相过从时。”李之仪《跋凌歊引后》：“凌歊台表见江左，异时词人墨客，形容藻绘，多发于诗句，而乐府之传则未闻焉。一日，会稽贺方回登而赋之，借《金人捧露盘》以寄其声，于是昔之形容藻绘者，奄奄如九泉下人矣。”案：凌歊台在安徽当涂黄山西北五里，见《太平寰宇记》。

②“排青嶂”二句：排，推倒也。三国诸葛亮《梁甫吟》“力能排南山”。燕台凉：谓燕游凉台之上，文字因押韵而倒装。燕：通“宴”。

③“乐未”句：渠：通“遽”，迅速。央：尽。语本梁周舍《上云乐》：“欢乐未渠央。”

④俄顷：片刻，一会儿。

⑤佳丽地：南齐谢朓《入朝曲》：“江南佳丽地，金陵帝王州。”

⑥“赖使君”句：使君：指州郡长官。胡床：一种可以折叠的轻便坐具，一名交椅。此处用庾亮登武昌南楼，“因便据胡床与诸人咏谑”典，见《世说新语·容止》。

⑦清管：指笛。

⑧“更为”句：侬：古代吴语，指我。唐李郢《江上逢羽林王将军》诗：“唯有桓伊江上笛，卧吹三弄送残阳。”

宛溪柳　六幺令[①]

梦云萧散，帘卷画堂晓。残薰尽烛隐映，绮席金壶倒[②]。尘送行鞭嫋嫋，醉指长安道[③]。波平天渺，兰舟欲上[④]，回首离愁满芳草[⑤]。　已恨归期不早，枉负狂年少。无奈风月多情，此去应相笑。心记新声缥缈，翻是相思调。明年春杪，宛溪杨柳，依旧青青为谁好[⑥]。

【注释】

①钟振振《东山词校注》云：“本篇当作于神宗元丰元年戊午（1078）三月。”近人朱孝臧批云：“后遍笔如辘轳。”（见龙榆生《唐宋名家词选》）

②金壶倒：指纵情饮酒。唐郑谷《席上赠歌者》诗：“笙歌一曲倒金壶。”

③长安：今陕西西安，此处借指汴京。

④兰舟：即木兰舟，船的美称。

⑤“回首”句：语本李煜《清平乐》词：“离恨恰如青草，更行更远还生。”

⑥“明年”三句：宛溪，源出安徽宣城东南峄山，东北流为九曲河，折而西，绕城东，曰宛溪。见《嘉庆一统志·宁国府》。唐韦应物《有所思》诗：“借问堤上柳，青春为谁春？”

拥鼻吟 吴音子[①]

别酒初销，怃然弭棹蒹葭浦[②]。回首不见高城，青楼更何许[③]？大艑轲峨[④]，越商巴贾。万恨龙钟[⑤]，篷下对语。　　指征路，山缺处，孤烟起，历历闻津鼓[⑥]。江豚吹浪，晚来风转夜深雨[⑦]。拥鼻微吟[⑧]，断肠新句。粉碧罗笺，封泪寄与[⑨]。

【注释】

①钟振振《东山词校注》云：“本篇当作于哲宗绍圣三年丙子(1096)四月。”时离金陵溯江上行，赴江夏宝泉监。

②“怃(wǔ)然”句：茫然自失。弭棹：停船。弭，停止。蒹葭(jiān jiā)：芦苇。

③“回首”二句：唐欧阳詹《初发太原途中寄太原所思》诗：“高城已不见，况复城中人。”

④“大艑”句：服虔《通俗文》：“吴船曰艑。”轲峨：昂首高耸。南齐释宝月《估客乐》诗：“大艑珂峨头，何处发扬州？”

⑤龙钟：潦倒失意貌。

⑥津鼓：渡口鼓声。

⑦“江豚”二句：江豚，长江内所产鲸类。唐许浑《金陵怀古》诗：“石燕拂云晴亦雨，江豚吹浪夜还风。”

⑧拥鼻微吟：《世说新语·雅量》：“方作洛生咏讽。”注：“宋明帝《文章志》：‘(谢)安能作洛下书生咏，而少有鼻疾，语音浊。后名流多学其咏弗能及，手掩鼻而吟焉。’”唐唐彦谦《春阴》诗：“天涯已有销魂别，楼上宁无拥鼻吟。”

⑨“粉碧”二句：粉碧罗笺，一种信纸。《丽情集》：“灼灼，锦

城宫中奴,御史裴质与之善。裴质召还,灼灼每遣人以软红绢聚红泪为寄。"

天门谣[①]

牛渚天门险[②],限南北,七雄豪占[③]。清雾敛,与闲人登览。　　待月上潮平波滟滟,塞管轻吹新阿滥[④]。风满槛,历历数、西州更点[⑤]。

【注释】

①此词调即《朝天子》。钟振振《东山词校注》云:"本篇当作于哲宗绍圣三年丙子(1096)四月……赴官江夏途中,常小泊当涂。"

②牛渚:在今安徽当涂县北三十里。天门:在县西南三十里,有博望、天门二山夹峙长江,状如门,故称。

③七雄:指吴、东晋、宋、齐、梁、陈及南唐。

④塞管:指笛。阿滥即《阿滥堆》,笛曲名。王灼《碧鸡漫志》卷四引《中朝故事》:"骊山多飞禽,名阿滥堆,明皇御玉笛采其声,翻为曲子名,左右皆传唱之,播于远近,人竞以笛效吹。"

⑤西州:东晋时扬州(今南京)府廨。《太平寰宇记》卷九〇引《丹阳记》:"扬州廨乃王敦所创,门东南西三门,俗谓之西州。"

清平乐[①]

小桃初谢[②],双燕还来也。记得年时寒食下[③],紫陌青门游冶[④]。　　楚城满目春华[⑤],可堪游子思家[⑥]。惟有夜来归梦,不知身在天涯[⑦]。

【注释】

①此词钟振振《东山词校注》云:"本篇当作于哲宗绍圣四

年丁丑(1097)或元符元年戊寅(1098)春。”清陈廷焯《词则·大雅集》评曰:“宛约有味。”

②小桃:见前《减字浣溪沙》(烟柳春梢蘸晕黄)注①。陈廷焯《云韶集》评:“起笔清丽。”

③年时:即当时。寒食:节名。在清明前二日。

④紫陌青门:指京都。

⑤楚城:泛指楚地城市。

⑥可堪:哪堪。秦观《踏莎行》:“可堪孤馆闭春寒,杜鹃声里斜阳暮。”

⑦“惟有”二句:陈廷焯《云韶集》评:“呜咽极矣,而句却洒脱。”

人南渡①

兰芷满芳洲②,游丝横路③。罗袜尘生步④,迎顾。整鬟颦黛⑤,脉脉两情难语。细风吹柳絮,人南渡⑥。

回首旧游,山无重数。花底深朱户,何处?半黄梅子,向晚一帘疏雨⑦。断魂分付与、春将去。

【注释】

①调名即《感皇恩》。俞陛云《两宋词选释》谓此词为“录别之作”,“唯名手能曲曲写出”。

②芳洲:香草丛生的绿洲。

③游丝:荡漾于空中的昆虫所吐的丝缕。北周庾信《春赋》:“一丛香草足碍人,数尺游丝即横路。”

④“罗袜”句:曹植《洛神赋》:“凌波微步,罗袜生尘。”

⑤颦黛:黛眉颦蹙。黛:画眉用的青黑色矿物颜料,此指眉。

⑥“细风”二句:陈廷焯《云韶集》卷三评:“笔致宕往。”

⑦“半黄”二句:谓时当初夏。

伴云来[1]

烟络横林，山沉远照[2]，逦迤黄昏钟鼓[3]。烛映帘栊，蛩催机杼[4]，共苦清秋风露。不眠思妇，齐应和、几声砧杵[5]。惊动天涯倦宦，骎骎岁华行暮[6]。　当年酒狂自负，谓东君、以春相付[7]。流浪征骖北道，客樯南浦。幽恨无人晤语。赖明月、曾知旧游处。好伴云来，还将梦去。

【注释】

①调名即《天香》。朱孝臧评此词云："横空盘硬语。"（见龙榆生《唐宋名家词选》）此为豪放之作。夏敬观批曰："稼轩所师。"

②"山沉"句：谓日落西山。

③逦迤：渐渐。

④"蛩催"句：蛩：蟋蟀，一名促织。唐郑谷《秋闺》诗："机杼夜蛩催。"唐温庭筠《秋日旅舍寄义山李侍御》诗："寒蛩乍响催机杼。"

⑤砧杵：古代捣衣工具。

⑥骎骎（qīn）：马急奔貌。此句谓年光飞逝，行将岁暮。

⑦东君：司春之神。

仲殊，僧人，字师利，俗姓张，名挥，安州（今湖北安陆）人，或云吴人。曾举进士，因其妻甚妒，欲以毒药加害，遂出家为僧，先后住苏州承天寺、杭州宝月寺。与苏轼相过从，因尝食蜜解药，东坡戏称为“蜜殊”。世称仲殊清才丽藻，雅能缀属小词，每一阕出，人争传玩。徽宗时，自缢死。宋人王灼说他与晏几道、贺铸、周邦彦皆能“各尽其才力，自成一家”（见《碧鸡漫志》卷二）。有词七卷，名《宝月集》，不传，赵万里有辑本。

南歌子[①]

十里青山远，潮平路带沙[②]。数声啼鸟怨年华。又是凄凉时候在天涯。　　白露收残暑，清风衬晚霞。绿杨堤畔闹荷花，记得年时沽酒那人家[③]。

【注释】

①此词《草堂诗余正集》卷一调下题作《忆旧》。明李攀龙评云：“追思远人，追忆往事，委婉真切，堪当一《悲秋赋》。”（见《草堂诗余隽》）

②潮平：此指落潮以后。

③年时：当年、当时。

南徐好　瓮城[①]

南徐好，鼓角乱云中[②]。金地浮山星两点[③]，铁城横锁瓮三重。开国旧夸雄。　　春过后，佳气荡晴空。渌水画桥沽酒市？清江晚渡落花风[④]。千古夕阳红。

【注释】

①南徐好：即双调《忆江南》。瓮城：镇江古城名。《镇江府志》："（镇江）子城，吴大帝所筑。内外甃以甓（砖），号铁瓮城。"秦观《长相思》："铁瓮城高。"宋程大昌《演繁露》卷十三云："圜深之形，正如卓瓮。"

②鼓角：指鼓声、画角声。

③"金地"句：宋时金山、焦山（一称浮玉山）俱在长江中，故云"星两点"。

④清江：指长江，当时水较清，故称。

南徐好　多景楼[①]

南徐好，多景在楼前。京口万家寒食日[②]，淮南千里夕阳天[③]。天际几重山。　莺啼处，人倚画栏干。西塞烟深晴后色[④]，东风春减夜来寒。花满过江船。

【注释】

①多景楼：旧址在今江苏镇江北固山甘露寺内，宋太守陈天麟所建。

②京口：即镇江。寒食日：在清明前二日。

③淮南：指宋代行政区淮南东路，治所在今江苏扬州。

④西塞：泛指西边的关山。

诉衷情　寒食[①]

涌金门外小瀛洲[②]，寒食更风流。红船满湖歌吹[③]，花外有高楼。　晴日暖，淡烟浮，恣嬉游[④]。三千粉黛，十二栏干[⑤]，一片云头[⑥]。

【注释】

①宋黄昇《花庵词选》卷九云:仲殊《诉衷情》一调,"盖篇篇奇丽,字字清婉,高处不减唐人风致也"。

②涌金门:杭州西南城门。小瀛洲:在杭州外西湖偏南湖面上,历来被誉为"湖中之岛"。

③歌吹:歌声与乐声。

④恣:纵情。

⑤十二栏干:古乐府《西洲曲》:"栏干十二曲,纤手明如玉。"

⑥"一片"句:清黄苏《蓼园词选》:"四字真力弥满,杰句也。"

诉衷情 宝月山作①

清波门外拥轻衣②,杨花相送飞。西湖又还春晚,水树乱莺啼。　闲院宇,小帘帏,晚初归。钟声已过,篆香才点③,月到门时。

【注释】

①宝月寺在杭州吴山上,时词人在此寺为僧。

②清波门:杭州城西门,濒临西湖。

③篆香:宋洪刍《香谱》:"近世尚奇者作香,篆其文,准十二辰,分一百刻,凡燃一昼夜而已。"

诉衷情 春情

楚江南岸小青楼①,楼前人权舟②。别来后庭花晚,花上梦悠悠。　山不断,水空流,谩凝眸③。建康宫殿④,燕子来时,多少闲愁。

【注释】

①楚江：指长江中下游，战国时楚地区。

②杙(yǐ)舟：船在岸边停泊。杙：通“舣”。

③谩：徒然，空白。

④建康：今江苏南京。六朝及南唐建都于此，故有宫殿遗址。

柳梢青 吴中[①]

岸草平沙，吴王故苑[②]，柳袅烟斜。雨后寒轻，风前香软，春在梨花[③]。　　行人一棹天涯，酒醒处、残阳乱鸦[④]。门外秋千，墙头红粉，深院谁家？

【注释】

①此词别又误为秦观作。吴中：今江苏苏州。

②吴王故苑：春秋时吴王阖闾及夫差在苏州建有园苑，著名的有姑苏台，故云。

③春在梨花：指春分节气后期。

④“残阳”句：明沈际飞《草堂诗余正集》卷一评曰：“‘残阳乱鸦’，著色疑有化工。”

踏莎行[①]

浓润侵衣，暗香飘砌[②]，雨中花色添憔悴。凤鞋湿透立多时，不言不语恹恹地[③]。　　眉上新愁，手中文字，因何不倩鳞鸿寄[④]？想伊只诉薄情人，宫中谁管闲公事。

【注释】

①据《中吴纪闻》卷一云：“一日，(仲殊)造郡中，见庭下一妇人投牒立于雨中，(郡)守命殊咏之，口就一词……后殊自经

于枇杷树下，轻薄子更之曰：‘枇杷树下立多时，不言不语恹恹地。’”

②砌：阶砌。

③恹恹：精神萎靡。

④鳞鸿：即鱼雁，喻传书之人。古代有鱼腹、雁足传书故事。

夏云峰 伤春

天阔云高，溪横水远，晚日寒生轻晕[①]。闲阶静，杨花渐少；朱门掩，莺声犹嫩。悔匆匆过却清明，旋占得余芳，已成幽恨。都几日阴沉[②]，连宵慵困，起来韶华都尽[③]。　　怨入双眉闲斗损[④]。乍品得情怀，看承全近[⑤]。深深态，无非自许；厌厌意，终羞人问。争知道梦里蓬莱[⑥]？待忘了余香，时传音信。纵留得莺花，东风不住，也则眼前愁闷。

【注释】

①“晚日”句：谓晚日被微云笼罩，日光暗淡。

②都：算来。见《诗词曲语辞汇释》卷三。

③韶华：春光。

④“怨入”句：谓双眉紧锁。《诗词曲语辞汇释》卷二：“蔡伸《感皇恩》词：‘倚阑凝望久，眉空斗。’此为双眉双蹙之义。”

⑤看承：护持、照应。

⑥蓬莱：传说中的海上仙山。

晁补之(1053—1110)，字无咎，晚号归来子。济州巨野(今属山东)人。神宗熙宁六年(1073)随父端友在新城，以文章受知于苏轼。元丰二年(1079)进士，调澶州司户参军、北京国子监教授。哲宗元祐初，除秘书省正字、校书郎，与黄庭坚、秦观、张耒同为苏门四学士。元祐六年，通判扬州。绍圣元年(1094)，坐党籍，贬知齐州、应天府及亳州。四年丁母忧。徽宗初，遇赦还朝，官至国史编修，崇宁中罢职闲居。大观四年(1110)，卒于泗州任上。其词出语自然，亢爽疏宕而词意沉咽，《四库提要》评曰："神姿高秀，与(苏)轼实可肩随。"有刘乃昌《晁氏琴趣外篇校注》。

下水船 廖明略妓田氏[①]

上客骊驹系[②]。惊唤银瓶睡起[③]。困倚妆台，盈盈正解螺髻。凤钗坠，缭绕金盘玉指。巫山一般云委[④]。

半窥镜，向我横秋水[⑤]。斜领花枝交镜里[⑥]。淡拂铅华[⑦]，匆匆自整罗绮。敛眉翠，虽有愔愔密意[⑧]。空作江边解佩[⑨]，情何寄？

【注释】

①本篇作于神宗元丰二年(1079)。周辉《清波杂志》卷九："元丰己未，明略、无咎同登科。明略所游田氏，姝丽也。一日，明略邀无咎晨过田氏。田氏遽起，对鉴理发，且盼且语……因为《下水船》一阕。"廖明略，名正一，长乐(今属福建)人，官至秘阁校理。为苏门后四学士之一。

②骊驹：告别之歌，逸《诗》篇名。《汉书·王式传》注："文颖曰：其辞曰：'骊驹在门，仆夫具存；骊驹在路，仆夫整驾'也。"上客，作者自谓。此云自己被田氏所唱之歌牵系。

③银瓶：白居易《井底引银瓶》诗："井底引银瓶，银瓶欲上

丝绳绝。”此处借指田氏女。

④“巫山”句：以巫山云喻头发。唐李群玉《同郑相并歌姬小饮戏赠》诗：“裙拖六幅湘江水，髻耸巫山一段云。”委：下垂。

⑤秋水：形容眼波的清澈。

⑥“斜领”句：语本温庭筠《菩萨蛮》词：“照花前后镜，花面交相映。”

⑦铅华：脂粉。

⑧愔愔：《文选》左太冲《魏都赋》李善注：“愔愔，和悦之貌也。”

⑨江边解佩：旧题刘向《列仙传》卷上：“江妃二女者，不知何许人，步汉江湄，逢郑交甫，挑之，不知其神人也。女遂解佩与之。”此谓定情。

清平乐

寒风雁度，声向千门去。也到文闱校文处[①]，也到文君绣户[②]。　背灯解带惊魂。长安此夜秋声[③]。早是夜寒不寐，五更风雨无情[④]。

【注释】

①文闱：指秘书省，时词人任校书郎。

②文君：卓文君，汉代临邛卓王孙之女，司马相如以琴挑之，遂相与夜奔。见《汉书·司马相如传》。

③长安：今陕西西安，汉唐故都，此处借指汴京（今河南开封）。

④“早是”二句：张相《诗词曲语辞汇释》卷二：“早是，犹云本是或已是也。”

八声甘州　扬州次韵，和东坡钱塘作[①]

谓东坡、未老赋归来[②]，天未遣公归。向西湖两处[3]，秋波一种，飞霭澄辉。又拥竹西歌吹[4]，僧老木兰非[5]。一笑千秋事，浮世危机。　　莫倚平山栏槛，是醉翁饮处[6]，江雨霏霏。送孤鸿相接，今古眼中稀[7]。念平生、相从江海，任飘蓬、不遣此心违。登临事，更何须惜，吹帽淋衣[8]。

【注释】

①本篇元祐七年(1092)重阳作于扬州通判任上，时东坡知扬州。"东坡钱塘作"，指元祐六年苏轼知杭州时所作《八声甘州·寄参寥子》，首句为"有情风万里卷潮来"。

②未老赋归来：东坡原唱有"约他年东还海道，愿谢公雅志莫相违"之句，另有《满庭芳》二首，皆有"归去来兮"语。

③西湖两处：指杭州西湖与颍州西湖，苏轼皆曾任州守。

④竹西歌吹：唐杜牧《题扬州禅智寺》诗："谁知竹西路，歌吹是扬州。"其地后人建有竹西亭。

⑤"僧老"句：《唐摭言》卷七："王播少孤贫，尝客扬州惠昭寺木兰院，随僧斋餐，诸僧厌怠，播至，已饭矣。后二纪，播自重位出镇是邦，因访旧游，向之题已皆碧纱幕其上，播继以二绝句曰：'二十年前此地游，木兰花发院新修。而今再到经行处，树老无花僧白头。'"

⑥"莫倚"二句：醉翁，即欧阳修。叶梦得《避暑录话》卷一："欧阳文忠公在扬州作平山堂，壮丽为淮南第一。……公每暑时，辄凌晨携客往游。"欧阳修《朝中措》词云："平山栏槛倚晴空，山色有无中。"

⑦"送孤鸿"二句：苏轼《水调歌头》："长记平山堂上，攲枕江南烟雨，渺渺没孤鸿。"

⑧吹帽：《晋书·孟嘉传》："九月九日，(桓)温燕龙山，僚佐毕集，有风至，吹嘉帽坠落，嘉不之觉。"淋衣：苏轼《定风波》(莫听穿林打叶声)自序称元丰五年："三月七日，沙湖道中遇雨。雨具先去，同行皆狼狈，余独不觉。"

浣溪沙 广陵被召留别[①]

帐饮都门春浪惊[②]，东飞身与白鸥轻。淮山一点眼初明[③]。 谁使梦回兰芷国？却将春去凤凰城[④]。樯乌风转不胜情[⑤]。

【注释】

①本篇作于元祐八年（1093）春，时作者自扬州通判以著作佐郎被召还京。

②帐饮都门：柳永《雨霖铃》词："都门帐饮无绪。"此句回忆两年前离京时饯别情景。

③淮山：指在泗州南之都梁山，时称淮南第一山。作者《泗州王谏议明叟留饮》诗："两行堤柳关心在，一点淮山入眼来。"

④凤凰城：指京城。

⑤樯乌：古代候风器，形似乌，可以观测风向。情：与"晴"谐音双关。

八声甘州 历下立春[①]

谓东风、定是海东来，海上最春先。乍微阳破腊[②]，梅心已省，柳意都还。雪后南山耸翠[③]，平野欲生烟。记得相逢日，如上林边[④]。 莫叹春光易老，算今年春老，还有明年。叹人生难得，常好是朱颜。有随轩、金钗十二[⑤]，为醉娇，一曲踏珠筵。功名事，算何如此，花下尊前。

【注释】

①本篇作于绍圣元年（1094），时作者出知齐州。历下，即齐州，今山东济南。

②微阳破腊：谓腊尽春回。

③南山：即历山，又名千佛山，在济南。

④上林：汉武帝所修之上林苑，旧址在今陕西西安市至周至、户县界。

⑤金钗十二：指姬妾众多。唐白居易《酬思黯戏赠同用狂字》诗："钟乳三千两，金钗十二行。"自注谓思黯（牛僧孺）"歌舞之妓颇多"。

忆少年　别历下[①]

无穷官柳，无情画舸[②]，无根行客。南山尚相送[③]，只高城人隔。　罨画园林溪绀碧[④]。算重来、尽成陈迹。刘郎鬓如此，况桃花颜色[⑤]。

【注释】

①本篇作于绍圣二年（1095），时作者由齐州调任应天府通判。历下，见前首注①。

②画舸：船的美称。

③南山：历山，一名千佛山。

④罨（yǎn）画：杂色彩画。绀碧：天青色。

⑤"刘郎"二句：唐刘禹锡《再游玄都观绝句·序》谓首次游玄都观"仙桃满观如红霞"，重游玄都"荡然无复一树"。此用其意。

临江仙　用韵和韩求仁南都留别[①]

曾唱牡丹留客饮，明年何处相逢？忽惊鹊起落梧桐。绿荷多少恨，回首背西风[②]。　莫叹今宵身是客，一尊未晓犹同。此身应似去来鸿[③]。江湖春水阔，归梦故园中。

【注释】

①韩求仁：名宗恕，作者友人，曾任金乡县令。南都：即南京，今河南商丘。

②“绿荷”二句：唐杜牧《齐安郡中偶题》：“多少绿荷相倚恨，一时回首背西风。”

③“此身”句：苏轼《和子由渑池怀旧》诗：“人生到处知何似，应似飞鸿踏雪泥。泥上偶然留指爪，鸿飞那复计东西。”

盐角儿 亳社观梅[①]

开时似雪，谢时似雪，花中奇绝。香非在蕊，香非在萼，骨中香彻。　　占溪风，留溪月。堪羞损、山桃如血。直饶更[②]、疏疏淡淡，终有一般情别。

【注释】

①亳社：即殷社，为殷都旧址，在今河南商丘附近。词当作于绍圣二年（1095），作者时为应天府通判。清李调元《雨村词话》卷二称此词“别开生面，当为梅花第一”。

②直饶：尽管，纵使。《诗词曲语辞汇释》卷一：“饶，犹任也，尽也。……有作直饶者。直字亦假定辞，与饶同义。”

古阳关 寄无斁八弟宰宝应[①]

暮草蛩吟噎[②]，暗柳萤飞灭。空庭雨过，西风紧，飘黄叶。卷书帏寂静，对此伤离别。重感叹，中秋数日又圆月。　　沙觜樯竿上[③]，淮水阔。有飞凫客[④]，词珠玉[⑤]，气冰雪[⑥]。且莫教皓月，照影惊华发。问几时、清尊夜景共佳节？

【注释】

①本篇绍圣三年(1096)作于亳州。晁无斁，补之从弟，行八，时为宝应(今属江苏)县令。

②蛩(qióng)：蟋蟀。

③沙觜：伸入江河中的沙滩。

④飞凫客：县令的美称。相传邺县令王乔有神术，每次上朝，"辄有双凫从东南飞来"，举罗张之，"但得一只舄"，见《艺文类聚》卷九一引《风俗通》。凫：野鸭；舄：鞋。此喻宝应令晁无斁。

⑤词珠玉：喻文辞之美。唐杜甫《奉和贾至舍人早朝大明宫》诗："朝罢香烟携满袖，诗成珠玉在挥毫。"

⑥气冰雪：南朝陈江总《再游栖霞寺言志》诗："静心抱冰雪，暮齿通桑榆。"此喻气质高洁。

满庭芳 赴信日，舟中别次膺十二叔[①]

鸥起蘋中，鱼惊荷底，画船天上来时。翠湾红渚，宛似武陵迷[②]。更晚青山更好，孤云带、远雨丝垂。清歌里，金尊未掩，谁使动分携[③]？　　竹林，高晋阮，阿咸潇散，犹愧风期[④]。便弃官终隐，钓叟苔矶。纵是冥鸿云外，应念我、垂翼低飞[⑤]。新词好，他年认取，天际片帆归[⑥]。

【注释】

①本篇作于哲宗元符二年(1099)，时作者谪监信州(今江西上饶)盐酒税，正乘船赴贬所。次膺：即晁端礼，作者从叔。本书前有介绍。

②"翠湾"二句：化用陶渊明《桃花源记》武陵渔人忽逢桃花林故事。

③分携：分手。

④“竹林”四句：晋代竹林七贤中阮籍、阮咸为叔侄，此处借喻自己与次膺。风期：风度品格。

⑤“纵是”二句：冥鸿，高飞的大雁，指弃官隐遁，时次膺因忤上官，罢职家居，故以为喻。垂翼低飞：自喻官场失意，语本隋王通《东征赋》：“道之不行兮，垂翅东归。”

⑥“他年”二句：南齐谢朓《之宣城郡出新林浦向板桥》诗：“天际识归舟，云中辨江树。”

满江红 赴玉山之谪，与诸父泛舟大泽，分题为别[①]

莫话南征，船头转，三千余里。未叹此、浮生飘荡，但伤佳会。满眼青山芳草外，半篙碧水斜阳里。问此中，何处芰荷深？渔人指。　清时事，羁游意。尽付与，狂歌醉。有多才南阮[②]，自为知己。不似朱公江海去[③]，未成陶令田园计[④]。便楚乡，风景胜吾乡[⑤]，何人对？

【注释】

①本篇与前《满庭芳·赴信日》作于同时而稍前。玉山：县名，宋时属信州（今江西上饶）。诸父：指从叔晁次膺等。大泽：指巨野泽，宋时为梁山泊。清陈廷焯《词则·别调集》评此词云：“风雅疏狂，音流弦外。”

②多才南阮：指阮籍、阮咸叔侄。《世说新语·任诞》谓二阮“居道南”，“南阮贫”，但却多才。

③朱公：指春秋时范蠡。范蠡助越王勾践灭吴，“乃乘扁舟浮于江湖”，经商致富，“之（至）陶为朱公”。见《史记·货殖列传》。

④陶令：晋陶渊明为彭泽令，因“不为五斗米折腰”，解印去职，赋《归去来辞》及《归园田居》诗五首，《晋书》有传。

⑤楚乡：指信州，先秦时属楚国，故称。

迷神引 贬玉溪对江山作[1]

黯黯青山红日暮。浩浩大江东注[2]。余霞散绮[3]，向烟波路。使人愁，长安远，在何处[4]？几点渔灯小，迷近坞。一片客帆低，傍前浦。　　暗想平生，自悔儒冠误[5]。觉阮途穷[6]，归心阻。断魂素月，一千里、伤平楚[7]。怪竹枝歌[8]，声声怨，为谁苦？猿鸟一时啼[9]，惊岛屿。烛暗不成眠，听津鼓[10]。

【注释】

①本篇作于元符二年（1099），时赴信州贬所。玉溪：即江西信江，一名上饶江。

②大江：长江。

③“余霞”句：南齐谢朓《晚登三山还望京邑》诗：“余霞散成绮，澄江静如练。”织素为文曰绮。

④“使人愁”三句：语本李白《登金陵凤凰台》诗：“总为浮云能蔽日，长安不见使人愁。”此喻怀念汴京。

⑤儒冠：杜甫《奉赠韦左丞丈二十二韵》：“纨袴不饿死，儒冠多误身。”

⑥阮途穷：晋代阮籍不得志，常酣饮独驾，“不由径路，车迹所穷，辄恸哭而返”。见《晋书》本传。

⑦平楚：楚，丛木，登高望远，见树梢齐平，称平楚。

⑧竹枝歌：即《竹枝词》，唐代民歌。

⑨“猿鸟”句：白居易《竹枝》：“唱到竹枝声咽处，寒猿闲鸟一时啼。”

⑩津鼓：渡船启航时鸣鼓为号，故称。

临江仙 信州作[1]

谪宦江城无屋买，残僧野寺相依。松间药臼竹间衣。水穷行到处，云起坐看时[2]。　　一个幽禽缘底事[3]，苦来醉耳边啼。月斜西院愈声悲。青山无限好，犹道不如归。

【注释】

①此词元符二年(1100)谪监信州(今江西上饶)盐酒税时作。

②"水穷"二句：化用王维《终南别业》诗："行到水穷处，坐看云起时。"

③幽禽：指杜鹃，鸣声凄厉，犹"不如归去"，结句与此呼应。

浣溪沙

江上秋高风怒号[1]，江声不断雁嗷嗷[2]。别魂迢递为君销[3]。　　一夜不眠孤客耳，耳边愁听雨潇潇。碧纱窗外有芭蕉。

【注释】

①"江上"句：杜甫《茅屋为秋风所破歌》："八月秋高风怒号。"

②雁嗷嗷：《诗·小雅·鸿雁》："鸿雁于飞，哀鸣嗷嗷。"

③迢递：遥远。

惜分飞　别吴作[1]

山水光中清无暑，是我消魂别处[2]。只有多情雨，会人深意留人住。　　不见梅花来已暮，未见荷花又去[3]。图画他年觑，断肠千古苕溪路[4]。

【注释】

①作者于崇宁元年(1102)暮春,由蒲州政知湖州,到任不久,于本年六月被召回京,换头二句可证。吴,指湖州。

②消魂:南朝梁江淹《别赋》:"黯然销魂者,唯别而已矣。"

③"不见"二句:作者以本年四月二十九日知湖州,六月初奉召回京,故云。

④"图画"二句:作者工画,谓拟将苕溪风景作画,以供他年观赏。苕溪,在湖州境内,相传"夹岸多苕花,每秋风飘散水上,如飞雪然"。见《咸淳临安志》卷三十六。

摸鱼儿　东皋寓居[①]

买陂塘[②]、旋栽杨柳,依稀淮岸江浦。东皋嘉雨新痕涨[③],沙觜鹭来鸥聚[④]。堪爱处,最好是、一川夜月光流渚。无人独舞。任翠幄张天[⑤],柔茵藉地,酒尽未能去。　青绫被,莫忆金闺故步[⑥]。儒冠曾把身误[⑦]。刀弓千骑成何事！荒了邵平瓜圃[⑧]。君试觑,满青镜,星星鬓影今如许[⑨]。功名浪语[⑩]。便似得班超,封侯万里,归计恐迟暮[⑪]。

【注释】

①此词作者崇宁二年(1103)闲居金乡(今属山东)时作。

②买陂塘:晁补之《归来子名缗城所居记》云:"买田故缗城(即金乡),自谓归来子,庐舍登览游息之地,一户一牖,皆欲致归去来之意。"

③东皋:作者在家乡金乡所置田产。其《赠刘范子》:"余绍圣间始居缗……后数年复来,亦治东皋五亩宅以来。"

④沙觜:伸入江河中的沙滩。

⑤翠幄:绿色帐篷,喻树荫。

⑥金闺:金马门,借指朝廷。

⑦“儒冠”句：见前《迷神引·贬玉溪对江山作》注⑤。

⑧邵平瓜圃：《史记·萧相国世家》：“召平者，故秦东陵侯。秦破，为布衣，贫，种瓜于长安城。瓜美，故世俗谓之东陵瓜。”

⑨星星鬓影：斑斑白发。

⑩浪语：空话。

⑪“便似得”三句：《后汉书·班超传》：“班超字仲升，扶风平陵人……相者曰：‘祭酒布衣诸生耳，而当封侯万里之外。’”后立功西域，封定远侯。年老思归，上疏曰“但愿生入玉门关”，被诏回京，年过七十，故云“迟暮”。

永遇乐 东皋寓居[①]

松菊堂深[②]，芰荷池小，长夏清暑。燕引雏还[③]，鸠呼妇往[④]，人静郊原趣。麦天已过[⑤]，薄衣轻扇，试起绕园徐步。听衡宇、欣欣童稚[⑥]，共说夜来初雨。 苍苔径里[⑦]，紫葳枝上[⑧]，数点幽花垂露。东里催锄，西邻助饷，相戒清晨去。斜川归兴[⑨]，翛然满目，回首帝乡何处。只愁恐，轻鞭犯夜，霸陵归路[⑩]。

【注释】

①本篇作者崇宁二年（1103）以后罢归金乡后作。东皋，见前《摸鱼儿·东皋寓居》注③。

②松菊堂：作者在东皋的庐舍。其《松菊堂读史五首》其一云：“不作文饶将相官，野人亦罣党人间。筹边措国俱无用，空对平泉草木闲。”可见时已罢职闲居。

③燕引雏还：宋苏舜钦《夏中》诗：“庭下阴多燕引雏。”

④鸠呼妇往：相传斑鸠天晴则呼妇（雌鸠），“天将雨，鸠逐妇”，见陆佃《埤雅·释鸟》。

⑤麦天：即麦秋，收麦季节。时在夏历四月。

⑥“听衡宇”句：晋陶渊明《归去来辞》：“乃瞻衡宇，载欣载

奔，僮仆欢迎，稚子候门。"衡宇：指以横木为门的简屋。

⑦苍菅：一种野草，夏秋开花，叶深青，故称。

⑧紫葳：又名玉竹，初夏开花，果紫色。

⑨斜川：在今江西星子县境内。陶渊明《游斜川诗序》："天气澄和，风物闲美，与二三邻曲，同游斜川。"诗云："中觞纵遥情，忘彼千载忧。"即所谓"归兴"。

⑩"轻鞭"二句：《史记·李将军列传》谓李广罢职期间"尝夜从一骑出，从人田间饮，还至霸陵亭，霸陵尉醉，呵止广。广骑曰：'故李将军。'尉曰：'今将军尚不得夜行，何乃故也！'止广宿亭下"。

黄莺儿 东皋寓居[①]

南园佳致偏宜暑。两两三三修竹，新笋出初齐，猗猗过檐侵户[②]。听乱飐芰荷风[③]，细洒梧桐雨。午余帘景参差，远林蝉声，幽梦残处。　凝伫[④]。既往尽成空，暂遇何曾住[⑤]。算人间事、岂足追思，依依梦中情绪。观数点茗浮花[⑥]，一缕香萦炷。怪来人道陶潜，做得羲皇侣[⑦]。

【注释】

①此为晚年闲居金乡时作，与《摸鱼儿》同时。

②"新笋"句：原作"新篁新出初齐"，此据《四库全书》本。猗猗：《诗经·卫风·淇澳》："绿竹猗猗。"朱熹注："猗猗，(竹)始生柔弱而美盛也。"

③乱飐(zhǎn)：猛烈吹动。唐柳宗元《登柳州城楼》诗："惊风乱飐芙蓉水。"芙蓉：即芰荷，词意本此。

④凝伫：《诗词曲语辞汇释》卷五："有为凝想义者，如怀旧念远，悠然神往，凡表示想念者属之。晁补之《黄莺儿》词：'凝伫。……'此乃推究人间万事变动不居之理，为凝想义。"

⑤“既往”二句：化用陶渊明《归去来辞》：“悟已往之不谏，知来者之可追。”及苏轼《哨遍》词：“且乘流，遇坎即止。”此谓一切顺其自然。

⑥茗浮花：沏茶时水面的泡沫。唐陆羽《茶经》：“沫饽者，汤之在也……轻细者曰花。”

⑦“怪来”二句：怪来，难怪。陶潜，字渊明，其《与子俨等疏》：“常言五六月中，北窗下卧，遇凉风暂至，自谓是羲皇上人。”羲皇，指伏羲氏，传说中上古帝王。古人想象伏羲以前的人，生活朴素，无忧无虑，故隐逸之士以“羲皇上人”自称。

梁州令叠韵

田野闲来惯。睡起初惊晓燕。樵青走挂小帘钩[1]，南园昨夜，细雨红芳遍。平芜一带烟光浅。过尽南归雁。江云渭树俱远[2]，凭栏送目空肠断。　　好景难常占。过眼韶华如箭。莫教鶗鴂送韶华[3]，多情杨柳，为把长条绊。清樽满酌谁为伴？花下提壶劝[4]。何妨醉卧花底，愁容不上春风面。

【注释】

①樵青：指女婢。相传唐代张志和归隐，肃宗尝赐奴婢各一，配为夫妇，夫名渔童，妻名樵青。见颜真卿《张志和碑铭》：“渔童使棒钓收纶，芦中鼓枻；樵青使苏兰薪桂，竹里煎茶。”。

②江云渭树：喻对远方友人的思念。杜甫《春日忆李白》诗：“渭北春天树，江东日暮云。”

③鶗鴂：即杜鹃。语本屈原《离骚》：“恐鶗鴂之先鸣兮，使夫百草为之不芳。”

④提壶：鸟名，鸣声似“提壶”。宋欧阳修《啼鸟》诗：“独有花上提葫芦，劝我沽酒花前倾。”

金凤钩 东皋寓居送春[①]

春辞我，向何处？怪草草，夜来风雨[②]。一簪华发，少欢饶恨[③]，无计殢春且住[④]。　　春回常恨无寻路。试向我，小园徐步。一阑红药[⑤]，倚风含露，春自未曾归去。

【注释】

①词作于晚年寓居金乡时。东皋，所居地名，见前《摸鱼儿》（买陂塘）注③。

②“怪草草”二句：怪：怪得、难怪。草草：匆促、胡乱。杜甫《送长孙九侍御赴武威判官》诗：“问君适万里，取别何草草！”夜来风雨：孟浩然《春晓》诗：“夜来风雨声，花落知多少。”

③一簪华发：苏轼《台头寺步月得人字》诗：“一簪华发岸纶巾。”饶恨：多恨。

④“无计”句：语本欧阳修《蝶恋花》：“无计留春住。”殢：滞留。

⑤红药：红芍药。南齐谢朓《直中书省》诗：“红药当阶翻，苍苔依砌上。”

阮郎归 退观楼[①]

小楼独上暮钟时。红霞楼外飞，烟中远鸟一双归。城门灯火微。　　横短吹[②]，傍危梯[③]。冰轮涌海迟[④]。天涯幽恨有谁知。凉风时动衣。

【注释】

①退观楼：在作者故里金乡县东皋归来园中，因陶渊明《归

去来辞》"时矫首而遐观"而得名。

②短吹:短笛。

③危梯:高高的梯子。

④冰轮:清明的圆月。唐朱庆馀《十六夜月》诗:"昨夜忽已过,冰轮始觉亏。"苏轼《宿九仙山》诗:"半夜老僧呼客起,云峰缺处涌冰轮。"

满江红　次韵吊汶阳李诚之待制[①]

华鬓春风,长歌罢、伤今感昨。春正好,瑶墀已叹,侍臣冥寞[②]。牙帐尘昏余剑戟[③],翠帷月冷虚弦索[④]。记往岁、龙坂误曾登[⑤],今漂泊。　贤人命,从来薄。流水意[⑥],知谁托。绕南枝身似,未眠飞鹊[⑦]。射虎山边寻旧迹[⑧],骑鲸海上追前约[⑨]。便江湖,与世永相忘,还堪乐[⑩]。

【注释】

①李诚之,名师中,汶阳人,元丰元年(1078)卒,本篇当作于此时。本书前有小传。

②"春正好"三句:化用杜甫《追酬故高蜀州人日见寄》诗:"锦里春光空烂熳,瑶墀侍臣已冥寞。"瑶墀(chí):指朝廷。墀:台阶。侍臣冥寞:谓李诚之已逝去。

③牙帐:军中帐幕。杜甫《寄董卿嘉荣十韵》诗:"闻道君牙帐,防秋近赤霄。"

④虚弦索:谓诚之死后军中停止奏乐。弦索:弹拨乐器。

⑤龙坂:即龙首山,在今西安市旧城北,头临渭川,尾达樊川。曾巩《上人》诗:"向日曈昽望龙坂,坐上一言寒可暖。"

⑥流水意:谓知音。相传俞伯牙善鼓琴,而钟子期善听,遂有"高山流水"之说。见《列子·汤问》。

⑦"绕南枝"二句:曹操《短歌行》:"月明星稀,乌鹊南飞。

绕树三匝,无枝可依。"

⑧"射虎"句:《史记·李将军传》:"(李)广出猎,见草中石,以为虎而射之,中石没镞,视之,石也。"

⑨"骑鲸"句:杜甫《送孔巢父谢病归游江东兼呈李白》诗:"若逢李白骑鲸鱼,道甫问讯今何如。"李白尝自署"海上骑鲸客",此处指隐遁。

⑩"便江湖"三句:《庄子·大宗师》:(涸辙之鱼)"相呴以湿,相濡以沫,不如相忘于江湖。"许觊《彦周诗话》评云:"不独用事的确,其指意高古,深悲而善怨似《离骚》。"

洞仙歌 泗州中秋作,此绝笔之词也①

青烟幂处②,碧海飞金镜③。永夜闲阶卧桂影④。露凉时,零乱多少寒螀⑤,神京远,唯有蓝桥路近⑥。
水晶帘不下,云母屏开⑦,冷浸佳人淡脂粉。待都将许多明,付与金尊,投晓共流霞倾尽⑧。更携取胡床上南楼⑨,看玉做人间,素秋千顷。

【注释】

①本篇大观四年(1110)中秋作于泗州(故城清康熙间沉入洪泽湖)。时到任不久,以疾卒。清黄苏《蓼园词选》评此词曰:"词致奇杰,各段俱有新警语,自觉冰魂玉魄,气象万千,兴乃不浅。"

②幂(mì):覆盖。

③金镜:指月亮。李贺《七夕》诗:"天上飞金境,人间望玉钩。"

④桂影:月光。段成式《酉阳杂俎》前集卷一:"旧言月中有桂……高五百丈。"

⑤寒螀(jiāng):昆虫,似蝉而小。

⑥"神京"二句:《裴铏传奇》谓裴航遇樊夫人,赠诗云:"傥

若玉京朝会去，愿随鸾鹤入青云。”夫人答诗云：“蓝桥便是神仙窟，何必崎岖上玉京。”此指月宫仙境。

⑦“水晶”二句：水晶，同水柱。李白《玉阶怨》：“却下水晶帘，玲珑望秋月。”云母屏：镶嵌云母石的屏风。

⑧流霞：汉王充《论衡·道虚》：“口饥欲食，仙人辄饮我以流霞一杯，数月不饥。”后世指美酒。

⑨“更携取”句：《世说新语·容止》谓庾太尉（亮）在武昌，秋夜登南楼，诸人欲起回避，公曰：“诸君少住，老子于此兴复不浅……因便坐胡床，与诸人咏谑。”

陈师道

陈师道(1053—1102)，字履常，一字无己，号后山，彭城(今江苏徐州)人。年十六，谒曾巩，颇受器重。哲宗元祐初，以苏轼、孙觉荐，起为徐州教授。徽宗建中靖国元年(1101)，召为秘书省正字，扈从南郊，不屑服连襟赵挺之所借之衣，以寒疾卒。名列苏门六君子，诗为江西诗派"三宗"之一，词作数十首，王灼评曰："妙处如其诗，但用意太深，有时偏涩。"(见《碧鸡漫志》卷二)然"自谓不减秦七、黄九"。有《后山词》。

菩萨蛮　七夕[①]

行云过尽星河烂[②]，炉烟未断蛛丝满。想得两眉颦，停针忆远人[③]。　河桥知有路[④]，不解留郎住。天上隔年期[⑤]，人间长别离。

【注释】

①七夕：农历七月初七。南朝梁吴均《续齐谐记》："七月七日，织女嫁牵牛。"

②星河：银河。

③停针：梁宗懔《荆楚岁时记》："七夕妇女结彩缕，穿七巧针，或以金银玉石为针，陈瓜果于庭中以乞巧。"

④河桥：韩鄂《岁华纪丽》引《风俗通》："织女七夕当渡河，使鹊为桥。"

⑤"天上"句：谓牛郎织女每年相会一次。

木兰花

阴阴云日江城晚，小院回廊春已满。谁教言语似鹂黄[①]？深闭玉笼千万怨。　蓬莱易到人难见，香火无凭空有愿[2]。不辞歌里断人肠，只怕有肠无处断。

【注释】

①鹂黄：即黄鹂，因协韵而倒装。

②“蓬莱”句：蓬莱：传说中海上仙山名，此喻佳人所居之处，语本李商隐《无题》四首之一：“刘郎已恨蓬山远，更隔蓬山一万重。”

菩萨蛮　佳人

晓来误入桃源洞[1]，恰见佳人春睡重。玉腕枕香腮，荷花藕上开[2]。　　一扇俄惊起[3]，敛黛凝秋水[4]。笑倩整金衣[5]，问郎来几时？

【注释】

①桃源洞：《续齐谐记》云：汉永平中，剡县人刘晨、阮肇入天台山采药，误入桃源洞，见二女绝色，留宿，行夫妇之礼，半年后始归。此喻佳人卧室。

②“玉腕”二句：徐培均案：艳丽如画，师道乃江西诗派三宗之一，却有此绮语，足见人之于词，非一也。

③俄：一会儿。

④“敛黛”句：谓佳人睁眼凝视。黛：画眉颜料，此处指眉。秋水：犹秋波，喻眼波清亮。

⑤金衣：金缕衣，谓衣着之华丽。

张　耒

张耒(1054—1114)，字文潜，楚州淮阴(今属江苏)人，祖籍谯县(今安徽亳州)。年十七作《函关赋》，流传众口。后从苏轼、苏辙游，为苏门四学士之一。神宗熙宁六年(1073)进士，授临淮主簿，元丰元年为寿安尉，七年为咸平县丞。哲宗元祐元年(1086)为文学博士，迁秘书省正字、著作郎、史馆检讨、起居舍人。绍圣初，出知润州，徙宣州，坐党籍谪监黄州酒税，徙复州。徽宗立，起通判黄州，旋知兖、颍、汝等州。晚岁居陈州，主管崇福宫。有《张右史文集》，钱锺书《谈艺录》称其诗有"唐音"。有辑本《柯山词》，仅六首，风格略近秦观。

秋蕊香①

帘幕疏疏风透，一线香飘金兽②。朱栏倚遍黄昏后，廊上月华如昼。　　别离滋味浓于酒，著人瘦③。此情不及墙东柳，春色年年如旧。

【注释】

①宋吴曾《能改斋漫录》卷十七谓张耒"初官许州，喜官妓刘淑奴。其后去任，又为《秋蕊香》寓意云云"。案：许州，宋时为颍昌府(见《宋史·地理志》)。据邵祖寿《张文潜年谱》，作者于徽宗崇宁元年(1102)知颍，后不久落职。

②金兽：兽形香炉。

③"别离"二句：徐培均案：意境似秦湛《卜算子》："拟倩东风浣此情，情更浓于酒。"又似黄庭坚《蓦山溪》："春未透，花枝瘦，正是愁时候。"而趣味有异，耐人寻绎。著人：犹云惹人、迷人。见《诗词曲语辞汇释》卷三。

风流子①

木叶亭皋下，重阳近，又是捣衣秋②。奈愁入庾肠[3],老侵潘鬓[4],漫簪黄菊,花也应羞[5]。楚天晚,白蘋烟尽处,红蓼水边头[6]。芳草有情,夕阳无语,雁横南浦,人倚西楼。　　玉容知安否?香笺共锦字[7],两处悠悠。空恨碧云离合[8],青鸟沉浮[9]。向风前懊恼,芳心一点,寸眉两叶,禁甚闲愁!情到不堪言处,分付东流。

【注释】

①况周颐《餐樱庑词话》谓"芳草"四句:"景语亦复寻常,惟用在过拍,即此顿住,便觉老当浑成。换头'玉容知安否?'融景入情,力量甚大。此等句有力量,非深于词不能知也。"

②"木叶"三句:语本梁柳恽《捣衣诗》:"亭皋木叶下。"亭皋:水边平地。

③庾肠:南北朝时庾信尝作《愁赋》及《哀江南赋》,多感伤之意,故云。

④潘鬓:化用晋潘岳《秋兴赋》序文句,后称鬓发初白为潘鬓。参见李煜《破阵子·四十年来家国》注⑤。

⑤簪黄菊:黄庭坚《南乡子·重阳日宜州城楼宴集即席作》:"花向老人头上笑,羞羞。白发簪花不解愁。"

⑥"楚天"三句:楚天,指南方天空。白蘋、红蓼,草名。

⑦锦字:指女子给丈夫的书信,《晋书·窦滔妻苏氏传》载苏蕙"织锦为回文诗以寄窦滔"。

⑧碧云离合:语本梁江淹《拟汤惠休怨诗》:"日暮碧云合,佳人殊未来。"

⑨青鸟:指信使。据《汉武故事》西王母尝令青鸟传书。此句谓书信不通。